人民共和國文化與文學叢書

五　編

李　怡　主編

第5冊

中華人民共和國文學史論
（1949～2015）（第五冊）

丁　帆　著

花木蘭文化事業有限公司

國家圖書館出版品預行編目資料

中華人民共和國文學史論（1949～2015）（第五冊）／丁帆 著 ─
初版 ─ 新北市：花木蘭文化事業有限公司，2017〔民106〕
目 4+294 面；19×26 公分
（人民共和國文化與文學叢書 五編；第5冊）
ISBN 978-986-485-076-1（精裝）
1. 中國文學史 2. 文學評論史 3. 中國
820.8   106013281

特邀編委（以姓氏筆畫為序）：

吳義勤　孟繁華　張　檸
張志忠　張清華　陳思和
陳曉明　程光煒　劉福春
（臺灣）宋如珊
（日本）岩佐昌暲
（新西蘭）王一燕
（澳大利亞）鄭　怡

ISBN-978-986-485-076-1

9 789864 850761

人民共和國文化與文學叢書
五 編 第 五 冊
ISBN：978-986-485-076-1

中華人民共和國文學史論（1949～2015）（第五冊）

作　者　丁帆
主　編　李怡
企　劃　北京師範大學民國歷史文化與文學研究中心
　　　　四川大學現代中國文化與文學研究中心
總 編 輯　杜潔祥
副總編輯　楊嘉樂
編　輯　許郁翎、王　筑　美術編輯　陳逸婷
印　刷　普羅文化出版廣告事業
出　版　花木蘭文化事業有限公司
社　長　高小娟
聯絡地址　235 新北市中和區中安街七二號十三樓
　　　　　電話：02-2923-1455／傳真：02-2923-1452
網　址　http://www.huamulan.tw 信箱 hml810518@gmail.com
初　版　2017 年 9 月
全書字數　918587 字
定　價　五編30冊（精裝）台幣56,000 元

中華人民共和國文學史論（1949～2015）

（第五冊）

丁帆　著

目次

下　篇

第一章 藝術變奏與重生

　　共和國文學進入新時期之後，一面對過往文學創作、歷史和理論進行淘洗，一面又積極呼喚著人性、審美性、抒情性、主體性和文學本體性的復蘇和回歸。同時，各種西方的創作技巧、批評方法和文學理論大規模地衝擊著彼時的中國文壇。汪曾祺等於 1949 年前即開始寫作的作家逐漸回歸文壇，賈平凹、劉紹棠、史鐵生、張承志等即將在共和國文學史上留名的作家也開始了自己的早期創作。文學在曲折輾轉的路徑中獲得初步重生，並產生了多方面的藝術變奏。

第一節　革命文學的審美淘漉

　　歷史往往是檢驗作品的試金石，經過動亂的急風暴雨的沖刷，許多優秀作品不但沒有被人忘卻，反而放射出更加燦爛輝煌的藝術光芒。如今，以「知人論世」的態度，立足於這些作品被創作的年代，而發掘出它們與彼時其他作品有所不同的審美價值，有其深刻的意義。本節將以峻青的短篇小說爲例，著重探討他的觀點：「戰爭給了人們許多寶貴的教訓，使他們更深刻更細緻地去認識世界，更純潔更高尚地去對待生活。而犧牲了的英雄們，也永遠地活在人民的心裏，並鼓舞他們，在新的生活中去樹立新的功勳。」〔註 1〕

　　如果把峻青短篇小說的生活圖畫依次連綴起來，它便構成了一幅氣壯山河，色彩絢麗的革命英雄主義的畫卷。以革命戰爭爲題材，用血和淚鐫刻一個個豐滿的藝術雕像，成爲峻青小說的常用手筆，從中我們可以清晰地看出他作品的基調——悲壯，悲與壯交融滲合，力透紙背，構成了峻青小說獨有

〔註 1〕 峻青：《黎明的河邊·後記》，人民文學出版社 1979 年版。

的藝術風格。我們不否認讀了峻青的小說後感到心情沉重，然而悲慟之餘，壯烈的情緒更爲深切感人，崇高的精神更爲激動人心。作者總是把矛盾衝突放在生與死的搏鬥中展開，把人物性格推到硝煙彌漫、血肉淋漓的戰鬥場面中去陶冶，甚至寫了英雄人物的犧牲。這在那動亂的年月裏，就難於逃脫被戴上宣揚「戰爭恐怖」、「和平主義」帽子的厄運了，在「塑造起一個英雄形象卻讓他死掉，人爲地製造一個悲劇的結局」〔註2〕的棒槌之下；在非人性的屠殺下，同其他優秀作家和作品一樣，峻青遭受了殘酷的迫害，他的作品被宣判了「死刑」。究竟革命的作品可不可以描寫正面人物的死亡？這樣的描寫是不是宣揚「戰爭恐怖」和「和平主義」？要搞清楚這個問題，我覺得首先要理解悲劇的美學作用與馬克思主義悲劇觀的實質。

黑格爾認爲在悲劇中所感到的不是直的、美的、善的東西的毀滅，而是理性、「永恒正義」的勝利，他說：「我們並不是在最好的東西的毀滅中，而是相反地在眞的東西的勝利中得到提高的。正是這一點構成古代悲劇眞實的、純倫理的旨趣。」〔註3〕他僅僅把悲劇衝突歸結爲三方面，即由物理、自然和人們生活產生的衝突；由自然條件產生的心靈衝突；由心靈性的差異而產生的衝突，然而，怎樣去解決這些矛盾衝突呢？他主張通過「和諧」的倫理方式來解決。我以爲從悲劇的表現內容上來看，黑格爾的悲劇體系完善了亞里斯多德的悲劇只是喚起人們悲憫、畏懼之情的觀點，揭示了悲劇本身所包涵的巨大美學作用，可說是悲劇藝術價值的一大發現和總結。然而「和解」、「理性」、「永恒正義」正是黑格爾客觀唯心主義的核心。這就暴露了他悲劇觀中反動的一面。只有到了馬克思時代才賦予悲劇以嶄新的內容。恩格斯在給斐迪南·拉薩爾的信中指出：「……產生這樣一個悲劇性的矛盾：一方面是堅決反對過解放農民的貴族，另一方面是農民，而這兩個人卻被置於這兩方面之間。在我看來，這就構成了歷史的必然要求和這個要求的實際上不可能實現之間的悲劇性的衝突。」〔註4〕實際上拉薩爾的悲劇觀要害就是重蹈了黑格爾悲劇體系錯誤一面的覆轍，因此，恩格斯才指出了悲劇中不可調和的階段內容，從而奠定了悲劇的歷史唯物主義的理論基礎。當然，由於歷史條件的限制，我們不能苛求黑格爾作出先知先覺的正確答案來。

〔註2〕 《林彪同志委託江青同志召開的部隊文藝工作座談會紀要》，人民出版社 1970年版。
〔註3〕 〔德〕黑格爾：《善和良心·注釋②》，《法哲學原理》，商務印書館 1961 年版。
〔註4〕 《馬克思恩格斯全集》第 29 卷，人民出版社 1975 年版，第 586 頁。

　　馬克思在論述悲劇的時候也說：「現代的 ancien régime（注：原文是法文，譯作舊制度）寧可說只是真正的主角已經死去的那種世界制度的丑角。歷史是認真地行動著的，經過許多的階段才把陳舊的生活方式送進墳墓。世界歷史形成的最後一個階段就是它的喜劇。在埃斯庫羅斯的《被縛著的普羅米修斯》中已經悲劇式地受了致命傷的希臘之神，還要在路喀阿諾斯的《對話》中喜劇式地重新死一次。歷史的進程為什麼是這樣的呢？這是為了使人類能夠愉快地同自己的過去訣別。」〔註5〕為了獲得人類的最後喜劇，為了向過去訣別，把陳舊的生活方式送進墳墓，在新舊制度的鬥爭中，就會不斷產生悲劇，峻青正是以馬克思主義的悲劇觀來觀察生活、指導自己的創作的。同時他作品的美學價值也是不可低估的，具有較強的生命力和感染力。因此，作品中展示英雄人物所遭受的苦難，甚至在鬥爭中死亡的悲劇，並不意味著主人公精神的死亡，相反，它提示了「資產階級的滅亡和無產階級的勝利是同樣不可避免的」〔註6〕偉大真理，使人們看到「這一個」英雄形象是「歷史的必然要求」，他的肉體是死亡了，他的精神卻是永存的。作者寫出了人物理想世界不可抗拒的必然勝利，充滿著詩意的動情力。廣大讀者也正是在這種道德的感化下得到精神上的提高的。

　　在一定的歷史條件下，悲劇中的英雄人物是作為先進思想的代表，與日趨腐朽沒落，然而又還很強大的舊制度、舊勢力生死決鬥的衝突中而導致毀滅的，這就構成了必然的悲劇結局，「但是這個悲劇的『主角』卻生了一個強壯的兒子」，〔註7〕峻青小說是遵循了這個美學規律的。在《最後的報告》的結尾，作者描繪了一幅排山倒海式的藝術畫面：

　　　　我們含著眼淚，長久地站在他們的墓前。沉默，代替了悲痛的
　　哀悼，代替了莊嚴的誓言！於是，我們又前進了！

　　　　步兵、騎兵、輜重兵，千軍萬馬，浩浩蕩蕩，揚起了漫天的黃
　　塵，從馬仲民、江荻帆的墓前，跨過了波浪滔滔的淮河，向西，向
　　南，向一切尚沒解放的祖國底土地上進軍！

〔註5〕　恩格斯：《現實歷史中的悲劇和喜劇》；《馬克思恩格斯論藝術》第1卷，人民文學出版社1963年版，第77頁。
〔註6〕　《共產黨宣言》；《馬克思恩格斯全集》第4卷，人民文學出版社1963年版，第479頁。
〔註7〕　恩格斯：《法蘭克福關於波蘭問題的辯論》；《馬克思恩格斯全集》第5卷，人民出版社1970年版，第408頁。

這是何等壯闊地場面啊！在《馬石山上》的結尾，作者這樣寫道：

> 漫長的歲月和那日復一日的風吹雨打，並沒能侵蝕掉大青石上的刻字，它依然是那麼清晰、明顯，像寶石似的在每一個人的心上放著光。它號召著人們：勇敢地戰鬥，保衛和平，保衛幸福的生活！

看吧，這就是悲劇產生的效果，它絲毫沒有低沉、冷漠的自然主義描寫，而是飽和著熾熱的理想主義激情。這種感情並不是滯留在給作品添上一個光明的尾巴上，而是滲透於整個作品的字裏行間。讀一部作品，應該首先抓住作家的思想貨幣，看其在讀者的內心世界裏培植的是什麼樣的情感，然後才有權利進行評判，如果只是從形式上作簡單抽象的分析推理，那麼只能是對作品的曲扭。

峻青小說的特點就在於，英雄人物臨難時所顯示出的高尚革命情操正是把悲哀推向壯美的轉折。《最後的報告》中，「我」犧牲時想到的是什麼呢？「他們在活著，可是，他們沒有生的喜悅；我們要死了，可是，我們卻沒有死的悲哀。我們的死比他們的活更偉大！」讀了這樣的文字，你能說作品給你的僅僅是悲愴壓抑之感嗎？不！完全相反，它激起了我們壯美昂揚的情緒，它包含的容量是巨大的，英雄人物在與舊世界愉快訣別的時候，他們的性格、精神在光榮、真理和美好的光輝中復興。《老交通》中的老鐵在敵人的屠刀下為什麼異常高興呢？「好像他並不是去赴死，而是去參加什麼慶祝會似的。」因為他聽到了人民解放的炮聲，他認為：「後人吃果前人栽。咱們已經看到了勝利的邊邊，死也甘心了。」《黨員登記表》裏黃淑英在臨死前想到的是如何保住三十幾個黨員的生命；《黎明的河邊》中小陳中彈後想到的是「同志」和「任務」。總之，峻青小說中所有的英雄人物都是把自己的生命置之度外，含笑以赴的壯士，他們用自己的鮮血塗寫了光芒燦爛的新中國黎明的圖景，表現出了英雄主義的偉大氣概。作者準確地把握住了英雄人物的靈魂，因而突現了時代的精神、氣質和特點，給人們以深刻的啟迪。

比起那種忽視鬥爭艱苦性，殘酷性，把革命勝利寫得輕而易舉，視同兒戲，毋需以鮮血換取，表現廉價樂觀主義的作品來，峻青的作品雖然也遍佈時代烙印，但同時顯示出與眾不同的審美風貌。

馬克思曾引用布封的話說：風格就是人。峻青在作品中表現出他對社會和人物的美學評價，閃爍著自己獨特的藝術見解，這顯然是和作家的生活經歷、思想素質、文學修養緊密聯繫在一起的。我以為峻青小說風格形成的重要因素，

除作者的嚴峻生活經歷而外，便是作家對生活獨特的分析方法。正如作者所說，「在那些艱苦的日子裏，多少英雄人物在我們底身邊倒下了，多少壯烈事跡深深地刻在我的心裏，使我永遠不能忘記」。〔註8〕正是這樣的創作衝動迫使作者要去攫取那最令人激動的、最壯烈的一幕，來表達對英雄們的懷念之情、頌揚之情。如果沒有這種悲壯、燦爛生活的親身經歷，作者就不可能寫出如此眞實生動的藝術作品來。然而，僅僅有這樣的生活經歷是不夠的，還需要作家有提煉生活的特有方式，才能構成自身的藝術風格。正因爲作者懂得悲劇的美學作用，而且又把生活提煉到一定的思想高度，方才使自己的作品獨具風格。作家的創作實踐告訴我們，一部眞正好的藝術品決不是可以用任何現成的模式來套用的，沒有那樣的生活，沒有熾熱的創作衝動，就不可能產生感人肺腑的珍品；沒有對生活的眞知灼見，便不可能構成獨特的藝術風格。

　　峻青的作品從多方面描寫了殘酷艱苦的鬥爭環境，以曲折動人的故事情節概括了生活的本質；在人物塑造上，作者多選擇戰士、黨的地下工作者。基於這兩點，作者在現實土義的基礎上塑造了發展中的理想化人物，使整個作品形成了獨特鮮明的藝術風格。峻青小說裏挾著風雷般的氣勢，奔突著岩漿般的激流，迸發著燦爛的理想火花，筆墨淋漓，肝膽照人，眞有怒潮奔馬、氣吞山河的魅力。從《馬石山上》到形成風格的《黎明的河邊》，以及《黨員登記表》、《最後的報告》、《烽火山上的故事》、《老水牛爺爺》、《老交通》、《山鷹》、《海燕》諸篇都浸透著理想主義的精神，給讀者一種壯美情感，一種熱血沸騰、昂揚激越的動情力，明顯地表現出峻青小說在藝術風格上和其他作家之間的差異。

　　茹志鵑和峻青的藝術風格是有較大差別的。前者清雋委婉，具有陰柔之美；後者雄健、悲壯，具有陽剛之美。試將《百合花》與《馬石山上》相比，同樣是以革命戰爭爲題材，在選擇環境時，茹志鵑沒有直接描寫激烈的戰鬥場面，而是把它處理在幕後，卻以平靜的包紮所爲背景，注重於非常縝密的細節描寫，去刻畫人物內心世界的細微變化，猶如涓涓細流，平緩而清雅，整個作品的色調是清閒婉麗的，滲透著濃鬱的生活情趣。小通訊員是在十分蕭穆的氣氛中死去的，作品留給讀者的是一種在寧靜中對英雄人物心靈深處美的探索和追求，細膩而恬靜，有詩的含蓄。而峻青卻往往是選取炮火硝煙

〔註8〕　峻青：《黎明的河邊・後記》，人民文學出版社1979年版。

的戰場爲背景，以驚天動地、雄壯激越的音響作畫外音，把它們作爲悲壯氣氛的烘託，粗獷而奔放，給人以豪放的情懷。《馬石山上》的戰爭場面的描寫何等壯烈，那字挾風雷，聲成金石的呼喊久久地在讀者胸中迴蕩。誠然，馬石山上十位鬥士全部犧牲了，沒有一個活著，然而他們的崇高形象卻如高山峻嶺一樣巍然矗立，萬古長存，這樣的死又是具有何等撼人的藝術力量！作者是在人民的心底裏爲英雄們建樹了不朽的豐碑。

那麼，同樣也是描寫激烈的戰鬥場面，而孫犁和峻青的風格卻又是迥然不同。試以《荷花澱》與《黎明的河邊》這兩篇代表作相比較，前者是俏麗、清新；後者卻是慘烈、壯美。你看，《荷花澱》裏，敵人的氣艇在緊緊地追趕著婦女們的小船，而就在這千鈞一髮之際，作者卻宕開一筆，避開那驚險場面的描寫，描繪了富有濃鬱詩情畫意的荷花澱，彷彿爲讀者鋪開了一幅五彩斑斕的油彩畫面，顯然，作者調轉筆鋒的目的是將讀者的緊張心弦鬆馳下來。作者描寫生死搏鬥的場景更是趣味橫生。就在婦女們被包圍，「山窮水盡疑無路」的時候，突然從肥大的荷葉下冒出人來，一場驚心動魄的戰鬥就在這充滿著樂觀主義的神奇情趣中迅速解決了。這簡直是一首洋溢著浪漫主義情調的詩章。作者對生死搏鬥場面的氣氛渲染惜墨如金，畫外間是又如此優美、柔和，給人以幽默俊逸的美感。而峻青卻是相反，他著意描寫了殘酷的鬥爭場景，用血、用淚，用生與死的角逐去譜寫可歌可泣的英雄壯歌，給人以莊嚴豪邁的美感，充分顯示了作者敢於直面人生的藝術膽略。《黎明的河邊》中從母親和小佳的犧牲場面直到小陳抱著匪徒跳下滾滾的濰河，作者用了大量的筆墨把好幾個驚險的場面組合起來，一個更比一個艱險，一個更比一個壯烈，矛盾衝突一浪高過一浪，形成了跌宕起伏的峰巒，從而使人物性格在最悲壯的場面下得以充分地展示。作者的筆觸往往是從冷酷的環境描寫中轉到火山般感情的噴射上。當你讀到小陳母親和弟弟被殺害時，你能不潸然落淚嗎？當你讀到小陳「抱著一個衝到他面前的匪徒，向著濁浪滾滾的濰河裏跳了下去」的時候，你能不爲這悲壯的故事情節感動嗎？然而在作者奔騰的感情中，我們握住了英雄的脈搏，尋覓到了更珍貴的心靈世界：「生命，這一生只有一次的青春的生命啊，還有什麼能比它更值得寶貴，更值得珍惜的啊！可是『同志』和『任務』，卻勝過了自己底生命！」一股熾熱的情感像洶湧澎湃的波濤一樣衝擊著讀者的心田，一個「更爲崇高，更爲純潔，更爲偉大」的藝術形象在人們的心目中巍然屹立，這就是作者的藝術匠心所在。因此，

我們以爲峻青的特色就表現在他嚴酷鬥爭時絲毫不帶頹唐闌珊的情緒，而是充滿了悲壯的氣質。

作家之間在藝術風格上的差異是不可強求一律的，否則就不能呈現「百花齊放」的藝術局面來，要保護奇花異卉品種的發展，就要打破一切禁錮藝術的條條框框。需要每一個作家在探索自己的藝術風格的道路中，有所發現，有所創建。

峻青藝術風格的形成，正是作者長期生活在人民群眾之中，生活在戰火紛飛的戰壕裏的藝術結晶；也是作者遵循藝術規律，高度概括生活，有所獨創的結果。在驚險的場面和人物的塑像裏融進作家奔騰的情懷，使它成爲作品穩固而無形的支柱，整個畫面便成爲浸透了作家人格的圖畫，作家的藝術個性在他的作品裏得到了淋漓盡致的表現，這是眞正的藝術。十幾年來，有獨特藝術風格的作品並不很多，不少作品變成了服從概念的「傳聲筒」，沒有了作家自己的藝術個性，不能把作者獨到的藝術見解和熾熱的感情鎔鑄到作品中去，作品必然是形容蒼白和枯槁畏縮的。有些作者往往在人物性格發展到一定階段的時候，不改按其必然歸宿去處理情節或結局，首先考慮的是「原則」，是某一清規戒律，而悲劇就更成爲不可近及的高壓禁區了。這樣必然導致簡單化、公式化，更談不上什麼藝術價值了。要打破這種陳規舊俗，沒有一個眞正藝術家堅持眞理的勇氣是不行的，正如魯迅先生所說的那樣：「沒有衝破一切傳統思想和手法的闖將，中國是不會有眞的新文藝的。」〔註9〕

然而，有些評論者卻否認了峻青小說中某些偶然事件的眞實性，認爲它是「故作驚險」，指出：「在《山鷹》裏，偶然的事件，罕見的情景的連續出現，使人感到徐志剛這個高大的英雄形象是樹立在懸岩上，而不是站在廣闊而堅實的土地上，這個故事情節某些部分是製造出來，而不是人物性格發展的必然結果，這個問題，關係到對於革命現實主義和革命浪漫主義相結合的藝術方法的正確處理和運用，也關係到峻青的創作的健全發展。」〔註10〕但是，偶然的事件往往是包含著必然因素的，必然性又是通過偶然性表現出來的。從爲父報仇到自覺地獻身於偉大的革命事業，徐志剛的思想性格發展走過了一條多麼漫長、曲折的道路啊，作者把性格發展的每一個進程都放在驚險的故事情節中去錘鍊，鑄造成了環環緊扣的一串閃光的金鏈，使人感到心

〔註9〕　魯迅：《墳·論睜了眼看》，《魯迅全集》第一卷，人民文學出版社1981年版。
〔註10〕　馮健男：《談峻青小說中英雄形象的塑造》；《作家的藝術》，百花文藝出版社。

悅誠服，驚歎不已。作者選取的這種偶然事件正是那個風雲世界的剪影，它高度概括了那個時代的特徵，只不過作者剪輯了最勾魂攝魄的一幕罷了，正因爲作者懂得要在典型環境中去再現典型性格的創作眞理，所以，他把理想化的人物放在驚險的情節和悲劇的氣氛裏鍛煉，而這個理想化的人物卻是深深地紮在現實主義的基礎上的。就《山鷹》中的偶然事件來說，乍看起來，一個瞎子能在懸崖絕壁上行走如常；一個孩子能殺死兩個頑敵，似乎難以置信。但是，徐志剛在鬼愁崖上練就一身能飛奔的高強本領，這正是人物性格的發端，初露鋒芒，爲人物性格的邏輯發展奠定了基礎，循著這條軌跡，我們清楚地看到了人物性格隨著故事情節的發展不斷伸延下去，直到捨身救群衆，雙目失明後又重上鬼愁崖，人物性格最終發出了奪目的光華。在徐志剛捨身救群衆，負傷後生死未卜的時候，人們對他的感情是足以說明這個人物的思想基礎的：

　　　　大家立刻哭成一片。……幾乎全村人都跟著來了，大家把醫生轉了起來，碰天磕地的懇求他一定把志剛給治好。徐中江緊拉著醫生的手說：

　　　　「只要你能把他治好，就是要我的心，我也當場就扒給你。」

　　　　志剛要輸血了。大家都搶上去伸著胳膊叫抽自己的血。

　　　　醫生不許大家擠在病房裏，說病人需要安靜，勸大家回去，可是誰也不回去，寧肯站在院子裏。

這個英雄人物爲什麼有如此崇高的形象？這就是因爲他有自己生活的豐厚土壤，他不是那種憑空臆造、虛無縹緲、不可捉摸的「超群英雄」，而是把自己的生活和理想置於最平凡的事業，勤勤懇懇爲大家謀利益、是踏實的普通英雄的藝術概括。作者正是用這種驚險的故事情節和壯烈的悲劇氣氛烘託出了英雄人物心靈世界的眞美善，從而顯示出屬於作者自己的藝術風格。相反，倘若摒棄了這種罕見的情節，否認它在藝術作品中所佔有的重要地位，那麼，有可能會使作品失於平板、枯燥，徐志剛這個人物形象也許不會如此光彩照人。如果按照這樣的藝術批評去做，恐會窒息作家的藝術個性吧？

　　峻青短篇小說中的表現手法是豐富多彩的，無論是景物描寫、肖像描寫、浪漫主義的描寫；還是人稱手法、象徵手法的運用，都是爲了塑造豐滿的英雄形象，概括生活中值得頌揚的悲劇而存在的，顯示了作者深湛的藝術才華。

　　在景物描寫中，作者關於把它作爲人物形象的背景渲染，皴、描、點、

染，濃淡相宜，恰到好處，許多作品中就有很多處淡墨的皴法，直到人物性格放射出最耀眼的光芒時，作者才肯加重色彩。如《黎明的河邊》中，在小陳犧牲前，作者作了較濃重的景物描寫：

　　　　西面大堤上的衝鋒槍聲停止了，淡藍色的硝煙被風吹散了，在
　　已經晴朗了的西方天空的碧藍色的背景烘託下，迎著金色的陽光，
　　出現了一個人影。

不言而喻，作者寫景的動機是一目了然的，作者不輕易寫景，一旦寫了，就必然是作為形象的鋪陳，是為了烘託悲的氣氛，從而又在悲中顯現出壯的色彩來。

　　峻青短篇小說中情和景總是有機結合著的，作者把充滿著理想主義的感情交融在動人的藝術畫面裏的例子是屢見不鮮的。《老交通》裏，就在老鐵面臨著死亡的時候，作者用簡潔的筆墨勾畫出了一幅美好的圖景，然而，它並不是清雅柔和的山水畫，而是飽蘸作者悲壯情感的潑墨油畫：

　　　　我抬頭看了看天，烏藍色的夜空被炮火映得通紅，星星在紅光
　　中閃爍。

是啊，勝利即將來臨了，而我們的主人公卻要殉難了，莫過於比這更悲傷，更惋惜的痛苦了，但是作者在悲哀的色調裏，通過主人公眼睛的折光，給畫面添上了一筆濃重的革命樂觀主義的壯美色彩：

　　　　老鐵卻像小孩子看花炮一樣，含著微笑直盯盯地看著那炮彈爆
　　炸的紅光。他是那樣的興奮，一會兒看看被炮火映紅了的天空，一
　　會兒看看四周燃燒著火光的山頂，歡喜得又說又笑，好像他並不是
　　去赴死，而是去參加什麼慶祝會似的。

作者描畫出來的悲壯圖畫顯然是以壯色為基本色彩的，悲只是壯的底色。像這樣的描寫在《最後的報告》中更為顯著：

　　　　我抬起頭來，從窗櫺裏望著天空。啊！天是這樣的藍，這樣的
　　高，月亮是這樣的明亮，這樣的美麗，我從來沒有看見過這樣藍而
　　高的天空，這樣明亮的月光，這樣美麗的星星。這是我踏進人生的
　　社會裏二十一年中第一次看到的，也是最後一次看到的了。

　　　　夜風，溫柔地吹著，帶來了曠野裏泥土的香氣，呵，這麼香，
　　這麼醉人。我張大了鼻孔，貪婪地一次又一次地嗅著這大地的芬芳
　　氣息。……

> 炮聲越來越近了，我彷彿聽到了我們反攻大軍的足音。勝利已
> 經臨近了，我能想像出明天該是怎樣美好的天氣，可是，這個美好
> 的明天，我看不到了，然而，我並不難過。

從文字的表面看，似乎作者是在抒寫大自然的美景，殊不知這裡面飽含著多少悲憤，更飽含著多少情懷。美麗的景物描寫，爲襯托「我「在向美好生活告別時的思想境界作了非常殷實的鋪墊，展示了一個共產主義者嚮往幸福生活，而又視死如歸的崇高革命氣質和寬闊豁達的胸懷。情景交融，蘊含哲理，有撼人心靈的藝術魅力。

精彩的人物肖像描寫往往能爲作品增添瑰麗的光輝，峻青的短篇小說中同樣的神工鬼斧的好筆墨，比如《交通站的故事》中，姜老三犧牲後的那段肖像描寫就是異常出色的文字，不用修飾，不要抒情，聳立在我們面前的就是一座天然的藝術雕像，在這百字的描寫中，作者採用了反襯、陪襯、烘托、誇張等綜合的藝術表現手法，以剛健挺拔的筆力勾畫出了栩栩如生、毫髮畢現的英雄肖像，具有強烈的立體感，尤其是一個「瞪」字，更是出神入化，以一目盡傳精神，淋漓地刻畫了老人犧牲時深刻的愛和憎，而這神來之筆傳達給讀者的卻是眞情實感，毫無斧鑿之痕，作者以形象本身來表達情感。意溢言外，不失是段情文並茂的好文字。像這樣的肖像描寫，在峻青的短篇小說中不難尋覓，從中，我們不僅能看到作家精湛的藝術技巧，而且能從藝術畫面中觸摸到英雄人物的偉大靈魂，它給我們的是悲而壯、壯而美的藝術感染。

浪漫主義的描寫是很容易反映出作家的世界觀的。峻青小說的浪漫主義描寫大都是積極向上的，是爲壯美的思想境界作映襯的。小說中有很多神秘的傳奇式描寫，它爲峻青的作品增添了鮮明的民族色彩，而這種民族色彩又服從於作家悲壯的藝術風格。

另外，峻青小說中的象徵性藝術手法爲崇高壯美的理想主義展示了詩情畫意般的境界。例如《山鷹》和《海燕》都具有這種藝術描寫，它們恰似兩朵並蒂怒放的姊妹花，盛開在峻青短篇小說叢中。《山鷹》的結尾是這樣的：

> 這時候，天已經亮了。他的背後，泛起了一片粉紅色的早霞，
> 在那閃著霞光的黎明的天空中，有一隻山鷹撲展著鋼鐵一般的翅膀
> 在飛翔，飛翔，高高地飛翔……
>
> 氣勢磅礴的山洪，在亂石縱橫的山谷裏，噴著雪白的浪花，洶
> 湧地奔騰前進，前進……

這段描寫是何等雄偉，何等壯觀，是詩，是畫，它不僅點明了題意，而且
耐人尋味，給人以蓬勃向上，勇往直前的感觸，這就是作者給予我們的崇
高的藝術感受——在悲劇的氣氛裏把我們領入更高的豪放而壯美的精神境
界。

《山鷹》的象徵描寫是作為全文的收束，而《海燕》的首尾都以高爾基
的散文詩中海燕的形象作為人物形象象徵性的烘託，作者把全部情感揉進了
偉大詩人創造出的偉大形象之中，起著畫龍點睛，開拓意境的藝術效果，使
人讀後如嚼乾果，如品香茗，餘味無窮。然而，高爾基在《海燕》中顯示的
叱吒風雲，呼風喚雨的崇高壯美風格，又被峻青有機地融進了自己的作品，
達到了珠聯璧合、渾然一體的程度，把人物的悲劇結局上升到更高的理想主
義境界。

若是把峻青所有的短篇小說合在一起，把它比作一塊璞玉的話，那麼，
它不會是完美無疵的，就其本身的藝術風格的發展來看，還存在著各篇之間
藝術表現力不夠平衡的缺陷。但是，就其眾多作品所顯示的思想力量和藝術
特色來看，是足以在當代短篇小說之林中獨樹一幟的。峻青短篇小說的表現
手法是「使這些動機生動地、積極地，也就是自然而然地表現出來」〔註11〕
的藝術楷模，它的生命力的光輝在今天仍舊是那樣光彩熠熠。

第二節　抒情性的崛起

文藝作品的美學價值高下往往取決於它所描繪的具體可感的生活情景和
表現出的豐富強烈的思想感情是否融合一致，以致能否形成一種深遠的意
境。一個在藝術上有所追求的作者總是力圖向這座峰巒攀登。把小說當作詩
來寫，讓作品釋出意境之美，這是賈平凹、劉紹棠、汪曾祺等作家在時代轉
換中進行的大膽嘗試和探求。

一、賈平凹的初期創作

賈平凹的作品沒有濃墨重彩的藝術渲染，只是像一幅淡雅恬靜、充溢著
村俗鄉情的水墨畫，饒有田園牧歌式的生活情趣。正如作者所說的那樣：「我
喜歡詩，想以詩寫小說，每一篇都想有個詩的意境。給人一種美。」〔註12〕

〔註11〕《恩格斯致斐迪南・拉薩爾》；《馬克思恩格斯全集》第 29 卷，第 583 頁。
〔註12〕引自賈平凹 1979 年 7 月 12 日給筆者的來信。

　　如果稍微留意的讀者就會發現，賈平凹作品中的人物描寫總是抒情的。處處表現一種對美的追求。乍看起來，《麥收時節》（見《人民文學》1979 年第 12 期）中那個漂亮的新媳婦對容貌衣著美的追求似乎太固執了，但這只是表面的描寫，值得注意的卻是作者把筆觸深入到人物的內心世界，揭示了人物性格的本質方面——憎愛分明的立場和嚴謹的生活態度。像這樣的人物，在賈平凹的作品中屢見不鮮。《美》（見《北方文學》1979 年第 7 期）的女主人公對愛情是那樣堅定執著，作者的描寫又是那樣纏綿動人，甚至使你覺得有些過份。《進山》（見《十月》1979 年第 2 期）裏的靈娃在愛情的抉擇中，選中的卻是那個山下平原隊科研站副站長，漂亮活潑的王俊，而不是那個山裏的黑臉後生石頭。那麼，你能膚淺地說，這只是對容貌地位的追求嗎？不，作者從來不把筆墨只停留在表面現象的描寫上，而是把筆端伸延到人物心靈中去進行深刻的剖析，提煉出了人物性格的本質。也誠如《竹子和含羞草》（見《收穫》1979 年第 4 期）一樣，如果石根和文草沒有共同的對理想的追求，而只限傾訴卿卿我我的愛情衷腸，那麼他們的結合就毫無根柢，也就根本沒有心心相印的可能。作者把表面現象——人物對生活中外在美的追求，與精神內核——人物對心靈世界崇高美的熱愛融合在一起，把讀者領入詩一般的美好藝術境界之中，因而形成了作品獨特的格調。正如作者所說的那樣：「就像生活中的女人，有的五官端正，卻不動人，似乎是『姿』中還缺乏著一種叫『韻』什麼的。」〔註13〕賈平凹的作品正是「姿、韻」並茂的妙文。我想，這「姿」便是作者對人物外在美的描繪；這「韻」便是對人物精神世界的刻畫吧。一篇作品縱然「姿」再美，而無「韻」的美，它的美學意義也是要貶值的，只有「姿」和「韻」有機地融合，才能構成和諧美的圖畫。《牧羊人》（見《新港》1980 年第 2 期）裏那個鬥羊姑娘的「姿」是令人生羨的，「她衝我一笑。這笑得很漂亮，簡直是山野裏開綻的一朵山茶花兒，我竟被她迷住了：這麼個地方，她吃的什麼，喝的什麼，竟長得這麼娟好！」再瞧她的歡悅的神情又是多麼天眞爛漫，「抓住了一隻羊的角，在草坪子上相牴，相持、相撲、相剪，不住地咯咯咯地笑，快活得也像一隻小白羊了。」這些「姿」多麼出神，給人以生活美的無限樂趣，然而作者最終用畫龍點睛的筆墨托出了她的「韻」——開朗豁達、崇高純潔的美麗心靈世界。同樣，寫她的同伴，

<hr>

〔註13〕賈平凹：《愛和情——〈滿月兒〉創作之外》，《十月》1979 年第 3 期，第 236、237 頁。

那個被錄取上大學的姑娘也是如此，「這是個十分清秀的人兒，和鬥羊姑娘笑
得不同，卻各有各的美和韻味。」（出處同上）《雪夜靜悄悄》（見《上海文學》
1979 年第 3 期）中，老門衛眼裏那個未來的兒媳婦「那麼年輕，打扮得那麼
漂亮」。甚至讓老門衛心裏「泛上一種什麼滋味兒」，產生了一種對「姿」的
本能嫌棄，然而通過作者對人物「韻」的刻畫——集中描寫出青年一代崇高
的事業心，連這個古板冷淡的老頭子也不由得改變了初衷。你聽，他是怎樣
吩咐兒子的：「這是大門的鑰匙。一會兒到門房去，那裏有油茶麵，沖點喝些，
得沖兩碗！櫃裏有煮熟雞蛋，得吃兩個四顆！」「傻小子！你就是那個態度？
唵！你要虧了她，看我依了你？」嘿！這真是妙筆生趣，「得吃兩個四顆！」
婉轉地表達了老人對他們愛情的深深祝福。讀到這裡，你可能要忍俊不禁了，
但細細品味，假使作者沒有寫出那美麗姑娘的「韻」來，老門衛尚不知怎麼
排遣自己未來的兒媳呢。《滿月兒》（見《上海文藝》1978 年第 3 期）之所以
獲得藝術上的成功，一個重要的原因就在於作者寫活了兩個年青姑娘不同的
「姿」和「韻」。滿兒並不只是以她的苗條、溫柔、漂亮而獲得讀者寵愛的，
更重要的是她用那種踏實勤奮的工作態度譜寫了「悅耳的豐收的序歌」。月兒
這個形象可以說是賈平凹所有作品中刻畫得最成功的一個具有鮮明個性的人
物。並非這個人物著墨最多最濃，而是因為作者調動了較多的藝術手段，既
細緻地描繪了她的「姿」，又入微地刻畫了她的「韻」。無疑，她的「姿」是
很美的，簡直是出水的芙蓉，「那河水濺著白花兒。河風刮起她的紅衫子，就
像河中開了一朵荷花。」通過各種藝術手法，作者對她的「姿」作了淋漓的
描繪，最後終於在念信的一場戲裏，充分揭示了人物的「神韻」。當月兒真正
認識到姐姐的工作是一項平凡而偉大的事業時，她認真地哭了，決心鼓足幹
勁，重新投入生活的海洋，這正是這個美麗少女最動人可愛之處。難怪「我
緊緊摟住了月兒！我感覺到一個天真少女的一顆純潔、美好的心在跳動，跳
得那樣的厲害！」整個這段「韻」的表現，完全點出了人物精神世界的美。
當生活重新開始的時候，作者又描寫了月兒的「姿」，你看她仍然是那樣咯咯
咯地笑聲滿院，「那滿臉的淚珠兒全笑濺了，像荷花瓣上的露水珠兒一樣。」
她還是那樣漫不經心，當「我」都要到車站時，她才「滿頭大汗地跑來了。」
這些「姿」的描寫，已和前文的截然不同了，因為它已經是滲透了「韻」的
「姿」，更令人愛慕鍾情了。

　　賈平凹的作品總是著力描寫充滿著生活情趣的細節，十分注意作品縝密

的細部構造，以此來鑴刻人物形象，增強作品的生活美感。他說：「最苦惱的是細節，我不想在情節上勝人，但我在細節上下了工夫的。」〔註14〕《林曲》（見《人民文學》1979 年第 4 期）中，柳兒一出場，作者就用了一個妙趣橫生的細節，生動地勾畫出人物的性格特徵，「她在懷裏一掏，掏出個精巧的小棒槌。一揚手，棒槌飛上去，便有三個彎角皂角落下來；她又自個玩起『抓石子』來。」當那個高顴骨的女人想在工人身上刮點錢時，作者除用一段精彩的對話來刻畫小柳兒的性格外，還寫下了這樣一個戲劇性的細節場面。

> 女孩子站起來，一個躍身撲上去了。那女人驚呼一聲，手裏沒了衣服，摸髮髻，紙幣棍兒也沒了。女孩子把錢扔給我，說：
>
> 「叔叔，我給你洗！」
>
> 那女人很躁，要來打孩子。女孩子一下子掏出棒槌，說：
>
> 「你來！看這棒槌！」
>
> 女人停住了，罵了句什麼，恨恨地走了。
>
> 女孩子卻靠花皂角樹上，咯咯咯地笑起來了。

多麼純眞可愛、勇敢活潑的女孩子啊，我們不僅感觸到了人物活脫脫的音容笑貌，而且也感覺到了一顆跳動著的美麗心靈。作者善於捕捉人物特有的性格，用細節描寫予以形象的再現。不妨再看作者描寫小柳兒的一個特寫鏡頭，「她噗地笑了，一斜頭，給小七丟個眼色，小七進屋去了，她就又仰著脖子咯咯地笑起來，一直笑到小七抱了一團衣服出了門，才說聲再見，就極快地跑了，閃過牆，又回頭衝我一笑，那是一個很詭的笑。」最後這個鏡頭完全把一個孩子做好事時的詭譎神秘的笑靨深深地印在讀者的腦際裏，寥寥數筆，一個可以觸摸的藝術形象便躍然紙上。同時，在這豐富的面部表情裏也蘊藏著瑰麗的詩意，也就是柳兒說的「我……也是在修機場。」《春女》（見《人民文學》1977 年第 11 期）中的細節描寫更有風采，它和全文浪漫主義的氛圍熔爲一爐，意味雋永，不僅增添了詩意，而且深化了主題。春女「奶聲奶氣；兩個眼睛成了小蝌蚪兒了。瞧瞧，才多高呀，站在鍋臺前，腳下還墊著小凳子哪！可她舀水，馬勺裏滴水不漏，可她剁麵，刀和案板一起連響」。不是親眼所見，誰能相信站立在我們面前的這十歲童女能幹出這神仙般的漂亮活計呢？然而這扎扎實實的眞實生活細節卻開啓了讀者心靈深處美感的閘

〔註14〕引自賈平凹 1979 年 7 月 12 日給筆者的來信。

門。人們常說的「傳神」，大概不外乎是以精彩的細節描寫來充分表現人物的內心世界吧？《竹子和含羞草》裏，作者用兩個細節描寫分別表現了男女主人公相戀時的豐富內心世界。「我發現他（石根）在鏡前梳了一下頭，我笑他一下子注意打扮了，羞得他用手又把頭弄亂了。」寫得多妙！這一梳一弄，準確地表達了一個山區樸實青年初戀時的心理狀態。想取悅於自己的戀人而又不敢外露，怕被人點破。如果沒有眞實生活中的細緻觀察，作者是不可能把筆尖深入到人物靈魂中去的。寫文草卻又是一番神態了，她是喜形於色的。當她看到走筍竄到自己院落裏時，「她驚呼著，手拍足頓地，一點也沒有往日的文靜樣子了。」「文草半跪在那裏，小心翼翼地挪走捶布石，輕輕用手掬走筍周圍的浮土，想摸，又不敢摸，只是用嘴輕輕吹著氣。」你瞧她的忘情，她的謹愼是多有生活的詩趣，從中我們不難看出女主人公對這象徵著愛情締結的果實是何等珍惜，只有經受過生活波浪衝擊的人，才更能體會到愛情花果的甘甜芬芳。作者通過這個鏡頭的藝術表現，挖掘了人物心靈世界的眞實情感，給人以生活美的感染。《滿月兒》中對月兒發奮讀書時掐葡萄葉的細節描寫是很有韻味的，這個動作只能屬於月兒，如果安在滿兒身上就不合適了，因爲它充分表現人物個性。乍看起來，她還是那麼頑皮，但仔細品味，你就可以悟到，這不正是人物性格發展的具體表現嗎？她要刻苦念書，但是一向好動的天性使她難以平靜下來，這個下意識的動作正是她剋制自己本能欲望的絕妙描寫。《牧羊人》中「鬥羊姑娘樂得岔了氣，坐在那裏捂著肚子喊『哎喲』」的細節眞是神形並出，人物就像活靈活現地跳動在你的眼前，不知不覺地把你也牽入了眞實的生活境界。在賈平凹的作品中，這種既洋溢著濃鬱生活情趣，又充分展示人物心靈世界，使人物更具有立體感的細節描寫可說是俯首即拾。它們爲通篇作品的詩意奠定了殷實的基礎。

　　賈平凹作品的景物描寫酷似一幅幅淡雅雋永的水墨畫，然而卻散發著濃烈的泥土馥香，打開《林曲》，你馬上就會被那幅幽美的畫面所吸引。你彷彿看到遠處錯落有致的山鎮房屋和朦朧的山影；彎曲的石階路蜿蜒伸展到小河邊；近處叮咚作響的淙淙溪流清澈見底，魚兒的倩影在悠悠浮動；一石激起了層層漣漪，樹影在鏡似的水面上婆娑搔首；早霞在河面上灑下了一片碎金。姑娘們在光溜溜的石頭上洗著衣裳，河邊一片搗衣聲。畫面層次分明，意境清幽，色調柔和，有著動人的生活情態。就是在這樣動人的畫面上，作者頗具匠心地用淡淡的筆墨，輕輕勾勒出了一個寫意人物，「一個女孩子就坐在樹

下玩『抓石子』。」這就更增添了畫面的幽美詩境。整個圖畫完成了，讀者也深深地被這幅充滿著鄉俗、鄉情、鄉音的柔美圖畫所感染。《牧羊人》裏的景物描寫更是令人心曠神怡。「霧色開始退，太陽照在陽坡上，坡上青草泛綠，遊動著一群一群的羊，像飄山的雲朵，飄著飄著，就駐在山岊上，藍天立即襯出它們的剪影來，一聲鞭響，那雲朵便炸開了……山原來還這般地美啊！」如其把它看作一幅田園牧歌式的風景畫，倒不如說它是一組彩色的電影畫面，因爲隨著鏡頭的運動，我們看到了更廣闊遼遠的畫卷。尤爲稱道的是作者採用擬物的藝術手法，使景和物融合在一起，把靜止的景寫活了，又將活動的物融入靜止的藍天背景中描寫，交相輝映，生趣盎然。作者不僅給你視覺美的享受，而且還給你聽覺美的享受，最後再歸結到感覺美上來。使你與主人公、作者一同愛上這充滿著詩情畫意的山區。作者的景物描寫不惟給人一種詩情畫意的愉悅，而且還是與人物描寫合拍和諧的協奏曲，奏出了美麗心靈的讚歌。它們總是間雜在人物內心世界的揭示中，寓情於中，做到水乳交融。如《竹子和含羞草》在描繪男女主人公的生活環境時，不僅抓住了各人的個性嗜好，寫出了幽美的畫面。而且用擬人的表現手法，賦予竹子，花草以人物的性格特徵。這樣的描寫，構成了飽蘊詩情的生活圖畫。

　　賈平凹他刻意追求「結尾要電影式的『淡出』，淡得耐嚼。」〔註 15〕在數千篇的創作裏，作者幾乎在每一篇裏都給我們留下了餘味無窮、蓄滿詩意的「鳳尾」。它給人一種昂揚向上的情緒，凝聚著作者的一片詩心。《第五十三個……》（見《上海文藝》1978 年第 6 期）的結尾用抒情的擬人化景物描寫，在絢麗燦爛的畫面上唱出了生命的讚歌，預示著美麗的未來，進而謳歌了那個未出場的主人公歌兒。整個作品呈現出對理想美的嚮往和追求。《林曲》的結尾也是用擬人手法來歌頌幼小美麗心靈的，作者呼出的發自肺腑的心聲，含蓄地表現了對美好理想的憧憬。《竹子和含羞草》是以石根的話作結的，「你瞧這光山，說不定地下正有筍在走哩！等你明年夏天再來，恐怕滿山就又是竹子了哩。」主人公是相信未來的，正義的力量正像埋藏在地下的走筍一樣，只要春風一吹，便要破土而出，茁壯地成長起來。可以說，賈平凹作品的結尾深化主題的手法是含蓄的，高妙的，它深藏著作者的美學理想，即使是在《夏夜「光棍樓」》（見《延河》1979 年第 7 期）這樣抨擊社會流弊的作品中，作者也在結尾處用火鐮

〔註 15〕賈平凹：《愛和情——〈滿月兒〉創作之外》，《十月》1979 年第 3 期，第 236、
　　　237 頁。

的夢來召喚美好的理想境界。最後一句，作者用象徵的手法闡述了自己對生活的必勝信念，以此來鼓舞人們奮鬥的勇氣。「這時候，村里正是雞在啼明。」語言雖平淡，而包孕的思想內容是深遠的，富有哲理性。

　　總結賈平凹的藝術創作，其特點是顯著的，它們有人物「姿」和「韻」的意境美；有細節描寫的美；有濃鬱的生活情趣，洋溢著鄉土氣息。要特別提到的是，他的作品文字簡練，筆墨比較精醇，構思小巧玲瓏，能以少勝多。作品一般不超過五千字，有的甚至只有二千字左右。短，是短篇作家難能可貴之處，然而賈平凹卻能保持這種優良的文風，不但給人藝術的享受，而且使你得到精神的陶冶，它們的美學價值是不可低估的。

　　在賈平凹的創作初期，無疑有些作品落上了那個時代的灰塵，而且在藝術表現上也比較粗糙，流於概念化，甚至有些是對政治的圖解。但新時期以後，賈平凹的藝術才華得到充分的發揮，並且逐漸走上形成獨特風格的軌道。他深有感觸地說：「因為我們這一代人，都是坐在祖國大船上航行的旅客：風顛，浪打，嗆水，暈船；作為一名文藝工作者，誰不力圖『偵察』出航程線上的暗礁、漩渦、沙灘呢？」

二、劉紹棠的「返璞歸真」

　　楊格說：「一個天才的頭腦是一片沃土和樂園。那地方幸福得像愛利西亞姆仙境，肥沃得像壇普，而且享受著一個永恒的春天。創造性的作品就是這個春天的最美的花朵。」〔註16〕劉紹棠在豐沃的生活原野裏勤勞刻苦地培育著美麗的奇葩，力圖尋覓一條藝術的新路。

　　縱觀劉紹棠的創作，我們可以清楚地看到，作者的藝術情趣是在不斷變化著的，幾經起伏，幾經反思，才使他深悟出了一條藝術的真諦。他開始用美學的眼光來看待生活，來抒寫充滿著詩情畫意的人生圖畫了。用他自己的話來說，他走過的是一條「返璞歸真」的藝術道路。1949 年 10 月，劉紹棠這個「頭頂著高粱花兒，腳踩著黃泥巴」的少年，帶著新中國翻身農民的喜悅和歡樂激情，一頭闖開了文學的大門，為新中國文壇帶來了鄉野的晨露，吹進了新鮮的空氣。像「青枝綠葉」的嫩苗，他的作品充滿著青春的活力和泥土的溫馨芬芳，顯示出頑強的生命力。這時的作者只是用童真、稚嫩的眼光

〔註16〕　〔英〕愛德華‧楊格：《論獨創性的寫作》，引自《西方文論選》〈上〉，上海
　　　　　譯文出版社 1979 年 6 月版。

去認識生活和藝術的自然地、無意識地、非直覺地表現。在驚心動魄的鬥爭中，血氣方剛的作者有意識地去觸及生活中的弊端，力圖去尋覓生活中的「重大題材」和「尖端題材」。新的歷史時期到來的時候，輟筆二十年之久的作者卻顯得過於匆忙，他沒有過多地考慮藝術的砥礪，對生活素材進行嚴格地篩選，只是憑著那一股難以抑制的激情匆匆上陣，進行沒有藝術目標的創作，這就難免給作品留下用概念去圖解生活的痕跡。但不久之後，作家開始在藝術上作深邃的思考了。他深刻地反省道：「不是具體的人物形象激動我產生創作欲望，而是方針支配我找人來扮演故事」。〔註 17〕並明確地覺察出：「文學創作不能只是一時的紅火熱鬧，否則時過境遷，便會是一片白茫茫的沙漠。」〔註 18〕「故事好編，幾十萬或上百萬字的長篇也不難寫；但是，說到底，文學作品最終是要靠藝術贏人，靠藝術存在。然而，在藝術上形成風格，能有幾人？即便是在藝術上略有特色，又談何容易呵！」〔註 19〕「文學作品的壽命不能短暫如雪花」，「藝術性問題應該作為文學創作的生死存亡大事來重視。」〔註 20〕這「大徹大悟」是作家創作思想成熟的標誌。走過一段曲折的藝術道路，劉紹棠重新追求「璞」與「真」的美了。

然而，這「返璞歸真」卻是包孕了作者多少藝術的磨礪和探索啊。它顯示出作家對生活更成熟、更深刻的認識和對藝術更完美、更獨到的真知灼見。一部作品的優劣並不取決於歌頌還是暴露，而是要看作家能否根據自己的創作個性和本身的素養再現出真實動人的生活圖畫來；是否能像恩格斯說的那樣「從美學觀點和歷史觀點」（《致拉薩爾》）來作為自己創作的尺度。離開了這一點，作家就會變成懸在空中的安泰。劉紹棠十分佩服沈從文那充滿湘西一帶風土人情的「美文學」，他將沈從文的《邊城》與同時代的蔣光慈的《田野的風》和丁玲的《水》相比較，決心「更多地學習沈從文先生那樣表現生活，讓生活說話」〔註 21〕的藝術手法。他要「在自己最熟悉的鄉土上打深井……永遠堅持寫農民，寫田園牧歌，寫光明與美。」〔註 22〕於是，作者帶著他獨

〔註 17〕 劉紹棠：《我是一個土著》，《十月》文學雙月刊 1980 年第 6 期。

〔註 18〕 劉紹棠：《創作與師承》，《芙蓉》文學叢刊 1981 年第 1 期。

〔註 19〕 劉紹棠：《被放逐到樂園裏》，《青春》文學月刊第 7 期。

〔註 20〕 《本刊邀請部分外地作家舉行座談會》，《新苑》1980 年第 3 期。

〔註 21〕 《劉紹棠談自己的經歷、情趣和創作》，《當代文學研究參考資料》1981 年第 9 期。

〔註 22〕 《劉紹棠、陸文夫、張弦談創作》，《長春》1981 年第 10 期。

有的濃重鄉土氣息的風格跨入了 80 年代藝術的新紀元，開始從藝術跑道的新起點上起步了。他以《蒲柳人家》爲信號，打出了「鄉土文學」的旗幟，即以他豐厚的鄉土生活爲本，創作出「田園牧歌」式的「美文學」來。作者執著地追求著自然的美，純樸的美，眞率的美，人情風俗的美，讓作品折射出五彩紛呈的美的光芒。這種美學思想一旦噴發，詩情畫意的好筆墨就泉湧似的流瀉於作者的筆下，一發而不可收。隨之發表的《花街》、《瓜棚柳巷》、《蛾眉》、《草莽》、《荇水荷風》、《小荷才露尖尖角》、《綠楊堤》、《三進花沽》、《煙村四五家》等作品，都是這種「美文學」的力作，這些作品以濃鬱的土氣鄉情取悅於讀者，像春天清晨綠色原野裏的一朵朵花蕾，「每一滴露水在太陽的照耀下都閃耀著無窮無盡的色彩。」〔註 23〕他說：「人人都有性格，作品應有自己的特色。我在自己的作品中，總是注意自己的創作個性，從構思、選材、描寫的角度到語言修辭都要體現出自己的特點。」〔註 24〕

歌德曾說過：「假定一位具有天賦才能的藝術家，一個把自己的手眼在模特兒上鍛鍊一定程度的人，開始就以最準確的筆觸，忠實而勤奮地去摹寫自然的形狀和色彩；假定他從來沒有想到背棄自然，並以自己眼前的自然作爲繪製每幅圖畫的起點和終點；那麼，這樣的人將永遠是一位值得注意的藝術家，因爲他一定可以達到驚人高度的眞實，他的作品必然是可靠的、有力的、豐滿的。」〔註 25〕可以看出，劉紹棠在自己的創作中，尤其是在像《蒲柳人家》、《花街》、《瓜棚柳巷》、《草莽》、《漁火》、《荇水荷風》、《小荷才露尖尖角》、《綠楊堤》等這樣的鄉土中篇裏，刻意追求著一種「天然去雕飾」的眞樸美，讓眞善美的藝術圖畫釋放出所蘊藏著的最大能量。作者雖胸有成竹，但揮灑卻很謹愼──一切時代的色彩，人生的奧秘，社會的底蘊決不由作者自己吐露，而完全靠生活本身來作解釋，使作品無論是在思想上還是藝術上都留下深長的韻味。一部好的藝術作品也只有將自然的生活作爲藍本進行描摹，呈現出它的多義性，給讀者留下思索聯想的餘地，方才堪稱佳作，才能達到用藝術的魅力去淨化人們靈魂的目的。反之，將容易導入概念化的流俗。我認爲有些同志在評論劉紹棠作品《蒲柳人家》時的某些論點是不夠妥當的。當然，那時劉紹棠剛剛才開始進行新的藝術探索，尚沒能以更多的創作實踐

〔註 23〕　《評普魯士最近的收報檢查令》，《馬克思恩格斯全集》第 1 卷。
〔註 24〕　《劉紹棠性格心理調查表》，《人才》1981 年第 7 期。
〔註 25〕　歌德：《自然的單純模仿・作風・風格》，王元化譯，引自《文藝論叢》第 11期。

來證明自己的創作主張和理論的可取性，它有個逐步完善的過程。所以，有的同志的結論似乎下得過早了一些，認爲《蒲柳人家》看起來「似尙未用心深入地思考與發掘。」〔註26〕原因就在於作品「時代色彩並不凝重」。恰恰相反，這正是作者在進行新的藝術嘗試——把自己成熟的思考滲透在動人的藝術畫面之中，使之成爲有機的藝術整體，而絲毫不露雕琢的痕跡，杜絕一切概念的筆墨強行進入作品，以防破壞藝術畫面的和諧美。一切按照人物自身的生活發展線索去寫，自然而貼切，一切社會風貌都應成爲人物以及景物輔助性的描寫而存在，而決不能將人物、景物當作奴隸，從屬於它。所謂時代色彩，並不是作者在作品上塗上某種外在的印記。好的藝術作品不一定都是將時代的氣息和背景勾畫得清清楚楚，倘若是讓它自然地含蓄隱蔽地滲透在作品中，則更顯得豐富、深刻。作者用自己的創作實踐說明了時代的精神和色彩並不要求作品去有意地突出強調，而是要依靠讀者自己在具體的生活畫面中去尋覓、聯想，從中挖掘出某一時代的精神與特徵來。深深的寓意靠讀者的「再創作」去完成，這也是藝術的享受。在某種程度上，它像咀嚼品味含蓄的詩那樣微妙有趣，因爲形象的內涵往往可以大於思維，甚至可以跨越很長的時代，釋出其永恒的美。如果作家動輒就是採用大幅度暴露性的時代氣氛渲染，往往會把生活和時代肢解開來，使本來很和諧的生活畫面變得支離破碎、矯揉造作。作家在具體的描寫當中並不需要把人物景物、社會結構、社會風尙等按「三結合」的比例分配來寫，而應是將後者有機地滲透在人物和景物的描寫之中。作家社會學的觀點隱蔽得越好，這對一部藝術造詣高超的作品來說就越妙。《草長鶯飛時節》裏的那段大堤內外的景物描寫是足能說明這個問題的，看起來，這純粹是一幅描寫優美自然風光的圖畫，你看，其描寫角度有條不紊，富有鮮明的層次感：從堤上到堤下，再到堤內，其色彩又是多麼鮮豔：綠色的岸柳、蒲葦、水草和粼粼的清波，白色的鴨子，紅色的鴨掌，眞是相映成趣，勃發著春天的生機；其畫外音又是多麼動聽悅耳：黃鸝鳴囀、蛙聲鼓譟、鴨子的呱呱聲，奏出了一曲和諧的「百鳥朝鳳」。這眞是詩的有聲畫。但更爲可貴的是我們從自然從容的信筆描寫中，觸摸到了跳動著的時代脈搏，那綠色原野中正在插秧的人，已不是成行結隊的「大忽隆」了，因爲吃大鍋飯的日子已一去不復返，聯產責任制、分工到勞的新體制改革已滲透到這鄉村一隅；難道我們不可以從這田園牧歌中看到獲得第二次經

〔註26〕孫犁：《讀作品記》〈一〉，《新港》1980 年第 10 期。

濟解放的農民那種歡欣喜悅的激情嗎？這樣含蓄的筆墨才具有詩的意境，才具有強大的生命力，它所包孕的社會內容是深邃而巨大的。倘若這部作品通篇都採用這樣的藝術描寫，也許會是一篇上乘之作。劉紹棠作品「時代色彩並不凝重」，這正是作者的匠心所在。這不是概念的演繹，而是生活本身釋出的折光。倘若不如此寫來，豈不失卻了「荷花澱」派的藝術風格？

　　這些作品乍看起來結構似乎顯得散亂，沒有一環扣一環的完整的中心情節線索，即小說的開端、發展、高潮、結局的脈絡不甚清晰。但這正是作者的匠心所在，作品的章法近乎長篇的結構方式：結構容量很大，完全突破按照事件發展進程來寫的程序，採取了大幅度跳躍，任意穿插、補敘、切割的手法，通過對生活素材的篩選和提煉，進行藝術的概括，把一幅幅生活的小景連綴成一個藝術的有機整體。可以看出，在結構線索的佈局上，作者採取的是「花開數枝，話表多頭」的雙線或多線發展的藝術手法，使你難以分清哪是中心事件，哪是輔助情節；哪是卡線，哪是副線；誰是主要人物，誰是次要人物。其實它們的情節也並不曲折複雜，全篇亦就像是一個個截取生活橫斷面的小故事，它們彷彿可以獨立成篇，似乎又和總體難以分割。但它們決不是「散金碎玉」、「斷線之珠」，而是內含著聚金合玉、穿線綴珠之術。以《蒲柳人家》為例，作者著力刻畫了好幾個人物形象，但從整個畫面之中無不透露出京東運河岸邊人民勤勞勇敢、善良樸實的嚴謹生活態度；無不洋溢著抗日烽火蓬勃發展的時代氣氛。作者說：「我的中篇近作《蒲柳人家》、《瓜棚柳巷》、《花街》等，在試驗一種『無主角』的寫法。單單圍繞一個主角組織情節的寫法，容易把生活曲扭，把配角寫死，寫僵化，減少生活色彩。而『無主角』小說卻更接近於生活本色，會增添作品的風俗性。」〔註27〕「……主角戲往往把其他人物寫成主角的佐料，把生活剪裁得失真，結構上也顯得造作。」〔註28〕「比如我寫的《蒲柳人家》，何滿子是主角？那麼點小傢夥，光著屁股，那麼點小肩膀，六歲，生活擔子他挑得起來嗎？你說是望日蓮、周檎嗎？也不是，我按生活，這樣寫起來自然，可以避免脫離生活。」〔註29〕誠然，作為藝術作品，亦應該考慮到講求結構的精美，但倘若露出刀斧切割的痕跡，那麼就會破壞整個美的形式的表現，乃至破壞藝術的自然美。劉紹

〔註27〕　《劉紹棠、陸文夫、張弦談創作》，《長春》文學月刊1981年第10期。
〔註28〕　劉紹棠：《我與中篇小說》，《鴨綠江》1981年第6期。
〔註29〕　《劉紹棠談自己的經歷、情趣和創作》，《當代文學研究參考資料》1981年第9期。

棠循著生活這條「主線」去構造作品的支架，顯示其自然形態的美，另闢藝術蹊徑，這是難能可貴的探索精神。他的作品人物眾多，但性格畢出；結構似鬆散，然神韻猶在。在《小荷才露尖尖角》中，作者仍然是按照生活的線索去結構作品的間架的，全文八個章節，而五六個主要人物占的篇幅比重相差無幾，顯得比重不突出，有時一個人就是一個單元，乍看起來，作品似覺鬆散，但仔細琢磨，便可見其中妙不可言的藝術效果，每個人的故事都是一部性格發展史，而它們之間關係的總和又構成一個總主題，成爲整個社會的剪影，使我們觸摸到了跳動著的時代脈搏。

劉紹棠作品的詩情畫意是「拿一種第二自然奉還給自然，一種感覺過的，思考過的，按人的方式使其達到完美的自然」〔註30〕。劉紹棠作品的自然美也正是表現爲作者在對自然的描繪中傾注自己熾熱的情感，「是一種豐產的神聖的精神灌注生氣的結果。」〔註31〕無論寫人狀物，作者力圖創造出一種爽朗清新，對未來充滿信心和憧憬的優美意境，做到意與境諧；也只有從風物畫中透露出具有縱深感的社會內容，才算是大手筆的風度。

讀劉紹棠的作品，像是在欣賞一幅幅充滿著鄉情的民族風俗畫，一股濃烈的鄉土氣息撲面而來，令人心曠神怡。我們常常可以從中窺見作者熟悉生活的深厚功底，同時看到他藝術概括和描寫的能力達到的新的高度。作者認爲：「必須通曉與掌握他所描寫和表現的生活天地的風土習俗、人情世態與環境景色」〔註32〕，才能使作品的一幅幅畫面裏不僅洋溢著濃鬱的風土人情與地方習俗，而且透露出時代的氣息，才能使其情調明朗流暢，清新悠揚。運河灘上人們的悲歡離合帶著我們民族人民在那個時代所遭受的痛苦磨難，然而人民那種追求光明世界，嚮往美好生活的堅韌精神始終未能泯滅。作者在這廣闊的風景畫面裏，並不是採用「冷色」來塗抹悲涼的人生圖畫，而是用充滿激情的「暖色」去描繪了大自然的勃勃生機和充滿著亮色的人生鬥爭生活卷軸。無論什麼樣的情節和細節的描寫，在作者的筆下都變得悲切而不沉重，歡快而不浮泛。你看，那一群在運河灘上光著葫蘆頭、露出屁股蛋、帶著紅肚兜野跑的孩子們，是那樣的天眞爛漫，他們「過家家、拜花堂」的遊戲多麼令人生羨！何滿子七夕聽哭，那動人的生活畫面裏彌漫著淡淡的浪漫

〔註30〕 歌德：《〈希臘神廟的門樓〉的發刊詞》，朱光潛譯，引自《西方美學史》。
〔註31〕 《歌德談話錄》，引自《西方美學史》。
〔註32〕 劉紹棠：《〈蒲柳人家〉二三事》，《北京師範學報》1981年第2期。

色彩，構成了一幅現實和理想融爲一體的生活畫圖，使你感到一種撲朔迷離之美。那荷妞把金童何滿子抱進自己的被窩暖窩開懷；那運河灘上「放鷹」的勾當；那守「望門寡」的舊俗；那「花船」上煙花女子放浪和悲苦的生活……雖然都烙上了時代的印記和封建的色彩，但它卻維繫著、記錄著我們民族特有的悲涼習俗。對這些民族劣根性的否定，更反襯出美的生活和美的精神的崇高和偉大。

　　從景物描寫上來看，作者盡可能使作品釋出傳統的美學思想。我們不妨來讀一下《蒲柳人家》第九章中的一段景物描寫。

　　　　夏日的傍晚，運河上的風景象一幅瑰麗的油畫。殘陽如血，晚
　　霞似火，給田野、村莊、樹林、河流、青紗帳鍍上了柔和的金色。
　　荷鋤而歸的農民，打著鞭花的牧童，歸來返去的行人，奔走於途，
　　匆匆趕路。村中炊煙嫋嫋，河上飄蕩著薄霧似的水汽。鳥入林，雞
　　上窩，牛羊進圈，騾馬回棚，蟈蟈在豆叢下和南瓜花上叫起來。月
　　上柳梢頭了。

清淡如水，沒有多少濃墨重彩的藝術描寫，似乎只是一些景和物的排列組合，至多不過點出幾個寫意人物而已。但作者很會用「色」：牛羊家禽、鳥蟲草木、殘陽、晚霞、田野、村莊、樹林、河流、青紗帳、炊煙、薄霧、蟈蟈、豆叢、南瓜花、一彎新月。這些本來就是充滿著「鄉土」色彩美的景物，無須多加修飾，就構成了一幅色彩斑斕的美麗圖景，撥動著你的心弦。但倘若幾個寫意人物（農民、牧童、行人）改變了身份和服飾，就會完全破壞藝術的和諧美，只有「農」和「牧」這兩點傳神之筆，才能點出時代的氛圍；才能把你帶入「斜光照墟落，窮巷牛羊歸」的桃花源、農家樂的意境之中。

　　作者還善於把景物描寫與地方特色糅合在一起，使之構成別有一方異域水土風情的迷人畫面；它還和作品中的人物描寫和諧地、有機地融合在一起，與人物的心境相吻合，釋出了一種含蓄動人的意境美。

　　《花街》結尾處的景物描寫是很富有魅力的。這段運河灘上仲夏之夜的美景不僅是美麗的畫，而且也是動人的詩：月色、水汽、花香、鳥啼、蛙噪。從視覺到嗅覺再到聽覺，情景交融滲合，絲絲入扣，創造出了一幅形象的、立體的、富有音樂感的怡人畫面，詩人的畫意匠心盡收其中。

　　可以說，劉紹棠自《蒲柳人家》以後創作的「鄉土文學」（主要是中篇創作），格調之優美清新，是接近了爐火純青的藝術境地的。作者在優雅閒適的

自然形象之中融進詩的意境，「寄至味於淡泊」，使作品有較高的美學價值。
劉紹棠一再主張「在風韻上要自然從容。自然，寫出作品自然，不矯揉造作。
從容，遊刃有餘，好像信筆遊之，然而又見功力。」〔註33〕唯有做到此點，
作品才能給人以美的享受。

　　茅盾認爲「文學的民族形式的主要因素是文學語言」，「必有賴於詩的語
言。所謂詩的語言，和一般的文學語言一樣，是在民族語言的基礎上加工提
煉，使其更精萃，更富於形象性，更富於節奏美。」〔註34〕劉紹棠在自己的
作品中塑造了眾多風姿綽約的人物形象，使這些形象獲得成功的重要因素之
一便是作者運用語言的工夫。像高爾基那樣，作者不止一次地喊出了「語言，
是文學的第一要素」的強音，他在語言的描寫上作了刻苦的磨礪。孫犁同志
說：「他的語言功力很深，詞彙非常豐富，下筆汪洋恣肆。」〔註35〕劉紹棠在
農村這塊廣袤豐沃的土壤裏一扎就是二十多年，他貪婪地吸收著民間語言藝
術的豐富營養。他說：「農民的語言，最富於比興，生動形象，含蓄優美，詩
情畫意，有聲有色。」〔註36〕他深深懂得「刻畫人物，首先應該依靠人物的
性格語言，這是我國小說的優良傳統，也是我國小說在民族風格上最鮮明的
特色。」〔註37〕因此，他的作品「寫人物對話，運用了大量新鮮活潑而又具
有個性的口語。」〔註38〕《草莽》裏桑木扁擔和陶紅杏在商量怎樣搭救被賣
在花船上倍受蹂躪的月圓時的對話，是很能體現個性語言的神韻來的。在這
段簡短的對話中，兩個人物的不同個性表現得很眞切，同是俠肝義膽的好兄
妹，但性格各異。陶紅杏大膽粗獷熱情有餘而計謀不足；桑木扁擔雖淳樸憨
厚，但內心卻似一團火，他畢竟闖蕩江湖多年，比陶紅杏更有心機。他倆的
內心世界在這裡表現得淋漓盡致。陶紅杏救人心切，不憚用激將法刺痛自己
的義兄，這是因爲她深深地體會到花船上那種對女人非人般的蹂躪的痛苦，
作爲一個忠烈俠義的女少年，她雖已脫離苦海，但她豈能忘記淪落風塵、身
陷囹圄的好姐妹呢。桑木扁擔也是十分惦念與鍾情曾經有過一飯之恩的救命

〔註33〕 《劉紹棠談自己的經歷、情趣和創作》，《當代文學研究參考資料》1981 年第
　　　　9 期。
〔註34〕 茅盾：《漫談文學的民族形式》，《人民日報》1959 年 2 月 24 日。
〔註35〕 孫犁：《讀作品記》〈一〉，《新港》1980 年第 10 期。
〔註36〕 劉紹棠：《鄉土與創作》，《人民文學》1981 年第 7 期。
〔註37〕 劉紹棠：《〈蒲柳人家〉二三事》，《北京師範學報》1981 年第 2 期。
〔註38〕 劉紹棠：《鄉土與創作》，《人民文學》1981 年第 7 期。

恩人月圓的，只要能救出她，那怕是粉身碎骨、赴湯蹈火也在所不辭；但從孝道、人道的倫理道德出發，他又不忍連累父親和紅杏，因此才在走投無路的情況下，急中生智想出了一條假扮門神爺，巧奪不義財，贖出月圓的妙計。當然，這段短短的對話也是情節發展承上啓下的契機，但是作爲人物個性的語言來品評，就不得不使你考慮其更深長的意蘊，這意蘊的外衣不是哲理的演繹，而是活生生的生活情趣。也只有擷取充滿著生活情趣的語言，對生活進行高度的藝術濃縮，才能使作品放射出永久的光輝。有一些塗飾著說教色彩的「哲理性」語言，固然有時也似頗能激動人心，閃爍出炫目一時的光華，但時過境遷，它便會失去生命的光彩，因爲文學作品的生命力就在於形象地再現出使你想起的動情生活，唯有它才能永葆其文學作品的藝術青春。

　　人物語言的動作性是我國古典小說描寫的精華，通過人物語言的描繪，使人物的神形並出，氣韻生動，達到與具體的矛盾衝突和情節發展交融滲合的藝術效果。劉紹棠是很考究人物語言的動作性的，就以《瓜棚柳巷》爲例，花三春罵大街一場戲裏有兩段對話很能體現出語言的動作性的。花三春這個曾經在「放鷹」堆裏長大的放浪女子，她的身上終究沾染了撒潑放刁的世俗陋習。她欺軟怕硬，有意先避開正面的敵手，而乘虛向柳梢青進攻，從而從側面來制伏柳葉眉。她採用的軟硬兼施的戰略戰術是很奏效的，完全可以從這兩段道白中表現出來。她用「又尖刻又含蓄又歹毒又潑辣又優美」〔註 39〕的罵聲豐富了自己強烈的個性以及那活靈活現的面部表情的變化。尤其是兩次第二人稱「您」和「你」的巧妙變換，確是神來之筆，進一步強化了人物的個性特徵。無須外加更多的肖像描寫，就可以看出她此時此刻的神情驟變，這便是人們常說的「如聞其聲，如見其人」的藝術效果吧。也就是說，我們不僅通過這段人物語言描寫可以看到人物的外部動作，還可以窺探到人物的「心理動作」，讀者看到了人物語言中充滿的內心活動，與具體的情境結合在一起，爲人物形象增添了風韻神采。劉紹棠作品中的肖像描寫不多，但個性語言的動作性完全可以使讀者展開想像的翅膀，自行聯想、刻畫出其人物的畢肖神情，頗有詞斷意續，筆不到意到之功力。

　　人物語言的節奏感和音樂感是使作品更加詩化和引起讀者美感的重要因素。劉紹棠很注意對民間口語的「歸整」，使其更具節奏與音樂之美，他說：

〔註39〕《劉紹棠談自己的經歷、情趣和創作》，《當代文學研究參考資料》1981 年第
　　　9 期。

「農民說得口齒伶俐，都是四六句，你看舌頭底板壓人的主兒全是這樣，敲鼓點一樣的，有張有弛，有緊有慢，說得你絕沒有辦法。」〔註40〕《花街》裏狗尾巴花調戲葉三車的漫聲浪語就很有節奏感和音樂感，突出表現了其放浪的個性。這段話輕而緩，帶有拖腔和尾音，不但寫出了狗尾巴花寡廉鮮恥、放浪形骸的外在表情和姦狠毒辣、口蜜腹劍的內在本質，而且語言節奏性和音樂性正有助於深化「這一個」的性格特徵，活畫出了這個浪婦的醜惡嘴臉。像《草莽》中桑鐵甕搭救陶紅杏的那段肺腑之言更能說明節奏感和音樂感的功能。

> 桑鐵甕熱淚盈眶，說：「俠肝義膽的好公子，我不光更像親生女
> 兒一樣疼愛她，還要把全身的武藝傳授給她；教她拳頭上站得人，
> 胳膊上跑得馬，眼裏不揉一粒沙子，一輩子頂天立地。

這段話的節奏重而快，斬釘截鐵，一氣呵成；旋律急驟，如重石擲地，鏗鏘有力，使桑鐵甕那豪俠的江湖個性形象躍然紙上，更富有立體感。像這樣富有節奏感和音樂美的村言俚語，經過作家的「歸整」，大量運用於作品之中，尤其是作品中人物對白一般都以四六句式出現，這就更增添了作品明快簡潔的色調。仍舉《草莽》裏雲錦和葉雨初次相見時的一段對白為例：

> 「我想問葉雨幾句話。」雲錦臉紅心跳，捧住胸口，「葉雨，學
> 如逆水行舟，不進則退；你雖然在三千人中獨佔鰲頭，可要記住滿
> 招損，謙受益，這些日子是不是在溫故知新，增長學問？」
>
> 「打魚！」葉雨直通通答道。
>
> 雲錦也皺起眉頭，又用老大姐的口氣規勸道：「收網回家，也還
> 要囊螢映雪……」
>
> 「習武！」葉雨打斷她的話。
>
> 雲錦吃了一驚，問道：「你為什麼荒廢學業，偏愛舞槍弄棒？」
>
> 「大難臨頭，防身自救，路遇不平，拔刀相助！」葉雨聲音朗
> 朗。

這段對話真像是倆人在填詞作對，充滿了古典詩詞的韻律美，倘若不加「歸整」，用無節奏的語言說出來亦未嘗不可，但經過作者加工以後的人物語言，

〔註40〕《劉紹棠談自己的經歷、情趣和創作》，《當代文學研究參考資料》1981年第9期。

更能刻畫出他們之間不同的個性特徵。前者受儒家正統規訓教育較深，字裏行間表現出大家閨秀對自己所敬重的男子的恭謙，柔情，其節奏輕緩，語調柔和纏綿；而後者在潞河中學讀書，受進步思潮影響較深，談吐之間瀟灑大方，富有青春的活力，其語言節奏短促有力，語調剛直鏗鏘。這組對白就像一組複調結構的「創意曲」，用不同凡響的語言奏出了人物心靈世界的美德來，同時顯現出其性格的差異。如果劉紹棠能夠更注意這種節奏感、音樂感強烈的語言錘鍊，或許會使這「田園牧歌」式的作品更能增添無窮的詩意和美感。

　　不僅是人物的語言形象、準確、蘊含個性；同時，作者的敘述語言也是充滿著「鄉土」個性的，即對富有濃鬱地方特色的民間的生動俚語精心提煉和自如運用，使之散發出清馨的泥土芬芳。尤其是為大家所熟諳的京東地區的北方方言多帶「兒」話韻，讀起來琅琅上口，親切感人，想起來意味深長，寓意無窮。如「他的香瓜勻溜個兒，滴溜兒圓，白的玉白，黃的金黃」（《瓜棚柳巷》）；像「何滿子是一丈青大娘的心尖子、肺葉子、眼珠子、命根子」，這樣的通俗比喻句更是比比皆是，這京白口語既有韻味，又為增添作品的地方風俗特色起了不可忽視的作用。這些都是作者吸收民間文學藝術營養的結果，它使得作品更趨於民族化和大眾化。

　　劉紹棠的作品的現實主義因素和浪漫主義因素並不是有意識的撮合，而是自然而然地相互滲透和影響著。有人認為，現實主義就應該是冷峻刻板而帶批判眼光的客觀描寫；而浪漫主義就應該是熱情誇張而盡情歌頌的主觀描寫。這種看法未免太狹隘。你說他的作品是浪漫主義的嗎？然而他的筆下確實呈現出一幅幅生活在底層的勞苦大眾受淩辱受壓迫的血淋淋的痛苦生活實景，對生活絲毫不加粉飾，即便是現實生活題材的作品，他也如實地揭露出了生活的陰暗面。《蒲柳人家》裏望日蓮受迫害，《草莽》裏月圓遭受的水妓生活的痛苦蹂躪，《花街》裏蓑嫂所經受的種種磨難……不正是構成了掙扎在水深火熱生活逆境中萬般苦痛的婦女群像嗎？作者難道不正是在強烈地抨擊著吃人社會的罪孽嗎？《小荷才露尖尖角》裏秋葵所遭受的肉體和精神上的折磨，不也是令人心悸發怵嗎？他的作品確確實實寫了許多假醜惡的生活場景，然而，倘若你給作品下個現實主義的定義的話，又顯然是不妥的，因為作者雖然寫了痛苦生活的一面，但卻更多地是表現出人們在痛苦煎熬中的那種對真善美生活執著的追求、充滿著信心和力量的崇高精神。這種嚮往、追

求的目標，並非是想入非非的「烏托邦」式的理想國，而是存在於沸騰著的現實生活之中，是建築在現實生活痛苦與歡樂之間的一種高尚情操的精神美。從描寫角度上來看，作品的客觀描寫大於主觀描寫，現實感很強。但是只有當你進入作品的具體情境之中，才能發現這個「讓生活說話」的客觀描寫中融進了作者許多對生活的哲學的、倫理學的、社會學的真知灼見和美學追求。因為劉紹棠深知「作家首先是寫生活，再現生活，表現生活，如果你把生活表現得好，它可能閃出思想家的光輝」〔註41〕。一切都圍繞著藝術的宗旨——盡力描摹自然中能引起美感的生活，讓思想巧妙地包容在生活的圖畫之中，使作品中的真善美與假惡醜在鮮明的對比中保持統一和諧，從而達到現實主義與浪漫主義的互為滲透。

劉紹棠作品是主情的，但他更多地是從具體的生活場景中來抒發感情，而不是「純牧歌」式的。他向巴爾扎克學習，盡力使自己成為社會的風俗史家，在摹寫自然生活的背後，含蓄地點出作品的主題，從而達到寓教育於娛樂之中。從《小荷才露尖尖角》裏我們看到了田園裏的悲涼，牧歌裏的哀調，但它的主旋律卻是高昂亢奮的。我們從這些鄉土文學的組曲中，得到的是道德美的陶冶，在那些勤勞質樸、俠義忠勇的普通勞動者身上汲取了豐富的精神營養、增強了生活的信心和希望。尤其是 1982 年以來，作者更致力於現實生活題材的創作，試圖以鄉土文學的樣式準確地描畫出富有時代精神的生活圖畫來，使人們從這生活大書的一頁裏得到更多的啟迪和教益，激發起對生活的熱愛。

藝術真實是現實主義的最高原則，劉紹棠作品的現實主義因素鮮明地表現為「除細節的真實外，還要真實地再現典型環境中的典型人物。」〔註42〕作品呈現出的逼真的生活細節不必說，就人物來說，他們是典型的，既有共性，又有個性。他們的脈搏是和著作品特定的典型環境一起跳動著的。從他們身上表現出民族的精神實質。每一個人都是一個世界，他筆下的人物著墨雖然較平均，但是人物個性卻都能栩栩如生、躍然紙上，這是因為他採用的藝術手法是現實主義的真實生活細節描繪，進而通過這樣的細節描繪來達到抒發帶有浪漫主義色彩的向上情感。

〔註41〕《劉紹棠談自己的經歷、情趣和創作》，《當代文學研究參考資料》1981 年第
9 期。
〔註42〕《致瑪·哈克奈斯》，《馬克思恩格斯選集》第 4 卷，人民出版社 1975 年版，
第 461 頁。

無論是從內容和形式上來說，劉紹棠作品包含著現實主義和浪漫主義兩種不同因素，「這既不是現實主義，也不是浪漫主義，而是兩者的一種綜合。」〔註 43〕劉紹棠的創作實踐爲我們提供了對這種創作方法的再研究課題，因爲劉紹棠的作品說明了這也是一條可以探索的藝術道路，它是有生命力的。正如高爾基所說的那樣，「我們的藝術應該站得比現實更高，並且在不使人脫離現實的條件下，把他提升到現實以上。」〔註 44〕這便是源於生活、高於生活的藝術眞諦。

三、汪曾祺的「曲筆」之思

上世紀 80 年代初，一篇短短的尋夢文化小說《受戒》的出爐，突然扭轉了自 1949 年以來的小說審美觀念和重大題材的創作美學原則。人們驚訝地發現，文學作品原來是可以這樣去吸引讀者的。於是，一個既熟悉又陌生的名字便開始引領文壇風騷，汪曾祺遂成爲一面旗幟，一批作家聚集於此，專汁於美文的創作，一掃「傷痕文學」的雲圍，開啓了新時期「文化小說」創作的先河。

其實，翻開中國百年文學史，我們可以清晰地看到汪曾祺創作的師承，從周作人開始的「美文」和「小品文」的創作主張，以及從他培養的學生廢名和沈從文的作品中，就可以尋找到汪曾祺的創作的美學源頭。同時，我們也可以從「京派」的創作中聞到同樣的審美氣息。

今天，人們開始了又一輪對汪曾祺作品的熱戀，其中的緣故是足以令人深思的：爲什麼每每到了一個大的歷史轉折時期，都會出現追逐這種「平淡沖和」美學傾向的思潮呢？竊以爲，躲開戰亂與紛爭，嚮往平靜如水的眞的生活狀態，也許就是人類的理想主義所求，恐怕也是每一個普通人的浪漫主義情懷訴求。文學需要表達的正是生活中的情趣之美，達到這樣的境界，作家就獲取了大量的讀者，就佔據了創作的制高點。如果能夠在享受生活情趣之後，作者還能給我們留下思考生活哲理的空間，用隱蔽的「曲筆」和意會的方式，寓意出他要表達的哲思，那就是高手了，汪曾祺大約就算是這樣一類的作家罷。

我讀汪曾祺的作品分外親切，那是因爲他筆下的風景、風情和風俗，皆是我熟悉的生活畫面：大運河、蘆葦蕩、菜畦、花園、校園、野菜、家園、父母、親人、故人、鄉音……都會勾起我青少年時期的記憶，因爲我插隊的

〔註 43〕高爾基：《給華・伊・阿努欽》，《高爾基論文學》，廣西人民出版社 1980 年版。
〔註 44〕高爾基：《論劇本》，《高爾基論文學》，廣西人民出版社 1980 年版。

地方離汪曾祺的家鄉很近，同屬裏下河水網地區，因此，那種對其作品的體悟就更深一層了。

在《我的家鄉》中，那種熟悉的畫面會永遠定格在我的腦海之中：在「上河堆」上「看船」（其實就是「看風景」，但作者就是不用這樣具有所謂詩意的文詞，卻漫漶出平淡而綿長的韻味），「弄船的」形狀被極其簡練的文字勾勒出來，而最妙處，則是「這些大船常有一個舵樓，住著船老闆的家眷。船老闆娘子大都很年輕，一邊扳舵，一邊敞開懷奶孩子，態度悠然。舵樓大都伸出一枝竹竿，晾著衣褲，風吹著啪啪作響。」這段文字的畫面感極強，舵樓、扳舵、娘子、開懷、奶孩子、竹竿、衣褲、微風構成的是一幅極富動感的風景、風情和風俗畫面，看似平鋪直敘的白描，卻也深藏著作家自己的價值取向。此中最有神韻的四個字就是「態度悠然」，他傳達給讀者的是作家欣賞美景的態度，如果你略過了這四個字，那麼，你就看不到那個「看風景」的汪曾祺那雙發現美的眼睛。那種眼神，你可以用炯炯來形容，也可以用直勾勾來描述。總之，你不可忽略的是作家的存在，不可忽視的是作家表達美學價值理念的通道，儘管有時這個通道是狹窄的、隱蔽的。與他的老師沈從文同題材的作品《丈夫》等相比較，汪曾祺的那種灑脫與放浪是乃師不敢彰顯的一面。這些元素散發在汪曾祺散文作品中，比比皆是，雖不顯山露水，卻也從中窺視到一個「美文」作家突破「平淡沖和」之美的藩籬的張狂。即便是在描寫吃喝的散文隨筆當中，也不乏那種勾連哲思的遐想。《端午的鴨蛋》寫兒時吃高郵鴨蛋的童趣，最後一段用囊螢映雪的故事引發的讀書感慨，亦是一種價值理念的表達：缺乏童趣的讀書並非人生的本意。

毋庸置疑，在文學史表達的序列中，汪曾祺小說的代表作是《受戒》和《大淖記事》，它們寫出了人生的另一種況味和方式，給那個轉型時代人們的審美帶來一種清新鮮活的沉實，也為共和國文學的美學轉型起著承上啓下的作用。但是，竊以為，汪曾祺最好的小說出品則是「故里三陳」系列，而其中《陳小手》為最。短短的千把字所展開的藝術空間是浩淼的，所表達的歷史與現實的內涵是豐富多彩的，如果在其他作家的筆下，一定可以延展鋪陳為一個長短篇或者中篇，甚至構成一個長篇，但是，汪曾祺卻舉重若輕，用極簡的筆墨，如素描一般的筆法，構建了一個看不見的宏大敘事：封建主義的幽靈就遊蕩在我們的日常生活之中習焉不察。汪曾祺把陰暗的人性寫到骨子裏去了。一個幾乎是小小說或是小散文的文字容量，卻能夠引發你無盡的哲思，這才是小說家的絕活。

給團長太太接生的陳小手在汪曾祺的筆下信手拈來，但是，光人物簡介就佔了一半的篇幅，這些看似閒筆的文字，爲陳小手最後那筆絕唱奠定了宿命的基礎：當陳小手從團長太太下身掏出了難產的男嬰，且保證了母子平安，高興之餘，團長好吃好喝招待一番，又賞銀二十大洋，到此，小說應該圓滿結局，但是，作者突然峰回路轉地抹上了最後一筆：「陳小手出了天王廟，跨上馬。團長掏出槍來，從後面，一槍就把他打下來了。」這就顯示一個好的小說家對情節與節奏的把控，出其不意，方能致勝於千里之外。

在這裡，我欲斗膽地說一句：可惜汪曾祺他老先生添了一隻蛇足：「團長說：『我的女人，怎麼能讓他摸來摸去！她身上，除了我，任何男人都不許碰！這小子，太欺負人了！日他奶奶！』團長覺得怪委屈。」這裡雖然把一個軍閥的醜惡嘴臉刻畫得入木三分，尤其最後一句「團長覺得怪委屈」的畫外音，把汪曾祺的價值觀表露得十分得體。然而，他卻破壞了小說觀念表達的隱蔽性，如恩格斯所言：「觀念越隱蔽對作品越好。」

我猜度，汪曾祺在寫這篇作品時，因爲人們的審美水平尚未達到一定的高度，他爲了清晰地表達自己的觀念，讓讀者在他揭謎底中得到教化，故直搗其牆，殊不知，他也犯了小說的大忌。

綜觀汪曾祺的作品，我們可以看出，他的作品是那種融風景、風俗和風情爲一爐的「美文」，是那種意趣第一，講求在審美之中融入哲思的創制。時代需要這樣的作品，但這絕不是唯一的審美方式。

《汪曾祺作品精選集》所選篇目，包含《人間草木》《四方食事》《邂逅》《受戒》四卷，均爲汪曾祺作品的翹楚之作，想必會受到廣大讀者的青睞。讀汪，必能咂出其中之滋味。

第三節　變奏主題與重生

一、史鐵生的兩副筆墨

紀伯倫說：「悲哀的創痕在你身上刻得越深，你越能容受更多的歡樂。」或許是青春勃發的熱情激勵作者用最平實的直白去娓娓地唱起悠揚的陝北民歌，那深沉的音樂使得「悲傷也成爲享受」〔註45〕；或許是沉思萌動的哲理觸發作者以最迷離的藝術技巧來追求漫漫人生的眞諦。於是，史鐵生的作品

〔註45〕史鐵生：《合歡樹》，《文匯月刊》1985 年第 6 期。

便呈現出比其他年輕作家更為激烈的反差——他的作品可分為兩種截然不同的藝術風格。從一舉成名的《我的遙遠的清平灣》到《插隊的故事》是屬於一種從內容到形式技巧都顯得異常平淡而拙樸但意蘊深沉的「散文化」作品；而《山頂上的傳說》、《白色的紙帆》、《老人》、《關於詹牧師的報告文學》、《命若琴弦》等則是兼容了「意識流」、「象徵主義」、「黑色幽默」等現代派藝術技巧的「異調」作品。這些作品則成為史鐵生審美意識轉變嬗遞的一個中介性的橋梁，從中我們可以看到作者在哲學意識深化過程中的藝術蛻變。

當《我的遙遠的清平灣》榮獲 1983 年全國優秀短篇小說獎後，似乎人們對史鐵生這個名字另眼相覷了，因為人們看到他那寓莊於諧、寓悲於喜格調的發人深省；那種散文化的親切筆調似乎為文壇注進了一股帶著黃土高原「原色」的新氣。在不久的後來，便又看到了與之相近的一些作家寫出了更為世人所矚目的《棋王》、《桑樹坪紀事》、《老井》等力作。似乎「知青」題材小說又有了不枯竭的活氣。誰都識相地知道，不以當代意識來審視、統攝那已流逝的生活和歷史，只是一味地撫慰心靈的創傷，是不能再喚起現代審美心理「共振」的。而只是淺露直接地瞄準主題「直抒胸臆」則又將會被當代讀者所不齒。於是，那種以生活的「原生狀態」為底色背景，拙樸愚鈍其外，博大精深其內的表現方式成為一種時尚（尤其是農村題材的作品）。這對於有道家思想傳統的文明古國來說，其魅力可謂大矣。從這個意義上來說，像史鐵生的這種以「我」為視點、為樞紐的界於「自傳體」和「非自傳體」之間的「原生狀態」小說便蔚然成風，同時這也使得史鐵生躍上了創作的更高層次。倘使史鐵生仍凝固在《午餐半小時》的創作層次上，那麼他將會被窒息在一個狹小的空間之中去咀嚼瑣細的「淡淡的哀愁」。

也許，找到一個新的藝術視點並不難，難的是如何以當代意識去統攝作者筆下的人物，這在《我的遙遠的清平灣》中似乎還顯得比較稚嫩。當然，這部小說是個短篇，其容量有限。但就內容和形式兩個方面來看，它的開拓性、指導性意義還不是很鮮明的。從內容上來說，作者雖然沒有像過去的作品那樣咀嚼人生的苦果，而是把「我」與陝北人民的那種崇高的情感頂禮膜拜，抒寫我們堅韌的民族氣質和純潔的人性道德，把那一段難忘的生活鑲嵌在整個民族痛苦的掙扎之中（所以個人的哀愁便顯得那樣微不足道）。但作品似乎只停留在這一表面層次上，使它在超越同期其他同類作品時僅跨出半步就凝滯了。作者沒有能夠作出更多的輻射式的思考，把歷史的、現實的原因

加以提煉，形象地去啓迪讀者從這棵文學之樹上去尋找哲學意義上和美學意義上的果實。我們認爲，即便是「文化小說」，也須充盈著堅實的哲學意識，否則，創作豈不成了「風物志」。從形式上來看，作者以最拙樸的「散文化」筆調來表達思想感情，不注重曲折的情節，而娓娓地訴說著生動的細節，其蘊含量較前期作品明顯增殖。這「散文化」小說的精義全在於它的輻射式的結構所造成的作品的多義性和多層次，造成的較大的可讀性來滿足各個不同層次的讀者從不同角度去理解它。然而，《我的遙遠的清平灣》沒能更好地調節輻射式的結構，呈示出其更深層的意蘊。形成了許多表層意識的散點。亦就是說，作者的哲學意識的薄弱帶來了結構的失調，使得整部作品沒有一個強大清晰的意念籠罩。如《棋王》求生中的「靈與肉」的需求，精神和物質的辯證關係的昇華；如《桑樹坪紀事》中的人道主義力量的輻射；如《老井》中倫理道德意識變化籠罩……這不能不說是這部小說整個創作過程中的缺憾。

　　經過一段時期的哲學思考和審美意識的重新調整後，當作者重新回到這種風格軌道上來進行創作時，其哲學意識的明顯強化便使得他的作品向更高的層次躍進了。《奶奶的星星》當之無愧地獲得 1984 年全國優秀短篇小說獎。它仍然是「散文化」的作品，但作者在重新審視「文革」的時候，始終是用人道主義的哲學意識來籠罩、統攝全篇的，在各個輻射點上融進了鮮明的「當代意識」，從表層意識進入深層意識的開掘，具有一定的穿透力，其總體把握是準確的，這就造成了廓大深沉的氣勢。使讀者在人道主義的美學軌道上去思索更多的歷史的、現實的和未來的哲學意義上的問題。當然，這部作品的象徵意蘊亦爲其增色，這和作者前段時期的多種藝術技巧的嘗試有關。我們以爲其中最爲重要的是作品的人物主體性的強化使他的小說更有耐讀性，也就是說，小說中的「我」的運用，不僅是具有那種淺層次的「親切感」；更重要的是，這個「我」試圖回到他本身的性格中去，循著各個時期「我」的心理成長史來發展自我性格、完善自我性格。於是，這個「我」必須回到特定的歷史環境中和特定的人物心態中去，其性格進化的階段性很強，否則很容易使作品變得虛假。這就要求作家克服制約現行的「自我意識」的流溢。正如盧卡契把陀思妥耶夫斯基的創作方式比成「提問方式」一樣，他把陀思妥耶夫斯基進入創作情境時的心態說成是政論家的陀思妥耶夫斯基和作家陀斯妥耶夫斯基相互鬥爭的產物，一旦作家眞正進入了創作的自由王國：「書中

人物獨立起來了。把自己的生活進行到底。一直達到他們天賦本性的極限結果為止。而他們的生活發展的和世界觀的鬥爭的辯證規律所走的方向和政論家陀思妥耶夫斯基所設定的目的完全不同。文藝創作中正確的提問方式戰勝了政治意圖。戰勝了作者對社會所作的答案。」「這種越軌行動的正確路線連創作者陀思妥耶夫斯基也不知道，他也沒法知道；因為政治家和哲學家陀思妥耶夫斯基所指出的方向是錯誤的。」〔註46〕這並不是說作家不需要哲學意識的統攝，而是說，在創作過程中作者不應處處想到要表現什麼主題，應該首先想到人物自身的意識狀態，讓生活的「原生狀態」呈現出思想的多義性，作者的哲學意識藏匿得越深越隱藏越好。而這部小說的不完美之處就在於作為政論家的史鐵生有時還會情不自禁地跳出來議論或「借景抒情」一番。這一點作者自己也有所覺察：「小說藝術本來要求沉著含蓄，別人可以見仁見智地去理解，自己一說便把費力得來的一點東西全葬送。這話已經有點真狂妄了。其實《奶奶的星星》正犯著不夠含蓄的毛病，尤其結尾處那幾行『頗有詩意』的廢話。現在又有點假謙虛。」〔註47〕是的，史鐵生正在這種「真狂妄」中掌握了創作的真諦；也正是在這「假謙虛」中覺到了自己的短處。本來是廣闊無垠的藝術空間，然而作者拼命地把我們拉入他個人的思維空間裏去，真有把羊群趕入小胡同之嫌，使讀者掃興敗胃。這個缺點，在史鐵生的最近創作中有所改觀。他的中篇力作《插隊的故事》是《我的遙遠的清平灣》的續篇，但是，由於作者開闊的藝術視野和方法技巧上比前兩年純熟得多，所以這部小說可稱史鐵生創作的一個新里程。這部小說在保持原有的「散文化」風格的同時，基本上是兩條線索並進，有人稱之為「兩大人物形象系列的多聲部大合唱」是頗恰當的。更可喜的是作者還恰當地運用了時空跳躍所形成的鮮明的時代落差，把「我」的內心世界的性格邏輯線索揭示得異常分明清晰。三十九個章節，讀起來卻十分輕鬆，讀畢又覺得心頭挺沉。確實，它留下的藝術空間是廓大的。如果說在《奶奶的星星》裏的那個弊病是個巨大的遺憾的話，那麼，《插隊的故事》裏卻表現出了史鐵生的機智和成熟。也拿作品的結尾來說，當那位漂亮的女縣長（原上海知青）一出現，我們就擔心「她」會說出什麼來（代替政論家史鐵生來闡述主題），然而，作者沒有讓

〔註46〕盧卡契：《陀思妥耶夫斯基》，《盧卡契文學論文集》（二），中國社會科學出版社 1981 年 11 月第一版。

〔註47〕史鐵生：《雜感三則》，《小說選刊》1985 年第 5 期。

這個「替身」表達政論家史鐵生的意念，一句「廢話」都沒有。但只是她的出現，就包孕著十分可觀的多義內含，連同作者的意念。必須闡釋，這個象徵性的人物出現在這塊逐漸富裕的土地上，其中蘊含量之大，是直接性的議論抒情敘述所難以表現的，只有留下這個藝術的空白，才能積極地發揮出千千萬萬讀者的再創造能力。但又不可否認作者為我們在總體把握形象內涵上設製了一個有寓意性的思維目標，堪稱妙筆矣。從辯證的角度來看，作品的日趨完美還是在於它的「哲學意識」的強化。作者已站在一個新的歷史高度來鳥瞰那一段誰也不能忘懷的生活，尤其是選擇了主客觀相融的凝聚交叉點來記敘那時剛與社會初戀的一代青年的感性的和理性的認識過程，令人深思。

當史鐵生不再滿足《我的遙遠的清平灣》那種藝術技巧時，他似乎覺得招數不夠用。於是從 1983 年至 1984 年間，他開始了自身的藝術「變奏」，作者試圖調整自己的審美意識，從而通過吸收現代派的某些技巧來豐富自己的表現力。我們以為這種開放式的藝術借鑒對於一個作家來說是非常必要的，這並不意味著是一種對傳統技巧的「蟬蛻」與背叛，而是標明了作者隨著當代意識的強化，需求用一種新的美學觀念去開拓自己的藝術視野，來豐富原有的傳統藝術表現力。倘使史鐵生不經過這段時期的「借鑒」過程，那麼他很容易走進藝術的死胡同裏，僵死在固定的模式生產之中。藝術不能融會貫通，便成為一潭凝固的「死水」，正因為史鐵生吸收了象徵主義，意識流、黑色幽默的創作技巧中的某些長處，並「同化」成自己的創作意識，才豐富了自己的表現能力，儘管他創作了一些也許是不甚成熟的作品，但他在重新回到自己軌道上來時，便獲得了充分的藝術儲備和創作信心。否則《奶奶的星星》、《插隊的故事》等作品只能停留在《我的遙遠的清平灣》的藝術水平上而失卻它們的讀者，因為閱讀水平也隨著當代審美意識的流動而演進。

但是，第一次借鑒象徵主義的技巧寫成的短篇小說《白色的紙帆》便招來了文壇的爭鳴。因為中國的許多讀者還不擅以總體象徵的眼光去看作品，總是喜歡抓住某一局部形象來加以闡發，因此曲解是難免的。我們認為這部小說是作者把一腔希望寄託於雖是渺茫，卻執意追求的心理目標之中的。這和他一九八五年發表在《現代人》雜誌上的《命若琴弦》屬同一類型，那個瘋子，那兩個瞎子把自己的命運維繫在虛無的世界裏，而他們又確確實實地知道這黯淡的前景，但他們只有設製心中的理想目標，才能生活下去——有信仰才能生存，這才是他們生活的全部內容和價值，雖然顯得可憐可悲。這

可能也是作者本人之所以能奮發而不斷艱難前行的「哲學意識」吧。用作者自己的話來理解就是：「爲了讓人思索自身的渺小，生活的嚴峻，歷史的艱難，（沒有哪一個人是徹底的壞蛋，也沒有哪個人是絕對的英雄——當然這不是用著法律的邏輯。因爲輝煌的歷史是群眾創造，悲哀的歷史也是一樣，一切都決定於當時人類認識水平的局限。找出一兩個罪人易，重要的是如何使罪人無從出現。）於是，人類本當團結，爭名奪利成爲可笑，自相殘殺成爲可恥，大家攜手去尋生路。」〔註48〕這段話可說是這些作品的一個注解。如果我們從整體上去把握這些作品，是能夠與作者交流的，也是能夠理解、信任和貼近他的。

其實，借鑒象徵主義技巧寫的最艱澀亦是較成功的作品還要數《老人》，這部短篇不長，但寓意深邃，總體象徵和局部象徵的關係處理得相當好，筆墨簡練獨到。前景中的一對老人；背景中的另一對老人（外婆、外公）和一對年輕的情侶（多多和他的女友）；遠景中的一群孩子（尤其是那個「光腳丫的小姑娘」）；草木、古苑、河水、孤煙、雪野、小路、水霧、陽光、鴿子、蜜蜂……；回憶、夢幻、現實、遠景、近景、人物、大自然……外界事物與人物內心世界互相感應、契合、組成了「象徵的森林」，把歷史、現實和未來連綴起來，將幾代人的心靈演變過程和時代的變遷融合複疊，奏出了和諧的希望的旋律。生活的嚴峻、歷史的艱難、追求的美好……包孕在這幅如詩般的油畫之中了。

借鑒象徵主義手法成爲這一時期史鐵生的小說的主幹。但作者還偶以「意識流」的技巧寫下了一個中篇小說《山頂上的傳統》。其實，「意識流」小說在很大程度上是參照了它的鼻祖象徵主義的藝術技巧的。這部小說在展示一個殘疾人豐富內心世界上是有獨到之處的。作者把各種感性的印象在大幅度的時空跳躍中用「心理時間」把它連綴成小說的線索。夢幻、潛意識、現實、回憶的交叉、跳躍，毫無主客觀界限的敘述（似人物的作家的），雜亂無章，虛實相間，交織成人物內心世界波瀾起伏的精神狀態，撲朔迷離。當然，這部小說比起西方的「意識流」小說來，中國的讀者還是比較容易接受的，因爲史鐵生畢竟不能「脫胎換骨」，完全脫離自己傳統的藝術母胎。

大概是有段時期作者又對「黑色幽默」頗感興趣了，於是就用了一個適合

〔註48〕 史鐵生：《交流、理解、信任、貼近》，《鍾山》1986 年第 1 期。

的內容來套上這個表現形式的「外衣」。這就是《關於詹牧師的報告文學》。作者似乎是站在純客觀的中性立場上去寫這個人物，然而其表面上卻採取的是一種輕佻的形式。因為「黑色幽默」就是主張把苦惱隱藏在奇異的輕率之中，使道德的痛苦發展成滑稽的恐怖。正如馮由特古所說，這是一種「絞架下的幽默」。它常常是用悲劇的題材來寫喜劇。在這一點上，這部小說是完全具備這種風格的。但是我們看到，雖然這部小說在某些手法動機上與「黑色幽默」相似，但它並沒有成為正宗的「黑色幽默」之作。正像作品中的「我」與詹牧師反覆構思也不能寫出「黑色幽默」的作品來一樣，史鐵生沒有也不能在血緣上完全脫離他創作技巧的傳統母胎而獨立去模仿「黑色幽默」。因此小說現實主義技巧的內驅力始終在左右著作品的趨勢。首先，時空次序並不紊亂，不像「黑色幽默」任意排列組合。更重要的是作品的背景凸現，標誌著那個荒謬時代的怪誕。我們知道，在人物形象的塑造上，「黑色幽默」小說的重要標誌是人物性格往往缺乏背景，缺乏邏輯性、真實性，缺乏立體感，是「動畫片似的二度體傾向」的人物（莫里斯·狄克斯坦語）。〔註49〕但史鐵生筆下的詹牧師卻是一個受著「時代統治思想」制約相當深刻的、具有鮮明的邏輯性格發展的、來自生活提煉的人物形象──這是那個畸形時代的藝術典型的結晶體和複合印象。無論每一個中國的讀者都一眼可以看清楚這個畸形人物的時代背景，他絲毫不缺乏時代的社會背景與思想背景。人物雖有誇張之處，但決無變形之嫌。每一個從那個時代跨過來的人都會心照不宣。正如在阿Ｑ身上找到了「自我」一樣，我們看到了自己的面影。這不是一部「動畫片」，而確確實實是曾經發生在我們國土上的中國人民的生活的寫照。從這個意義上來說，這部小說基本上是以現實主義創作方法為主體內容和形式的，它只是兼收並蓄了「黑色幽默」的某些表現技巧而已，決不失是一次有益的嘗試。

　　總之，這一時期作者對西方現代派藝術技巧的借鑒，決非是整個美學觀念的一次「橫移」，而是作者在當代意識統攝下，一次自覺地藝術技巧的吸收和儲備。因為作者清醒地認識到：舊有的「再現」技巧已不能適應和滿足文學消費的需要了。而「表現」的技巧不無對現代生活節奏有補。因而在兩者之間尋覓一條新路，使之互融、互補、互促，建立自身有個性意識的創作體系，這便是這一茬作家這一舉動的良苦用心之所在。

〔註49〕參見《外國現代派小說概況》，陳焄學、何永康編，江蘇人民出版 1985 年 3
　　　　月第一版。

二、人物主體性的二度顯現

陀思妥耶夫斯基以人物主體性所構築的「複調」小說是小說描寫領域內的一次重大突破，但它被人們接受卻經歷了一個較長的歷史過程。陀思妥耶夫斯基曾以極強的自信力宣稱：「雖然我不爲現在的俄國人民所理解，但我將爲將來的俄國人民所理解。」是的，隨著審美認識的深化，人們愈來愈感覺到這個偉大作家在開掘人物心理世界時所顯示出的巨大能量，亦愈來愈感受到他作品的高度的美學價值。

倘使縱觀中國現代文學的藝術軌跡，我們似乎不難發現，即便是以冷峻的現實主義著稱的一代宗師魯迅先生，恐怕不僅僅是塑造了有個性的典型形象，更重要的是，像《狂人日記》、《阿 Q 正傳》、《祝福》、《傷逝》、《在酒樓上》等傳世之作是採用了以人物爲主體的描寫視點，而將作者自己隱去的藝術手段，才使得這些作品輻射出無窮無盡的豐富內涵。愈是以「複調」出現的小說，就愈有其廣袤的主題疆域。茅盾的《蝕》和短篇小說集《野薔薇》便是具有「複調」特徵的「狂亂的混合物」。而這些小說的輻射力量至今還是灼人的，有著恒長的藝術生命力。

新時期的小說創作中，較爲清晰地顯現出兩次以人物主體性爲軸心的創作現象。第一次「複調」小說的出現是以靳凡 1980 年在《十月》第 1 期上發表的《公開的情書》爲標誌的。這次顯現給以絕對現實主義創作方法爲唯一目標的中國文壇吹進了一股新鮮活氣。當然，許多人還是以現實主義創作方法的框子去分析它。但這部作品的出現，開拓了現實主義創作的視野，促進了現實主義體系的開放，向著現實主義的心進發，這不能不說是當代文壇上最活躍的描寫藝術技巧的因子。然而，正因爲處在文學嬗變時代的初期，人們的大腦尚不可能進行逆向的思躊，亦就不可能對這種人物主體性傾向的「複調」小說進行全而的藝術觀照，因此，它還不能向更高層次發展創造，使之與文學的內容和民精神融爲一體，亦不會從更深的層次去批評再造這部小說的涵義。因而，當我們重新來回顧這一創作現象時，不得不承認，這次人物主體性的初次顯現，還處於一個較低層次。首先，作品時空的觀念仍是沿用寫實的技法，次序井然，轉換清晰，使讀者一目了然；其二，作者沒有打破線性的表現方法，在人物與人物之間雖盡力隱去作家的主體意識，但由於用清晰的日記體將人物主體分割爲若干個單元的「自我」，形成一條條鮮明的「臨界點」。而不是指示符號消失後的模糊性所造成的混亂的心理衝突世界。亦就

是說，這種分割法，阻隔了人物主體性之間的心靈撞擊，以及由撞擊而產生的人物內心世界的分裂。這樣，我們在閱讀這部作品時，便缺乏一種閱讀障礙，削弱了人們的藝術期待視野。

第二次「複調」小說的出現是以 1985 年年底發表的張承志的中篇小說《黃泥小屋》（《收穫》1985 年第 6 期）和相繼發表的陳源斌的《紅菱角》（《中國作家》1986 年第二期）、殘雪的《蒼老的浮雲》（《中國》1986 年第 5 期）等為標誌的。當然，帶有人物主體性傾向的小說甚多，如莫言的小說創作「尋根」文學中韓少功的《爸爸爸》、賈平凹的《商州》、張潔的《他有什麼病？》（《鍾山》1986 年第 4 期）、劉心武的《無盡的長廊》等。這次人物主體性傾向的復現比起 80 年初的那次來說，具有更自覺的意識，它已經突破了現實主義創作方法的模式，向一個更廣闊的描寫領域延伸和拓展。它不再是線性的描述手段，而是具有輻射張力的多面體描寫手法。由人物各主體之間形成的心理衝突的反差與落差，將許多不同的哲學意識推到讀者面前，而作者又以捉摸不定的主觀意圖（似乎是似是而非的立場）而悄然巧妙地隱退，則便使作品的涵量陡然增大，人們似乎再也不能用一種機械的方法對它作出貌似公允、正宗的批評了。多義性成為人物主體性「複調」小說的一個重要的代名詞。這類小說愈是給讀者帶來閱讀障礙，便益發受到批評界的重視。似乎文學的哲學底蘊的探討將要成為一種時尚。

然而，隨著作家主體性的強化，作品愈來愈形成理念外化的傾向，文學倘使走這條路，必然會失卻形象的魅力而向晦澀的哲學論文的形式蛻變：人們既不願意回到現實主義舊有的描寫模式中去，卻又忽視了作品人物自身心理世界無限疆域的張力，便陷入了困惑兩難的尷尬境地。而人物主體性的創作方法正是把作家從純理性的闡釋和破譯中釋放出來，使作品獲得新的生命力。從運用這種方法進行描寫的作品透視中，我們找不到作為主體的作家（並非沒有），滿目看到的卻是作為主體的人物。我們看到的是人物自身心理世界由正負極相撞而形成的陰陽大裂變；或者是一個人物主體與另一個人物主體的撞擊中產生的眩目火花。這樣，作家的主體性才真正找到了最恰當的新的表現形式。也就是說，人物主體性的表現方法補救了作品理念外露、枯燥、形象淺化‧乾癟的弊端，以靈活變幻的描寫手段去調節、促進了文學的嬗變。由此，我們似乎才真正地悟出了恩格斯在著名的《致瑪‧哈克奈斯》中所闡述的那句「作者的見解愈隱蔽，對藝術作品來說就愈好的」偉大名言對於文

學的描寫藝術所起著的永恒效力。

毋角置疑，人物主體性在整個創作中起著至關重要作用，甚至可以說，人物主體性往往是衡量一部作品成敗的重要標準之一。忽視了這一點，我們往往只能是坐井觀天，把自己永遠禁錮在企圖表達什麼主題的框架中。當今的批評家們有的已經注意到了這種奇特的二律背反的現象。有如劉再復同志推演出的公式：

> 作家愈有才能作家（對人物）愈是無能爲力；
>
> 作家愈是蹩腳作家（對人物）愈是具有控制力；
>
> 作品愈是成功作家愈是受役於自己的人物；
>
> 作品愈是失敗作家愈能擺佈自己的人物。

劉再復以爲：「作家對描寫對象的尊重，就是賦予對象以人的靈魂，即賦予人物以精神主體性，允許人物只有不以作家意志爲轉移的精神機制，允許他們按照自己的靈魂的啓示獨立活動，按照自己的性格邏輯和情感邏輯發展。作家處於最佳心理狀態時，也是自己的人物充滿著主體意識，充滿著生命力的時候，此時，作家不是受自己的意志所支配，並沿著潛意識的導向前行，在可知的範圍內，造成了『意外』的效果，即愈有才能的作家，愈能賦予人物以主體能力，他筆下的人物的自主性就愈強，而作家在自己的筆下人物面前，就愈顯得無能爲力。」〔註 50〕我們說，劉再復同志所闡述的人物主體是普遍的、寬泛意義上的認識，這在胡風的文學理論中也有所體現。它基本上已經成爲被認同的普遍眞理（即便是舊現實主義也不否認），用它來衡量作品，那麼，其人物主體性的作品包容量就相當可觀了，雖然這樣的作品都帶有普遍意義的人物主體性。但它基本是巴爾扎克式描寫形態下的正統現實主義人物主體性。有如盧卡契的「人物獨立」論；也有如胡風那種創作方法補足世界觀不足的觀點。而我們所要闡述的卻是陀思妥耶夫斯基式描寫形態下的心理現實主義人物主體性，亦即巴赫金所描述的那種狹義的人物主體性現象。

巴赫金在論述小說形態時，曾把它分兩種類型：「第一類是傳統的，即在作者單一的意識統攝下形成的小說,他稱之爲『獨調』的（ Моиолот-ичсский ）或『同調』的（ Гомофоичсский ）小說；第二類的『複調』（ Полифоничсский ）的小說。」這兩類小說的不同區別在於：「傳統小說的作家通常是獨調式地介紹、敘述、描述、評論主人公的品格特點、

〔註 50〕劉再復：《論文學的主體性》，《文學評論》1985 年第 5 期。

社會地位、社會的和性格的典型性、習慣、精神面貌等等，從而塑造出一個穩定的完成了的形象。而主人公的自我意識僅僅是構成他整個形象的諸因素中的一部分，它超脫了整個形象的框框。因此，主人公只是作者意識的客體。」而「複調」小說的「主人公成爲觀察他自身和他的世界的視點，主人公的自我意識構成了在其形象中佔優勢的成份。……主人公不只是作家意識的客體，而且也是自我意識的主體。」「複調小說的作者不是直接描繪客體形象，而是經由主人公的自我意識去描繪形象。」〔註51〕如果僅僅以人物的視點來進行描寫，那麼，新時期的小說創作從王蒙的變奏開始便一直延續至今，其作品便浩如煙海，枚不勝舉。那麼，在作家隱去自己的前提下，不僅僅以一個人物主體出現的心理世界爲滿足，而是以多元的心理世界來擺脫作者意識的統攝、擺脫單一人物主體的控制，使之呈到出一個個「沒有指揮」的獨立的人物主體，其中蘊涵著多元的人生哲理的交鋒，才是成爲這種狹義人物主體性描寫的重要特徵。亦正如巴赫金所說的那樣「許多種獨立的和不相混合的聲音和意識，各種有價值的聲音的眞正的複調確實是陀思妥耶夫斯基小說的基本特點。」〔註52〕當然，「複調」不僅僅是小說的藝術結構，亦是小說的內容，多元化成爲變革時代的思維特徵，它就不能不在小說的內容和形式上有所相應的反映。並存不悖的多種觀念要找到其最佳的表現形式，於是，作家們便攝取這種狹義的人物主體描寫方法。

　　《公開的情書》最先以人物主體性的描寫方式出現，正表現了那個特定時期一代知識分子對於歷史回顧的一種焦灼不安的情緒。那種對極左路線的竭力抨擊而後快之情。試圖通過象徵、哲理的外化形式予以表現。多種人生哲學的觀念是來自於對於那個悲劇時代深思的結晶，作者試圖通過幾種不同的人生哲學的撞擊來表現一種超群的人生意識。於是，他借助了人物主體性表現方法。眞眞與老久、老久與老嘎、老嘎與老邪門、眞眞與哥哥、眞眞與石田……每一個人都構成了獨立的心理世界，而且在幾者之間的撞擊中，盡力避免了作家主體的介入。作品都是從人物的各視點去觀察世界。由此可見，人物內在形式上已基本上獲得了自我意識，從表象來看，整個作品已經是「沒有指揮」了。但是，由於作者採用了以章節來切割各人物主體之間聯繫的手

〔註51〕　樊錦鑫等：《陀思妥耶夫斯基藝術世界中的時間和空間》，《國外又學》1983年第 3 輯。
〔註52〕　王聖思：《陀思妥耶夫斯基的現代性》，《讀書》1986 年第 10 期。

法，使人物主體性變成一種人爲的獨立體。這就使作品進入一種凝滯的穩態結構之中，時空沒有倒錯，指示符號（即作家的敘述語言）雖然表面消失，但其實卻有一條無形的「指示符號」在連結著情節的有序展開。況且人物自身缺乏內心的分裂（只表現作爲「社會人」的意識形態；而未表現作爲「自然人」的潛意識。最多不過是淺層次的人文主義的觀照），亦即缺乏雙重的分裂（人物與人物之間、人物內心世界分裂雙重之間）。從接受美學的角度來看，整個作品始終缺乏一種閱讀障礙。如果說作品有一種「效價」的話，那麼，滿足讀者需要的作品產生正效價，具有較高的審美價值，反之，則產生負效價。正效價產生吸力，而負效價產生斥力。我們認爲《公開的情書》中每個人物所形成的獨特的心世界，和他們之間人生哲學觀念互相撞擊下所產生的耀眼火花，激勵鼓動著那個時期一顆顆青春勃發的心，它產生了較強的正效價；而由於作品採用的簡單的切割法，以及作爲人物個體自身內心所缺乏的分裂狀態，又產生了負效價，足以消彌了這部作品本來可能成爲的那一時期或者一個時代文學觀念和藝術描寫開山意義的地位。這只能說是人物主體性在作家的意識中尚處於一個非理論化的不自覺的階段。

在 1985 年文學界的「方法論」熱尚方興未艾時，作家們似乎亦對描寫方法的更新由衷地熱心起來，除去其他描寫領域的蛻變外，單就一些作家對於人物主體性描寫的關注來看，足以體察到文學變革的足音。

作爲一個優秀的作家，現實主義往往要求作家的主調清晰，在作品中鮮明地闡述自己的世界觀，站在「全知全能」敘述角度去破譯生活。這樣，高明的現實主義作家，無非是採用以下幾種描寫方式：或者是在作品中塑造理想人物，使之成爲代言人；或者是將自己的思想在情節的場面中自然流露；或者是直抒胸臆；或者是以象徵性的景物描寫間接議論而達到介入之效果。無論用以上哪種方法來表白作家的主體意識，讀者都不容易產生閱讀的障礙，作家的世界觀立一眼見地，了了分明。這種描寫方式逐漸麻痺了現代讀者的感受機能，使之產生倦怠情緒。打破這種平衡便成爲這個時期文學的自覺要求。而那些機械模仿現代派描寫方法作品的泛濫所造成的文學的矯揉做作，似乎愈走愈遠，終於又使人們產生閱讀上的困乏和逆反心理。那麼，尋求一種表現形式便成爲作家們的迫切需求。從八五底至今，人物主體性的描寫方法表現於小說創作，大致經過了以下一個遞嬗過程。

從《黃泥小屋》開始，張承志似乎擺脫了人物單一的描寫結構方式，採

用了多元人物的描寫，加大了人物各主體間的撞擊係數；在總體象徵的慣用描寫手法上逐漸向人物主體性移位。考察這部小說，作者基本上是以作家主體加人物主體的敘述形態爲軸心展開的。一方面，整個作品的指示符號並未消失，在以作家主體的描述中，作者採用的抒情性手段從外部視點來透視人物，融入了作家主體意識；另一方面，作品中的人物基本上已形成一個個相對獨立的內心世界，主人公的自我意識構成了在其形象中佔優勢的成份。這就使得這部作品變成了「獨調」與「複調」小說的混合物。

從整個作品的時間結構上來看，其轉換軌跡尚是較清晰的。首先，它的故事情節基本上是順時態的；其二，空間的轉換亦是按照情節的需求而變動的。其中最重要的因素就在於張承志卻保持了由作家本人介入的第三者角度的「全知全能」敘述形態。也就是說作家滲入的敘述正是一種指示符號，它是將讀者引向作家自我意識中心的一種手段。這些，基本上是保留著現實主義「獨調」小說的描寫方法痕跡。這樣的描述形態下，作品呈現出了它的明朗、清麗的色調。實際上，作家不僅介入了人物，也介入了讀者。

從整個作品的人物描寫來看。無論是蘇尕三、賊娃子、阿訇，韓二、丁拐子；還是那個尕妹妹的她，都以各自強烈的主體意識去接受生活的挑戰。他們每個人的內心世界都是可分割的兩個矛盾體的融合與撞擊；同時，每個人的主體意識又與外部世界發生激烈的衝突。許多種獨立的不相混合的聲音和意識交織在一起，形成了「複調」小說的藝術效果。不要說蘇尕三和她豐富的人物主體意識構成了這部小說耀眼的人物主體性特徵。即如像賊娃子這樣的人物也有著豐富的自我意識運行的軌跡。作者在處理這個悲劇人物的死時，完全是以人物的主體意識去感受外部世界的，作品形成了一種似幻覺又非幻覺的效果，寫出了世界的隔膜、荒誕、殘忍。總之，在人物主體性的描述形態下，作品又充分顯示了「複調」小說的晦澀、隔離的色調，無形中使得作品的內涵加大，模糊性所造成的閱讀障礙，增加了現代人所需求的審美韻味。

從整個作品的內容來看，作者似乎也要和陀思妥耶夫斯基那樣造成一種人與人之間在非常態心境下所形成的孤獨感，闡釋一種理解和不被理解的歡愉和痛苦，這是一種深層的心理意識。正像作品中的人們所面對的那個強大的無形力量——「誰也沒說自己見過東家的面」。外部世界的無形重力對人的壓抑，強化了人們內心的孤獨，由此產生的人物主體性描繪，更能準確地傳達出作爲人的豐富內心世界所受到的壓抑和本能的反抗。

　　《黃泥小屋》作爲新時期繼《公開的情書》後第二階段人物主體性傾向的第一樂章，其主旋在似乎是作家主體性和人物主體性的混成交響曲。

　　如果把近期人物主體性傾向的小說發展比作「序列音樂」（「序列主義」也摒棄傳統音樂的種種結構因素〈主題、樂句、樂段、以及它們的邏輯發展等〉和創作規律）的話，那麼，翻開第二樂章，我們便可以清晰地看到這樣的事實。

　　隨著《紅菱角》的出現，我們可能遇到了更大的閱讀障礙。因爲整個作品的故事情節結構已經被打亂，帶有「意識流」的特徵（當然，「意識流」是每個人物自我意識主體的生活流）。由作家介入的第三者角度的描述形態逐漸遞減，其指示符號呈局部消失狀。即使有些第三者角度的敘述語言亦是由「群體人物」的主體意識的視點來闡釋描述的。如小說最後一段的追述，看似由作家主體意識介入的產物，實則卻是愚昧的、固態的民族心結構籠罩下的被歪曲了的客觀事物形態。這部小說已基本上打破時空的流程。用六指——一個破壞傳統的個體象徵物和大伯——一個維護傳統的群體象徵物之間的那種自我意識的衝突，來展開人物主體性之間的撞擊。正如融恩所說的那樣：「比起集體心理的汪洋大海來，個人心理只像是一層表面的浪花而已。集體心理強有力的因素改變著我們的整個生活，改變著我們整個的世界，創造著歷史的也是集體心理。集體心理的運動規律和我們所能意識到的完全不同原型（archetypes）是巨大的決定性力量。它導致了眞正的事件的發生。……原始意象（Thearchetypalirnage）決定著我們的命運。」〔註53〕以此來理解六指與霞的毀滅，我們似乎更能意識到改造我們民族文化心理結構中的「集體無意識」是何等的艱難困頓。

　　這部小說雖然是一部短篇小說，但是，小說的內涵卻異常深厚博大。作爲傳統的破壞者，六指是個有思想的人物，他的心理是分裂狀態，他有殘忍的一面，有不被人們所理解的隱痛，他內心所產生的孤獨感是一種變態的情感，是個體與群體之間的隔膜。值得深思的是，他肉體的犧牲也並沒有能夠拯救群體精神上的沉淪，亦沒有逆轉傳統意識對他的宣判。小說不僅描述了他自身的心理分裂，而且還展示了他與另一個個體（大伯）以及群體（眾鄉親）之間的心靈衝突。作品提出的摧毀固態的民族文化心理結構的內涵是以

〔註53〕融恩：《分析心理學——它的理論與實踐》，《融恩著作集》第 18 集。轉引自宋狄，《當代西方美學》，人民出版社，1984 年 6 月第 1 版。

恰當的人物主體性的描寫方法得以最佳表現的。試想，如果單用現實主義的再現方式是不能達到這一主題現有的深度和廣度的。

倘使我們翻開這個「序列音樂」的第三樂章。我們看到的將是光怪陸離的世界。《蒼老的浮雲》的出現，可算是將人物主體性的描寫方法送上了極端。作品採用的幾乎全是「內心獨白」或「旁白」的表現形式；時間紊亂，倒錯；所有的指示符號完全消失，使得許多人大呼其讀不懂。而極少數人卻連連驚呼為中國現今唯一可讀的作品。讀這部小說，有人會馬上想到加西亞・馬爾克斯的《百年孤獨》，而我們卻更多地是想到了陀思妥耶夫斯基的《罪與罰》。同樣，在作者的哲學意識中，陀思妥耶夫斯基、馬爾克斯，殘雪這幾個不同國度的作家所要表現的是人與人之間的隔膜，表現為個體的現代人的共有的孤獨感。但從表現方式來看，《蒼老的浮雲》的作者更接近陀思妥耶夫斯基。也就是說，《蒼老的浮雲》這部作品的人物主體性傾向表現得十分的鮮明。

這是一個「沒有時間的世界」，我們看到的似乎是陀思妥耶夫斯基筆下的一些離群索居的精神病患者式的人物。這些人物的內心世界與外界無法勾通，其自身亦無法統一。整個作品以男主人公更善無和女主人公虛汝華的想像、幻覺為線索，來展示這兩個心靈世界在外部世界重壓下的變態。初讀起來是滿紙荒唐言，堆砌滿篇的莫名其妙的幻象，莫名其妙的答非所問；莫名其妙的荒誕細節的顛倒重複……一切都莫名其妙。然而，細細品嘗，其中似乎散在著許多內涵豐厚的可解底蘊。如果，它在主題上與《百年孤獨》相似點的話，那麼，那種由孤獨所造成的愚昧，落後、保守僵化的現象；各自生活在封閉的自我堡壘中，以自己的思維方式來排遣孤獨：「徒空無益地掙扎了一輩了」（《蒼老的浮雲》）。形成了兩部作品主題內涵的共同點。其實，我們滿可以把這部作品兩個男女主人公的主體意識看作是兩個分裂狀態下的內心世界；它們又同時與那些男人、女人、母親、岳父、慕蘭、女兒等等的象徵物（其實就是一種外力而已）進行著性格撞擊。當然，作品更多的是表現人物自身非常態的心理分裂。而與陀思妥耶夫斯基不相同的地方是，殘雪幾乎不是以一個分裂的心理世界與外部世界相抗衡，而是把兩個共同的分裂的心理世界相溝通，來面對共同不可理喻的外部世界。使人們得到一種這樣的直覺：究竟是他倆瘋了？還是這個世界瘋了？也許，這部作品提出的也是如魯迅先生一樣的改造國民劣根性的主題吧。那麼，這部作品與魯迅先生的作品的表達方式卻是很不相同的。它往往不預先，也不過後指示出主人公的行為

方式。例如夢境、幻象、意念等。作者試圖達到「變幻想爲現實而又不失爲眞」的藝術效果，有意混淆時空的間離，試圖把讀者亦拉入和主人公一樣的夢幻中去，表現出極大的顛倒性、非邏輯性。使「敘述的過去時態轉換爲人物正在意識著、體驗著的現在時態」〔註54〕這樣，共時效果似乎消融了讀者與人物之間的心理屏障，使你向人物主體意識的深層走去。

人物的即時反應是增強作品人物主體性的重要手段。《蒼老的浮雲》就是在形象描寫的過程中不斷出現人物的即時反應，如虛汝華看到白花後產生的幻覺；如更善無看到虛汝華吃酸黃瓜產生的聯想……這一切靜態的或動態的物象描寫被人物的即時反應所切割的它的「頻繁使用能積極地驅動讀者的想像連續不斷地在客觀物象世界和人物內心世界之間來回躍動。從而打破通常的物象描寫的靜態時間，使靜態獲得動勢。」〔註55〕無疑，這種觀照外部物象時採用的以人物的點位去描述，使人物作出即時反應的方法，的確增加了整個作品的模糊性。別林斯基曾就陀思妥耶夫斯基的小說，對此模糊性提出過批評；「作者以自己的名義敘述主人公的遭遇，可是完全用主人公的語言和想法：這一方面顯出他才能中有極多的幽默感，客觀洞察生活現象的無限強大的能力；所謂鑽到和他不相干的旁人的皮膚下面去的能力；可是，另一方面，這就使得小說裏的許多情況變得模糊不明。」〔註56〕我們覺得，別林斯基對這種模糊性的批評是站在現實主義創作方法的視角上來進行評判的。然而，用今天富有當代意識的眼光來看，這種模糊性正是現代讀者所需求的閱讀障礙。

在《蒼老的浮雲》裏，我們已經完全看不到作家的主體意識，代之的是完全的人物主體意識。它已成爲眞正的「複調」小說。當然，我們也並不排斥這部小說對其他的現代派描寫方法（如「意識流」等）的借鑒和運用。但我們以爲這部小說的重要特徵是鮮明的人物主體的傾向。

當然，還有許多小說帶有人物主體性的傾向，如《爸爸爸》、《他有什麼病？》等等，在這裡我們不一一剖析闡釋了。

對這類小說的抽樣分析，使我們處在一個尷尬兩難的境地。尤其是在肯

〔註54〕 樊錦鑫等：《陀思妥耶夫斯基藝術世界中的時間和空間》，《國外文學》1983年第3輯。

〔註55〕 樊錦鑫等：《陀思妥耶夫斯基藝術世界中的時間和空間》，《國外文學》1983年第3輯。

〔註56〕 轉引自《陀思妥耶夫斯基藝術世界中的時間和空間》。

定人物主體性傾向的前提下，對哪一種人物主體性的描寫方式進行肯定呢？是張承志？還是陳源斌？抑或是殘雪？

隨著人們思維空間的拓展，現代人的審美意識在不斷地遷移、遞嬗。我們不能用凝滯的眼光去看待每一部作品。

如果從接受美學的角度來考察每一部作品，那麼，被歷史認同的傳世之作只有在不斷被讀者閱讀的過程中進行連續不斷的新的闡釋，才具有強大的生命力。好的作品只有提供一個多層次的結構框架，其中留有許多「不確定」和空白，其豐富的內涵才能逐漸顯現出來。難怪陀思妥耶夫斯基敢於驕傲的宣稱自己的小說會被將來的俄國人民所理解。從這個意義上來說，《蒼老的浮雲》或許是有其較恒長的審美價值的。

如果從文學的時代作用（也可稱作文學的功利性吧）來說，那麼，愈是直接的描述就愈能獲得近距離的效果；愈是間接的表現，就愈失去現行的效應。倘使單就這一點來衡量作品，人物主體性的小說就很難得到青睞。

眞的需要我們回答對人物主體性傾向的小說貶褒的話，我們從多方面因素加以考慮，還是以爲，爲了滿足不同層次讀者的需求，應該提倡多樣化，即便同是人物主體性的小說，也應倡導作家們根據自己的風格去進行再創造。

第二章　艱難的美學革新

　　歷史的變遷帶來新舊道德、倫理的衝突、以及城市和鄉村文明的對撞，從而使人的心理和生活狀態也發生巨變。對此，一些初登文壇的作家在以青春的激情擁抱變革的同時也表現出難解的惶惑；一些日趨成熟的作家則以或熱辣或悲涼的筆鋒對社會現實尤其是知識分子的精神世界進行了鞭闢入裏的分析和批判；還有一些作家則圍繞著「最後一個」的關鍵詞抒寫出頗具輓歌情調的尋根之作。

第一節　新舊搏擊中的掙扎

　　上世紀 80 年代的中國已經進入了新舊道德和意識相搏擊的時代，兩種力量的平衡、消長正帶來人們精神世界的改觀，同時也帶來思想意識上的某種模糊。「歷史的進步是否會帶來人們道德水準的下降而浮虛之風繁衍呢？誠摯的人情是否還適應於閉塞的自然經濟環境呢？社會朝現代的推衍是否會導致古老而美好的倫理觀念的體解或趨尚實利世風的萌發呢？」[註1] 這些人與自然、人與道德、人與社會……的撞擊浸透著現代意識對中國自然經濟「生態平衡」的衝擊，它們終於以不同的表現形式在一批作家的筆下呈現出斑斕的多元色彩。張承志以其象徵主義的濃厚色調在《北方的河》裏勾畫出青年一代對於現代意識的熱切追求和嚮往，其內涵可謂博大精深；孔捷生以深沉的思索和帶有原始主義情緒的筆調在《南方的岸》和《大林莽》裏滲透了一種人性復歸的心態；梁曉聲不再抒寫暴風雪式的狂飆生活，卻描寫一代知識青

〔註1〕 賈平凹：《商州》，載《文學家》1984 年第 5 期。

年回城後的迷惘和尋找自己位置時的惆悵；而賈平凹卻以凝重而尖刻的手筆去解剖人的靈魂，在「美好的倫理觀念的體解」的哀鳴中裹挾著一種輕鬆的揶揄……這些作家幾乎是奏出了同一個主題──人性已經進入了一個更高層次，人的自我價值的發現推動了時代的變革，然而，亦帶來了意識的紊亂。是的，人們還沒有進入那個和舊道德愉快地告別的時代，一旦解開幾千年的封建枷鎖，我們可能連路都不會走；況且，還有許多人已經抱定要把枷鎖當作「通靈寶玉」，與其一道進入冥冥世界裏去。因而，紛繁雜陳的意識形態表現形式給作家們提供了廣闊的創作空間。作為批評者，我們不能不看到作家們的一個鮮明的創作特徵──以人的現代意識作為創作基點。我們再也不可能用現實主義模式的框架去罩住它們了。既然創作已經突破了現實主義的規範，走向了開放性的體系，而批評家還在用古老的放大鏡去觀察著一個整體人的單細胞，這就難免要出現批評落後於創作的局面。試圖把主題思想、情節結構、藝術特徵全部機械地納入某種條文的注釋中去，這種單一的批評方法也難免帶來批評的簡單化。創作本身是一個大千世界，那種凝滯的道德批評畢竟要使批評方法趨於墮落。批評必須在自身的蛻變中才能獲得新的生命，沒有演變和發展的批評將是僵死的、沒有前途的批評。僅僅是道德的批評很可能會把作品窒息在一個非常狹小的藝術空間裏，使其藝術涵蓋面受到不應有的限制。因而，只有跳到另一個更高層次去把握它，才能看出作者的追求，才能擴大其深邃的蘊含。

一、鐵凝：超脫與惶惑

和張承志、孔捷生、賈平凹等作家一樣，鐵凝從她的《哦，香雪》、《沒有鈕扣的紅襯衫》起就執著於對「自我價值」的發現和對道德觀念解體的深刻思考了。同時，我們還能清楚地看到作者在思考過程中所表現出的某種惶惑感。

在一個急劇變革的時代面前，我們的作家似乎處在一個很微妙的中間地帶，一代作家陷入了巴爾扎克和托爾斯泰式的困惑之中：一方面是對舊道德（它往往以善的、美的，也是人們最理想的形態出現）的最誠摯的眷戀和最痛苦的告別；另一方面是對新的現代意識、價值觀念（它往往是以醜的、惡的，甚至是殘忍的形態出現，但它卻又是推動歷史前進的動力）無可奈何的肯定或不由自主的讚揚。因而他們就唱起了一曲曲舊道德觀念崩潰的無盡輓歌。

在鐵凝的創作中，我們更多看到的是對作為不可逆轉的時代主潮的現代意識、新的生產力、新的精神世界的追求和呼喚。如果說，她初期的創作（主要作品收在《夜路》短篇集裏）只是停滯在對田園牧歌式的靜態生活世界的謳歌，對美好的傳統道德的歌頌的話，那麼，從 80 年代初，作者就在新舊意識形態的選擇上徘徊了（這部分作品收入《沒有鈕扣的紅襯衫》中短篇集裏）。老竈火的困惑（《竈火的故事》）就是證明舊道德觀已經阻擋不住現代意識的主潮了。像老竈火那樣維護國家利益和黨的優良傳統的農民已經不能適應新的時代要求了。要求致富的農民不再以道德標準要求自己、束縛生產力的發展了，在賣柿子這個問題上，人們，不，是社會和時代給了老竈火以無情的諷刺。老竈火注定成為一個悲劇人物，成為時代的落伍者形象，而必然遭到歷史的嘲諷和遺棄。作者試圖站在歷史的制高點上，以時代同步者形象——小蜂來挽救這個人物的命運，可說是對他傾注了無限的同情而又不得不否定他的保守性。《短歌》裏，雖然你可以對老祥寄予無限同情，也可以對紅霞抱以譴責（也許作者亦是站在姚琦的立場上去描寫著這一切），但無可否認，新一代人的價值觀念的改變，無疑不是以老祥的意志為轉移的，老祥那個被包圍在高樓群落中的搖搖欲墜的房屋即將崩潰坍塌，替代它的將是一幢嶄新的大廈。儘管新的現代意識會受到種種阻力，然而它澎湃的思潮是不可遏制地激動著年青的一代，即便是瑣閉式的偏僻山村，也必然滲進現代意識的印跡，也會出現「小酸棗」（《小酸棗》）那種執著追求個人意識的青年，在自己的婚姻問題上，她多麼自信，「她是有信心、有力量把他拉回自己身邊的。」新生活的呼喚如果僅僅是重複著要求婚姻自由的個性解放的旋律，當然是可以被世人們接受的，但是這個古老的主題畢竟太單調了。難就難在當現代意識以它冷酷的面目出現在人們面前的時候，就連作者也會產生極大的困惑。如果僅僅是像香雪那樣熱切地追求著新生活，人們會毫不猶豫地向深沉的大山告別，沿著閃亮的鐵軌，「朝著神秘的遠方奔去。」因為那轟隆隆的火車不僅是物質文明的象徵，更是現代精神文明的象徵，農民，不再是茅盾筆下老通寶式的形象了，他們渴望新生活的「火車」打破田園牧歌式農村的寧靜。而困難是在現代意識以其惡的形態展現在你面前，而舊道德又以最動人的美好形態出現時，你就很容易跌進感情的漩渦。在這一點上，鐵凝或許也有不能自拔之時。在剛寫完《哦，香雪》以後，她又寫了《東山下的風景》，謳歌了人的尊嚴、傳統的美德，同時也無形中鞭撻了那個具有現代意識的個性人物會

計夫人——那個似乎丟了人情味，用經濟眼光看待人，要錢不要臉的老知青。當然，用道德的尺度來衡量這個人物，她是個反面形象；但若以流動著的現代意識和價值觀念來衡量，則又是另一番情形。作家似乎在八二年下半年後總願排解不開這個命題的二重性。在創作《哦，香雪》和《東山下的風景》之間，她寫了頗有反響的《沒有鈕扣的紅襯衫》，作品中的「我」正是作者自己形象的寫照。無疑，她是站在現代意識和傳統意識的中間地帶，企圖去調和兩者之間尖銳的矛盾，當然作品在較大程度上肯定了安然的現代意識追求，然而作者畢竟沒有解釋出紛呈的生活提出的疑問。安然雖以她卓然挺立的姿態成為個性意識強烈的生活強者，雖然韋婉被人們所唾棄，然而作為生活中的「我」仍然站在一個很模糊的位置上。難怪她要發出「我誠惶誠恐地看著站在面前的安然」的慨歎。

誰也不能否定舊道德勢力的強大，而新的現代意識往往只能躲在生活的暗陬裏，《六月的話題》裏史正斌作為一個揭發不正之風的勇士，照理說他應該是無私無畏的，但由於他的靈魂深處兩種力量的消長而造成了內心的不平衡狀態，「勇士身上常常存在著儒夫的弱點。」他的弱點就在於畏懼屈服於舊道德的巨大壓力，只能用變態的方式去宣泄靈魂深處的現代意識（隱意識）。

1983 年以後，鐵凝的作品呈現出了更為撲朔迷離的狀態，她的三部中篇小說《遠村不陌生》、《村路帶我回家》、《不動聲色》引起了不小的反響。作者似乎也企圖從自身創作的軀殼裏掙脫出來「試圖超越法官式的對待生活的態度」，「像旁觀者一樣嘲笑當年我那膚淺的熱情。」〔註2〕我們驚喜地看到，鐵凝的這幾部作品不再是單線條的單向發展的結構形態了，它們呈現出了生活的多層次，人物性格的多向深層結構狀態。在總的情緒把握上，作者一方面表現了對現代生活方式和節奏的無可奈何，同時又熱切地眷戀著那種明淨的田園牧歌式的封閉生活和人與人之間純樸率真的關係。這種巴爾扎克和托爾斯泰式的矛盾反射在她的作品裏，便發生了主題和人物的斷裂現象，使得她的作品難以被一部分讀者所接受。

《遠村不陌生》以它多層次的結構使得鐵凝的藝術思考更深邃了。隨著小說觀念的不斷更新，表面結構形態上的散與不散已不再是當今衡量小說概念的標準了，為什麼許多作家要寫散文化的小說，其根本點就是要掙脫束縛思維空間的形式框架，以輻射性的強光去照射更為廣闊的生活層面。我們以

〔註2〕 載《青年評論家》1985 年 2 月 10 日。

為，這部小說之所以有特色，就在於作者以散文化的輻射式結構開掘了不同生活的層面，把城市與農村那種思想意識交融時的隔膜寫活寫透了，在這個聚焦點上，作者用她那女性特有的細膩去發掘表現出人與人之間的那種微妙之極的心緒狀態。讀這部小說，我們不應該對人物作出僅僅是現存道德標準的判斷，誰對誰不對，就連作者也不能以法官式的態度予以評斷的，倘使作者作出了結論，那倒是非常糟糕的失敗，幸虧作者沒有把自己的觀點強加給人物。如果我們把這部小說作為一個象徵體的小說來看的話，那麼，將會出現一個非常有趣的現象。因此，我們決定選擇蘇懷胄這個具有二重性的人物來分析。當蘇懷胄和一個曾經與之有著共同單純的理想，而又被道德觀念所肯定的楊秋伏結合時，他幸福過，至少是在那種低級的文化氛圍裏，他感到過十分的滿足；然而，一旦他攜家回城後，物質文明和精神文明極其豐富的喧囂的城市使他的精神從異化中復歸，現代意識的潮流喚醒了他意識深層的自我價值的發現，喚醒了他被生活的重荷壓在心底的潛意識，面臨一次復歸的現實，他的精神世界裏萌發了追求現代意識的欲望，同時舊道德觀也面臨著崩潰的危險。但是，社會道德的衝擊力又以磅礴的氣勢抑制著這一代人思維的正常發育，因此這個人物表現出極鮮明的二重性（如果讀者也站在郁南妮的立場上去嘲笑他這個致命弱點，那將是膚淺的）。郁南妮，這個象徵著現實和理想的戀人，像春燕、像鮮花、像一尊美麗的雕塑在召喚著他心靈的愛和理想，在誘惑著他向新生活突進的勇氣。無疑，這兩個象徵性的人物正是蘇懷胄性格的不可調和的兩個側面。這個人物是個悲劇人物，他的悲劇性就在於他必然地回到了社會道德勢力為他安排好了的墳墓中去。在靈魂的追求和冒險中，他退卻了。在千千萬萬人的眼裏，他要選擇的畢竟是電視鏡頭裏「模範丈夫」的形象，做一個傳統道德的標準像或扮演者。雖然他心靈的追求並未泯滅，但墳墓卻是自掘的。郁南妮作為個性意識極強的女人，她決不會做蘇懷胄的情婦的，道德的力量她是可以抗拒的，而虛偽的愛情卻是不能容忍的，愛情的悲劇因素使郁南妮卑視蘇懷胄的軟弱性格，蘇懷胄是個不配她愛的人，他只能回到楊秋伏的懷抱中，去忍受道德給他的痛苦懲罰，去忍受靈魂的煎熬。這一歷史的必然似乎注定要發生在這一代人身上似的，因為他們接受了幾十年的道德馴化，要掙脫這個羈絆是很難的。像郁南妮一樣，作者對舊日生活中的倫理道德投以恍惚的心緒。作品中出現了老支書、九月等人物形象，這些形象明顯地象徵著另一個理想王國——那種寧靜的生活和

純潔的人情。那些曾經給郁南妮以生活的勇氣並把她送進現代意識漩流中的人們，至今仍生活在閉瑣的、遙遠的山村裏，強烈的現代意識的陽光很難穿透那由於歷史的積澱而造成的天然屏障，像重巒疊嶂的大山隔斷了兩者之間的交流，農民心靈中的冰封是很難化開的。我們看到，作者之所以要交替地疊現出農村生活的畫面，就是要表現出一種現代意識和平靜生活狀態相交融時的疊象來，不管作者怎麼理解，這些圖畫預示出了那個不可逆轉的歷史事實就要出現——現代化的生活必然帶來意識形態領域內的變革，舊的倫理道德和原有的社會價值觀終究要趨於解體。

我們覺得，這部中篇小說存在著的弱點是作者以過多的不滿情緒指責了楊秋伏這個人物。作爲一個從封閉式的鐵罐子裏「突圍」出來的女性（當然，她的「突圍」帶著極大的偶然性），她不能也不可能不受到舊道德觀念的制約，她那淺薄的文化命定了她要被時代所淘汰，但這不能簡單的歸咎於其個人的品格。這個二重性格的可愛之處在於她也企圖執著地追趕著時代的步伐，雖然她被甩得很遠很遠。她的意義就在於以頑強的奮鬥、掙扎來完成自我存在的價值。不錯，她是一個變態的女性，是一個村婦式的淺薄與故作高雅的混合體，令人可憎可卑。但是你又不能不看到這個屁股上烙著深深的舊道德紋印的女人對於新生活的追求竟是如此地專一，她也想盡力拋棄那個「舊我」而脫胎換骨，但時代卻鑄就了她這副畸形的形象（這是作者塑造這個人物的深刻所在），如果聯繫起歷史和社會的原因，我們應該理解她，甚至去肯定她的一些可愛之處。可惜鐵凝在她身上卻沒有超越「法官式」的評判，把她簡單地與世俗刻薄的小人爲伍，而未向人物性格的更深層結構開掘，令人不無遺憾。

從表面上看來，鐵凝似乎是厭棄那種喧囂的都市紛爭和複雜的人事關係，而試圖回到寧靜的農村和純潔的人情之中去，用淨化來解脫不能平衡的心境，似有超脫之意。但仔細品味卻又嘗出了個中之奧妙。作者時時又擺脫不了對現代意識的歌頌，她仍以挖掘人性的自我價值發現爲著眼點，從而揭示出現代意識進入封閉式農村時所帶來的人性的變化。《村路帶我回家》並不是一種簡單地要求「淨化」的主題，因爲作者把「我」融進去了，這個「我」，是「自我」，並不僅僅是作者的情緒。以我們的理解，作者把「村路帶她回家」的小說題目寫成《村路帶我回家》正是作品主人公在「復歸」中眞正地發現了「我」，找到了自己生活的位置，認識了個人的自我價值。因而這個題目中的「我」才更有深刻的內涵和無窮的寓意。如果僅僅理解成作者對主人公的「理解和同情」而

發出的共鳴，則是狹窄的，無形中就縮小了作品的涵義和藝術的張力。

　　喬葉葉，這個和幾億普通人同樣生活的小人物，在混沌的時代裏始終在渾渾噩噩地生活著，當然，主宰她思想的也不完全是統治思想，但舊道德的束縛無疑是使她不能認識自己、發現自己的繩索。是的，我們的青年一代，似乎沒有四大繩索的威脅，然而一切陳舊的意識總是通過統治思想給予人們無形的或有形的壓抑和影響，它造成了一代人，甚至是幾代人的悲劇，人們還很難去認識到個人的價值，也許像金召那樣在動亂歲月裏尚存有強烈個人意識的青年也還存在，但畢竟實屬少見。金召的個人意識雖很強烈，但我們不能不看到他的個人意識是帶著極大的盲目性的，是一種消極的、本能的變態反抗。因為他不能也不可能超越時代的統治思想更遠，他只能帶著鐐銬跳舞。因而，個人價值的發現如果離開了時代給予的豐沃土壤，將是一枝枯萎的花。正因為我們的時代已進入了一個個性解放、個性創造的時代，才會有像喬葉葉那樣最普通人的個性意識的自我覺醒，惟有其覺醒，喬葉葉才能堅定不移地選擇了她過去根本沒有發現而如今已被她真正認識了的金召──這才是她真正理想的發現和追求。這一筆才是作品的神來之筆。

　　和許許多多作品一樣，《村路帶我回家》裏的老知青（後來的大學生）宋侃作為一個最完善的道德形象化身，作者卻給予了嚴厲的抨擊。從這裡，我們看到了現代意識占上風的情緒。喬葉葉為什麼選擇的不是宋侃，而是金召。假如我們用道德的眼光去評價作品，那麼得出的結論只能是喬葉葉的錯誤和作者的迷惘。殊不知，正是由於這樣的選擇，才使我們看到了作品真正的認識價值──舊的倫理道德並不重要，重要的是人們應該找到自己生活的正確位置。作為有價值的人，她應該有自我選擇的權力和信心。不是嗎？宋侃企圖做舊道德的殉葬品而不得，這並不是發自內心的執著追求。當喬葉葉宣佈離開他的道德保護圈時，他不是如釋重負，得到了靈魂解脫的輕鬆嗎？可以這樣說，喬葉葉在自我選擇中不但發現了自己、解放了自己；同時也發現了宋侃，解放了宋侃；進而也使宋侃認識了自己，喚醒了自己內心深處的自我意識，「他的頭腦似乎剛開竅：他之所以老氣橫秋，也許正是因為有一種負重感。」是呀，一旦甩掉了舊道德給予他的沉重壓迫，他們都會活得更年輕，他們必將創造出屬於自己、屬於人類的新生活。世界在變，人的意識和觀念也在變，人們再也不會用看待一個年輕寡婦或是某種勢力的犧牲品來看待喬葉葉了，因為那是屬於一個正在死亡的時代。

　　毋庸置疑，鐵凝的小說創作中同時也表現出一種對傳統道德美的頌揚，作者把它比作堅實的大地——一個撫育著現代文明的母親——加以美飾。《不動聲色》中不止一次地運用了這樣含有哲理性的象徵：「奔跑著的是火車」，「但火車畢竟是奔跑在大地上。」如果作一個簡單的解釋，車固然是象徵現代意識；而大地毫無疑問是象徵著傳統的道德。小說中那些獲得藝術上成功的人物是飛馳的火車，而主人公丁祖良卻是奔馳的火車下的堅實大地，他以中華民族的優秀傳統道德作基石，甘為友誼犧牲自己的忘我精神去支撐著整個社會的文明。由此可見，作者試圖在現代意識和傳統道德之間尋找一種可以得到平衡的力量和溝通的渠道。但是，當「返璞歸真」不再成為時尚時，作者的這道心理屏障是難以擋住現代意識對世界的衝擊的。我們不能否認傳統美德在今天的許多合理因素，作者要求「復歸」的心境也是可以理解的。但正如一位評論家所說的那樣：「從總體而言，小說缺少對讀者的衝擊力。這原因恐怕就在於作家投注到小說中去的價值觀念、人生風範等等，略嫌陳舊而少現代感吧？丁祖良式的古道熱腸、純良誠篤，誠然是我們民族的傳統美德，但他的執古禮甚恭，卻未免流於泥舊了，他的整個活動，缺乏與時時急駛、更新的社會生活的內在聯繫……從這裡我們見出鐵凝對傳統文化、道德，尚缺乏有根底的、深邃的批判性認識。」〔註3〕聯繫作家的其他作品，我們不難看出，作者正處在一個兩種思想意識消長而不得平衡的創作狀態中。究竟誰是生活的強者：一面站著安然、喬葉葉式的人物；一面站著丁祖良、老祥式的人物。作者怎樣去選擇自己理想的人物呢？她只能盡力融合這兩種形象，使之並存。如二者必居其一，作者就會表現出極大的困惑。我們以為，在某種情況下，代表著落後意識的傳統道德往往容易被人們所接受，因為人們意識的深層結構中有一種深厚的歷史積澱，它總是以善的形式迫使你就範它的不合理性；而現代意識卻往往以惡的形式迫使你排斥它的合理性，但它恰恰又代表著新的生產力。如果作家能夠意識到這一點，從而突破心理屏障，由此而去謳歌那些屬於未來的強者，也許更多的比安然和喬葉葉更有時代感和立體感的人物形象就會像淙淙流瀉的山泉一樣躍動在鐵凝的筆下，成為具有較高審美價值的「圓形人物」。我們相信這種期望是有依據的，因為作家在不斷地思考中企圖掙脫原來的軀殼，向更深的思想和藝術層面開掘。我們欣喜地看到，作家的最新創作表現出了一種毫不猶豫地追求——對人性自我毀滅的抗議和對人性自我的呼喚。

〔註3〕　載《青年評論家》1985 年 2 月 10 日。

　　像是一篇哀怨的寓言，但它又揭示了一個深刻的哲理——封建舊道德的
神的統治思想像一塊巨石沉重地壓抑著人們的正常「自我意識」，把「自我意
識」變形為統治思想的模式。鐵凝在《人民文學》1985 年 3 月號上發表的短
篇小說《銀廟》就是刻意反映出動亂年代（慶祝「九大」期間）中人性異化
的力作。這亦莊亦諧的筆觸在很短的篇幅內開拓出了一個廣闊的審美空間，
從那具有深刻象徵的筆墨之間，使你聯想起許多動亂的畫面，也使你領悟到
生活和歷史的嚴峻。作者通過一個十二歲的女孩三三童貞的眼睛去抒寫那個
被扭曲了的時代中觸目驚心的史實——在封建宗教式的道德統治下，人們都
把「個人意識」納入到「個人崇拜」的思想軌道，「個人意識」只能作為隱意
識，潛藏在意識的深處，人人都戴上了偽善的面具，道德的閘門死死地關閉
著，以防隱意識的暴露。即使在親人之間也是隔膜的，人們如不進行這種「自
我意識」的壓抑和克服，道德的審判和懲罰將是遠遠大於法律的審判和懲罰
的。小說中奶奶的形象無疑是「自我」克服的象徵者，而那位羅大媽和其兒
大漢卻是一種封建道德惡勢力的象徵者。僅僅這一點遠不足表達出作者的心
意。作者的絕妙就在於她把筆觸又伸延到對封建宗教神權抨擊的極限——用
貓的動物本能，即動物的「自我意識」與人的「非自我意識」進行鮮明的對
照，在這一聚焦點上深刻地剖析出那個荒誕的世界把人性下降到連動物性都
不如的罪孽。那種為了迷信（帶有強烈宗教色彩的）懲罰動物肉體的酷刑本
身就是對人類自己的一種懲罰，人們（包括羅大媽和她的兒子）的宣泄是對
人類精神文明的一種褻瀆。表面上看來，人們似乎得到了勝利和滿足，貓從
此而絕跡，但動物世界向人類的挑戰卻是何等的恐怖！公貓和母貓們盡情放
肆地在人們的眼皮底下發泄著情慾和性欲，難道不是對人類精神文明的一次
最嚴厲的示威和最無情的諷刺嗎？那貓崽的「笑聲」真令人毛骨悚然，它尖
刻地嘲笑著人類「自我意識」的淪喪，它也高傲地在人類而前呼喚著同類展
示自己的「自我意識」。不言而喻，作者立足於開掘自己創作的新層面——對
人的自我意識的呼喚和對惡的舊道德的擯棄是我們這一代人的重任。我們可
以清楚地看到，這篇小說的時間跨度為十五年（從 1969 年 4 月 1 日前後到 1984
年），作品的縱深感體現在它的涵義無窮的結尾上，作者通過三三女兒的眼睛
來發現北京這所普通胡同裏貓的重新出現，其寓意又深入一步——我們經歷
了整整一代人的折騰，當我們醒來的時候，我們的下一代人已經把這個嚴肅
的向題（對「自我意識」的重新認識和發現）提到時代的日程上來了。是的，

「三三有點暈眩，眼前一陣發白。」難道她不適應這種意識的更替嗎？也許。但歷史卻不回頭的沿著已經前行的軌跡前進了，儘管前面還有曲折和艱險。

鐵凝的筆似乎有點輕飄，它似乎沒有鐵器撞擊時的那種分量感和沉重感，缺乏嚴峻的氣質，儘管她有時抒寫的內容是那樣的凝重深邃，卻缺少應有的內蘊和給予讀者想像的藝術空間。但她一直在拼命地尋找著藝術海洋中的「自我」。她那透明的心境和情感時時能激動著你做一些人生的思考。隨著作品中的現代意識的不斷增長，那曾是童稚的眼神裏已閃爍著深邃、睿智的目光了。

二、《紅蝗》：褻瀆的神話

面對一個多元的藝術世界，曲解和誤解已經成爲批評的重要性，它「被看作是閱讀闡釋和文學史的構成活動。」〔註4〕因此，對任何一種闡釋都不要太過於用心，即使這種闡釋對作家本人攻擊性很大。

在「文學失卻轟動效應以後」，《紅蝗》的問世卻帶來了文壇的「微瀾」，當然，也有些批評大家在反顧 1978 年的創作時就乾脆對它隻字不提，這絕不是忽略，而是忌諱著文學描寫領域內的一個「禁區」（這決非單純是內容意義上的指向）。因爲魯迅先生就明確指出過大便是不能寫的，因爲它不能引起美感。而莫言在整個《紅蝗》中將大便描寫得如此輝煌美麗，眞可謂「毫無節制」。這不能不說是對近一個世紀以來中國新文學精神的一種反叛。時空交錯的《紅蝗》是莫言製造的一個「神話」，它充滿著一種對舊有審美觀念的褻瀆意識。

如果中國現代文學史上還有「以醜爲美」的典範之作的話，那麼，聞一多的《死水》便是一朵奇葩，然而，人們從他的詩中確確實實地體味到一股強烈的反諷的氣息，強烈的詛咒從反語的語境中折射出來，給人一種鮮明的主題感受。而莫言似乎是消解了這種「反諷」的意向，尤其是「我」的高頻率出現（儘管莫言一再強調文中的敘事主人公「我」並不是作者莫言）使得審美的客體很不能適應審美轉換的超規約性。

倘使簡單地闡述藝術的美與醜和自然的美與醜是兩碼事，這種現成的理論是人所周知的。正如羅丹所言：「俗人往往以爲現實界中他們所公認爲醜的

〔註4〕〔聯邦德國〕H・R・姚斯，〔美〕R・C・霍拉勃：《接受美學與接受理論》449頁，周寧、金元浦譯。遼寧人民出版社 1987 年 9 月第 1 版。

東西都不是藝術的材料。他們想禁止我們表現他們所不喜歡的自然事物。這其實是大錯。在自然中人以爲醜的東西在藝術可以變成極美。」〔註5〕問題的複雜性就在於《紅蝗》中作爲傳統意義上的審美中介的「我」並不把讀者引向一個明確的主題閾限，哪怕是一個較爲模糊的總體意向也不至於使讀者看不清作品的審美判斷。作者似乎很不經心地切割了形象與闡釋之間的邏輯聯繫。這變成理解《紅蝗》的難點。

在《紅蝗》中，作爲敘述態度的「我」一直保持著中性立場，其實作者的這種態度在《透明的紅蘿蔔》和《紅高粱》中已經很清楚了，問題是到了《紅蝗》，人們就不能容忍在美醜的強烈對比反差下，再保持這種冷靜的紳士風度了，甚至，更不能容忍作者對醜的禮贊情緒。因爲美是常態的，而醜是變態的。

莫言小說中往往是在美醜的反差中滋生出一種與別人相反的藝術感覺來。你看，在九老媽被拖上渠畔草地上時，作者用大段的文字描繪了腥騷惡臭的身體各部分後，已使人感覺到一種極度的「丑」，然而，作者卻筆鋒一轉：「我朦朦朧朧感覺到了一種恐怖，似乎步入了一幅輝煌壯觀的歷史畫面。」（其實，以後的敘述亦並不「輝煌壯觀」）這種變態的感覺，把美與醜的界線給混淆了，把變態作爲常態來敘述，一點都不動情，絲毫不露出反語的「表情」來，確實使經過幾十年現實主義敘述態度薰陶的讀者難以接受，眞是比自然主義還要自然主義。這類句式的大量的出現，使《紅蝗》變得可憎可怕，循規蹈矩的讀者受不了這等刺戟。您看，「她輕盈地扭動著在黑色紗裙裏隱約可見的兩瓣表情豐富的屁股」，它引起的不再是那種靜態的被淨化和聖化了的女神之美，而更多地是引起一種性欲的衝動。「因此高密東北鄉人大便時一般都能體驗到磨礪黏膜的幸福感。——這也是我久久難以忘卻這塊地方的一個重要原因。」「我像思念板石道上的馬蹄聲聲一樣思念粗大滑暢的肛門，像思念無臭的大便一樣思念我可愛的故鄉」。極美的詞句與極醜的詞句的排列組合，怎麼也不能將讀者導入「我」的審美判斷的意向中，而且你根本看不出作者有絲毫的調侃和反諷的意思，他的敘述態度是一本正經地嚴肅而認眞。「家鄉」這個名詞，在中國人的眼裏永遠是和美麗相聯的，而莫言的褻瀆卻意味著什麼呢？！莫言筆下要表現的是：「紅色的淤泥裏埋藏著高密東北鄉龐大淩亂、

〔註5〕　轉引自《朱光潛美學文集》（第一卷）142頁。上海文藝出版社1982年2月第1版。

大便無臭美麗家族的過去、現在和未來，它是一種獨特文化的積澱，是紅色蝗蟲、網絡大便、動物屍體和人類性分泌液的混合物。」原來，作者是要表現一種變態的「獨特文化的積澱」，那麼，沒有一種特殊的感覺作它的對應物，是不能引起人們的警醒和思索的。作者對描寫對象的選擇是頗有用心的，什麼醜我就寫什麼，幾乎是作者故意的誇張。貓頭鷹在中國人眼裏是不祥之物，是醜陋之怪，而在莫言筆下，「它的眼睛圓得無法再圓，那兩點金黃還在，威嚴而神秘。」它變成了獨尊的形象，因為它能「洞察人類靈魂」。就連自己的老祖宗，「我」也帶著分不清哪是褻瀆，哪是崇敬的情緒來看待的。那一對手足上生著蹼膜青年男女的近親通姦，被家族活活燒死的情景寫得何等壯觀、何等美麗。對醜的美化，使傳統的人倫道德黯然失色，當今讀者的心理承受力也未必就可以接受。儘管莫言莊嚴地宣佈：「這場轟轟烈烈的愛情悲劇、這件家族史上駭人的醜聞、感人的壯舉、慘無人道的獸行、偉大的里程碑、肮髒的恥辱柱、偉大的進步、愚蠢的倒退……已經過去了數百年，但那把火一直沒有熄滅，它暗藏在家族每一個成員的心裏，一有機會就熊熊燃燒起來。」然而，文明與野蠻，進步與落後的人倫審美價值的臨界點卻消失了。作者給讀者出了一個尷尬的難題。作者對於傳統的封建人倫的抨擊似乎就隱含在這種對已被認定的醜惡之中：四老媽與銅鍋匠通姦後被四老爺休掉，作者不惜用大段大段描寫來抒寫四老媽「美麗的肉體」和「美麗的靈魂」：「那兩隻大鞋像兩個光榮的徽章趴在她的兩隻豐滿的乳房……綻開了一臉秋菊般的傲然微笑，淚珠掛在她的笑臉上，好像灑在菊花瓣上的清亮的水珠兒。……母親第九百九十九次講述這一電影化的影頭時，還是淚眼婆娑，語調裏流露出對四老媽的欽佩和敬愛。」作者繼而描寫四老媽騎在毛驢上臉上出現的「一種類似天神的表情。」如果說這象徵著一種不可侵犯的人道主義的力量，那麼，用它去衝撞了那個象徵著神聖的封建禮教的「祭蝗大典」的話，現代讀者是可以理解和接受的，而作者偏偏不把它單純地導入這一主題內涵，而是很隨便地用「我」的主觀臆測進行價值判斷，斷定「四老媽臉上的表情與性的刺激有直接聯繫。」因為「驢背摩擦和撞擊著的、大鞋輕輕拍打著的部位，全是四老媽的性敏感區域，四老媽因被休黜極度痛苦，突然受到來自幾個部位的強烈刺激，她的被壓抑的情慾，她的複雜的痛苦情緒，在半分鐘內猛然爆發，因此說她在一瞬間超凡脫俗進入一種仙人的境界並非十分的誇張。」本來，這段描寫完全可能進入常人的審美判斷的閾限之中，變成一種歷來被認

爲是深刻的主題內涵。而作者卻偏偏脫離這個審美判斷的軌跡，將它完全「弗洛伊德化」。這就超越了傳統的審美情趣的範疇，給現代讀者帶來了閱讀的障礙。

不可否認，《紅蝗》充滿著「醜的堆砌」，諸如「我被她用一根針剜著血管子，心裏幸福得厲害」、「老沙把嘴噏得象一個美麗的肛門」、「家族裏有一個奇醜的男人曾與一匹母驢交配」、「我多少年沒聞到您的大便揮發出來的像薄荷油一樣清涼的味道了」、「多食植物纖維有利健康，大便味道高雅」、「嘴唇搖動著，確實象一個即將排泄稀薄大便的肛門」……這種「毫無節制」意象、想像、情緒、感覺的堆砌和宣泄，使得「有些本來有意義的情節和意象就變得幾乎沒有什麼意義了。」〔註6〕我以爲，倘使我們抑制住某種審美意識的規約性，從作者美與醜對比的高反差中，是能夠體會出有意義的內涵來的。借用《紅蝗》裏的一句話來說就是：「裸體的女人與糟朽的骷髏是對立的統一」。前者給你的是愉悅、快感；後者給你的是噁心和不快感，那麼「自然醜」在一定的語境範疇內是可以賦有特定的內涵的，它的美感的轉換，在莫言的筆下就是用高反差的刺激作爲「媒介」的。這種意義不是也被另一些評論家所推崇嗎：「他們似乎敏悟到人類的毀滅將無可置疑地來自人類自身的自我作踐和相互殘害，文明對人感性的抑制和生命的窒息乃是同胎而生。因此他感到了荒誕，感到了『我是社會直腸中的一根大便』。死亡反襯出人生的虛脫和貧血，讚美『像貼著商標的香蕉一樣美麗』的大便也就不足爲奇。」〔註7〕王斌看到的是「死亡意識」意義上的《紅蝗》，而我看到的更多的是「生命意識」和生存狀態意義上的《紅蝗》，因爲正如馬爾克斯曾經說過的那樣：「孤獨的反義詞是團結」。於是，我便看見了「生命意識」河流中人類的生存狀態。其實《紅蝗》最後一段便是作者的自白，是整個小說主題內涵的抽象物，讀到最後你可能會在作者意識的統攝之下走進作品內部。這一點似乎無須多說，重要的是作者用「一位頭髮烏黑的女戲劇家的莊嚴誓詞」來闡釋了自身的創作家觀念：「總有一天，我要編導一部眞的戲劇，在這部劇裏，夢幻與現實、科學與童話、上帝與魔鬼、愛情與賣淫、高貴與卑賤、美女與大便、過去與現在、金獎牌與避孕套……互相摻和、緊密團結、環環相連，構成一個完整

〔註6〕 賀紹俊、潘凱雄：《毫無節制的〈紅蝗〉》，轉引自《文藝報》1988年3月26日。
〔註7〕 莫言：《一九八七：回顧與思考》，《文論報》1988年3月5日第2版。

的世界。」正是這種摻和、團結、相連，才構成了一個令人瞠目結舌的新的藝術世界，才具有了莫言的獨特語言風格。這種新的嘗試並不完全歸結於作者的一種發泄欲（當然我不否認作家有發泄欲，沒有發泄欲的作家並不能稱之為一個優秀作家），恐怕還在於作者對於長期以來形成的一種道貌岸然的猶抱琵琶半遮面式創作風度的反叛，是對作家們「人格面具」的褻瀆。在莫言的小說裏，隨著一個「嚴肅」的敘述者的形象消失，使得讀者的審美判斷失卻了平衡，價值的標準再也找不到一臺天平得以確證。敘述者變得詭計多端，不偏不倚又似偏似倚，那漫不經心中又偶冒出驚人之語。總之，你壓根就找不到主題學意義上的「脈搏」。

《紅蝗》帶來的不是「看不懂」，而是傳說的審美經驗的失靈；是審美意識的惶恐。像是在甜膩的蘇式酒席上端來了一隻剛剝皮的帶血的鮮活的生老鼠一樣，它無疑更引得許多吃客和看客噁心反胃。然而，這種最醜惡的「自然」，能否進入美的「第二自然」呢？我以為這最粗俗的描寫與最高雅的描寫的組合所形成的高反差，正式把生活中的原生狀態（或曰「原色」）與經過文明聖化、淨化、洗禮的生存狀態進行比較，呈示出人類的二重性——自然屬性與社會屬性的對立統一。這種構圖的方法使美與醜的落差加大，且作者並不在構圖的空白處進行「補白」和注釋，而是需得讀者突破閱讀的障礙，自行「補白」和注釋，使小說在多維多元的空間領域內展開。因此，它給讀者傳統的審美心理的依賴性（依賴敘述者的現成審美判斷）帶來了巨大的惶惑。

《紅蝗》的意義便是在於它打破了這種傳統的審美定勢，企圖以一種褻瀆的姿態，來促使人們審美心理的演變遞嬗。

人們通常是將醜作為美的襯托物來接受它的，一旦丑變異成美，便會使人不可接受。然而，「更真實的理由應該是，普通知覺目之為醜的東西，往往是最高貴的藝術中十分突出的東西，深深地灌注著不可否認的美的品質，以致不能解釋為只是同醜自身明確區別開來的美的要素的襯托物。」〔註 8〕是的，如果你在讀《紅蝗》時沒有超越普通知覺的敏悟，看不到其中灌注著的不可否認的美的品質——這種美的品質需要讀者從反義的視角來理解，而僅僅把其看作一種襯托物，則是遠遠不夠的，也就不能深刻地理解作品本身，只有把許多醜的線條、團塊、色彩與整個作品的總體意象連接起來，你才能得到完整的感覺和印象。就連對醜有著偏執解釋的羅森克蘭茲也不否認醜對

〔註 8〕 〔英〕鮑桑葵：《美學史》，張今譯，商務印書館 1985 年 1 月第 1 版。

藝術的貢獻。「如果藝術不想單單用片面的方式表現理念，它就不能拋開醜。純粹的理想向我們揭示的東西無疑是最重要的東西，即美的積極的要素。但是，如果想要把具有全部戲劇性深度的心靈和自然納入表現中，就決不能忽略自然界的醜的東西，以及惡的東西和兇惡的東西。希臘人儘管生活在理想之中，還是有他們的百手怪、獨眼巨人、長有馬尾馬耳的森林之神、合用一眼一牙的三姊妹、女鬼、鳥身人面的女妖、獅頭、羊身、龍尾的吐火獸。他們有跛腳的神，並且在他們的悲劇中描寫了最可怕的罪行（如在《俄狄浦斯》和《俄瑞斯特》中），瘋狂（如在《阿雅斯》中），令人作嘔的疾病（在《斐洛克特蒂斯》中），還在他們的喜劇中描寫了各種罪惡和不名譽的事情。此外，基督教是要勸人們認識罪惡的根源並從根本上加以克服的。因此，醜終於也隨著基督教在原則上被引進到藝術世界中來。所以說，由於這個原故，想要完全的描寫理念的具體表現，藝術就不能忽略對於醜的描繪。如果它企圖把自己局限於單純的美，它對理念的領悟就會是表面的。」〔註9〕（著重號係原文所有）我之所以不惜大量篇幅引用這段話，目的是在說明，一切自然醜只有在一定的理念統攝下才能進入藝術世界，成為具有美感意義的審美客體，忽略這種醜的藝術開掘正是我們自新文學運動以來的一個描寫弊端。我以為《紅蝗》是有一個理念的幽靈籠罩全文的，正如前文所言，它是「死亡意識」的反義詞「生命意識」在生存狀態中的掙扎現象。因而，被描寫的客體所呈示出的種種醜惡的、粗俗的、令人作嘔的現象，正是作者描述的與眾不同的「獨特的文化積澱」，至於讀者從中可以看到什麼，這無須作者論釋，現代閱讀方式叫我們自己去感悟和理解。問題可能出在這裡：作者時時流露出來的對醜的真誠的禮贊又作何解釋呢？首先，我以為作者是想以這種寫法來向傳統的審美觀念挑戰，打破審美趨向的單一性和同一性，造成美與醜在藝術世界內的「生態平衡」；其次，把醜的意向和形象與美的意象和形象作一個尖銳的對比，這種摻和、團結，不僅是審美領域內的撞擊後果，它也帶來了語言學領域內語言色彩由於強烈的高反差所形成的修辭手法的突破像「老沙把嘴噘得象一個美麗的肛門」這樣的句式究竟在修辭學領域內有何新的意義？再者，便是作為小說敘述者的「我」的存在意義怎麼去把握的問題。

　　這三個問題，第一個問題前文已作簡略闡釋；第二個問題理當語言學家作出闡釋；第三個問題我只能作一些很不周延的論證。

〔註9〕　〔英〕鮑桑葵：《美學史》，張今譯，商務印書館 1985 年 1 月第 1 版。

　　無論古今中外的小說，其敘述方式基本上採用三種視角模式：①敘述者＞人物（「後視角」）；②敘述者＝人物（「同視角」）；③敘述者＜人物（「外視角」）。倘使我們運用一下排除法，那麼，《紅蝗》顯然不屬於第一種敘述視角模式，它表面上的敘述形態與這種模式相似，但作者又不是全知全能的，《紅蝗》中有大段大段的「我」的議論（或曰插科打諢），但作者莫言一再表示這不等於莫言，甚至文中的「莫言」也不是「我」，「我」是作為小說中的一個「童年視角」和「成人視角」（即「過去的視角」和「現在的視角」）出現的。作為敘述者的莫言似乎是作為一個「隱身人」而存在的，敘述者通過「我」來敘述，但「我」又不能代替作家的觀念；那麼，它是否與第二種敘述模式相同呢？結論應該說仍是否定，「同視角」也就是巴赫金的著名「複調」小說理論，敘述者只敘述人物所知道的事情，而《紅蝗》的敘述者超越了人物的意識，有一個隱性的作家意識在統攝著人物意識，小說中的「我」是全知全能的無所不知的人物，其中又似乎滲透著作者莫言的敘述視角，就是說，在敘述事件時，莫言似乎與「我」劃了等號；而在「表白」時，作者又悄悄地隱退；那麼，用第三種敘述模式「外視角」來衡量《紅蝗》，顯然也不能得出肯定的結論，「外視角」是敘述者比人物知道的少，他像一個不肯露面的局外人，如上所述，莫言作為敘述者並沒有做「局外人」，作者用一種宏觀的意識把握著「我」，當然作者牽動的這根線你只能感覺到而不能清晰地看到。也就是說，「我」與作者之間有時是相交的，有時是不相交的，在小說中有可能找到他們之間的交點，有可能找不到兩者之間的交點，這種現象就像月蝕日蝕一樣，當你看到現象時，那只是陰影的相交。莫言就是這部小說敘述者的一個虛幻的陰影。

　　如果說，莫言在《紅蝗》中對敘述模式有所突破的話，也就是說，他作為一個「隱身人」，對醜的描寫是呈現出什麼樣的審美心境呢？這可能是一個很難回答的問題。

　　倘使說莫言推翻了前人的審美規律性──那種僅僅把醜看作是美的襯托物而存在，那麼《紅蝗》的意義可能就局限於使醜轉化為美的軌跡中去了。然而，正是作者用不可知論的哲學觀念來觀照美與醜，使美與醜失卻了價值判斷，才使人們認識到美與醜的判斷原是人為的。那種獨特的與眾不同的感覺正是莫言否定一種人為的做作美和肯定一種原始的本色美的邏輯起點。這可能便是一種對現代物質文明下的變態美學觀念的反諷和對原始生存狀態的

美學精神的眷念的「後工業社會」人的超前審美意識的裸現吧。如果將醜作如下的定義是遠不夠的：「醜是這樣的事物的審美特徵，它的自然的（天生的）條件在社會發展及其生產的現代水平下具有消極的社會意義（雖然對人類沒有嚴重威脅），因爲包含在這些對象裏的力量已被人掌握並從屬於人。」〔註10〕如果醜的內容一旦重新被發現和認識（我是指描寫的內容），它成爲一種富有新的歷史觀的內容，那麼，醜必然會向美的方向轉換，也許，另一種審美價值觀念隨著時代的前進而改變其運動的方向，這就是美與醜的倒錯與互換。

　　出於歷史的和現實的種種原因，莫言不敢也不能夠用一種明確的敘述模式將這種審美價值判斷的遷移表示出來，於是他才採取了「隱身人」的敘述形態。

　　無須置疑，從《透明的紅蘿蔔》開始，乃至文學界公認的佳作《紅高粱》，一直到《紅蝗》，莫言逐漸把醜的描寫當作一種無可阻擋的強烈欲望，發展到了「毫無節制」的地步。他把遍佈於自然界的醜作爲一種神聖的炫耀，使一般閱讀者感到的不是滑稽與可笑，而是恐怖與噁心。究竟是作者的錯？還是讀者的錯？我以爲只要閱讀思維方式加以改變，轉換一個下視角，從醜的負面來觀察醜，也許會得出另一種感覺和印象。「因此看來，通常參與美的醜只是我們不妨稱之爲表面上的醜的東西，換言之，只不過是乍看之下使毫無經驗的知覺感到吃力的一種相對的複雜性或狹隘性而已。看來，在一個能夠正確欣賞的人看來，它在事實上永遠不作爲醜而呈現出來。」〔註11〕須得強調的是，使我們對這種新鮮的審美經驗感到吃力的原因就在於幾十年來，甚至上千年來，我們習慣了一種單向的對美的審美經驗感受知覺，而對一種新的相反的審美經驗出於狹隘性和保守性而表現出巨大的排拒力。這是現代審美觀念不斷進步中的可悲現象。你如果不能感受到醜的轉換——這種轉換須得讀者自行完成，你就不可能進入整個作品的特定氛圍和境界。相反，如果一旦你感受到了醜的轉換——這種轉換依靠你自己開拓審美思維的空間，那麼，對於作品的理解，你就可以超越原有的審美經驗，走上一個新的飛躍，同時，你也超越了作品本身，也超越了作者所提供的形象與意象的範疇。醜是美的變異，只有你在閱讀過程中不斷地轉換，才能得到最後審美價值的確證。

〔註10〕　〔蘇〕鮑列夫：《美學》149 頁，喬修業，常謝楓譯，中國文聯出版公司 1986 年 2 月第 1 版。
〔註11〕　〔英〕鮑桑葵：《美學史》，張今譯，商務印書館 1985 年 1 月第 1 版。

這個「毫無節制」的莫言確實闖進了一個既涉及到內容亦涉及到形式的「禁區」內，他似乎帶著「嬉皮士」式的藝瀆意識走進了文學的神聖殿堂，像孫猴子那樣，吃了仙桃還要拉出一泡漂亮的屎來擺在蟠桃宴的供桌上。他塞給讀者的究竟是什麼？難道就是「高密東北鄉龐大凌亂、大便無臭美麗家族的過去、現在和未來」嗎？我似乎從「我清楚地知道我不過是一根在社會的直腸裏蠕動的大便」的宣告聲中感覺到「莫言現象」的來臨並非偶然的現象。諸如趙本夫亦一反過去的常態，在《涸轍》中對自然醜表現出的一種貌似很虔誠的頌揚。少鴻的《夢生子》裏對醜表現出的一種惶惑的審美意識……這些是否孕育著一個審美價值判斷的整體遷移的風暴？

第二節　城鄉對撞間的良知

經過 80 年代的一場暴風驟雨的洗禮後，中國的農耕文明和游牧文明在 20 世紀 90 年代初的二次改革大潮中發生根本性的顛覆，隨著農村人口湧入城市的大遷徙「移民運動」，延續了幾千年的宗法式的鄉土社會「差序格局」〔註12〕第一次被真正地撼動和顛覆，而且是異常激烈。此時也正是中國文學從思想向技巧魔方「向內轉」的關鍵時期。

在這種文化語境下，我想到的是被稱為「一代人的冷峻良知」的英國作家喬治・奧威爾於 1945 年寫下的一篇《好的壞書》中批評那種逃避現實的文學作品的文章。雖然，有些作家在藝術技巧上是一流的，但是，他們的作品卻是不能長留於文學史顯著位置的：「我擔保《湯姆叔叔的小屋》將比弗吉尼亞・伍爾夫或者喬治・莫爾的全部作品流傳得更久遠，儘管我不知道，從嚴格的文學標準判斷，《湯姆叔叔的小屋》到底好在哪裏。」〔註13〕這才是一個作家兼批評家獨特的眼光，歷史已經證實了他的價值判斷：無論哪種藝術，如果抽掉了思想的元素，藝術的表達則是無解和空洞的。本節將以賈平凹此期的幾部代表作品為例，探討這一問題。

一、《廢都》：知識分子的「文化休克」

西京作為一個歷史悠久的農業文明的文化帝都的象徵，在現代商品文化

〔註12〕這是費孝通在《鄉土中國》中最著名的論點，幾十年來一直被學者們公認為是概括和闡釋中國鄉土社會本質特徵的學術貢獻。
〔註13〕〔英〕喬治・奧威爾：《政治與文學》，李存捧譯，周憲主編「名家文學講壇」，譯林出版社 2011 年 5 月第一版。

大潮席捲而來之時，必然會在禮崩樂壞的過程中呈現出其各種各樣的文化斷裂現象，在這個文化斷裂過程中，必定是知識分子首先感覺到了它的陣痛。作為一個敏感的作家，賈平凹從本能的意識出發，選擇了一撥他最熟悉的舊京裏的文人士子作為描寫對象，不管賈平凹承認與否，我都堅信《廢都》是一部作者將本人的形象和心態融入其中的帶有自傳性的作品。就像曹雪芹寫《紅樓夢》那樣，你能說我們處處看不到作家的面影嗎？我以為，文學史多次證明了這樣一種創作規律：凡是大構思的劃時代作品，許多巨著都是將作家自身的心路歷程傾注在某個主人公身上的，這種靈魂附體的創作現象，只能說明一個道理，那就是情感介入越深，作家消耗得心血就越多，心血消耗得越多，作品就更加真切地呈現出作者記錄那個時代文化的深刻印記和最為珍貴的原始經驗。

　　作為世紀性的陣痛，改革給中國人尤其是知識分子心靈帶來了巨大的心靈創傷，其最大的悲劇莫過於精神的眩惑，然而歷史又必然伴隨著這些心靈的醜惡與痛苦同行。就此而言，在人欲橫流的社會裏，人性的扭曲已是馬克思多次提到的原始資本積累過程中不可或缺的精神副產品。在這心靈世界的異化中，首先覺醒的應該是知識分子，而非那渾渾噩噩的子民們。但是，知識分子的自我啓蒙從 20 年代的「五四運動」到 80 年代的「二次啓蒙」都宣告了它的失敗，那種五四先驅者們強烈的社會改造意識在 20 世紀末已化作一聲聲長長的悲歎而灰飛煙滅，其根本原因就在於知識分子的自我啓蒙始終不能完成。從這個意義上說，賈平凹《廢都》中的知識分子自我批判意識就顯得更為突出了。可以說，平凹是在描繪當時社會文人在變革大潮中一片心靈廢墟的「悲慘世界」，是中國式的《九三年》，因為作者與雨果的共同特徵就是把人性放在動蕩年代裏的革命（或改革）的烈火上炙烤，那種對知識分子心靈無情的曝光就足以構成了人們對歷史的批判性審視，儘管作者往往飽含著無限同情和憐憫的情感去抒寫其筆下的西京文人。倘使以此為閱讀視角，《廢都》似乎就有了「新儒林外史」的意味。但是，就整個小說呈現出的西京社會文化景觀來看，它的描寫觸角已然涉及到了社會的各個階層：尤其是官場、文場、商界、學界……它描寫人物的數量和力度雖不及《紅樓夢》那樣宏闊與深刻，然而，就主要人物，尤其是對莊之蝶的心靈世界的展示，卻更具「歷史的必然性」和性格的立體感。就單個人物來說，莊之蝶的描寫和賈寶玉的描寫相比照，前者心靈世界的複雜性強於後者，如果說《紅樓夢》

是以多個藝術典型勾勒出那個時代上層貴族生活的全貌，而《廢都》則是著重描寫一個從農耕文明向工業文明轉型時的舊知識分子心靈世界的「徬徨」與「吶喊」，主旨卻在以放大變形的手法來鐫刻出那個時代的人性異化的本質特徵。亦如維多克・雨果在《九三年》結尾中所說的那樣：「於是後者的黑暗融於前者的光明之中，這兩個悲壯的姊妹靈魂一同飛上了天。」〔註14〕雨果是以兩個人物——革命者戈萬和反革命者西穆爾丹肉體的同時死亡表達了他們同時向偉大的人性投降和皈依的主題；而賈平凹卻是在一個主人公莊之蝶身上投射出人性在那個動盪年代裏黑暗與光明搏戰無果的「文化休克」主題。

作者在《廢都》的扉頁上寫上了「唯有心靈眞實，任人笑罵評說。」這「心靈眞實」作爲當時文化人的心靈悲劇，是通過對人物行爲和心理的變形和誇張來加以實證的。問題就在於許多人看不到這心靈悲劇後面隱匿著的作者眞情表達。我以爲，這部皇皇巨著（我始終以爲，所謂巨著，並非完全是由字數的總量起決定作用的，而是由其思想和藝術的容量其決定性作用的），是平凹經過了十多年的藝術準備，用血和淚寫成的自我心靈史，這並不比曹雪芹對他那個所處時代的哲學體悟和藝術感覺差在哪裏。當時有一些批評家批評《廢都》思想混亂和藝術上的不成熟，殊不知，一個時代有一個時代的文學，一個時代亦有一個時代的批評標準，並非其美學意義是一成不變的。然而，一個最重要的標準被他們所忽略了，那就是人性的裸露和叩問才是決定一部作品在文學史上地位的關鍵所在，因爲人性元素的表達是文學的永恒主題，誰把握了它，誰就把握住了時代的脈搏，從這個意義上來說，《廢都》作爲賈平凹全部創作歷程中的一個里程碑意義的作品，它是「前無舊作」的；而作爲一部耗盡了作者全部創作心血和藝術體驗的傑作，或許也是「後無來者」的——這就是我在歷次賈平凹新作討論會上始終堅持後來的所有長篇沒有能夠超越《廢都》的理由。

賈平凹所說的「心靈眞實」就是用自己充盈著血和淚的情感完成了他對當時中國知識分子內心世界暴風驟雨式的情感歷程的忠實描摹。歷史的進程要求中國舊文人在那世紀末短短的十幾年之中，把西方近三百年的文化情感歷程的演化壓縮成一個團塊結構在很短的時間內加速吸收消化和鑒別擯棄，這的確是一個十分困難的時代選擇。五四新文化運動並沒完成人文主義啓蒙的任務，相反，由於它的不徹底，或是較爲浮躁淺薄而急於求成的文化心理所驅使，所造

〔註14〕 〔法〕維多克・雨果：《九三年》，桂裕芳譯，譯林出版社 1998 年 8 月第一版。

成的中國人的惰性力卻是不可估量的。上個世紀 80 年代至 90 年代初，由於經濟變革所帶來的文化開放局面，使得這段文化心靈歷程顯得比五四時期來得更突然與複雜，宏闊悲壯而深沉。被譽為 30 年代「長篇小說年」的《子夜》原先的構思是「城鄉立交型」地去表現那個動盪革命年代的力作，最後卻把重心最後移到了大都市上海，它的全景式描寫雖然宏大，但其並非完全是知識分子題材作品，而更多地是關注世界資本主義經濟危機給中國社會帶來的動盪。於是，在 20 世紀的中國，能像《廢都》那樣在那一種時間的節點上波瀾壯闊地表現出知識分子悲劇心靈歷程的傑作並不多見。魯迅的《傷逝》哀婉地表達出了「出走的娜拉」回到生活原點的哲思主題，深刻地抨擊了知識分子的懦弱性，但畢竟受著篇幅的局限而顯得不夠宏大；錢鍾書《圍城》的揶揄、幽默、調侃，甚至形成整體的反諷結構，都為活畫出知識分子心靈世界的惰性做出了最精妙的詮釋，堪稱本世紀的經典之作。錢鍾書的描寫視角似乎是站在「局外人」立場上冷峻俯視其筆下的知識分子，堪稱大手筆。然而，從某種意義上來說，由於風格的不同，由於時代賦予作家的使命不同，也與錢鍾書本身就是一個有著貴族氣質學者不同，作為一個從鄉土社會走進大都市，腳踩兩種文化的賈平凹來說，《廢都》是他蘸著鄉村知識分子之血淚，寫出的那個動盪時代中有著深厚傳統文化歷史積澱的舊都知識分子最具悲劇性苦難歷程的心靈記錄，它雖沒有小托爾斯泰《苦難歷程》的時間跨度之大；亦沒有老托爾斯泰《戰爭與和平》的空間跨度之闊，但作者在一個沒落的文化故都短短幾年的社會變遷中，就抒寫出了使人覺得靈魂出竅的心靈悲劇實屬不易，亦如當年茅盾寫《蝕》三部曲那樣有著即時性的原生態感覺。或許，我們能從中隱約諦聽到遠處傳來的《悲慘世界》《懺悔錄》《紅與黑》《老人與海》《喧嘩與騷動》《百年孤獨》……的旋律。但我們更能清晰地聽到猶如縈繞在整個「廢都」之上驅之不散的塤聲，這塤聲象徵著一種人性錯位的哀憫，一種心靈死滅的悲愴，象徵著一箇舊時代終結的哀婉，象徵著一種傳統觀念逝去歎息，象徵著一個不能由人主宰世界降臨的恐懼……這種世紀末的孤獨很能使人聯想起狄更斯在《雙城記》中所說的那句名言：「那是最好的時代，也是愚蠢的時代；那是信仰的時代，也是懷疑的時代；那是光明的時季，也是黑暗的時季；那是希望的春天，也是絕望的冬天；我們的前途有著一切，我們的前途什麼也沒有；我們大家在一起走向天堂，我們大家在一起走向地獄。」〔註15〕

〔註15〕〔英〕狄更斯：《雙城記》，克健譯，臺灣：大眾書局 1971 年 9 月版，第 1 頁。

　　《廢都》中西京四大名人死的死、瘋的瘋、瞎的瞎，這無疑是隱喻知識分子心靈異化的悲劇。雖然他們並不像《子夜》中的吳老太爺那樣一進入燈紅酒綠、聲色犬馬的花花世界就像一具僵屍一樣迅速「風化」了，但他們卻在這時代動盪中走完了人生心靈劇變的悲劇歷程，正如茅盾《蝕》三部曲中史循、章秋柳、孫舞陽等人物的悲劇命運一樣，眞正的悲劇不是肉體的消亡，而是精神的死滅。我總以爲《廢都》的結局太倉促了些，四大名人的精神逃路勾勒得並不十分清晰。當然，從藝術效果上來說，它很有些《紅樓夢》之遺韻，問題是《紅樓夢》的悲劇結局畢竟是「狗尾續貂」，它的悲劇效應並非人們預想的那樣悲烈，更何況當今的悲劇美學觀已發生了根本的變化，光是一個「色空」是難以說清楚當今知識分子悲劇的本質特徵的。

　　歷史和倫理形成的二律背反，將一代知識分子推到了尷尬的窘境，西京四大名人的不同悲劇結局尤數莊之蝶更具典型意義。「莊生曉夢迷蝴蝶」，何爲莊生？何爲蝴蝶？這正是一代知識分子的精神迷惘，「自我」的失落，尋找精神家園而不得的痛苦與不願做「垮了的一代」的掙扎，形成了小說形而上的哲學意蘊，成爲小說心靈悲劇的主旋律；也許，從另個視角來觀察，小說恰恰呈現出的是形而下的直覺泛濫。然而，就作品的底蘊來說，它表現的是不是叔本華的悲劇理論呢：「當看到悲劇結尾的那一刹那，我們必更明晰地醒悟和確信：『人生原來是這麼一場悲慘的夢！』在這一點來說，悲劇的效果，似是一種崇高的力量，此兩者都能使我們超脫意志及其利害，而使感情產生變化。悲劇的事件不論採取任何形式來表現，爲了使我們的情緒高揚，都會賦予特殊的跳躍。悲劇中所以帶有這種性質，是因爲它產生『世界和人生並不眞能使我們滿足，也沒有讓我們沉迷的價值』的認識。悲劇的精神在於此，也由於如此，而引導我們走向『絕望』。」〔註16〕也許賈平凹發現自己也像莊之蝶一樣跋涉在精神文化的沙漠之中，生命的個體在腐朽、衰亡、虛假、墮落……的泥沼中不能自拔，而尋覓不到精神的家園。正如尼采在《悲劇的誕生》中闡釋的那樣：「在每一個被拋入現時代的眞正藝術家的生活道路上，充滿著危險和失望。」〔註17〕尼采所呼喚的「成爲你自己！」的時代強音並不能拯救世紀末中國知識分子的靈魂。我想，賈平凹亦不可能不深刻地體悟到這

〔註16〕　〔德〕叔本華：《文學的美學》，《生存空虛說》，陳曉南譯，北京：作家出版社1987年4月第1版，第204頁。
〔註17〕　〔德〕尼采：《悲劇的誕生：尼采美學文選》，周國平譯，北京：三聯書店1986年12月第1版，第116頁。

點的，因爲在《廢都》對人物悲劇心靈的描繪中，所流露出的主人公對傳統和現代文化的選擇上的尷尬，以及對生命形式的選擇，都表現出一種無歸和迷失的情緒。莊之蝶就是在這種文化的迷狂中不能自拔而導致最終的「中風」。毫無疑問，這種「文化休克」現象正是一代知識分子心理極度萎縮的外化形式。我以爲《廢都》的全部悲劇意義就在於作者寫出了莊之蝶們在這個時代精神逃路被堵塞後的「文化休克」，或許，這種休克是暫時的。然而，這一母題的呼喚正恰恰承續了五四時代哲人們的「吶喊」——救救中國文化！包括救救被異化了的文人騷客。《廢都》喊出的正是意大利作家皮蘭·德婁在現代文明包圍中闡釋的那種現代人的直覺：「我是誰？我有什麼證據來證明，我是我自己，而不是我的肉體的延續？」〔註18〕作爲一次心靈的震顫，現代儒生的內心分裂和精神崩潰正隱喻著一種新的文化心理機制轉換將是歷史的必然。

　　《廢都》的思想特徵是否與「新小說」派有著內在聯繫呢？不管作家意識到否，不管人們肯不肯承認，有兩種客觀事實擺在我們面前：一方面作者是以人爲本，寫盡了人欲橫流的世界的可怖；另一方面，作者又不得不認同人受著物質世界的根本制約，「物本主義」致使人處於無能爲力的地位。與「新小說派」理論的交合點就在於：「他們還認爲，人只是生活在時間長河中的一瞬間，作家也僅能描寫轉瞬即逝的現在；生活現象循環不息，周而復始，無始無終；在生活中，現實、幻想、回憶、想像、夢境，往往混雜交錯或相互重疊，並不能截然分清。」〔註19〕所不同的是，賈平凹的這種「天人合一」的寫法中滲透著中國佛和道的色彩，這佛和道的精髓與西方「新小說派」的創作精神又有著何等的默契。我並不想再重複那個已經逝去的歷史話題：「文化制約人類」的陰影卻始終像一個遊弋在上個世紀末中國文壇的幽靈一樣反反覆覆圍繞著一代作家。從這個意義上來說，這樣的文化反思是否更有「史詩」的意味呢？！在那個新舊文化交替的世紀，在那個文化思想裂變的時代，《廢都》並不能埋葬古都的一切舊有的傳統文化，使它成爲一個真正的文化廢墟；更不能把莊之蝶們送上精神的斷頭臺，讓他們的精神灰飛煙滅，而重新「蟬蛻」的「新蝶」難保不帶有舊的文化基因。莊之蝶能否獲得「涅槃」和「新生」呢？蛻變以後的「蝴蝶」又會是一個怎樣的情狀呢？《廢都》卻是難以訴說的，也是不可訴說的，同時也是作者不可能企及的。莊之蝶是無路可逃的，他不可能像賈寶玉那樣「出走」，

〔註18〕〔美〕E·佛洛姆：《逃避自由》，哈爾濱：北方文藝出版社 1987 年 6 月第 1
　　　　版，第 130 頁。

〔註19〕龔國傑等：《文學》，成都：四川人民出版社 1988 年 7 月第 1 版，第 86 頁。

阿 Q 式的精神逃路也被堵死了。那麼，他只能逃離「都市」而返回「鄉土」，而「鄉土」也已並非「淨土」，它同樣受到了現代文明的衝擊和污染，在沒有「淨土」的無奈中，作家只能安排莊之蝶暫時規避文化的煩擾，用「文化休克」的方式讓他去進行精神療治——從本質上揭示出當今中國儒生們在文化裂變中的那種尷尬和窘迫、自嘲和自虐。如果說都市是充滿著肮髒、貪欲、罪惡的淵藪，那麼大自然的鄉土還能給現代儒生以安寧的精神棲居嗎？莊之蝶亦如尼采那樣厭棄城市，「回到美麗的大自然中去」嗎？「我愛森林。城市裏是不良於生活的；在那裏，肉欲者太多了。」賈平凹之所以沒有讓莊之蝶返歸大自然，而讓其精神無歸，暫時「文化休克」，並非是因爲尼采的這種審美觀所引導的普泛藝術歸屬，恰恰相反，都市的肉欲正像徵著作者對這種重歸「自然人」的認同，對「自然人」失落的一種悲鳴。因爲，他以爲在性欲的背後潛藏著的是人的生命本體的覺醒，是生命蓬勃的復生，只可惜的是這種欲求卻成爲稍縱即逝的生命流星。

「性愛，它是其他形式愛的創生典型（generative type）。在愛中，而且是透過愛，我們尋求自身的永存之道：我們之所以能夠永存於世界之上，就只有當我們死亡，當我們把自己的生命託交給他人……我們與他人結合，但是那就是分裂自己；最親密的擁抱即是最親密的扯離，本質上，肉體愛的喜悅，創生的痙攣，就是一種復活的感覺，一種在別人身上更新自身生命的感覺。因爲，只有在別人身上，我們才得以更新自身的生命，進而得以永存。」〔註20〕那我們又能從《廢都》的性愛描寫中尋覓到什麼樣的況味呢？又能從中窺視到作者的何種創作動機呢？

當我們閱讀《廢都》時，首先遇到的障礙就是性的難題。即便是 20 年後的今天，性，仍然是我們這個古老東方民族最具有禁忌誘惑力的一個文化焦點命題。我們不能否認《廢都》的性描寫是成爲當時轟動文壇的一個重要因素，但是如何看待這一敏感的話題卻有不同的觀念。20 年前有一些評論家對此就頗有微詞，爲其正統與清白的傳統批評觀念正名。其實，就中國文學史而言，小說表現這一內容自明末清初開始（唐傳奇小說，甚至唐以前的文學作品中的性描寫，多爲「房術」，故且不論）「豔情」書寫就進入了高潮期，雖晚於《十日談》，然先於《查泰萊夫人的情人》。那爲什麼一直被打入「另冊」呢？尤其像《金瓶梅》和諸多的明清「豔情小說」這些至今尚難以評說

〔註20〕〔西班牙〕烏納穆諾：《生命的悲劇意識》，哈爾濱：北方文藝出版社 1987 年 6 月第 1 版，第 85～86 頁。

的林林總總之作，雖學術界近年來對這些作品學術性評價日漸上升，但作爲傳播媒介是絕不能公開褒揚的。儘管有人論述《金瓶梅》主人公西門慶的性攻擊帶有資本主義原始積累的印痕，從而推演出中國在明朝就出現了資本主義萌芽狀態的社會心理，這似乎與《查泰萊夫人的情人》之主題有異曲同工之妙。但無論如何，中國小說中的性欲描寫都未能達到西方經典小說中那種主題的凸顯——返璞歸眞，通過性欲描寫來體現人的生命潛能；來呈現出美的型態；來揭示性欲後面深層的文化內涵；來表現人的潛意識活動的複雜性；來表現重塑「自我」的生命體驗。

　　五四新文學運動以來，一代宗師們在自己的小說中都敢於涉及到性欲描寫，無論是「創造社」的大師郭沫若、郁達夫、張資平；還是「文學研究會」的中堅茅盾，都有意無意、或明或暗的涉足於此，直到八十年代張賢亮的《綠化樹》《男人的一半是女人》，以及王安憶的「三戀」和《崗上的世紀》等作品爲止，恐怕尙沒有一部小說敢像《廢都》這樣大膽直面人性之「醜惡」，而酣暢淋漓地表現性欲的。有人以爲這是一種「廣告效應」，然而，即便是廣告效應，也應看到它背後的國民文化心態。有人認爲《廢都》是一枚「病果」，並不足爲取，只要一涉及到性，就不會產生審美效應，就不會是好作品：「所以我們不能不說中國文學內的性欲描寫是自始就走進了惡魔道，使中國沒有正當的性欲描寫的文學。我們要知道性欲描寫的目的在表現病的性欲——這是一種社會的心理的病，是值得研究的。」〔註21〕雖然茅盾將《金瓶梅》一類的小說與莫泊桑的《俊友》、《一生》相比較，得出了兩者之間的優劣區別就在於性欲描寫的「實寫」和「虛寫」的不同，因而，「淫」和「非淫」的區別也在於此了。我想當時茅盾尙未見到勞倫斯的《查泰萊夫人的情人》一書，如果見到，則又是怎樣的評說呢？從五四新文學的主體精神來看，高揚「人」的主體是它的一面旗幟，但是由於傳統文化倫理道德的壓迫力，有時也會使得作家們只想跨出半步，這對作家本人而言，其內心世界人格分裂往往就會外化成爲小說中人物性格的兩重性，就在茅盾發表這篇《中國文學內的性欲描寫》後的一個月，作者就開始穿著「性欲」外衣創作了被人說成是自然主義的長、短篇小說，這就是當時震動文壇的《蝕》三部曲和《野薔薇》（包括《創造》、《自殺》、《一個女性》、《詩與散文》、《曇》等）。作者

〔註21〕茅盾：《中國文論二集》，《茅盾全集·第十九卷》，北京：人民文學出版社 1991年第 1 版，第 127 頁。

是努力通過性欲描寫來宣泄自己悲觀失望的胸中塊壘。而五四的另外一位宿將林語堂在讀到了《查泰萊夫人的情人》以後曾有一段著名的論斷，他以爲：「《金瓶梅》描寫性交只當性交，勞倫斯描寫性交卻是另一回事，把人的心靈全解剖了，靈與肉復合爲一。勞倫斯可說是一返俗高僧、吃雞和尚吧。」「《金瓶梅》是客觀的寫法，勞倫斯是主觀的寫法」。「在於勞倫斯，性交是含蓄一種主義的。」「當查泰萊夫人裸體給麥洛斯簪花於下身之時，他們正在談人生罵英人嗎？勞倫斯此書是罵英人，罵工業社會，罵機器文明，罵黃金主義，罵理智的。他要人歸返於自然的、藝術的、情感的生活。勞倫斯此書是看見歐戰以後人類頹唐失了生氣，所以發憤而做的。」〔註22〕總之，無論是茅盾，還是林語堂，都在《金瓶梅》和《查泰萊夫人的情人》的比照中得出一個結論，就是：在性描寫的背後，必須有「主義」（意即文化內涵；亦意即「性交」只不過是外衣而已）；必須表現一種社會心理；必須用主觀而非純客觀的態度來寫性交。就此而言，《廢都》是完全達到這一目標的。不僅達到了，而且頗更具藝術性。因爲勞倫斯的《查泰萊夫人的情人》所採用的是「散點透視」的象徵手法；而《廢都》在性交描寫上是採用的整體象徵手法。儘管每次描寫都有給人雷同的感覺，前者在性交的描寫中往往採用直接明喻的方法。而後者表面上酷似單純在描寫性交，似帶有自然主義的純客觀色彩，但是在各段描寫的綜合交疊提煉中，我們從形下的視知覺中抽象出的是形上的理念。也就是說，即使如《金瓶梅》式的客觀描寫，只要顯示出了其背後巨大而清晰的社會意義，便不能歸於純感官刺激的「黃色作品」之列。無疑，《廢都》的社會屬性是大於其動物屬性的，我以爲黃色文學與嚴肅文學區分度關鍵就在於此。

在這二十年的授課中，我常常在解析《廢都》時用書中的四個女性來闡釋莊之蝶當時所處的文化困境，以及作者賈平凹創作時的文化心態：其原配夫人生月清是代表著傳統文化，在那個傳統文化已經全面潰退的時代，莊之蝶顯然已經不再滿足沉靜於舊文化的窠臼之中，他們必須突圍，在形而下的描寫中，莊之蝶只要與牛月清性交，就會陽痿，這種生理狀態實際上是文化上的「精神陽痿」，所以與牛月清的離婚是「歷史的必然」結果，它象徵著莊之蝶們，也包括作者本人正在向傳統文化告別；唐婉兒則象喻著文化交替轉型期新舊文化觀念融爲一體的女性，既開放而又有傳統的美德，正契合像莊

〔註22〕林語堂：《談勞倫斯》，《人間世》，第 19 期，1935 年 1 月 5 日，第 33～36 頁。

之蝶那樣西京文人的口味，「陽痿」了的莊之蝶爲何在唐婉兒之流身上尋找到了自我的「力比多」，復活出蓬勃的生命力。而當這種非正當途徑的宣泄口最後也被堵死後——唐婉兒的失蹤，莊之蝶必然「中風」，也就只能暫時處於「文化休克」狀態，唐婉兒的出走隱喻的主題是莊之蝶在告別舊文化時，又對洪水猛獸式的消費文化產生了極度的不適應症，一旦試圖在兩種文化夾縫中求生存的路徑被阻塞，莊之蝶們只能被賈平凹處理成「文化休克」，這是整篇作品絕妙精彩的「文眼」，倘若是另外的兩種莎士比亞式的結局「是生還是死」，就會完全消解了作品所留下的巨大歷史和藝術的想像空間，不僅堵塞了不可預料的歷史發展通道，而且也同時阻遏了人物性格未來的走向路徑；柳月卻是代表著商業文化與消費文化新女性的形象，她最後被交易的過程就充分說明了這一點，她基本上就是滿足莊之蝶那樣的男人感官刺激的性宣泄「玩偶」，時代賦予她的是畸形消費文化的烙印，是這個時代的「惡之花」；另一個就是往往被讀者所忽略了的一個女性形象阿燦，這個人物是莊之蝶，甚至是賈平凹幻化出來的一個具有傳統美德的理想主義人物，她代表著那一個逝去的傳統文化中的美好影像，帶著濃鬱的古典浪漫主義的色彩，沒有任何功利性的愛欲建立在對文化崇拜的基礎之上，這個人物的再次復活是在賈平凹的近期長篇力作《帶燈》裏的女主人公身上，從這個意義上來說，古典的浪漫主義情懷始終像一個幽靈一樣縈繞在賈平凹的創作天空。

　　總之，牛月清也好，唐婉兒也好，柳月也好，阿燦也好，這些人物只不過是一種文化符號的象徵，它所蘊含的文化內涵難道沒有政治、經濟、社會、心理諸方面的深刻因素嗎？顯然，看到這一點並非難事，只有那種受著根深蒂固的傳統封建思想長期禁錮而不能自拔的人，才難以看得清這其中的奧妙，通常來說，解析這樣的語碼並不難，儘管《廢都》有著玄學的色彩，但正如林語堂所言，只要掌握了用主觀心靈去解剖的方法就不難了：「勞倫斯有此玄學的意味，寫來自然不同，他描寫婦人懷孕，描寫性交的感覺，是同樣帶玄學色彩的，是同大地回春，陰陽交泰，花放蕊，獸交尾一樣的。而且從西人小說在別方面的描寫一樣，是主觀、用心靈解剖的方法。」〔註23〕我以爲，如果將《廢都》中的性描寫孤立起來看，將人物心理衝突、人格分裂與動蕩的社會文化背景割裂開來，將它游離於恰似「好了歌」似的「民謠」之外，當然只能看到赤裸裸的性交，只見其動物屬性而不見其社會屬性了。

〔註23〕林語堂：《談勞倫斯》，《人間世》，第 19 期，1935 年 1 月 5 日，第 33～36 頁。

　　從傳統的道德觀念出發，性交在中國一向是被視爲一種最具神秘色彩的人性私密活動，被視爲一種醜惡的人性裸露，這與西方，尤其是與古希臘流傳下來的性觀念相反。這種被固有倫理道德規範了的約定俗成文化觀念，是制約文學作品中的性描寫進入藝術審美層次的屛障，這種愉悅快感只有在被異化了的「人」的潛意識中才能得以充分宣泄，這可能就是東方人「含蓄」的性描寫表現與西方文學中的性描寫再現的區別之處吧。只有當老弗洛伊德的幽靈再次在中國大地徘徊時，一些作家才又開始重新把「性交」作爲載體，讓它進入更深的審美層次。但是「以醜爲美」，這一美學範疇其實並不囊括性描寫藝術，這在中國確實是個審美的「誤區」。雖然弗洛伊德誇張了「力比多」是文學藝術至關重要的本源這一說法，但性力對於一個藝術家而言，它有可能成爲一種強烈藝術創造的衝動，而導致藝術審美進入一個更高階層。或許，老弗洛伊德將美欲美感都源於愛的本能和性力衝動的理論，有偏頗之處，但我們又不能否認其合理的一面：「美學所要探討的是在什麼情況下事物才被人們感覺爲美；但是，他不能解釋美的本質和根源，而且，正像時常出現的情況一樣，這種失敗被誇張而空洞的浩瀚詞藻所掩蓋。不幸的是，精神分析幾乎沒有論及美。唯一可以肯定的便是美是性感情領域（sexual feeling）的派生物，對美的熱愛是目的，受到控制的衝動的最好的例子。『美』和『吸引』最初都是性對象的特徵。」〔註24〕如果我們將性活動作爲人類必須進行的活動，將它只作爲不帶任何功利色彩的人欲的需求，這種性描寫進入視知覺仍不能成爲藝術的審美。問題就在於，首先要完成的審美轉換是：性活動不僅是人類繁衍的生殖行爲；更重要的是它象徵著一種蓬勃的生命驅力，這種驅力促使人奮發；同時也驅動著藝術家的創造能力。弗洛伊德認爲美根於性感，根於性的對象的鮮美，同時也包括那種「變異」了的性對象。由此看來，性的張力不僅僅止於它所涵蓋的社會文化內涵，同時，它的美亦存在於對一種生命本體的認同。作爲一個藝術家，當他要表現這種美的形態時，他就必須遵循這一「二度循環」的法則：「藝術家原來是這樣的人，他離開現實，因爲他無法做到放棄最初形成的本能滿足。在想像的生活中，則允許他充分地施展性欲和野心。但是，他找到了一種方式，可以從幻想的世界，回到現實中來，他用自己特殊的天賦把幻想塑造成新型的現象，人們承認他們是對現實生活

<hr />

〔註24〕　〔奧〕弗洛伊德：《文明及其缺憾》，傅雅芳、郝冬瑾譯，合肥：安徽文藝出版社 1987 年 4 月第 1 版，第 23 頁。

的有價值的反應。」〔註 25〕在賈平凹的《廢都》中，我們碰到了這樣一個悖論：一方面，作爲性欲描寫，它的整體象徵的多義性和多層面的文化內涵，尤其是對人的病態異化心理的顯示，擴張了小說的社會意義的功能性，性欲描寫並不是孤立的存在物，它具有強烈的社會屬性。另一方面，作爲一種作家的人生體驗的宣泄，作爲一種美的形態的感官知覺呈現，性力的衝動確實將作家導入一個「忘我」的藝術情境，關鍵所在是《廢都》並沒有完全遵循弗洛伊德的本我的快樂原則，這一美的快感對賈平凹不適用的。正如作者在《廢都》「後記」中所說：「我便在未作全書最後一項潤色工作前寫下這篇短文，目的是讓我記住這本書帶給我的無法向人說清的苦難，記住在生命的苦難中又唯一能安妥我破碎了的靈魂的這本書。」的確，賈平凹是在「現實」與「幻想」中來回跳躍：「我知道，一走進書桌，書裏的莊之蝶、唐婉兒、柳月在糾纏我；一離開書桌躺在床上，又是現實生活中紛亂的人世在困擾我。爲了擺脫現實生活中人世的困擾，我只有面對了莊之蝶和莊之蝶的女人，我也就常常處於一種現實與幻想混在一起無法分清的境界裏。這本書的寫作，實在是上帝給我太大的安慰和太大的懲罰，明明是一朵光亮美豔的火焰，給了我這隻黑暗中的飛蛾興奮和追求，但誘我近去了卻把我燒毀。」作爲藝術家的賈平凹，他試圖以「白日夢」來重新塑造現實，但這現實世界卻並非是弗洛伊德所形容的那種「非永恒的美感」，是以快樂原則爲核心的性欲快感，恰恰相反的是，賈平凹將此轉換成一種苦難的悲劇生命美感：「愛的最深處包含著最深沉的永恒的絕望，而從其中躍現出希望和慰藉。因爲，從這種肉欲的，原始的愛，從這種夾雜多種感覺的全幅，肉體的愛──這是人類社會的動物性根源，從這一種愛的喜欲（love fondness）中，產生了精神的與悲苦的愛。」〔註 26〕可以說莊之蝶這一人物是傾注了作家全部心血的現實重塑，作者把一種苦難的悲劇快感寄寓人物的遭際之中。那種在苦難中獲得的悲劇快感，似乎更有一種現代審美特質。我以爲賈平凹的《廢都》的悲劇快感既不來自於亞里斯多德以來的古典悲劇憐憫和恐懼的原則；又不來自於悲壯的人格昇華，卻更多地來自於苦難所造成的美感。那種尼采以爲的「把痛苦當作

<hr/>

〔註25〕〔奧〕弗洛伊德著，約翰・里克曼選編，賀明明譯：《論心理機能的兩條原則（1911）》：《弗洛伊德著作選》，成都：四川人民出版社 1986 年 4 月第 1 版，第 54～55 頁。

〔註26〕〔西班牙〕烏納穆諾：《生命的悲劇意識》，哈爾濱：北方文藝出版社 1987 年 6 月第 1 版，第 87 頁。

歡樂」來咀嚼的美學轉換與昇華。作者的良苦用心，我們只能通過對莊之蝶心靈悲劇每一個旋律的諦聽才能體悟得到，就像那悲哀婉轉的古塤聲一樣，它激活了一種玄思和遐想，使人進入了特定的悲苦情境而獲得快感。這不由得使我想起了弗洛伊德那篇 100 年前發表的被稱爲「私生子」的著名論文《米開朗基羅的摩西》。作者對於藝術作品的獨特見解似乎更貼近生活和藝術的美感眞理，那種對藝術精闢的理解令人歎爲觀止：「藝術家在反映他的主人公的痛苦的意外之事時，出自其內心動機，偏離了《聖經》本文。」「這樣，它給摩西塑像增添了某種新的更富人情的東西。於是，有著極大物質力量的巨相只是具體表現了人所能達到的最高精神境界──爲了他所獻身的事業，同內心感情成功的鬥爭。」「這是對死去教皇的責備，也是自己內心的反省。藝術家也由此自我批評昇華了自己的人格」〔註27〕。以此來解析賈平凹與《廢都》之間的內在聯繫，似乎更切合其藝術規範，這種審美經驗並不是藝術家每次都可以獲得的，只有當把他深深的苦難融進了自身的藝術描寫之中，傾注其全部的審美能量，才能換來作品的輝煌。所有這些創作經驗是與他當時的生活境況和心靈創痛分不開的。正如弗洛伊德所言：「心理小說的獨特性在很大程度上大概要歸功於現代詩人的傾向，即詩人的自我由於自引監督而分裂成部分的自我，其結果是詩人心靈生活中的衝突之流在無數的主人公身上被擬人化了。」〔註28〕從這個意義上來說，《廢都》的自傳體的特徵就隱隱約約地呈現在讀者的面前，可惜的是許多人未必就能夠讀得懂。

在藝術形式上的深刻解析，我至今仍然信服的是馬克思的那一句經典性的概括：「形式是沒有價值的，除非它是內容的形式。」〔註29〕一切藝術只要離開了內容的表達，都將是沒有靈魂的行尸走肉。

1993 年有一些評論者就認爲賈平凹的《廢都》又一次顯示了現實主義創作方法的藝術魅力。我不想就現實主義的概念和內涵再作一番解釋，這在韋勒克的《文學理論》那本書裏已經做出了最爲詳盡的解釋。但我以爲《廢都》

〔註27〕 〔奧〕弗洛伊德：《米開朗基羅的摩西》，《弗洛伊德論創造力與無意識》，孫愷祥譯，北京：中國展望出版社 1986 年 4 月第 1 版，第 33～35 頁。

〔註28〕 〔奧〕弗洛伊德：《詩人與幻想》，劉小楓譯，收入中國社會科學院哲學研究所美學研究室編，《美學譯文》第三輯，北京：中國社會科學出版社 1984 年 7 月第 1 版。

〔註29〕 帕勞爾：《卡爾·馬克思與世界文學》第 291 頁。轉引自〔英〕特里·伊格爾頓著，傅德根麥永雄譯《審美意識形態》廣西師範大學出版社 2001 年 7 月第 2 版，第 206 頁。

乃現實主義形式的勝利之說則是一種誤讀。不要以爲大家都能讀懂的東西就是現實主義的，這也太損現實主義了，問題是，現代小說在於讀者在閱讀過程中究竟讀懂了多少？讀到了哪一個層次。作爲一部典範性的現代心理小說，賈平凹的《廢都》外在形式是雅俗共賞的，但如果脫離了心理小說「擬人化」的原則，只用寫實客觀的方法看待它，就會造成對閱讀更深層次的阻隔。現代心理小說所構成的藝術技巧要素就在於整體的心理對應和象徵——人物是作家心靈衝突的替代物，他可能是部分「自我」的隱身，也可能是全部「自我」的替代。當然不能斷言《廢都》就是像海明威那樣的自傳體現代心理小說，但我們可以將此作平實流暢的敘述外衣褪去，從心理視角來進行觀察，它卻是一部有著強烈現代「表現」成分的具有「意識流」意味的小說，也許這樣的結論過於誇張，但是從作家在描寫莊之蝶常常在現實與幻覺中來回跳躍的描寫中，我們可以看到作者在一種無可名狀的焦灼中力圖掙破現實描寫之網的努力。也有人認爲《廢都》的理念外露成分太強，可能就是指作者用「奶牛」的視角來觀察西京世界的那些冗長的議論描寫。不可否認，「奶牛」反覆出現時的「話語」，乃至於和主人公的「對話」，都是形成作家→主人公→閱讀者有序的評判循環，當然也不妨將它看做是作家的「內心獨白」，或許這種方法顯得太笨拙和雕琢，但就多視點轉換來說，它卻是更有效地揭示了文化的荒誕性內涵：將一片文化廢墟上的種種畸變的人生行狀進行放大、誇張、變形，從而上升到理性的層面，作者意在表達作爲「局外人」的奶牛對人性異化的俯視性藐視與反諷和同情與憐憫。這如果僅僅是以現實主義的批評標準去衡量它，顯然是風馬牛不相及的事情。在現代小說中即便有大段的理性議論插入也並非會破壞閱讀審美情趣。恰恰相反，接受者不管同意與否，議論反而會刺激閱讀者的再創造思維情緒，現代小說重要的因素在於閱讀者的參與和創造。

　　《廢都》雖不能說是曠世奇書，但它明顯是一部可入史冊的傑作。尤其是小說的結尾寫得很精彩。莊之蝶到肉店裏買豬苦膽吃，就連苦膽都買不到，於是就恍恍惚惚進入了幻境，值得注意的是，這幻境基本上是取消了「指示代詞」和轉換標記的。那種惡作劇的報復行爲，究竟是眞是幻，作者的敘述是故意將此模糊而達到一種心理的眞實：「這一個整夜的折騰，天泛明的時候，莊之蝶仍是分不清與景雪蔭的結婚和離婚是一種幻覺還是眞實的經歷」。這種手段作爲對舊小說創作方法追求眞實的典型環境的一種反動，它的全部

意義就在於力圖達到觸及現代人的更深更複雜的文化心理。

荒誕，不僅是現代人生探求的一大課題；同時也是現代小說藝術技巧追求的目標之一。在描寫人性異化時光具有荒誕感是不行的，它還需要一個荒誕的外在形式作為載體。《廢都》所採用的荒誕當然亦和中國古典小說中的怪誕、玄學相通，但就本質來說，這種荒誕除了加強主題的深化外，更重要的是它是一種社會心理共性的提煉和折射，是一種世紀末病態人生的藝術表現，這種荒誕的表現手法使其更達到更接近現實內心世界的真實。「奶牛」用哲學家的眼光來抨擊古都、抨擊人類：「城市是一堆水泥嘛！」「人也是野獸的一種。」「……人的美的標準實在是導致了一種退化。」「可現在，人已沒有了佛心，又丟棄了那猴氣、豬氣、馬氣，人還能幹什麼呢？！」……這反反覆復出現的牛的「內心獨白」，形成了整部作品不可或缺的人性呼喚旋律，使《廢都》在這荒誕變異的人類讖語中得以形成小說的「複調」意味。

荒誕的世界必須用荒誕的形式來表現，作品借莊之蝶岳母——那位八十多歲的半瘋老太太之口，不斷地預卜未來的凶吉，而且每卜必準，每夢必應。作者在描寫中有時有意打破時空的臨界，使之造成一種撲朔迷離的亦真亦幻的藝術距離感，但是，有許多地方由於作者用過多的表述性「指示代詞」加以詮釋，使之一眼就看出老太太的「幻覺」是精神分裂的表現，這無疑不僅是弱化了表現形式的多變性和藝術美感，而且也部分消解了作品向更深文化內涵突進的可能性。本來瘋老太太的卜辭、咒語在作家的藝術整合下，很可能形成強烈的魔幻色彩，然而這條路徑被作者自行消除了。當然，最具有荒誕魔幻色彩的還是作品的結尾部分，在古都這塊文化廢墟上出現的千奇百怪的人和事，充分展現了一個異化世界的全部真實性。畸零人、奇聞事、魑魅魍魎、群魔亂舞，真可謂「鬼魅猙獰，上帝無言」。正因為作者把莊之蝶的精神世界的變異放在現實世界中來拷問，使兩者之間的反差增大，才產生了幻覺與真實的錯位。如果整部作品在不斷的這種藝術調試中獲得新鮮的美感，《廢都》將更有其現代心理小說的魅力。

荒誕還有一個重要標誌就是使小說形成「黑色幽默」的氛圍。黑色幽默「著力描寫客觀現實的荒謬，以嘲諷態度表現個人與荒誕世界之間的衝突，往往令人啼笑皆非。小說中的『反英雄』人物藐視傳統的道德、價值觀，嚴肅的哲理和辛辣的諷刺於插科打諢之中。……『黑色幽默』又稱『黑色喜劇』，

即在喜劇中摻進病態或或『恐怖的成分』，如『殘忍的玩笑』。」〔註 30〕《廢都》中的黑色幽默不僅表現在畜類（奶牛）對人的詛咒和討伐：諸如牛族們渴望逃離喧囂的骯髒的城市，返歸鄉土，返歸森林，返歸大自然；而且也表現在人的怪異行為上：諸如孟雲房迷戀氣功，最後算瞎了自己的一隻眼，那呼風喚雨的造神運動，只有經歷過「文革」的人才能深昧其中之奧妙。作為貫穿於整個作品中的「民謠」，恰似一支支奇異的樂章，奏出了那個世界的荒誕之歌。這種黑色幽默只屬於我們的民族，那種已經凝固了的民族文化心理在這「民謠」的歌哭中得以最深刻的顯示。況且，作者高明之處就在於他是通過一個似瘋而不瘋的收破爛的老人之口唱出就更有韻味，或許，這老頭不可能作為這一古都廢墟的「清道夫」，這「破爛」是收不完的（當然連同那些值錢的「古董」在內。）但作為這個即將廢棄了的古都，他無疑是一個最好的見證人。儘管這「黑色幽默」中隱匿著悲哀的血和淚、苦和難，是一個「殘忍的玩笑」，但它卻是全書的點睛之筆。

奶牛的「內心獨白」、瘋老太婆的咒語（和死鬼的對話）以及「民謠」作為小說結構的自然生成，它不僅具有荒誕意味，而且在整個作品的結構上形成了隱形的「結構現實主義」技巧特徵。作為每一章節（無序音樂）的楔子，它們的不斷插入，顯現了主題多義的色彩斑斕色彩，和賈平凹八十年代中期的《商州》比較，《廢都》採用的是隱形的、不對稱的、不規則的「結構現實主義」技巧手法，而《商州》則是明顯地採用顯形的、有規則的、對稱的「結構現實主義」技巧方法，兩者之高下很難比較，因為《廢都》是一部無序的、不分樂章的長篇，它只能採用這種間接隨機插入的技巧。

《廢都》所留下的那個時代的巨大文化空洞，儘管作者在以後的長篇小說中在不斷地填補著，但是這個世紀末的文化難題始終沒有完滿的答案，從《懷念狼》中主人公舅舅生理上的陽痿而所要表達的人的「精神陽痿」的療救主題；到《高老莊》中城鄉人的精神領地的互換而去尋找清淨的傳統自然生活；再到《秦腔》中從鄉土民俗中去尋覓精神的歸宿；直到《帶燈》中從一個底層政治社會裏去尋覓文化斷裂層中的人性的最後的烏托邦——那個出污泥而不染的女子形象的塑造……這一切都是賈平凹在苦苦追尋《廢都》裏創造的那一個人類無法解決的文化困境的空洞。因為這個空洞的存在，才有

〔註30〕《中國百科大辭典》，中國大百科全書出版社北京 1999 年版，第 3 卷，第 2179 頁。

了《廢都》成爲文學史里程的充分理由，所以，作爲藝術家的賈平凹是無須解析這一文化方程式難題的，作品本身已經爲歷史提供了 20 世紀末人性描寫的活化石。

二、《極花》：中國的「紅與黑」

中國鄉土人口大遷徙，給農村帶來的是數不盡的災難性後果：荒蕪、空巢、女人、兒童……一幅幅悲慘的畫面構成了時代與社會的長鏡頭，更重要的是傳統的宗法倫理的顛覆和農耕文明秩序的喪失，往往讓作家在中國經驗的書寫中失位和迷茫。因此，這些年來我們的許多作家總是習慣於站在一個道德的制高點上去代爲「底層」的窮苦大眾進行社會的控訴，這種自五四以來自上而下的「同情與憐憫」的美學抒情風格幾乎成爲百年來中國作家寫作經驗的宿命。能否打破這種慣性與魔咒，更進一步去思考那些不被眾人所注意的暗隅裏的人性吶喊呢？顯然，賈平凹試圖在《極花》這部作品中給出一個新的答案——在中國城與鄉的輪迴之中，寫出一部人性深處自我搏戰與修復的血淚史才是作家的終極目標。

我不能猜度作者起名「極花」的眞實意圖，但是我能夠從這部作品中聽到作者對異化了的人性進行反諷禮贊的陰冷笑聲，直至發出的眞心的地下笑聲。這種對惡之花的禮贊，在人性的層面上與司湯達的《紅與黑》有著某種暗通之處，同時又與五四鄉土小說的扛鼎之作《爲奴隸的母親》也有著一定的血緣關係。但是，與上述兩部中外名著所不同的地方，恰恰是鄉土的巨變在這兩部中外名著所沒有能夠表現出來的時代內涵——人在兩種文明的格鬥中呈現出的是一種失重的狀態——打個比方，就像「極花」這種由植物變成動物，再變回植物的二次蛻變的過程，不正是小說「極花」的象徵意義嗎。如果將農村人比喻成植物，把城市人比作蟲子般的動物。那麼主人公胡蝶進行的兩次蛻變，最終開出的那朵絢爛的極花，就分明預示了對人性的另一極的深刻反思和褒揚，而非陷入了那種非此即彼的平面化的人性書寫之中。這就是作者將主人公胡蝶分離成客觀的第三人稱「他者」胡蝶和主觀的第一人稱的「我」的眞實目的——讓人物脫離作者和讀者預設的軌道，在「莊生」與「蝴蝶」之間遊弋徘徊，才眞正廓大了主題的內涵，向著哲學的高度攀升。這又不得不想起作者在 20 多年前創作的那部曾經被禁的驚世之作《廢都》，如果那裏的男主人公尚還在「莊生」與「蝴蝶」中找不到那個可以抵達彼岸

的自我，作者只得將人物進行「文化休克」的療法，那麼，在《極花》中，作者似乎找到社會文化的病竈，爲這鄉土文明的末世開出一副無可藥救的偏方。

　　作者賈平凹在處理藝術與現實人生關係時往往是隱晦地表達他自己的文學價值觀，這次他卻明確地闡釋出了他對文學創作觀念的價值立場：「我們弄文學的，尤其在這個時候弄文學，社會上總是有人非議我們的作品裏陰暗的東西太多、批判的主題太過。大轉型期的社會有太多的矛盾、衝突、荒唐、焦慮，文學裏當然就有太多的揭露、批判、懷疑、追問，生在這個年代就生成了作家這樣的品種，這樣品種的作家必然就有了這樣品種的作品。卻又想，我們的作品裏，尤其小說裏，寫惡的東西都能寫到極端，爲什麼寫善卻從未寫到極致？很久很久以來了，作品的一號人物總是蒼白，這是什麼原因呢？」帶著這樣的問題，賈平凹實際上要解決的是百年來中國人的文化基因問題，在明明是已經向舊有的傳統農耕文明進行了告別儀式，卻又爲何始終擺脫不了現代性給我們帶來的文化困惑呢？也許只能思考到這樣一個層面：「而 20 世紀的中國，中華民國的旗是紅色的，上有白日，中華人民共和國的國旗更是紅色，上有五星，這就又尚紅。那麼黑色或紅色，與一個民族的性格是什麼關係呢，文化基因裏是什麼樣的象徵呢？」毫無疑問，所謂紅色是百年來文學倡導的主色調，那個五四的第一個十年確是揭露黑暗的年代，但是那是屬於魯迅的時代。五十年代和八十年代也曾出現過一瞬間的揭露黑暗面的文學流星，但畢竟是曇花一現。黑色是 20 世紀的禁止色，在那布滿紅色的天空中，難怪詩人們要在黑夜裏用黑色的眼睛去尋找光明！紅與黑便成爲中國作家難以選擇的二元色系，於是，許多作家便選擇了中性或綜合的色譜，灰色、赭色、棕黃、深藍……，凡此種種，一是逃避紅色的獵捕，二是躲避黑色的危險，往往是以藝術的名義規避良知的表達。

　　我並不以爲賈平凹在《極花》中就很好地完成他所預設的對人性黑暗面的揭露，相反，我們在僅有的簡單故事情節的描述中，甚至看到的是作者在黑色的主色調中調和出了具有反諷意味的紅色色系，他把自己稱爲的「水墨畫」浸染在一種濃厚的鄉土風俗之中，透露出的是一種使人煩躁焦慮的色塊。喋喋不休、絮絮叨叨充滿著鄉土民俗的細節描寫，往往使人陷入閱讀的審美疲勞之中，然而，當我們將這些囉嗦的細節描寫上升到形而上的哲學層面時，你就會發現，作者是在完成一種外在與內在合一的文化作用力的塑造。

　　我始終在胡蝶的兩種生活狀態中進行著這樣一種思考：一邊是窮困、野蠻、原始、寧靜的農耕文明；一邊是奢華、文明、現代、喧囂的城市文明。那個從農村進入城市的少女胡蝶，哪怕是在收破爛的貧民窟裏棲身也要追求現代物質文明的腳步，那一雙從不離腳的高跟鞋，既是她對美的追求的象徵，同時也是她試圖擺脫農耕文明枷鎖的一種儀式。但是，當她被拐賣綁架，甚至被強姦時，表現出的強烈的反抗與出逃的信念當然是一個人的正常心態，但是，作家並沒有在常態的寫作構思中止步，其詭異的、獨特的構思打破了人們的慣性思維方式。在亦真亦幻的描寫中，作者又讓主人公回歸到了那個非人般的生活語境當中，用那個名字叫「兔子」的孩子作為兩種文明形態勾連的紐帶，我想，這千變萬化的社會與時代，最不變的就是人性，人性的力量是超越時代和文化的永恆價值。於是，作品在兩種文明的掙扎中，尤其是在二度循環中獲得了對人性在常態與非常態下的真實描寫，才能夠顯現出它的獨特的價值意義。

　　我認為，賈平凹在形式上的變化再大也不會有太多創新，因為，人們看慣了他的藝術套路，尤其是陝西的風俗民情的描寫。而讀者期待的卻是他能否在這個「最好的時代、也是最壞的時代」裏寫出人性的大動蕩來，顯然，《極花》是具備了這樣的主題素質的，但是，作品被反反覆覆、絮絮叨叨的風俗與瑣碎的細節所淹沒了，而故事的情節卻沒有充分地展開，這是令人惋惜的地方。儘管作者已經砍去了許多文字，只保留了短短的十五萬字（這是在賈平凹長篇小說中罕見的現象），他「試圖著把一切過程都隱去，試圖著逃出以往的敘述習慣」，但是，正是過程的屏蔽，導致了閱讀的障礙，跳躍性的描寫往往陷入了無謂的場景細節描寫之中而不能自拔。作者明明已經意識到了主題內涵的重要性，但又忽略了對它更加深刻的發掘。「我幾十年寫過的鄉土，發生了巨大的改變，我們習慣了的精神棲息的田園已面目全非。雖然我們還企圖尋找，但無法找到，我們的一切努力也將是中國人最後的夢囈。」作為一個藝術家，我們不能要求他像理論家那樣去直陳社會和時代的好與壞、利與弊，因為他們是用「曲筆」來表達情感的，但是在情感的表達中，我們足可見出作家的價值觀念的優與劣、高與低的。亦如賈平凹自己所言：「當今的水墨畫要呈現今天的文化、社會和審美的動向，不能漠然於現實，不能躲開它。和其他藝術一樣，也不能否認人和自然、個體與社會、自我與群體之間關係的基本變化。」就此而言，《極花》要表現的思想內涵是再明確不過了。

在長篇小說一步步遠離社會和時代的今天，胡蝶們的悲慘遭遇固然值得我們深思，但是更加值得我們思考的問題卻是：胡蝶們在文化巨變的時代潮流之中，她們能夠蛻變成一個什麼樣的蝴蝶呢？我們從她們身上能夠體驗到現實的困厄嗎？我們從她們的體味中能夠嗅到未來文化與文明的胎動嗎？

三、《懷念狼》：「新漢語文學」的嘗試

如果說《高老莊》是在基本完形的故事構架中，嘗試了契入古漢語作為文本的形式探索，為小說的意境增添了更加微妙的色彩、以意賦形的話。那麼，《懷念狼》則是很徹底地改變了賈平凹的「重具體物事」的套路，也就是在有意味的故事情節中「熱衷於意象，總想使小說有多義性，或者說使現實生活進入詩意」（引自《懷念狼》後記，下同）的「局部意象」創作情結已然消褪，向更注重「直接將情節處理成意象」的創作興致，進入「以實寫虛」的創作嘗試階段。

顯然，《懷念狼》的情節與細節描寫的單調，故事營構的簡約化，無疑會使一大批企圖尋找故事意味的讀者大失所望。或許它只能給作者本身帶來創作衝動的愉悅，給那些專門性閱讀者看到作者的文本變革，卻很可能在這個商業化的時代裏遭到文化快餐閱讀者的冷遇。儘管書末印數欄中赫然寫著十五萬冊的巨數，但我還是懷疑能有多少讀者讀懂此書，並熱愛這種寫作方式。

無疑，「以實寫虛，體無證有」成為賈平凹這次創作冒險的原動力。作為試圖建立一種21世紀「新漢語文學」範式的賈平凹，雖沒有張狂地標榜出他的理論大旗，但就他從《高老莊》和《懷念狼》的執著探索中，就可清晰地看出他的文本形式與內容在互動、互因、互果的構造中，獲得了形而上與形而下結合的主動性。

從80年代到90年代，我們不能不說賈平凹的小說創作在「以實寫虛」的自覺中是有所探索進取的，用實景寫出意識，寫出總體的象徵，這是高手的寫法，但是，作者給予我們的卻更多地是形而下的具象描寫的歡愉，我們不能不佩服作者對生活感悟的能力，不能不佩服作者對傳統和現代描寫手法的那種爐火純青的鍛造，不能不佩服作者在營造故事時的那份從容與高渺……這一切，又不得不使我們在閱讀過程中陷入了在對具象和形下的迷狂之中而獲得美感的陷阱。

在《雞窩窪的人家》、《小月前本》、《天狗》、《冰炭》、《遠山野情》、《古堡》等篇什中，凸顯出的是故事本身的魅力，以及人物命運的美學張力，即便如《臘月‧正月》這樣的刻意之作，其完成的則仍然是故事內容本身的唯一性闡釋，局部意象的滲透亦不很明顯。

或許在《商州初錄》和《商州又錄》的文體試驗中，這種局部意象的效果才達到了一個預想的效果，顯然，那時的許多批評家更看重賈平凹的這種本文形式的探索。但是，待到再寫中長篇《商州》時，作者卻又回到了具象描寫的原點。「以實寫虛」，往往落在了「以實寫實」或「以虛寫實」的困境中。

確實，要達到「以實寫虛」，這個大境界的獲得是不容易的。在《廢都》的寫作當中，我們能夠體味到作者的這種悲哀，作者在「以實寫虛」的過程中，想突顯出那個所要表達的「虛」的境界——在物質文明擠壓下的「文化休克」風景線——卻被人們在閱讀過程中曲解成另一種實景，這種作家創作意圖與讀者理解所形成的文本斷裂和錯位不能不說是一種誤讀的悲哀。儘管賈平凹在竭力地將四個女性（朱月清、唐宛兒、柳月、阿燦）塑造成四個不同意象的人物，從而總體象徵出中國當下文化的處境，可又有多少人看清楚平凹「虛」境中的形而上的表述呢？在那種生怕別人不能理解的創作兩難中，賈平凹甚至乾脆赤裸裸地拖出那隻老牛來，不斷地與之進行形而上的「對話」，這種「實」與「虛」的結合，明顯地露出了描寫的裂痕，也就不能不說是《廢都》在「以實寫虛」上的一種失敗。大量精彩的故事和情節乃至細節淹沒了作家的企圖。

《上門》的寫作在「虛實相間」中，更多地給人的感覺是散漫，明顯看出作者在意象的營構中的那份刻意追求，結果實的部分沒能寫得更精彩，而「虛」的部分又顯現不足。

《高老莊》的語言探索，也許是平凹找到「以實寫虛」的一種新途徑，毫無疑問，《高老莊》在將故事敘寫的流暢中，嵌入了古文字阻隔的「斷章」，作者的意圖似乎很明確，用古文字「斷章」的「虛」來隱喻人物與故事的「實」，讓那個「實」的故事有所皈依，以引起閱讀的注意，雖然，這種「阻隔」的方式方法曾受到一些專家的質疑，但是，我仍然以為這是賈平凹在「以實寫虛」的本文探索道路上邁出的重要一步。儘管那樣的文字表述方式還不為人所注意。

　　《懷念狼》能否成爲新世紀的一種新體式的閱讀文本呢？也許我們還不能作出十分準確中肯的判斷，但是，就賈平凹的這種嘗試來說，其文本意義遠遠超出了他只是囿於自身探索的範圍。它爲我們提出的是一個艱難的命題——未來小說的發展是否會更向兩極發展？

　　當閱讀不再成爲一種故事愉悅的消遣時，它或許更需要一種高蹈的形式引導你走向想像的空間，在形式閱讀之後，尋覓到更有形上意義的東西。當然，另一種物質層面意義上的閱讀享受，亦不能完全排斥。其兩種閱讀情趣的分化，必然成爲未來世紀不同閱讀群體對文本的有意選擇。當然，人們更期望看到一種「實」與「虛」兩者結合得十分完美的作品，但這又談何容易。

　　《懷念狼》在「以實寫虛」的道路上應該說是大大前進了一步，這一點或許有賴於作者對自己的寫作宗旨明確地把握：「物象作爲客觀事物而存在著，存在的本質意義是以它們的有用性顯現的，而它們的有用性正是由它們的空無的空間來決定的，存在成爲無的形象，無成爲存在的根據。但是，當寫作以整體來作爲意象而處理時，則需要用具體的物事，也就是生活的流程來完成。」可以說，在《懷念狼》中，作者很圓滿地用「具體的物事」：在一個漫長的尋找狼的過程中；在一個具體的生存空間和「生活的流程」中；在「我」和周圍的人物糾葛中……完成了「整體意象」的建構。如果說，以前賈平凹作品只是完成了「局部意象」的營造，此次嘗試明顯帶有總體把握的鮮明目的性。

　　讀《懷念狼》，似乎明顯地感到賈平凹更沉入了一種心如止水般的冷靜描寫之中，那些「實」寫的故事並沒有大起大落的情節，亦沒有作者過多的情緒介入，用周作人「美文」理論的「平和沖淡」來加以概括，似乎更爲準確。我以爲，這恰恰可能是作者害怕過多的主觀介入會打破他那「以實寫虛」的步驟所致，「實」須在平靜的描寫之中才有可能成爲那個遙遙相對的「虛境」倒影，倘若「倒影」太清晰、太突顯了，物象、物事背後的那個書寫的終極目的就會被淹沒掉、閹割掉。因此，緊緊地把握住《懷念狼》在敘述過程中的主觀情緒的平穩和不動聲色，似乎成爲賈平凹小心翼翼的有意行爲。扼制情緒，使故事與情節，乃至細節變得平淡化，作者的這種處理方式，無疑是讓你透過這層薄薄的透明的敘述平面，看到它背後的立體「虛境」。與《高老莊》相比，故事本身少了它的曲折性，與《廢都》相比，故事本身又少了它的生動性。如果說在《土門》的文本試驗中，作者還保留著對故事的曲折性

和生動性依戀情結的話，那麼，《懷念狼》是作者徹底覺悟到這種故事的誇張性營造會形成破壞閱讀者進入「虛境」通道的一個障礙。作者有意地屏閉了那種有可能進入十分誇張的曲折生動的故事通道的一切可能，而是十分理智地割捨了他所擅長的、被人們所認同讚譽過的寫法。遁入故事的平庸與冷峻，目的是在顯現故事背後的那個哲思的河流。

因此，賈平凹在《後記》中也預見到了他的探索嘗試所必然帶來的後果：「《懷念狼》徹底不是了我以前寫熟了的題材，寫法上也有了改變，我估計它會讓一些人讀著不適應，或者說興趣不大。可它必須是我要寫的一部書。」作為一種專門性的閱讀，我在閱讀的過程中，十分敏感地注意到了賈平凹的這種有意節制，這種節制帶來了故事內容的平庸，而它是在向傳統的寫作和閱讀方式挑戰！作為純文學的小說作品，一旦失卻了故事和情節的支撐，它能否存活？它能否有生命力？它能否成為未來世紀的「新漢語文學」的範式一種？就我個人的閱讀經驗來看，在最初的平淡「物事」描寫的閱讀過程中，我就刻意地去尋求這種描寫背後的那個富有哲思的內涵。當我在閱讀過程中捕捉到了一個個詞語背後瞬間閃爍的「主題詞」亮點後，一種閱讀的激情就油然而生了。於是，一種閱讀過程中捕捉作者意圖的「遊戲」開始了，「我」便在「太虛幻境」中遨遊，由此而獲得一種再創作的愉悅。或許這就是未來「新漢語文學」的魅力所在吧？！它的美學存在價值是否如此，我尚不敢斷言，但就我個人的閱讀經驗來說，它予我卻是另一種從形下到形上的新鮮閱讀快感。

合上《懷念狼》，我在沉思著這部小說最後的那個強音：「可我需要狼！我需要狼——！」的確，隨著現代物質文明的高速發展，人已經被充分的物化了，他失去了抵禦大自然的能力，自身功能的退化，正預示著人開始走向了自掘的墳墓。

狼，作為人類過去存在的一種敵對力量，它的消失，使人找不到了體現自己存在的價值和意義。人在不斷地與大自然的搏戰中，才能取得自然，才能獲得那份抗禦其他種群的野性力量，捨此，「無敵之陣裏，我尋不著對方」（P2）則是「自我」的最大悲哀。隨著「敵手」的消失，「自我」焉在？捕獵隊長傅山之所以在沒有狼打的時代裏整天病懨懨的，缺少了雄性，甚至陽萎，正是人失去了「弱肉強食」的自然競爭的環境，肌體才開始退化。他的病不是醫生所能治療的，其病根就在於人在高度物質化的過程中已經喪失了其最原始、也是最基本的生存功能——「人類已開始退化」！（P25）作者很巧妙

地用「國寶」大熊貓在生產過程中的退化惡果作比擬，預示著人類的險境，我們就沒有理由不「懷念狼」了。

捕獵隊長傅山只有在狼的存在中，他才活得滋潤有力，才活得有希望，否則，他只能是死路一條！從「我」夢中夢到自己「前世就是一隻狼，而我的下世或許還要變成隻狼的」境遇，到「舅舅成了人狼了」！作者不是在敘述一個寓言式的神話，而是揭示出人類未來的悲劇。嚮往自己變成狼，來拯救人類可憐的靈魂，或許正是這部小說形而上的最高「虛境」。

當人類站在十字路口時，他應該怎樣去選擇呢？一方面是都市裏的覺醒者們對自然生態環境的保護意識，保留物種成為一種精神的時髦和奢侈；另一方面，受盡了狼患的山裏人，在不斷地與狼作鬥爭的過程中，要求獲得物質的豐富和生存的安寧。在這把橫亙在作家與讀者頭頂上的雙刃劍面前，我們又能如何呢？「我們永遠生活在一個黑洞裏，前人的發明如導引深入的火把，我們似乎並不關心火把的存在，一任地往裏走吧，心裏儲滿了平庸的輕狂。」（P123）「平庸和輕狂」使人類認不清自己所處的當下境遇，他們生活在兩難的情境中：「人見了狼是不能不打的，這就是人。但人又不能沒有了狼，這就又是人。往後的日子裏，要活著，活著下去，我們只有心裏有狼了。」（P260）作者只是把這種人類困境的兩難呈現在閱讀者面前，請你選擇人類的未來之路，叩問「活著的意義又將在哪裏呢？」這些閱讀的指示代詞則是我們進入「虛境」思考的標識。

在「狼來了」的時代，我們害怕狼；而在沒有狼的日子裏，人類用虛擬的野性來證實自己的存在價值，這的確是一個又悲又可憐的舉止。文中有一段生吃活牛的血淋淋的屠戮場面，作者只是輕描淡寫的劃過，但其通過「我」的感歎，予以指示：「英雄就是屠殺嗎？李義斧劈了二百人他是英雄，舅舅捕獵了半輩子他是英雄，如今一個牛肉店，來吃活牛肉的也都是英雄嗎？」（P114）殘忍地虐殺馴良的家養動物，對沒有反抗能力的畜類濫施淫威，這種虛假的雄性，正表現出人類在沒有敵手下的極大悲哀，這種極具表演性的一幕，正是導引閱讀者走向更深思考的神來之筆。

賈平凹的小說《懷念狼》用危言聳聽的字眼，為人類生存的境遇指出了一條哲思的道路，他既不是宣揚生態環境保護，又不是為了營造一個人類英雄的神話，那麼，他是在返歸大自然的路途中為人類尋找新的路標嗎？或許，許多問題他也搞不清楚。這是否也是「新漢語文學」的內容特徵呢？

四、賈平凹的另幾部小說

僅 1984 年 5 月至 10 月，在這不到半年的時間裏，賈平凹一口氣寫完了四部小說，包括一部小長篇，三部中篇。這就是《商州》（《文學家》1984 年第 5 期）、《天狗》（《十月》1985 年第 2 期）、《冰炭》（《中國》1985 年第 2 期）、《遠山野情》（《中國作家》1985 年第一期）。這幾部新作以它特殊的「異調」出現，無疑要引起一些人的不同看法，或貶或褒，或抑或揚。這個永遠不滿足於自己現狀的作家，這個在藝術上喜歡翻新，即使碰得頭破血流也不回頭的作家，真有點拗勁。聽說海外文壇稱其爲文壇「怪俠」，想必是有一定的道理。其實，如果你只要把握住作者創作思想的演進和藝術技巧的不斷追求更迭，就可窺見其中之奧妙。賈平凹，之所以被稱爲「怪俠」之賈平凹，使人難以捉摸，就在於他在戰勝自己過去的同時，沒有顧盼停留，而是一直朝前走去。「我現在才意識到，一個人，尤其要做一個作家，在戰勝這個生存的世界同時，更要首先戰勝自己。」〔註31〕

綜觀這幾部新作的共同特點，足以說明賈平凹的風格在不斷地變化著。它們幾乎全是悲劇，似乎滲透著陽剛之氣、充盈著愴然之慨，這在賈平凹過去的作品裏是少見的。《商州》裏，男女主人公雙雙而死，《天狗》中師傅李正的自縊，《冰炭》中劉長順、白香和排長那種近乎悲壯、慘烈的死，都溶進了作者新的審美追求。它們的悲劇意義並不僅僅是顯示崇高美的境界，其審美內容的主體則是一種對民族共同心理的深層意識思考，是對這種深層意識的歷史追溯和形象的再現與表現的復合；而技巧的變化和手法的更新，則又是適應這種審美追求的最佳形式外殼。倘使你不注意到作者手法技巧的變幻，就很容易造成晦澀難懂、怪誕離奇的錯覺，從而背離整個作品的總體意圖，而曲解作者的創作本意。

我以爲對這幾部小說的創作單從「出世」和「入世」的道家學說來分析已經是遠遠不夠了，這種文學現象是包孕著更深刻、更廣闊的思想和藝術內涵的，它們所呈現出的多義性、模糊性和多層次的結構形態（包括內容和形式兩個方面）已足以使平庸的評論黯然失色，顯得膚淺而毫無意義了。如果我們僅僅看到的是作品的表層意識，而不能拓展其深層的意識內涵，那麼，將是一種淡化、淺化、僵化作品的幼稚表現。

〔註31〕賈平凹：《關於〈九葉樹〉的通訊》，《鍾山》1984 第 6 期。

　　在人們驚歎賈平凹 1983 年的幾部中篇創作並給予很高獎賞與評價時，人們似乎還沒有把眼光注意到他 1984 年創作的驚人變化，或許是不易發現，或許是一時難以判定其優劣。總之，他的創作使人趕不上他那活躍的思維步伐。一九八四年四月間，他曾寫信告訴我，他將用結構現實主義的方法技巧來嘗試一部小長篇創作。當時看了，便一笑了之。不想，讀了他的《商州》以後，煞是震驚，真想不到筆法之奇妙詭譎、涵義之深邃廓大、用心之良苦竟達如此境地，令人傾倒。如果說《商州》又是一個新起點的話，那麼，它擯棄了在《小月前本》、《雞窩窪的人家》、《臘月‧正月》中所暴露出的主題內涵的單一性而趨向多化元，人物性格塑造逐漸從平面、多面而趨向全面、立體，其人物形象特徵是愈來愈「圓」，深層意識結構的開掘亦愈來愈使人感到深邃和模糊，其包孕的思想內容以輻射狀呈現出多功能的審美判斷。

　　《商州》的出現能不能說是賈平凹對現實主義創作方法的一次開放性的藝術嘗試呢？

　　在現實主義創作方法受到外來各種流派和思潮衝擊和挑戰的今天，一個作家，怎樣使自己立於不敗之地呢？墨守陳規或是等待現實主義創作方法的完善和成熟，無疑是窒息自己的一條死路。只有在吸收眾家之長中，不斷追求新的具有生命力的形式技巧，來不斷豐富、完善、充實自己創作方法和技巧，才能拓展自己的藝術道路，走在當代文學的前列，成為時代和歷史的「寵兒」，成為藝術的「驕子」。我想，賈平凹是深得其中之奧秘的。《商州》就是他在思維空間不斷拓展的形勢下，力圖拓寬現實主義道路的藝術嘗試。作者借鑒了拉美結構現實主義的藝術技巧，突破了自己原來的藝術套路，向新的領域探索，雖帶有模擬的痕跡，然而它畢竟比第三創作期（即 1983 年的幾部中寫創作的突破性創造）的創作增加了藝術的張力和思想的潛力，不妨看作是賈平凹第四創作期的開始。

　　《商州》在結構上是採取了拉美結構現實主義的所謂「章節穿插法」的形式技巧。這部作品在每個單元的開頭一節專寫商州的風俗人情，地理狀況，趣聞逸事，後幾節才是故事情節線。這樣，從結構上來看，這些類似「地方志」的實錄，把整部作品的情節線給分切成一段一段的，就像一部影片中突然冒出來的一段段廣告，似使人覺得興味索然。其實，這是結構現實主義追求「全面體小說」的「立體交叉法」的重要藝術手段。結構現實主義為要完成「現實的再創造」就必須運用「多角度、多鏡頭」方法技巧，其中最重要

的手法是「雙線並行」法，採用借鑒繪畫的透視法：「遠景粗描，近景細繪，對主要情節和次要情節，對往事和現實都有筆墨濃淡之分；講究光暗投影，對主要情節和人物採用高光處理，使作品儘量有較多的層次。」〔註32〕賈平凹就是力圖通過這一節節商州歷史和風俗的「遠景粗描」，來追溯一種「歷史的積澱」，來尋覓一種民族心理的共同「原型」，即歷史沿革下來的舊倫理道德以及在它影響下所形成的一種共同民族心理意識和它流動著的變化發展。可以說，這種民族心理意識對形成獨特的典型人物性格起著根本的作用。這些歷史的剪影以輻射式的光芒滲透於作品的形象之中，與現實畫面形成了十分默契的呼應。在這條不易被人覺察的溝通線和巨大的藝術反差中，我們看到了改革時代新舊意識撞擊下不少調和的矛盾衝突，這些便可能是《商州》這部作品寓意深邃之處。如果用透視的眼光來看，這部作品塑造的最成功的不是男女主人公劉成與珍子，而是那個似主角非主角、似配角非配角的禿子，這個「圓形人物」性格的凝聚力相當可觀，他的象徵力告訴我們，他是歷史和現實交匯、衝突中產生出來的「二重性格組合」的產兒，強烈的傳統倫理道德蘊蓄於他那醜陋的體魄之中；而近乎於阿Q式的歷史墮性（國民劣根性）又穩固地根植在他的靈魂之中。他堅韌地執著追求那種根本不可能實現的愛情，可卑、可笑、可哀、可憐，甚至還有點可敬，那種堂·吉訶德式的精神既凝集著民族韌性下的道德觀，又體現著嫉忌、狹隘、冥頑、愚昧的民族痼疾。作者正是通過這個人物形象的塑造，來完成多層次主題思想的總體意向的。

有人這樣地批評《商州》：「編織了一幕很粗糙的愛情悲劇，藉以敷衍讀者。其手法是：用商州泥土捏成一對男女小人兒，取名劉成和珍子，讓他們萍水相逢，互相傾心，卻又不讓他們結合，反而讓他們雙雙暴死。立意之俗不必說了。在內容上，也貧乏得幾近空洞，連一個短篇的份量都不足。就描寫而言，又缺乏動人心魄的魅力，很難引起情感的共鳴。特別令人懷疑的是：劉成和珍子的悲劇何以會產生呢？」〔註33〕且不論作品的容量和描寫藝術，因為隨著小說觀念的變化，那種把情節多少作為衡量敘事性文學容量標準的審美判斷已經過時；那種單一的描寫藝術和一部分陳舊的美學接受方法已經和現階段的有些創作相隔離了。這些斷裂現象不是本文解釋的範疇。我以為持上述觀點的同志對這部作品的理解未免過於狹隘和淺露了些。「萍水相逢」

〔註32〕陳光孚：《「結構現實主義」述評》，《文藝研究》1982年第1期。
〔註33〕李貴仁：《〈商州〉得失談》，《文學家》1984年第5期。

也罷、「雙雙暴死」也罷，任何作品都可說是偶然和巧合的藝術復合，每個作家都希望讀者能從這「偶然」的背後看到其「歷史的必然」來，現實主義的創作方法從來就不排斥藝術的假定性，當然，這種假定性必須是爲更深刻的真實性服務的，首先要合乎人物性格的邏輯發展歷史。我以爲男女主人公的死則是呈示在新舊倫理道德衝突中，在社會各種勢力的壓迫中，「美」所因襲著的沉重負擔和壓力，在企圖衝破封建意識，走向自身完善中的搏鬥中，這種「美」的泯滅所要付出的沉重代價。是的，沒有悲劇的時代將是一個悲哀的時代！沒有悲劇，社會就成爲停滯、凝固，沒有發展的時代「化石」。當然，由劉成和珍子的愛情悲劇所凝結起來的美的象徵，並不是一種完善無懈的美，它的確是個殘缺的美。只有這樣，我們才能認識到真實的生活哲學意義。

你別以爲作者輕輕巧巧地插入一些商州地區民俗風情、趣聞軼事的描寫，只是一種背景交代、一種氛圍渲染而已，或是用「異域情調」來增加作品的藝術魅力，取悅於讀者。更重要的是，我們可以從這個「窗口」看到閉封狀態的中國農村社會幾千年「一貫制」的倫理道德所缺少的那種新鮮空氣的補充。無可否認，我們的作者一方面留戀著「商州山地的野情野味的童年」，企圖以「返璞歸真」的姿態回到大自然的懷抱中；另一方面，作者意識到了舊道德所面臨著的衝擊，新的以人的價值觀爲軸心的時代到來，必然要帶來意識形態領域內的變革，在那種力量的消長、搏擊中，作者想取平衡的狀態。所以作者開頭在第一單元的第一小節中就干預了生活，甚至有破壞自己一直堅持的「藝術觀照」了。但這段話是難以用其他藝術描寫來達到的，作者有骨鯁在喉，不吐不快之感：「歷史的進步是否會帶來人們道德水準的下降而浮虛之風的繁衍呢？誠摯的人情是否還適應於閉塞的自然經濟環境呢？社會朝現代的推衍是否會導致古老而美好的倫理觀念的體解或趨向實利世風的萌發呢？」這種擔憂似乎形成了整部作品的衝突線，恰恰也是男女主人公悲劇的根本因素。在這種不可解脫的狀態中，作者認爲人與人之間隔膜的恐懼和舊倫理道德勢力的強大是難以抗拒的，它是一種「野蠻」的力量。而我以爲作者過多地美化了這種力，不能認準它必然要走向全面解體的趨勢，這樣，無形中就削弱了這部作品悲劇的崇高美感，這就是使讀者不能感到悲而壯，而只能感得悲涼，悲哀的根本原因。男女主人公死後，禿子的所作所爲可以說是直接表現了作者的審美理想的。這種審美理想究竟是人性的壓抑呢，還是人性的發現呢？使人惘然，這種滲透著對舊倫理道德的美化，愈是由這個「圓

形人物」來完成，就愈是使得其藝術效果強烈。作品結尾處用濃鬱的風俗畫描寫去強化了禿子對美的發現和召喚，似乎舊道德可以喚醒人性的發現，使一切醜的變美、惡的變善、假的變眞，這樣寫是否太陳舊了呢？或是對美的「圓滿」太執著了呢？這種表現了並不完善的舊道德的完善，且以它富有魅力的韻律去感染讀者，使讀者去接受那種過份美化的審美理想，不能不說是作者哲學觀念的紊亂。當然，對男女主人公死的祭奠，本身就包含著對現代道德觀念和個人意識的肯定。但是禿子們的力量不是更強大、更動人、更具有合理性嗎？如果作者稍稍改變一下，讓作品呈示出具多義性的情節發展，並把它定格在不確定的多層次的主題內容上，而保持總體意向的正確性，讓讀者在想像的藝術空間去尋找自我道德完善的答案，也許其藝術效果更佳。

《商州》是以其鮮明的現實主義創作方法作先導的，爲了更深刻地開掘主題和性格的深層意識結構，作者認爲這種深刻性是一般過去寫法所不能承擔和完成的，於是，作者便借助於結構現實主義的藝術技巧，力圖「立體地」再現和表現出歷史與現實之間的衝突。結構現實主義本來就是以現實主義爲母體，在這一基礎上去吸收西方現代主義長處的一種有效的方法技巧，它使得作品層次增多，主題深化。它的代表人物巴爾加斯・略薩說：「現代小說總是試圖通過單一的渠道去觀察世界，總是從單一層次反映現實。相反，我則主張全面體小說，即努力將現實生活的各個層面和各種表現形式容納在作品當中，包羅總體當然是絕對不可能的。但是反映得層次越多，現實生活的視野也就越發開闊，小說也就更加完善。」〔註 34〕我以爲這便是解釋《商州》從藝術形式上的突破到裏擔內看深化過程的一把鑰匙，尤其是對主題內容的理解，只能從主體的、多層次的意義上去理解，切不可只陷入對它的平面的、表層的、單一的闡釋。否則，就很難全面地去把握其多義的主題世界。

時隔三個月，賈平凹又寫了中篇小說《天狗》，雖在形式技巧上沒有完全採用結構現實主義的手法，但或多或少地仍對丹江一帶的風俗人情作了詳細的描繪，也還是在追溯民族性格的「原型」。作者仍以悲劇的手段來歌頌傳統的美德，讀了這部作品，不禁使人聯想起半個世紀前現代作家許地山先生寫過的一部同類題材的小說《春桃》，同樣是「招夫養夫」，許地山描寫了在那種黑暗殘酷的年代裏三個不幸男女所最終組成的一個特殊家庭結構的故事，作者沒有把它處理成悲劇，這是因爲人性、人道的力量衝破了傳統道德的樊

〔註34〕陳光孚：《巴爾加斯・略薩和結構現實主義》，《文藝報》1985 年第 4 期。

離，得到了自身的完善，使人們獲得生的希望和愛的溫暖，在淨化了的靈魂中尋覓到了人性相通的融點。而《天狗》中的主人公們卻始終是在傳統道德觀念籠罩下的奴隸。的的確確，天狗和師娘本來就有著純真的愛情，當然先前的愛情並沒超出婚姻條件的限制。但以傳統道德標準來看，這種愛情在夫妻之外的「第三者」中進行則是不正常的行為，那麼天狗和師娘雙方的剋制和壓抑應該說是合乎人道的。而在師傅癱瘓在床，失去了自身獨立生活的能力時，在原有的家庭面臨著崩潰的危機面前，人性和人道需要他們組成一個特殊的家庭形式，這無論在倫理上或是在民俗輿論上都是合情合理的。為什麼天狗還要壓抑和剋制自己的巨大衝動，而不去採擷這應該得到的愛情果實，硬要以古老的道德規範來束縛自己，來完善自己高大聖潔的形象呢？這無疑是作者「忠義」思想的外露。這種道德的恪守是最終釀成師縛自縊的直接動因。當然，作為師傅和她的女人，力圖用這種狹義的愛情來贖買良心與道德，似乎摻進了「等價交換」的性質，其實質明然是傳統道德中的自我獻身精神的表現，雖又敬又佩，然而近不合人道，因為真正合乎人道的婚姻和愛情不是建立在企求和憐憫的基礎上的。其實，這種家庭形式的存在，而且更使它長期存活下去，主要還是靠三方人道力量的支撐，要靠著對生活的希望，對愛的藝術，而並不僅僅是靠純粹的性愛情慾來溝通和連結的。賈平凹似乎沒有考慮這樣一個問題：在新時代的道德觀念的演變中，農村中這種家庭結構的存活率究竟有多高？即使是在閉封式的傳統思想統治下，也不乏其存活的可能性，那麼，為什麼八十年代的今年而卻死亡了呢？其深邃的底蘊卻沒有呈示出來。在五四新文化浪潮衝擊後的三十年代，許地山能在這樣的題材中找到主題的張力，而今我們只能根據時代的要求去超越它，這點似乎作者沒能做到。作為一個讀者，當然並不是希望看到一個和睦的四口之家的「大團圓」，而是希望看見變革時代對舊道德的撼動，哪怕這種撼動並不是很有力量。從這個意義上說，它的悲劇意義審美價值受到一定的影響。

然而，一個多月以後，賈平凹又寫了一部寓言式的中篇小說《冰炭》，這部作品仍以悲劇形式出現，但讀後感到悲壯崇高，是規範的悲劇審美內容，作者把有價值的人生撕毀了，使讀者在美的泯滅中得到靈魂的淨化。這部作品看上去很奇怪，實際上它是以嚴肅的現實主義創作方法來創作的。它的副題是「一個班長和一個演員一個女人的故事」（從整部作品來看，「班長」似乃「排長」之誤）。很顯然，作者是用象徵的筆法來抒寫人道的正義偉力。那

個女人——白香便是正義的人道力量之化身，它喚起了人性的發現，它是區分鑒別真善美和假惡醜的試金石。在那沒有「愛」的荒漠裏，在那生與死的嚴酷鬥爭環境裏，她像一盆炭火，燃燒起了愛的火炬，融化了一切正直人心底裏被那個冷漠時代凍結起來的厚厚冰雪，喚醒了人的良識和人的尊嚴。白香、劉長順、排長的死是具有崇高意義的，它嚴格地鮮明地在真善美和假惡醜之間劃出了那個黑暗年代裏難以區別的界線。是白香，不，應該說是人性的力量，撼動了這個荒漠殘酷的世界。

這部作品的開頭部分是用幾個人的故事連綴起來的，看來荒唐可笑，似乎和整部作品的內容根本無甚邏輯聯繫。其實，仍用結構現實主義的技巧去解釋它，就可找到它與正文的邏輯連結點了。那四十歲的漢子所說的村話，近乎於自然主義動物屬性的描寫，實則上是與整體情節中那些犯人和警衛人員性格中的自然屬性緊密相聯的，揭示了人性的另一面（潛意識或隱意識）；那寡婦大義滅子的故事又是在人道和人性的衝突之間，歌頌了人性的一面（受倫理道德或道義支配的社會屬性）；而那個長尾巴美女的怪誕故事看起來更離奇，然而卻是作者在追溯著民族性格的「歷史的積澱」——那種要術完美的偏見和葉公好龍的性格「原型」，這與後來人們對白香的不理解與苛責遙相呼應，形成了深邃曲折的藝術效果；而最後一個怪誕的夢魘更是令人毛骨悚然，似有因果報應的宿命論色彩，然而，正是象徵著一種無形的道德力量對邪惡的懲罰。這幾個具有邏輯層次的故事作為全篇的開始，起著不可忽視的藝術鏈條作用，它把歷史和現實，性格的二重性都與整個作品情節溝通起來，致使這部作品在藝術上形成一個較完美的結構狀態。

又是近一個月後，賈平凹又寫下了一個中篇新作《遠山野情》，這部嚴格意義上的現實主義作品卻沒有寫成悲劇，其實作者完全有條件把主人公「處死」，而造成似乎有深度和力度的悲劇審美內容。然而作者為什麼不這樣做呢？我以為作者觸到了律動著的新生活力量的強大召喚。吳三大沒有死在那個骯髒的礦上，而是帶著重新生活的勇氣，離開了曾經養育過他的土地，帶著愛情的火種，挾著一股正義之氣走了。而香香在完成了自己道德的願望後，結束了她恥辱的生活，在自我意識的覺醒中獲得了身心的自由，她應是懷著解放了的心情，懷著正義，懷著對真正愛情的執著追求，踏上了嶄新的生活道路。

但這部作品的總體意向仍僅僅停留在道德的感化上，而缺少多層次的富

有立體感的深層意識結構的闡發。雖然作者找到了新的視點——沖決舊生活鎖鏈的力量。但過份誇大了傳統道德的感化力，而看不到現代意識滲透下，新的自我價值發現對社會進步的推動力，恐怕這是值得遺憾的。我們並不提倡「犬儒主義」和暴力崇拜而對道德原則進行嘲弄。然而，在這個變革時代裏，人的自我價值的體現終要伴隨著與舊道德相抗衡的力而運動，這一點在每一個敏銳的作家的主觀意識世界裏應佔有重要位置。

　　無可否認，這些作品在方法技巧上有所突破，從而加強了作品的多層次的立體感。但有時也可以看出作者哲學觀念的矛盾和由此而帶來的整個作品總體意向的模糊。大概只有首先解決對生活中新的活動細胞的肯定性判斷，才能把握住整部作品的流向。作家在尋找新的藝術途徑時，也需要努力學習一些西方新的藝術流派的方法技巧，甚至熟悉一些西方批評流派的理論，以提高自己的藝術理論修養，在更高層次上去把握自己的創作。

第三章 文化探索與敘事轉換

　　形式上的敘事實驗和更大背景下的文化批判在新的歷史時期幾乎同時爆發出勃勃生機。某些作家僅自己的創作便呈現出複雜的面相和多變的流轉，如葉兆言的小說既融合了傳統文學的精華和現代小說的技巧，既呈現出先鋒性又深具歷史感，同時又使二者相互交叉、滲透，創作出獨具一格的「新歷史」、「新寫實」小說；趙本夫的小說則自由穿梭於嚴肅和通俗、生命意識和悲劇精神，也顯示出自己的個性。另一些作家則與同道者一起形成文壇新的風景線，如陳染、林白、遲子建、梁晴等女性作家的集結和寫作方法的同中有異，便形成了女性文學特有的風貌。此外，蘇童、張承志、劉醒龍、王大進等作家的創作也都展現出各自的特色。

第一節　傳統和現代的交疊

　　大凡中西文化素養造詣較深的作家，總難免在變革的背景下面臨著一種蛻變期的困惑：如何完成民族文化傳統向現代文化的轉換？如何在中西文化的糅合中創造出在世界文學之林中並不遜色的具有民族新質的力作？這或許就是中國文人的負載意識。

　　正是在這樣的蛻變困惑面前，一些徒有民族文化傳統素養而無現代文化意識的作家，暴露了自己的陳舊和窘迫；而另一些僅有現代文化意識卻缺乏對中國傳統文化根基的清醒認識的作者則顯出底氣不足的貧血與盲目；當然，也有些作家雖然在這兩方面均有一定素養，卻不具備融合二者的恢宏膽識、才氣和感悟力，以至終究不能有更大的建樹。而葉兆言卻在傳統文化和新潮文學之間，在中西文化的交匯點上創造了自己的小說世界。

　　王蒙早在幾年前曾經提出過作家的學者化問題。葉兆言小說創作的成功正好說明作者學者化的重要。

　　如果以此來考察中國當代作家隊伍的情況，我們便會很容易地發現，由於社會、歷史及個人的原因，現在我國確有許多作家（包括曾在一段時期內走紅的作家）主要得力於在知青插隊期間所獲得的強烈的感性積累而步入文壇的；而另一些未經過農村插隊生活磨難的更年輕的作家，則主要憑藉近幾年來所閱讀到的大量西方現代派作品，以及自己的感受力和才氣來寫作的。他們共同的不足便是對中外文化傳統的素養和中西文化的融匯上均有所欠缺。前者在創作主體上存在著過多地追求人本主義的目的，而對文本的形式有著本能的排拒力；後者在創作主體上則又存在著對「有意味的形式」的把玩，而忽略小說的人本意味。這種不足和欠缺，同樣阻礙著他們的作品進入小說的本體世界和高層次境界。

一、葉兆言小說的生命意識

　　我讀的第一篇葉兆言小說是他發在《鍾山》上《懸掛的綠蘋果》，當時給我的直覺是他的作品可讀性很強，仔細地品味，其中還隱匿著無可名狀的禪宗哲理。小說似乎在闡釋一種人與人之間本無須解釋的但又被他人視為異端生命意識，作為生命本體的人，只要循著自己的生存方式踏上生活之路，難免會遭至非議，然而，只有執著於生命的本體意識，才能完成人的價值體現，雖然等待這種執著者的並不是幸福和美滿。讀這篇小說，我以為作者有過多的機智、幽默、詼諧，甚至調侃意念，並且以一種鬧劇效果取悅於讀者，把生命歸結為「嬉遊的歡愉意識」，當然，這並不能說作者的才華是膚淺的，但至少在性愛與精神之愛上，只是普泛地歸結於一種社會的命運安排，抑或是一種不可捉摸的天意。因而整個作品缺乏一種生命的悲劇意識，這種悲劇意識應是生命中「自我」與「非自我」的拼殺，是作為生命中「自然人」與「社會人」的相生相剋。因而，兆言的第一部中篇並沒有超越同時期同題材的小說創作。

　　兆言並非屬於那種多產豐收的作家，直到一年多以後，才又在《鍾山》上看到了他的「夜泊秦淮之一」的《狀元境》。當時的「文化小說」熱潮方興未艾，稍不留意的人，很可能將它淹沒在這個大潮之中的。其實我以為這篇小說正是葉兆言創作構架的第一塊沉重的基石。有人把兆言的小說分為兩種截然不同的路數：一套是再現型的，用傳統的寫實手法對筆下人物進行統攝、

觀照；另一套是表現型的，用荒誕的現代手法去呈現種種世象（此種手法下文再敘）。我在《狀元境》中充分體驗到了生命的悲劇意識作為整個作品的過程，給人一種酣暢淋漓的靈魂洗滌之感，個體生命的內驅力在盡可能和諧的藝術形式下得到充分的張揚。我們盡可以捨去小說中惟妙惟肖的精彩的文化氛圍描寫，就其張二胡、三姐的整個生命流程就顯示了悲劇精神對其的籠罩。生命永遠是悲劇的，只要人活著，其生命必然充滿著悲劇意識。這種母題的顯示幾乎貫穿於葉兆言小說的始終，從他的第一部長篇《死水》到《棗樹的故事》均充滿著生命的悲劇意識。這種哲學觀念的了悟，作者並不是用大悲大苦的美學形式外化出來，而是以一種遊絲般的，甚至有時令人抑鬱的情境將你拉入對人的生命本體的思考。使你在讀《狀元境》這樣的作品時，首先看到的是人的生存方式以及作為個體生命的人所顯示出的存在價值。三姐的一生都是在個體生命的「自我」與「非自我」的搏鬥中運行的，除非她的毀滅，這兩者之間的搏鬥才能中止。正如三姐所言：「人命裏注定沒有太平日子的，日子一太平，準有事。」然而，葉兆言的悲劇意識並非是通過殘酷的英雄個體被毀滅所產生出來的悲憫情緒達到的；同時也不是像《唐·吉訶德》那種富有喜劇味道、非理性的悲劇意識，它是以苦難與歡愉相融合的外化形式來傾訴使人不易察覺的生命悲劇意識——一個生命個體的起點和終結在其「外力」（大的人文背景和小的生存環境）的擠壓下，如何進行生命體驗的，包括張二胡和三姐這兩個完全不同的哲學生活方式的人對世界的認知形式。

從《五月的黃昏》（《收穫》1987 年第 3 期）開始，葉兆言的小說似乎又換了一副面孔。一種「自我獨白」、「自我感覺」的情調籠罩著整個作品，包括《桃花源記》（《人民文學》1988 年第 2 期）這樣的短篇小說也同樣充盈著一種感覺和印象的影像，一種不確定的感覺內涵。這類作品雖然讀起來並不詰屈聱牙，但給人的感覺卻是飄忽不定的，作者用一種荒誕古怪的聯想構造了一個對現實世界的直觀印象，人們之間的排他性所造成的內心隱密和孤獨，被作者光怪陸離的聯想所連綴。然而，作者在形式上又把歷史和現實的時空切割開來，重新拼接，組成了一個新的內心世界。可以肯定，這種形式上的變化，雖然給讀者帶來了許多新鮮感，但是作家所要闡發的生命的悲劇意識卻被外在的形式所切割得支離破碎。當然·我們仍可以清晰地看到作品中生命的悲劇精神的碎片在飄動。《五月的黃昏》中實際上是在敘述著「叔叔」的過去，是在對一個生命實體的價值確證，「叔叔」究竟是什麼樣的人？道德

的尺度與人性的尺度在他身上永遠是一個二律背反的結論。「自我」與「非自我」，「自然人」與「社會人」集於一身的生命意志的自我拼搏，使得「叔叔」在世人面前永遠是一個解不開的謎，而「我」的感覺和一些非道德的行為想像亦正好是這個生命實體的注釋，儘管這個注釋還有跛腳之處。《桃花源記》更以荒誕的藝術形式來闡釋生命的悲劇意識，當然，這有點使人想到馬爾克斯的《百年孤獨》和《爸爸爸》的寫法和語言，小說整個是在寫「我」的生命經驗，那種奇特的想像與感覺，使你在精神之愛和性愛之間感到難以名狀，真誠和虛偽，傲慢與世俗，嚴肅與調侃之間似乎沒有一條清晰的臨界線。「我」的生命體驗充滿著悲劇意識，一切虛偽的人生經驗給「我」以莫大欺騙，但在一個「巨人」般的女人面前，「我」的性意識（這是一種自然力量的象徵）喪失（實際上是意味著「自我」的渺小可笑），「我有一種被淨化處理過的感覺」。倘使這巨人般的女人老李是一種「外力」的象徵，它使「我狂熱地熱愛起自己的生命來。所有的奇跡都起決於那麼一剎那。我決定重返人間，一刻也不耽誤。那個包含著醜和惡的現實社會誘惑著人，雖然不可思議，我的確從來不曾這麼全心全意地喜歡俗世。」從這裡，我們可以清楚地看到，那種超越人的生命本體的精神世界的桃花源雖然可愛，但真正能夠誘惑人的還是生命置於社會生活的衝突和矛盾之中，儘管人生充滿著虛偽和姦詐，充滿著世俗氣，但生命的悲劇過程總是誘人的。

如果說葉兆言的小說有兩套筆墨的話，那麼，《狀元境》這樣的作品是按照時空的順序來鋪排情節的，重情節描寫是這類小說的鮮明外部特徵。而《五月的黃昏》和《桃花源記》這樣的作品卻是以時空倒錯的外在形式來結構小說的，它們只注重感覺和情緒（是情緒的方程序），並不注重其情節要素。那麼，葉兆言發表在《收穫》上的頭條小說《棗樹的故事》卻顯示出與前兩者不盡相同的藝術風格（風格一詞似乎不確切，姑且代之），這部小說儘管時空倒錯（局部），但其情節線索還是清晰的，完整的，只不過在倒錯的時空情節中嵌入了許多「感覺」而已。避開形式技巧，就這部小說的內容來看，它敘述的是一個叫做岫雲的女子一生的遭際，而在這本是遭際的生命悲劇中，作者似乎表現出一種生命價值的不確定性割斷，一切歸結於命運的安排。但我們從岫雲的苦難中，看到了生命的悲劇意識的體現，岫雲本身就是在「自我」和「非我」「自然人」和「社會人」之間進行著無可選擇的選擇。當我們讀到岫雲竟然和自己丈夫的仇人同居時，當我們不止一次地看到作者通過爾勇的

視角描述岫雲在白臉被打死後從城牆洞裏走出來的鏡頭時：岫雲的那種淡漠
的表情，那種沒有知覺的行走，那種使人難以忘卻的背影……我們的思維被
攪亂了，在道德和人情本能的二律背反中恍惚了。我們對岫雲的行為的不理
解，對她那種麻痹了的意識的憤懣，只能歸結於我們對她生命體驗的隔膜，
作者在拉開這個隔膜距離時，實際上是對這個個體生命的悲劇意識進行了審
美價值判斷的。所謂苦難只是展現生命悲劇意識的一個手段而已。我可以斷
定，葉兆言絕不是那種擅長於寫大悲大苦的作家，他只是往往用淡淡苦澀的
筆墨去輕描淡寫的描述那本來是很刺激的情節和場景。然而，就是在這淡淡
的苦澀之中，作者往往十分機智地對生命的法程作出即時性的價值判斷，即
使作者在抒發自己感覺時，亦故意以似是而非的姿態出現，似乎給人以遁入
空門之感。只有細細地追究，方可意識到作家在解剖生命時所苦心孤詣營造
的那些情節和感覺的重要。就如《棗樹的故事》裏岫雲與白臉的姘居時，作
者一面寫「沒人想得通到底怎麼一回事，甚至她自己也百思不解」；一面又寫
「是白臉把她毀了，因此惟在一種毀滅的狀態中，岫雲才能得到心靈深處的
滿足。」後者是前者的注釋，從中我們可以看到作者機敏之處，他把生命的
悲劇意識——「自我毀滅」行為上升到哲理上，只輕輕一筆，就豁然導出了
「自我」與「非我」在生命過程中的必然走向，完成了這個人物使人難以理
解的迷解。像這樣的妙筆，小說甚多，假使因讀時稍不留意，就很可能加大
你對人物理解的難度。確實，這和那種傳統的「夾敘夾議」式的哲理抒情方
式並不一樣，因為它是直接參與人物審美價值判斷的重要媒介，小說正是由
於這種積極的參與，才顯示出它在雜亂的頭緒中，有一條若隱若現的內在線
索在遊動，讀者才有了認識人物的依據和線索。

　　葉兆言的小說放浪不羈，絕無一種拘謹的小格局，也就是說，他的小說
絲毫看不出一種「矯情」，灑脫自由，想像奇特。同時，他能兼用幾副筆墨。
傳統的和現代的，兩者交融在一起的，十八般武藝他皆玩得得心應手。其語
言具有一種幽默詼諧，甚至調侃冷峻的風格。我以為只是這些，還不能構成
葉兆言小說存在的意義，他小說的根本意義就在於他在探求一個個生命本體
時，把筆力的焦點集中於對於生命的悲劇意識的顯示與剖析上。他的小說之
所以寫一些失卻了道德價值判斷（並非是沒有）的人物，就在於他將生命的
流程裸現於讀者之前，使你並不用一種尺度來衡量一個僵死的人，而是以關
注生命的眼光來剖析生命的本體，來分析生命的意義。

葉兆言小說的生命本體意識是非常強烈的，所顯示出的生命悲劇精神是震撼人心的。人的生命就是在自身的悲劇中得到價值體現的：

> 一個人的心靈，有時恰像一潭死水，外來的東西是無法賦予它生命的，只有依靠自己機體本身微弱的代謝作用，才可能從死中推出生來。

二、葉兆言與新寫實小說

葉兆言是一個先天圓滿的作家。他出生於一個被濃鬱文學氛圍所包圍的文學世家和編輯世家。他的祖父和父親都是著名的作家和編輯家，家中藏書甚豐，除了古今中外的文學書籍之外，還有大量哲學、歷史、文化、心理、宗教、風俗、美學、繪畫等方面的書籍。聰穎好學的兆言自小沉潛於書籍的海洋之中，耳濡目染，受著良好的教益，培養了兆言的多方面的審美情趣，為今後的創作打下了一個良好的基礎。而這一切自然並非其他作家所能企及的。

及至青年時期，兆言也下農村插過隊，到工廠做過工，以後又讀了大學中文系，並考取了攻讀現代文學的研究生，受到過著名學者和教授的培育。在求學期間，他更是博覽群書，廣採眾長，吸取中外文學之精髓，剖析中外文化的優劣長短。

無庸置疑，餵養葉兆言成長起來的除了中外古典名著以外，當然是上世紀 50 年代盛行的蘇聯文學。當 60 年代他讀到海明威時，他感到震驚；但他在延續閱讀到更多現代派作品後，便更能以高屋建瓴之勢來消化融解中西文學的精髓。他以為巴爾扎克是巨人，而海明威之所以成為巨人，就是在於他超越了巴爾扎克的模式，成為具有獨特個性意識的海明威，一個作家亦只有擺脫模仿，才可能得到屬於自己的東西。在浩如煙海的文學寶庫和作家之林裏，他特別喜愛曹雪芹的《紅樓夢》、蒲松齡的《聊齋》、古代筆記小說和稗史，以及錢鍾書的《圍城》、沈從文的湘西小說，當然他亦直接受益於當代作家高曉聲等人的經驗之談；與此同時，他亦更關注過加繆、薩特、博爾赫斯、略薩、馬爾克斯等作家的作品。當然，除了文學書籍，他還廣泛地閱讀了現代西方的各種學術思潮的代表著作，且對中國的儒、道、佛頗有研究。這些都成為他把握小說世界的參照系，亦是他攀登文學山巒的階梯。在當代作家中，像葉兆言這樣具有一定中外古今文學素養的作者，恐怕未必多見。

作為一個學者型作家，兆言不僅好讀書，「人乎其內」地掌握了較廣博的學識修養，而且每每還能「出乎其外」地品評一番。倘使他不離開研究領域，或許他能夠成為一個有獨特見解的評論家或學者。即使是對他所喜愛的作家作品，他在讚賞之餘，也總能說出其一二不足之外，而且依著才氣和感悟能力，往往說到「點子」上。然而，在他的創作中，你卻絲毫感受不到一點學究氣息和八股味，你只能從生活的逼真實感中，領悟到生命過程中的喘息與律動。尤其是他作品中那種強烈的平民意識使你感到可親可近，而絕無那種「半桶水」故意炫耀賣弄之態，一個博覽群書的人，能夠脫盡「弔書袋子」之氣，跳出一種「矯情」之圈，這恐怕也是「學者型」作家最難能可貴之處吧。

兆言是個沈穩內向，不大善於交際，也不太健談的作家，但一些作家、評論家和編輯又常常願與他交談聊天，這與他的廣博的學識修養有關，更與他的謙虛好學的人品、個性分不開。

總之，他的學識修養，他的為人為文，都分明顯示出他與其他作家不同的特質，也分明地表現在他的小說創作中。

1985 年前後，當一些青年作家在文壇上風流倜儻，呼風喚雨之際，葉兆言發表了他的第一個中篇《懸掛的綠蘋果》，第一個長篇《死水》，當時，他和他的小說未在文學界引起更多的關注，在炫目的文壇上，葉兆言和他的小說被眼花繚亂的新人新潮所淹沒。

不過，作為一個有實力有自信的作家，他並不想靠機遇和僥倖得到文壇的青睞，也不願輕易地改弦更張追風逐浪地趕時髦。於是，他繼續沉潛於中西文化的海洋裏，吸取新的文學養料，構築新的文學殿堂。直到 1987 年之後，他又在《鍾山》、《收穫》等刊連續發表了《狀元境》、《追月樓》、《五月的黃昏》、《棗樹的故事》、《豔歌》等作品，才陸續引起文學編輯和評論家們的注意。有人把兆言的創新、探索稱之為「不動聲色的探索」，那是十分確切的。

兆言小說看似平淡無奇，實際上卻蘊含著諸多新的創造和探索。這種創造和探索大體可以概括為新的創作思潮、新的創作精神和新的藝術表現手法。我以為，兆言小說可稱之為新寫實小說。

從描寫形態上看，兆言的小說雖有幾副筆墨，但其主要的代表作卻屬於寫實的範疇。他基本上遵循的是按照生活的原生狀態來再現和表現人與生活的外部真實的原則，注重對具象的客觀描述。迄今為止，兆言已發表了一部

長篇，八部中篇和七個短篇，共約七、八十萬字的小說作品。其中，除 1987 年後所寫的幾篇短篇較多地吸收了新小說的觀念技法，小說背景、情節、人物都顯得有些虛化縹緲恍恍惚惚外，其餘作品，特別是中長篇小說則大體按照生活原貌和流程真實地加以描述的，並無過度的誇張、變形以及頻繁的意識流動。因此，作品裏的人物面貌、生活形態以至細節、環境都是真切可信觸手可摸的。

然而，葉兆言小說的寫實又分明不同於舊的寫實主義，而體現出新時期寫實主義的新的風貌。

作爲一種創作思潮，兆言的新寫實小說所包蘊所涵蓋的，遠遠地跳出了單一的社會政治母題的模式，而是融匯、吸收了當代各種哲學、歷史、心理、文化等思想材料中的精華部分，提供了一種新穎而豐富的形象體系。兆言小說再也不滿足於對現行政治和道德觀念作出哪怕是正確的詮釋，再也不是那種僵化直觀的反映論的產物，作品中的人物再也不是圖解某種觀念的「傳聲筒」和道具；他所追求的乃是透過哲學的、歷史的、心理的、文化的角度，表現整個人類的共同命運及普遍關心的生存狀態，是一種博大而豐富的充滿著生命實體的精神境界。

作爲一種創作精神（態度），兆言的新寫實小說既不像僞現實主義那樣粉飾生活迴避矛盾，也不像某些現代派新潮文學那樣遊戲人生玩弄文學。比之傳統現實主義，他的作品並不缺乏面對生活關注現實的勇氣與真誠，但他的著眼點卻不在於再現生活過程中正面干預生活，而在於表現人的靈魂。表現人的心智和人類的生存狀態。儘管，兆言的小說不像莫言、劉恒、朱蘇進、周梅森那樣把人性最隱秘最醜惡部分裸露給他的讀者；儘管，兆言從不在激烈的矛盾衝突中刻畫人物，相反，卻常常在矛盾趨於激化時喜歡採取化險爲夷的辦法淡化矛盾，但他決不會爲了某種政治需要或迫於某種壓力而去歪曲生活本相。他相信真實地描寫生活的原生形態遠比那種美化生活淨化人物的「典型化」要更有力得多豐富得多。

新的創作思潮和創作精神必然制約著影響著新的藝術表現手法。作爲一種新的藝術表現手法，兆言的新寫實小說也是既不同於傳統現實主義，也有別於現代派新潮文學，而呈現出一種新的描寫形態和敘述形態。

在人物描寫上，傳統現實主義一般通過對英雄人物的典型化描寫，表述一個既定的政治結論和理性概念，而葉兆言的新寫實小說則更注重對普通人

的日常生活進行原生形態的逼眞描述。藉以表現紛紜複雜的生活形態及人的豐富的精神世界。新寫實小說與傳統現實主義一樣，也十分注重對細節的刻畫和人物的白描，但前者似乎時有強化人物主觀感覺，注重表現人物心理世界的趨向。在描寫生活的原生形態上，新寫實與舊寫實雖有相似之處，但新寫實小說在描寫原生形態時又分明滲進了作者的感情色彩，提供了作者對世界對生活的新的感知方式。

在敘述形態上，葉兆言小說十分注意視點的轉換和結構的變化。在他的爲數不多的作品裏即發生由單視點向多視點的轉換；從順時性鏈條式結構→散點放射性結構→拼貼畫式結構。這種發展軌跡的變化給葉兆言的小說帶來了「方程序」的多解意義。其內涵亦在多解中得到不斷增值。

兆言的新寫實小說是中西文化碰撞、互補的結果，同時也是傳統寫實小說與新潮小說的不斷融匯、糅合的結果。

如前所述，葉兆言是個學者型作家，他所創作的新寫實小說原不過是在新的開放的歷史條件下融匯中西文化學識，糅合傳統小說與新潮小說的產物。可是，作家的學識修養與作家的作品畢竟不是一回事。對於文學批評來說，剖析作品自然遠比指出作家所具備的學識修養要重要得多也困難得多。

作者的學識修養與作品中流露出來的文化素養，原是既有內在聯繫又不完全一致的。一個沒有較深學識修養的作者，自然寫不出具有內在素養的作品；然而，一個具有較深學識修養的作者，卻也未必一定寫出具有內在素養的好作品。從作者的學識修養到作品內在的素養，這中間有一座橋梁，即作者的才氣和對生活對藝術對生命的感悟力。作家的學識修養可以幫助一個有才華的作家寫出更好的作品，可它本身並不可能直接轉化成爲文學作品。而葉兆言正是以他的學識修養他的才華他的感悟力，堅持創作，終於寫出了引人注目的好作品。

葉兆言的新寫實小說所表現出來的較深的學識修養，集中體現在對傳統文化和現代西方文化、現實主義與新潮小說的並存和融匯上。

讓我們先來看看兆言小說內在的傳統文化和傳統小說的因素。

不消說，兆言初期創作的長篇《死水》和中篇《懸掛的綠蘋果》、《五月的黃昏》無論在作品內容、人物精神，還是在寫法上，都基本上秉承了中國傳統文化和傳統小說基因的。《死水》所寫當代青年學生司徒在精神面貌上顯然與《紅樓夢》裏的賈寶玉有著某種承繼和契合之處，而《懸掛的綠蘋果》

和《五月的黃昏》裏對普通市民到幹部形象的描繪，原不過是作者對當前中國人生悲劇的生動寫照。而作爲這三部作品在寫法上的共同基調，便是傳統的寫實筆法和白描技法的運用。

也不消說，題名爲「夜泊秦淮」的系列小說《狀元境》、和《追月樓》，從題材、環境到圍繞環境所創造的氛圍，全係中國民族的傳統和氣派，從張二胡、三姐的坎坷生涯，到「追月樓」的幾度變遷，還有維繫二胡夫婦和丁氏家族主僕幾十口人之間的人際關係，無不浸染著道地的民族傳統的色澤，滲透著傳統文化的心理積澱。就這兩篇小說反映生活的方式來說，也基本上是按照生活的本來面貌按照歷史實際存在的樣子忠實地加以描述的。既沒有美化與醜化，更沒有變形與誇張。一切都在客觀的冷靜的描述中自然地展現出來。它遵循一切現實主義的基本要求──眞實性原則。

除了創作精神和創作思潮遵循寫實品格和現實主義原則之外，「夜泊秦淮」系列小說在藝術表現手法上也大體採用的是傳統的現實主義形式。

首先是，作品採用的基本上是有序的順時性故事框架和鏈條式結構，所述基本上是有頭有尾的故事，作品的背景雖有所弱化，環境雖未著更多筆墨，但基本線索是清晰可尋的，並無撲朔迷離的神秘意味。從塑造人物形象的筆法來說，兆言的小說創作常以冷靜從容的筆調在日常生活的流程中敘述事情發展的進程，刻畫一個個人物形象；即使在情節的關鍵處，眼看矛盾一觸即發之際，他總是採取化險爲夷的方法，寥寥幾筆便將矛盾衝突輕輕宕開，然後仍舊從容不迫地娓娓敘述一種心態的過程。顯然，這也是得益於中國古典小說的筆法路數的。

當然，更能表明葉兆言小說創作在繼承中國文學傳統的方面應是語言的審美形態。正如葉兆言沈穩內向機敏的性格一樣，兆言小說的語言也是頗具個性特色的：冷靜從容平淡而略帶幽默色彩。在我看來，他不僅從中國古典小說裏學到了語言的精純從容，也從前輩學者型作家沈從文、錢鍾書、周作人的小說散文，以及他那個文學世家裏，承繼了冷靜平和而又略帶調侃的語調。與當代一些作家相比，他不想依靠瑰麗奇譎取勝，也不愛故弄玄虛，輕飄浮躁，在華麗與素樸中，在雄壯與平和中，他顯然偏執於素樸和平和。

總之，從《死水》到「夜泊秦淮」系列小說，我們當可明顯看出中國傳統小說的積極影響。但如果只停留在這一層次上來評價兆言的小說創作，那就十足地誤解這位作家了。

　　表面看來，葉兆言和他的小說頗為傳統老派，實際上，葉兆言卻又是個極機敏又極具現代意識的作者，他的小說猶如一棵郁郁蔥蔥的樹，紮根在中國傳統文化的深厚土壤中，卻也吸收著西方各種社會思潮和文學思潮的養料，作為小說創作的參照系，從而獲得了小說的多解功能，呈現出傳統與新潮相融匯相互補的獨特風貌。他知道，一個當代作家，如果想使自己的創作達到更高的層次，他就不僅首先要具備傳統文化的豐厚素養，而且也需要吸收西方文化的精華部分作為發展傳統文化使之向現代轉化的參照物。

　　閱讀兆言的小說，無論是早期創作的《懸掛的綠蘋果》、《死水》，還是近期所寫的《豔歌》，無論是頗為傳統的歷史題材小說（「夜泊秦淮」系列），還是接近新潮小說的《桃花源記》、《綠色咖啡館》，都能喚起這樣的審美感受：我們既不能僅僅用社會政治學眼光去對作品進行純政治和道德的評判和闡釋，也不能像對待某些新潮小說那樣僅僅作形式層面或語言符體層面的剖析。兆言小說所給予我們的似乎是一種難以名狀的人物、故事、情緒，是一種嶄新的認知方式和感悟方式。比如，《豔歌》從表面看，不過是關於一對當代大學生戀愛婚變的言情小說，但在不淡的故事背後，卻分明隱寓著當代知識分子難言的苦悶和不可溝通的焦灼。就是像《狀元境》和《追月樓》那樣從內容到形式都頗為傳統的小說，其意旨和內涵也包孕著多種闡釋的可能性，以至我們很難一言道明張二胡夫婦的坎坷經歷究竟意味著什麼，丁老生的高風亮節究竟值得喜還是憂？這種複雜的審美感受，說明葉兆言的小說已突破了傳統的把文學單純地作為宣傳教化工具和統一認同的觀念，而提供了對生活對歷史的多種認知方式，賦予了文學以新的哲學、歷史的底蘊。

　　在藝術表現方法上，兆言小說所受現代派新潮文學的影響則表現在描寫形態和敘述形態的變化上。兆言的新寫實小說雖也講究一定的故事性，但從總體上卻採取淡化背景與環境，而強化作者對生活的感悟和理解。淺化理念，而強化感覺。有時甚至故意追求一種模糊性而給讀者留下可以引起想像的較大藝術空間。

　　注重小說的文體意識，強化作家的主體意識，是最近幾年來小說創作的一個明顯變化趨勢。葉兆言的小說創作的崛起，並迅速受到普遍關注，在一定程度上，正由於他的創作走在了這一趨勢的前面。

　　兆言熟悉傳統小說和 19 世紀的批判現實主義小說，但他深知，這些小說作為一種形式的輻射已經「陳舊不堪」，它已經跟不上現代人的審美需求；兆

言也研討過新世紀的現代派小說，但他相信這些小說作爲一種對世界的認識方式的涵蓋已經「老態龍鍾」。他要創造的是一種以新的形式來表現中國民族心態和中國人的認識方式的「最後的小說」，這正是傳統小說和新潮小說的融匯糅合互補的交叉點。

對於兆言來說，要找出他的小說中有哪些傳統的積極因素，又在哪些方面借鑒、吸取了現代派新潮小說，顯然並不困難。

困難倒在於回答：兆言小說是怎樣融匯、糅合傳統與新潮小說的長處而創造出新寫實小說的？他在融匯糅合方面又爲我們提供了哪些經驗和教訓？

這是因爲在創作中融匯、糅合傳統小說與新潮小說並不像會計師取平均值，也不像畫家擺弄手中的調色板那麼簡單。它需受多方面因素的制約。

而魯迅先生雖則也對中國文化傳統作過激烈的批評，但他在論述中西文化時卻主張兩者的融匯與糅合。他說：「明哲之士洞達世界之勢，權衡較量，去其偏頗，得其神明，施之國中，翕合無間。外之既不後於世界之思潮，內之仍弗失固有之血脈，取今復古，別立新宗。」當然，魯迅也批評了「近不知中國之情，遠復不察歐美之實，以所拾塵芥，羅列人前」的「輕才小慧之徒」。（見魯迅《摩羅詩力說》）。可見，先生不僅肯定了中西文化融匯、糅合之必要性，規範其重要原則，而且也注意了融匯、糅合中可能出現的不良傾向。

兆言小說在融匯中西文化、糅合傳統小說與新潮小說方面的成功之處，首先在於始終遵循民族主體性原則。在傳統文化向現代的轉換中，在融匯糅合中西文化時，每個作家可因個人的學識修養和個性的不同，也可因具體作品的題材和主題的不同，而各各有所變化，但無論怎樣變化，都不能失去民族主體性原則和作家的創作個性。兆言的小說在對民族心態的批判基礎上，高度地弘揚著一種對生長著的民族文化心理的新質的褒揚，以增強對民族文化心理改造的信心，用帶血的頭顱去叩擊民族文化心理改造之門，這在《追月樓》這樣的作品中表現得尤爲凸顯。這便是以民族主體性喚醒國人的主導趨向。這並不是止於對於整個文化氛圍的渲染，更重要的是作者在客觀的敘述過程中，把深深的批判意識和殷殷的改造之情融匯於其中，使之成爲一個膠著的整合體。在這個板塊結構裏，使接受者能讀到作品的深層內涵。

傳統與新潮在兆言身上的統一，就像他小說中傳統與新潮的融匯一樣，是那麼和諧，那麼具有分寸感，以至讀者竟很難在他的作品中發現一般作者盲目地模仿西方現代派新潮作品的明顯痕跡。這顯示了他的較深的學識修

養，也顯示了他對生活對藝術的較強的感悟力、判斷力。

　　兆言的小說既摒棄傳統小說中過於陳舊的觀念和手法運用，也很少把新潮小說變形、荒誕等藝術手段發展到極致，使相當多的中國讀者無法卒讀。在兆言的小說中，《棗樹的故事》在整體結構上基本上採用了一條可循的故事情節鏈，當然這個故事情節還須讀者通過自身的閱讀，稍加重新排列組合即可變成一個有序的順時性故事，其閱讀難度不大，不像現代派新潮小說那樣大幅度的時空跳躍，使讀者目迷五色，尋覓不到一個較完整的故事情節身；這部小說又是一個具有典型意義的「心態小說」，它敘述的一個叫做岫雲的女子的生命意識的流動過程，整個作品時時似「意識流」一樣，疊印、幻化出岫雲幾次婚變的生命本體充滿著質感的潛意識，表現出一個女人的主體意識世界的全部豐富性。作為一個活生生的生命本體，她所顯示出的意義，則完全是一個中國女人對於那個不可知世界的一種認識方式。倘使你用社會學、倫理學的觀念去解讀，則會引起某種程度上的誤讀。因為作者在企圖達到這一本意時，採用了局部的「意識流」手法和「複調」小說的人物主體性視角。因而，使得整個作品蒙上了撲朔迷離的色彩。但讀者只要鑽進人物的視角，便可較為順利地解讀。

　　兆言小說在探索傳統文化向現代轉換時另一成功之處是在吸取新潮文學觀念與藝術表現手法時，他始終注重對現代思維和現代意識的融匯上。就兆言的大部分作品而言，其內容、形式，其題材、人物都更多地偏重於傳統文化，但其對世界的認識方式和藝術視角、思維方式等，卻更接近於現代派小說。可以說，他的《狀元境》、《追月樓》、《懸掛的綠蘋果》、《死水》，包括近作《豔歌》、《紅房子酒店》所寫雖十分傳統，但卻充分表達了現代人的思想情緒、思維方式，為我們提供了對生活對藝術對生命的新的感知方式和新的審美藝術觀念。

　　兆言的新寫實小說似乎在啟示我們：文學的創新和現代化，其出路既不在全面繼承傳統，也不在全盤西化，而恰恰在於對中西文化的融匯中，在傳統小說與新潮小說的糅合中，促進當代文學的創造性轉化，促進當代小說的質的飛躍。葉兆言以他的新寫實小說匯入了中國傳統文化向現代的轉換，在中西文化的交匯點上不斷尋覓著「自我」，這無疑是值得注意的。

三、葉兆言小說的敘述流變

　　在中國小說的本體蛻變的過程中，無形中對作家的主體意識的忽略，幾乎成為一種「先鋒意識」的時尚，當然，對於那種長期以來形成的極「左」

思潮，這種反動力是有意義的。然而，作爲一部作品，它無論如何不能跳脫作家主體意識的統攝，關鍵就在於作家在體現的過程中採用的是什麼樣的方式和敘述觀念。我們認爲，正是在這一點上，葉兆言的小說恰恰是完成了一個從直接表述到間接表述再到潛在表述的過程。

葉兆言於上世紀 80 年代初以鄧林、孟尼的筆名在《雨花》、《青春》等刊物上發表短篇小說，甚至在 1983 年即寫出其第一部長篇《死水》。《死水》雖然在表現人生觀時有一種超凡脫俗文化哲學的意味，但就其表現出的那種直奔主題的敘述方式，實在是給人一種陳舊的閱讀疲勞感。作者採用的第一人稱的敘述視角至多也沒能超出五、六十年代以來的所謂「活生生的心理描寫」的閾限。作者沒有意識到作家主體性和人物主體性的區別，因而，那個書中的主人公男大學生基本上是和作者的意識相交疊的，它不可能成爲人物意識的流程。直露成爲這部小說致命的弊端。這種傳統小說的困擾並不是一下就可以解脫的，在《狀元境》的敘述過程中，作者的主體意識不再與人物的主體意識復合疊印，小說的敘述冷峻客觀，近乎於左拉的自然主義，但讀完全篇，你可從中體味到作者在敘述過程中投下的意識陰影──那種對待社會人生的超脫與抗爭是一樣的蒼涼與悲哀──成爲一種間接的表述，將你引入作家設下的意識包圍圈。從《五月的黃昏》開始，作家的主體意識則隱匿成爲一種潛能，它的指向呈一種多義的模糊的狀態。在整個閱讀過程中，你幾乎體察不到把握不住作家要表現的內涵，閱讀者似乎只有靠著自身的藝術感覺來觸摸人物和故事爲我們提供的主題內涵。這是不是作家主體意識的逍遁與流逝呢？我們以爲，這是由於作家對於世界的認知方式以及小說觀念的蛻變所致：作家的主體意識不應是單一閱讀指導，認知世界的方式是通過多元的渠道來對對象起作用的，如果把讀者引入一種思維模式之中，無疑是宣佈自身小說的藝術死亡。如果你在《五月的黃昏》看到的是一個病態的心理世界也好，看到的是一個人生離奇的故事也好，抑或看到的是一幅五月的黃昏中令人難忘的絢麗幻象也好，都不妨礙你在閱讀的過程中尋找你所應該找到的答案。作家的主體意識就在於把小說分解成若干不同的方程序，使它呈現出多解，甚至超越和溢出作家自身的思維空間。

《五月黃昏》和《棗樹的故事》的敘述結構開始了葉兆言小說的另一種方式，──把作家和敘述者進行表象的疊加，在這樣的敘述構架中，人們往往會在一種「傳統的」、親切的敘述形態和口吻中造成作家→敘述者→人物之

間關係的誤讀。葉兆言把那位寫電影腳本的「作家」推到前臺出賣給讀者，使你在整個閱讀過程中，往往會覺得這位「作家」的影子在干擾你的閱讀，企圖把你拉入一種主題的陷井。然而，透過那層葉兆言替代「作家」設置的第三人稱式的全知全能敘述體態的霧靄，你會發現，作者葉兆言雖然慣用第三人稱的敘述方式去描述人物的內心世界，但是，讀者看到的卻是充滿了「複調」小說意味的人物「內心獨白」，尤其是反覆出現的岫雲的本能幻覺和感覺，成為小說主人公的「人物主體意識」。這就是你在讀葉兆言作品時，難以分解作家主體意識和人物主體意識的關鍵。一方面，像《棗樹的故事》裏，有一位「寫電影腳本」的「作家」，還有一位從傳統小說觀念來講是與敘述者完全吻合的與女主人公的兒子「同年同月」的「作家」，也就是葉兆言本人的虛擬，你在這兩個「虛幻」的「作家」中，很難辨別作家的主體意識的心理區域。因為在「反諷」的敘述語調中，你很難區分哪是真誠哪是調侃，「真實」往往成為一種飄忽不定的敘述情感，作家的主體意識沒有一個確定的價值標準，也就是說，它已呈模糊的知覺狀態。作者更多地是把判斷留給讀者，那個評頭論足的敘述者只不過是一個「客串」的「丑角」。當然，你也可能從他幽默調侃的語調中找到嚴肅真實的內容來。這種形似復疊交叉的敘述者和作家本人之間的對應關係，將作家的主體意識帶入了一種多維的藝術空間，這種藝術空間的把握，還要取決於讀者本人的經歷和認知方式。這便是現代藝術對於對象的要求。另一方面，小說中呈現出來的人物主體意識又與其他新潮小說不盡相同，作者的敘述方式仍在一個傳統小說的框架中進行，其採用的視點沒有形成各自的獨立的第一人稱式的「內心獨白」，沒有呈「放射性」的敘述結構形態（關於這一點下文詳細論述），因此，其外部特徵與現代派作品格格不入，倒像非常接近於傳統小說的處理。然而，葉兆言小說中的人物主體性則是異常強烈的，雖然他採用了第三人稱的表述方式，但你可從中明確地感覺到人物「內心的獨白」。這種「內心獨白」包裹在傳統的敘述結構中，便使得小說更具有「意味」，它與作家充滿著矛盾的主體性相生相剋，形成了作品多聲部的旋律效果。

　　《五月的黃昏》中敘述者「我」與作家本人復疊後形成的「重影效果」（我們把不相交的「虛幻」部分比喻為此）使人看不清作家主體意識最清晰的面目；叔叔由「我」作「替身」來進行「內心的獨白」，恰恰又形成了對不可知世界的新的認知方式──從人物「內心獨白」中尋覓到一種人生的頓悟──

正是作家主體與人物主體所共同承擔的責任。但作者葉兆言卻讓兩者之間形成「差序格局」，從相互的撞擊中展示一種「有意味的形式」對於小說的強烈反作用。這種寫法幾乎成為葉兆言小說的慣性。《桃花源記》中的小編輯「我」作為敘述者與作家葉兆言之間的距離（兩者之間既等於又不等於的事實）；而作為小說參與者的小編輯「我」，又是一個成功的人物「內心獨白」的主人公形象。因而作家葉兆言的主體意識就像戴上了一個面具，時而戴上，時而取下，相互交替，造成了一種主體意識的人格分裂效果。我們以為，這正是作者故意把自己的主體意識擴展到一個不受任何思維限制的領域內的標誌。這一點，作家葉兆言自有自己的主張，他在小說《最後》中，用「作家」對於評論家的反駁，似乎在證明現代小說並不是不要求作家的主體性——「既然他根本不知道為什麼，又怎麼可能寫好這些為什麼。」——但是在真正行動的時候，葉兆言又將「作家」作為一個十分蹩腳的嚮導，把讀者領入一個個設下陷井的「誤區」，倘使你僅僅用社會學的觀念，倘使你僅僅用犯罪心理學的觀念，倘使你僅僅用弗洛伊德的精神分析法，倘使你僅僅用現代的生命死亡觀念……去進行「單聲道」的剖析，你就很可能只是解讀了作品的一個「區劃範圍」。而好的作品是要「多聲部」的解讀的，閱讀的層面愈是廣泛，就愈是高明。當今的優秀作品的解讀應該由眾多讀者「合力」而構成的。

當傳統小說中的線型的、明晰的邏輯的敘述思維方式漸漸退卻，代之它的是團塊的、模糊的、非邏輯的敘述思維方式，但這並不意味著小說一概排拒理性的力量，而問題的關鍵就在於作者是否能夠將這種理性化解成為一種多指向的潛在功能，從而廓大小說的豐富內涵。葉兆言的努力或許就在於此吧。

羅蘭・巴爾特把作品分為「可讀的文本」和「可寫的文本」兩大類，「可讀的文本」是指用傳統手法寫成的作品，它給讀者明確的意義，要求讀者被動地接受它；而「可寫的文本」是指用現代手法寫成的作品，它不給讀者明確的意義，而是要求讀者參與作品的創作。因此，作品不再是凝固、靜態、封閉的意象，而成為活躍、動態、開放的意象。這種理論雖然未必在一切創作實踐中暢通無阻，然而，它卻在一定程度上啟迪了許多中國當今的小說家，葉兆言小說的敘述構架之所以呈三種形態：一種是心理放射型的（如《兒歌》、《綠色咖啡館》等）；一種是外傾型與內向型相交融的（如《五月的黃昏》、《棗樹的故事》、《紅房子酒店》、《桃花源記》、《最後》等）；還有一種則是傳統的外傾型的（此類作品除卻早期的作品以外，就是作著陸陸續續在寫著的「夜

泊秦淮」系列，現已發表的只有《狀元境》和《追月樓》），就是因爲作家要使自己的「文本」更加有意味。他的三路筆法恰似一個扇面包圍了讀者，同時也遮掩了自己。但是，我們可以從這三種敘述類型中找出一條帶規律性的結果，這就是，無論作者用哪種敘述框架，都沒有消解掉作品中的再現成份，即對於故事情節構架的營造，以及對細節的鍾情。當「先鋒派」小說把小說的故事進行充分的「簡化」以後，一度時期，淡化情節、淡化外部動作、淡化背景、甚至淡化細節成爲一種小說的時尚。我們不能不說葉兆言的部分小說也是如此，如《兒歌》、《綠色咖啡館》等，但是，作爲一種心理型小說的「試驗場」，使自己在創造一種新的敘述體態時，更遊刃有餘。他仍然不抛棄小說的基本故事構架和細節的放大，而非全是雜亂無章的心理放射的散在流程。正如克萊夫·貝爾在《藝術》中所言：「簡化並不僅僅是去掉細節，還要把剩下的再現成分加以改造，使它具有意味。假如某些再現成份不會損傷構圖，就可以使它成爲構圖的一部分，使它除了給予信息之外，還得激發審美情感。這一點恰恰是符號主義者不能做到的。」〔註1〕與傳統小說相比，葉兆言的小說是經過了充分的「簡化」的；與「先鋒派」小說相比，他的小說卻又明顯地在「簡化」過程中保留著再現型的基本敘述構架。說實話，葉兆言如果寫「先鋒派」小說，照樣會「紅極一時」，同樣，他寫傳統小說也會獲得「一片喝采」，《追月樓》的得獎很能說明這一點。但葉兆言小說的意義絕不在這兩者，而是在這兩者之間。他的大量的作品均爲前文所述的第二種形態，即「外傾型與獨白型相交融」的敘述構架，也就是再現型與表現型相交融的敘述方式。

　　綜觀葉兆言的這類作品，可以清楚地看到，敘述一個較完整的故事情節，那怕是一個最簡單的構架，已成爲他的小說不可剝離的重要因素。然而，敘述故事不再成爲作家的目的，它只是一種表述的手段而已。也就是說，作者往往是在利用「故事」作依附，來表現人物的內心世界，形成人物的「內心獨白」。《五月的黃昏》是通過「我」來敘述主人公「叔叔」的故事之迷，而這個故事之迷又正好是「叔叔」在社會環境擠壓下的「內心獨白」的過程；《棗樹的故事》是通過一個與土匪鬥爭的故事，來敘述一個叫做岫雲的女人的獨特的心理世界，同時形成這個女人「內心的獨白」；《桃花源記》通過一個編

〔註1〕　，〔英〕克萊夫·貝爾：《藝術》，周金環、馬鍾元譯，中國文聯出版公司 1984
　　　　年 9 月第 1 版。

輯採擷《葉群自傳》的故事構架，敘述的卻是「我」的內心對於這個世界的恐懼、焦躁不安。整個作品貫穿著跳躍性的「白日夢」式的「意識流」和「生活流」；《最後》卻是以一張布告作故事的基本構架，描寫犯人阿黃的整個犯罪、逃亡和被捕的過程，但它展開的卻是一個犯罪心理的深層意識結構，罪犯的外部行動與其「內心的獨白」形成了一種對應關係；《紅房子酒店》描述了一個上海回鄉知青阿娟幾十年的生活變遷，小說的故事敘述呈傳統的線型結構，然而，整個作品分為四章，每章敘述的是一個主要人物的「內心獨白」，與其他各章人物的「內心獨白」形成了對應、對位關係，「拼貼式」的結構正體現作者在「故事」敘述過程中的良苦用心。無疑，葉兆言小說的故事性仍然是很強烈的，它首先贏得了「可讀性」，但是，在「可讀性」之下所隱藏著作品的巨大「閱讀潛能」則是作者有意識構建的「期待視界」。

現代小說打破了傳統小說的單一的線型結構方式，代之以多頭的、散漫的放射型結構方式。在這一點上，葉兆言往往是在一個線型的故事構架中嵌入多頭的、散漫的、跳躍性極大的紛繁小故事，這決不是所謂傳統小說中的大故事套小故事的技巧，而是作者把一個個具有團塊色彩的情感迷漫於小說之中的手段；《紅房子酒店》寫的很散亂，似乎不是以人物為中心的結構，在主人公周圍發生的許多故事，乃至下一代的故事，打破了作為傳統小說敘事模態的流暢線條，這種「阻隔」的意義正是作者故意造成的「藝術空白」；《棗樹的故事》也是如此，全文並不是流暢的敘述，其間充滿著故事的「斷裂帶」，這種斷裂形成的正是留給作者的「填充思考題」；像《五月的黃昏》中的許多與「叔叔」毫不相干的瑣碎情節，正是「叔叔」「心理生活」的真實對應物。

葉兆言的小說敘事模態雖然「可讀性」很強，但是，他的小說的「閱讀障礙」則往往是由於作者在故事敘述中採用了現代小說「共時態」與「歷時態」互相交錯重疊的敘述方式，場景的切割、時空的跳躍具有很大的隨意性，而且往往切斷了各個場景單元之間的內在邏輯聯繫。《桃花源記》中那個編輯一忽兒高空，一忽兒地下，一會兒是家庭，一會兒是「世外桃源」的敘述，使你在真實世界和虛幻世界之間來回跳躍，最終模糊了真實與虛幻的臨界點，陷入一種深層的莫名情感之中。而且，作者還有意識的在時間空間的轉換過程中完全隱去了轉換標誌，即把指示性代詞全然拋棄。這一點，在葉兆言的大部分小說中已成為一種慣用的手法。其目的是使這種切割更具「有意味的形式」。

　　當現代小說敘述在某種場合下不屑於進行細節描寫的時候，葉兆言的小說恰恰是在把細節進行大膽的「放大」，使其更有一種心理的真實感。它與傳統小說要求細節描寫的絕對真實不同，但它更具有一種「形而上」的真實感。《最後》中主人公阿黃殺老闆時的描寫，其細節完全是染上了殺人者當時的情感色彩的，那錄音機裏放出的節奏感很強的音樂；那似乎被特寫鏡頭渲染過的滿是脂肪的肥肚皮；那冰涼的刀子……都成為作者刻意處理過的「大特寫」鏡頭，使你從誇張的細節描寫中體驗到一種膨脹了的瀰漫情緒，構成了進入人物情感世界的一座橋梁。《桃花源記》中「我」和老李在夢中的那段情感和對話的細節描寫雖然是虛幻的，但它給人的卻是一種逼真的人生體驗；「我」變成了孩子，而老李變成了「巨人」，老李「扒開我的腿，開始把尿，嘴裏吹起口哨」。我們從這種極度誇張的細節描寫中看到的是一種人的自我萎縮的情感，看到的是一種對於可望物質追求的羞報與恐懼……。細節，作為葉兆言小說的重要表現因素，它既增強了小說的「可讀性」，又為開掘讀者新的審美經驗和現代情感提供了深邃的敘述方式。

　　葉兆言小說的敘述視角（Point of view 或 view point）大都採用的是第一人稱視角，這種視角為故事的敘述提供了方便。但是如果你稍稍推敲一下，這個「我」是一個很不可靠的敘述者，他既作為作品的人物，又作為故事本身的敘述者，然而他又是一個「補形人物」。像《棗樹的故事》中的「我」與那位「作家」之間形成的對位；《最後》中的「作家」的構思假設與人物的犯罪動機的互為補充；《五月的黃昏》中的「我」與叔叔的心理同構，使小說具有「鏡相人物」的意味，在這種「模糊的補形律」中，你隱隱約約可以看到主人公內心世界的豐富內涵。尤其是《五月的黃昏》中，「我」通過各種人物對於叔叔的不同態度來進行「散點透視」式的對位補形，使得這個根本不怎麼出臺的主人公的心理世界具有主體化的藝術效果。因此，我們讀葉兆言小說時，千萬不能把它當作一種純粹的第一人稱的傳統敘述方式，因為其中的「我」既不與敘述者又不與人物呈對等關係，而是一種三角對位、對應的關係。它既成為一種內容表述的「載體」，又成為內容本身。從中我們可以尋覓到更多更深的「有意味的內容」，當然也能體味到「有意味的形式」給整個作品帶來的更多的審美效應。

　　葉兆言的小說在敘述語言上是有其獨特性的。

　　尋找一種「黑色的感覺」，已成為現代小說的時尚。那種板著面孔以嚴肅

客觀的敘述語態對對象進行「逼真」模仿已成爲小說的過去時，作家們更多地是在描寫語言中尋找一種帶有強烈主觀色彩的具有心理真實的藝術感覺。《五月的黃昏》中，當「我」看到「叔叔」的第一封情書時的感覺表述語言就具有一種活躍的心理表現力：「上面滾燙的字眼，薰得我都不敢睜大眼睛」。而在整個作品的最後，作者用景物描寫抒寫了一幅心理影像的圖畫：房屋變成了「黑森林」，太陽落在高腳酒杯裏，輝映幻化成一片人生的蒼涼和莫名的心理情感。《棗樹的故事》中那種描寫春雨的方式則與人物的主觀心理世界相契合，「空氣濕漉漉沉甸甸、擠得出水，壓得人心煩。」這種「通感」的表述方式當然古今中外皆有之；但作爲小說的表述語言層出不窮地出現，則是不多見的，如《最後》中，阿黃殺死老闆以後，音樂聲戛然而止，作者在描寫屋內的靜時，用的比喻好像不倫不類，實際上，作者用「通感」的表現方法來渲染阿黃的恐懼心理：「屋子裏太靜了，靜得象一張照片，像老鷹在天空滑翔時留下的一道陰影，像夜間墓地裏冰冷的石碑。」這段充滿了「黑色感覺」的語言正隱喻了阿黃所逃脫不了的最後的命運結局，這是人物即時性的一種心理感覺的表現。又如在描寫阿黃磨刀時，作者對這種「黑色感覺」的處理是還原到人物主觀感受的直覺中去。「機械磨刀動作，使阿黃想起老式座鐘肚子裏那不知疲倦的鐘擺。他覺得自己是這間黑黝黝農舍裏一顆正跳動著的心臟。貞丫頭的一舉一動，都在他心靈上投下那遙遠的女中專生曾留過的陰影。」這種「通感」的描述無疑是和故事情節、罪犯的最初心裏動機對應的。在一種感覺的負面，你還可以尋覓到情節留下的空白，尋覓到人物外部行動的內在根源。一般來說，一個有獨創性的作家多半是與其深厚的文化素養和獨特的人格力量分不開的。當艾略特把四月明媚的春光說成是「殘忍」時，內心是包含了多麼深厚的藝術情感啊。作爲一個中國的作家，葉兆言在嚴格的「書香門第」的家訓中，受到的是古今中外文學的耳濡目染。同時，當他攻讀完中國現代文學研究生課程時，卻又來寫小說，將一種哲理化的理性轉換成一種情感化的感性時，他選擇的是一種「形而下」的感覺表達形式，但是從中可以讀出一種深藏其中的「形而上」的理性精神。這一點不是當今每一個作家都可以做到的。有的作家「感覺」雖好，但始終進入不了一個更高的境界，道理也就在這裡。譬如，在《綠色咖啡館》裏，作家在寫李謨再一次看到虛幻中的「綠色咖啡館」時，對於那對石獅的描寫不僅是一種「擬人化」的枯彩，而且是主人公心理變異的寫照；更是這篇小說對於人生經驗感覺的一種

「外化」形式；「綠色咖啡館說不上任何變化，除了那對蹲在一人高一尺見方的細水泥石柱頂端的石獅子。石獅子低著頭，冷冷地看著李謨。久違之後，李謨的感覺中，那對石獅子似乎瘦了不少。公的那只說不出的一種疲倦樣，懶懶地好像縱慾過度。母石獅子爪子前添了隻小石獅，皮球一般大，皮球一般地淘氣。」這不是「紅樓夢」式的古典「擬人化」描寫，因為石獅的描寫正好與人物的心理、與整個小說表現的哲理成為一種對應關係。「形而下」中包孕著「形而上」的情感內容。

　　80 年代後期，中國小說中的「反諷」（irony）運用已成為一種司空見慣的文學現象。無可否認，葉兆言的小說大都採用的是「反諷」結構，那種傳統小說中隱藏在敘述背後的「嚴肅的法官」偶像已被打得粉碎。調侃、幽默，甚至褻瀆的意識漾溢在作品的字裏行間。但這種對敘述者的不恭，則不能完全與作家的主體意認劃等號。例如葉兆言經常在自己的小說中把「我」的小說設計暴露給讀者，故意把玄虛化為平淡，造成作品的整體「反諷」效果。作品中的「自我貶損者」只是作為一種對主題直接表現的「阻隔者」，完成小說的多義、複義指向。我們不想就其整個作品的「情境反諷」作過多的描述，因為它已經成為許多作家的共性特徵了。而就「言語反諷」來說，葉兆言的小說表現出了其特有的個性特徵。如《五月的黃昏》中，在形容蚊子和蚊香的厲害時，作者的表達就頗具特色：「這裡的蚊子和蚊香都厲害，我不是讓蚊子叮得果實累累，便是讓蚊香薰得半死不活。」這種近於「黑色幽默」的語感，時常是在作家不動聲色的語體敘述中完成的，作家採用的是一種「冷面滑稽」的藝術手法，把可怕與可笑的語言材料組合在一起，模糊了悲喜劇之間的概念，就是博格森在《笑——論滑稽的意義》中所闡釋的那樣：「將某一思想的自然表達移置為另一種筆調，即得到滑稽的效果。」在《棗樹的故事》中，當岫雲的兒子勇勇即將調回城市的那一刻，他卻死去了，他的死本身是個悲劇，而對於主人公來說則是一個更大的悲劇。而作者的描述卻充滿著一種「可笑的誤用」（maiapropism），「勇勇迎著太陽撒尿，嘩嘩地灑出去。小五子離他遠遠的，背朝著他。紫紅色的醬油湯一般的尿滴在翠綠的麥田裏，勇勇有一種濕漉漉涼嗖嗖的感覺。紅紅的太陽一動不動，勇勇站在那一動不動。小五子笑著遲疑著朝他走過來，走過來。」這充滿著死亡意識的「血尿」本暗示著人物的巨大悲劇性，但是，從字裏行間透露出的卻是充滿著生命張力的意蘊，它像一幅絢麗的充滿著大自然偉大的圖畫，那情人小五子走過來的

「慢鏡頭」描述所留下的韻味恰與作品的情調形成「反諷」效果，作家消彌了悲喜劇的界線，使得小說在多重的複義中產生出更大的潛在功能。在《最後》中，殺人犯阿黃在被拖上警車送去槍斃時，他想到的是與一個性變態的犯人一起走向死亡，「覺得十分窩囊」，繼而又描寫了他的「失禁」，這不由得使我們想起了魯迅先生筆下的阿Q，他的「畫圓」、「二十年又是一條好漢」和最後的癱軟，形成了描寫的強烈「反諷」效果，它留給讀者的思維空間則更大更遼遠。無疑，葉兆言的小說中像這樣的語言描述是很多的。又如《五月的黃昏》中「我」竟然似乎「看見死者的嘴動了一下」，而那個「老頭」竟然也說：「有的人死了一個禮拜還能說話呢。」這種誇張的「反諷」，把讀者從一種驚奇的情景中引入對於人生和社會變態的深刻思考之中，使得在閱讀中進行二次性創作。「反諷」的語言不僅是一種敘述結構形式的需要，而且，它也起著改變傳統的審美習慣的作用，現代小說就是要把讀者從作者定向的思維定勢當中解放出來，把無限的創造功能還給讀者。

　　葉兆言小說的敘述模態是在不斷轉換的，這種轉換甚至使你很難掌握其規律性，說不定什麼時候它又回到了一個「原點」中，發表的《豔歌》和《綠河》的敘述框架似乎又回到了「故事的敘述」中去了，前者寫愛情故事尤如流水帳，後者又似乎精心設計了一個「推理小說」的故事構架。但這種轉換的目的並不重要，重要的是作者以為哪種表述方式更適應於情感表達的需要就選擇什麼樣的外在形式，其終極目的是作者對於敘述模態背後人的生存環境和生存方式的關注。正如兆言在《〈豔歌〉後記》中所描述的那樣：「我喜歡豔歌這兩個字，放在一起，有些俗氣地好看。當然更喜歡它的來頭和含義。在決定以它為小說名的時候，事實上我根本不知要寫什麼，彷彿得了一隻雅致耐琢磨的瓶子。小說家所幹的事，無非在那些自以為漂亮的瓶子裏，裝些酒，摘上幾枝花。到底是酒瓶還是花瓶並不重要。豔歌可以作為我打算寫的任何一部小說的篇名。」〔註2〕《豔歌》從敘述模態來看似手是用傳統的「全知觀察法」來進行故事構架的，但整個作品給人的是一種心理深層的真實。這就是作者並不介意作品的「能指」，而十分關注作品的「所指」的結果。《豔歌》無疑是揭示了現代青年的一種生存狀態，尤其是那在生存環境擠壓下現代青年的心理無規則的發展軌跡描寫得十分精彩透徹，雖然小說敘述的是一些很瑣細平淡的生活場面，而且亦無夢幻型敘述結構的穿插和多視角的敘述放射。然而就是通過這一個個主客

〔註2〕·葉兆言：《〈豔歌〉後記》，《中篇小說選刊》1989年第4期。

觀鏡頭的敘述，作者完成對於現代中國人（知識市民階層）內心世界那種莫名
其妙的無可奈何的充滿焦灼情感的真實描摹。

　　《豔歌》不算什麼「有意味的」形式探索，但是它卻是「有意味的」心
理探索。也許有人會在《豔歌》「冷面」和「直觀」的敘述體態中找出更有現
代小說意味的形式特徵來，但我仍以為小說的目的是「所指」——對這個時
代人的「世紀末」情感的「形而上」概括。主人公遲欽亭欲罷不能，欲動又
懼的心理狀態是時代心理的一種表示。

　　《綠河》從表層形態來看似乎是一部雲譎波詭的「推理小說」，作品時而
採用時態的敘述方法；時而採用交叉並行的敘述方法；時而採用「故事中的
故事」敘述方法；時而採用偏離推理邏輯的軌跡把結局引入荒誕境地的敘述
方法，凡此種種，納入一個線型的敘述構架之中，使得小說具有很大的可讀
性。然而，整個小說在故事的誘惑中將你引入的是一個非常普泛的習焉不察
的心理機制的揭露——每一個人都處在一個滑稽可笑的位置，然而每一個人
都在非常認真地用自己閾定的生活方式去體驗著這可笑的生命。如果說《豔
歌》更趨於一種對生活的真誠態度，那麼《綠河》則充滿著對一種生存狀態
的嘲諷。然而，人對自身命運的抗爭是顯得渺小可笑幼稚天真在這兩部作品
中卻是同一語調的悲劇感歎。《綠河》中有許多人物的故事，也有許多不同的
故事敘述。它的「瓶子」與《豔歌》的「瓶子」相比，似乎更有「大眾文學」
的傾向，但我始終認為其「所指」的意義遠大於「能指」的探索。

　　從某種意義上來說，葉兆言的小說是很講究敘述模態的轉換的，他始終
在不斷「轉換」中給人以一種新鮮感。但是看不到這個「轉換」的真正目的，
而只看到「轉換」表層的快感，則是閱讀葉兆言小說的一個悲劇。我們不禁
會問：在「轉換」的背後，小說還有什麼更多更廣的意義和生命力呢？

第二節　女性的獨語與對白

　　上世紀 90 年代，一批致力於女性文學和女權話語批評的中國作家與批評
家集體登上文壇。或許，在中國這個根深蒂固的以男性話語為權力中心的大
舞臺上，女性覺醒者的呼喊顯得十分孱弱而蒼白，被那龐大的主流話語（亦
為男性權力機器的象徵）擠出了話語中心，成為細碎的讕語與絕望的哀號。
顯然，這種不公平的話語權力分配，給那些覺醒者帶來的是心靈的憤懣和發

自靈魂的痛苦吶喊。相形之下，那些在男性話語壓迫之下自得其樂的精神麻木的女人，她們是幸福的，因爲她們如阿 Q 一樣，尋覓到了一條足以滿足自我生存的精神逃路。我十分敬佩那些敢於舉起女權主義大纛的女作家們所作出的不懈努力，因爲這些邊緣女人的話語給這單調枯燥的世界帶來了不僅是蔥綠的生機，而且是一片輝煌的理性虹霓。

一、陳染：形而上的譫妄

孤獨的思考帶來的並不是痛苦的磨難，它爆發出的思想所形成的絢爛光芒，是照徹人類世界的一束聖火，是理性世界中不可或缺的深刻火花。我曾認爲，這種偉大的孤獨感往往源於極少的男性作家和思想家，彷彿「兩間餘一卒，荷戟獨徬徨」只有像魯迅這樣冷峻的成熟男人才具備，倘使出現於一個年輕女人的大腦，似乎是絕無可能的。然而，陳染的小說卻改變了我的這一男性文化視閾。

陳染的血脈中流動者的是眞誠的血液，骨子裏少了一份僞飾。儘管我在許多價值取向上與陳染不盡相同，但我非常珍重和理解她的那份執著的眞誠與眞誠的執著。在 20 世紀的中國女作家之中，陳染的思想陣痛是最爲猛烈的，因而她胎生出的思想孤兒亦是最爲深刻的。無疑，在卓然不群的一批女作家群中，她那形而上的哲理思考是驚世駭俗的，從五四到如今，幾乎沒有一個女作家能在這一方面與之比肩。儘管她的偏狹近乎於精神分裂，儘管她的深刻不及其餘，儘管她的詩意充滿著醜惡，然而，我確實被這靈魂的洗浴所深深感動著。

倘使《私人生活》是一部「女性成長史」，它的敘述存在僅僅停頓於女性話語權的爭奪上，那麼陳染的寫作過程則是一種低質的重複；如果僅僅是在揭示「自我之像，永遠映照於『他人』之鏡」眞諦，那麼《私人生活》只能是重蹈「女權主義」宣言式的普泛女性自覺的舊巢。《私人生活》之所以在哲理的層面超出了一般女權主義的思考，就在於它以充分個人化的思考，揭示了這場戰爭的最終無望，因而作者的價值指向則永遠遊弋在深深的「自戀」之中。值得注意的是，作者表現的並非是爲徐坤所言「實際上也許是無數個『我們』的共有生存經驗的一種最具個性、也是最普泛化的表達」（《智者的心語》，《中華讀書報》1996 年 4 月 24 日）。恰恰相反，作者在消解「我們」和普泛的生存經驗（包括一般女性自覺者）的過程中，塑造了完全臆想中的「私人生活」，即完全「我」式的（區別於任何異性與同性的）獨語世界。

　　在倪拗拗的視界（一個成長著的、對世界進行著冷峻剖析和觀察的視角）中，構成了幾組人物關係，而最終，這幾組關係都不可能與之進行哲理層次上的溝通。倪拗拗所面對的男性世界是殘酷卑下的，小說塑造的父親和男教師丁先生作為倪拗拗的天敵，似乎從正面展開了這個世界兩性之間的搏戰，在這裡，弗洛依德失靈了，「戀父情結」變成了「弒父戀母情結」，這種倒錯是與生俱來的，因為倪拗拗作為一個女人的誕生，就意味著要與這個男性話語霸權作永無止境的戰鬥。父權的專橫與卑劣是構成倪拗拗對這個世界仇恨不斷增長的重要因素；同時在卑鄙外衣籠罩下的那顆充滿著無限澎漲欲望的丁先生，不正是代表著這個世界男性心理的極度萎縮嗎？儘管倪拗拗在丁先生的強姦過程中表現出了她的性本能衝動，但這與生俱來的仇恨是不可消解冰釋的，因為在性的過程中，倪拗拗只把丁當作一個「物」的存在，他只能是一個面目不清的泄欲工具而已。因而，在倪拗拗的理性世界中，男女的性交只能是生理層次的，而在心理層次上達到高度和諧與美感的只能是同性戀。在這裡，須得強調的是，如果將倪拗拗和尹楠之間的熱戀看成是純潔崇高的愛情，卻是個誤讀。穿過表象世界的時空，這層男女之間的「愛情」只不過是一種虛幻世界給定的假象，作品震撼人心之處就是在於通過這個虛幻世界的假象揭示出了陳染領悟出的人類情感的最可靠的極限——自戀。和尹楠的交合美感並不能如大理石那樣被永久固定下來，關鍵的描述在於：藍天之下的「浮游之物」並非羅曼愛情的「他者」，「奇怪的是，那個人也並不是尹楠。那個大鳥一樣翱翔的人，原來是我自己！」由此而斷言，尹楠是生活在倪拗拗虛幻記憶中的歷史人物，虛假的歷史回憶，造就了虛假的美感，虛假的美感又充實了倪拗拗式的美麗回憶。現實生活中不可能存在的尹楠，只能是「我」的臆造。

　　當我讀到陳染不僅把費里民的《八又二分之一》又一次提出，並不厭其煩地將《野草莓》和《第七封印》的幻象推到你面前時，我才又一次領悟到「自我」在這個世界上的荒誕。

　　陳染曾一再宣稱過人類最高的情感是同性之戀，但這在《私人生活》中卻又有所顛覆。倪拗拗面對的女性世界難道是眞實的嗎？如果僅僅把「私人生活」上升概括到揭示同性戀的女性隱私的地步的話，小說離羅伯——格里耶的「窺視」又有何異呢？然而，使我驚異的是，作者否定了她一度沉迷的這種愛戀（當然我不再對這種戀愛觀作簡單的否定性價值判斷），提出了人類最高情感的範式只能是自戀的結論。這無疑是一個驚世駭俗的判斷，但我冷

靜下來思考，卻感到了小說的眞諦就在於闡揚那已被男性話語世界徹底消解顛覆了的人類個性化思維特徵，在一個被群化馴化了的世界裏，發出這恐怖的吶喊，它的意義就在於拒絕世俗的思維，引導人們走進個性化的哲學思考領地。我們這個民族可能太缺乏德意志民族的那種形而上的思辯性思考，這亦是造成我們民族浮躁之風的本源，更是使我們這個民族缺乏思想巨子的重要緣由，難怪倪拗拗在呼喚著柏林式的思考。我以爲小說所塑造的倪拗拗的女性對應物應是三個，而非大家認爲的只是母親和禾兩個。還有一個作爲潛性的存在物，一直遊弋徘徊在小說的字裏行間，她，就是那個永遠抹不去的「自我」影像。這就是小說的「自戀」線索。對母親的依戀，以及和禾的同性之戀，是發生在這個畸變時空中的正常情慾和性欲的結果，在「他者」世界裏，它可能是畸形的，而在拗拗的情感世界裏，它都是無可非議的。把它說成是由於外部世界壓迫所造成的情感倒錯的「惡之花」，只能是「他者」視閾；在「自我」的視界裏，它卻是充滿著美感的火紅玫瑰。但「母親」終究「死去」，而禾卻永遠生活在虛幻漂涉的世界裏，唯有「自我」是可靠的，因此，小說最終宣告了「零女士的誕生」！零女士面對外部世界的進攻，只能依靠「自我」，因而，「一個人身處在一個破碎的外部世界中，如果她不能及時地調整內在的和諧與完整，她就會和外部世界一同走向崩潰，她自己也會支離破碎。每一種精神狀態，都是人體內在的現實與外部的現實發生強烈衝突的產物，就像生理疾病和症狀一樣，都表現了健康人格抵抗損害健康人格的影響的鬥爭。」《私人生活》打破了現代小說無高潮的程序，我確確實實感到了小說的高潮就在倪拗拗面對一扇大鏡子的浴缸前的那段精彩的「自戀」描寫，那充滿著美麗謎幻的色彩和綢緞般的感覺，可謂使人心旌搖曳，不能自己。「熟睡的美麗，死亡的美麗」激活了人的潛在欲望。而那段手淫的描繪完全擺脫了倫理道德的羈絆，深層的心理體驗揭示了『自我』世界的完美與安寧。」審美的體驗和欲望的達成，完美地結合了。」

世界顛倒了，因此在「常人」看來，陳染和倪拗拗患的是同一種病，即「幽閉症」或「思維障礙」。亦爲「狂人」和魯迅所害的「迫害狂症」一樣。我們有幾多知識者覺悟到了「自我」失落的痛苦呢？因此，這種孤獨是偉大的，面對人類的精神的災難，陳染亦只能如魯迅那樣用充滿著反諷、調侃、揶揄的語調來詛咒這個世界，小說末尾拗拗給醫院醫生的信，在一片黑色幽默的語境中完成了作者對當下世界的哲學思考。

　　我願與你同行，做一個「可恥的」孤獨者。因爲未來的戰爭不是兩性之
間的大戰，而是人類戰勝自我精神殘缺的療救，逃逸「戰爭」是同性共同的
目標，《私人生活》的美麗讕語並不是暗陬裏的「獨語」，因爲「可恥的孤獨
者」將會愈來愈多，那時，孤獨的精神漫遊不再寂寞，我們將在人類情感的
花園裏漫步。

　　「我堅持『小說要往小裏說』，我的興趣點就是在那『邊緣』的人物身
上。我覺得，只有那種探測人性深層的複雜性、透析人內心的東西，這樣
的作品才有長遠的意義。」(《不可言說》)幾年後，陳染的《不可言說》《聲
聲斷斷》等作品也陸續出版。如果說 80 年代的小說就開始「向內轉」的話，
那麼，那種心理空間仍然是一種公共的社會心理空間，而陳染 90 年代的小
說文本則是無限拓展了作爲社會單細胞的個體的心理空間：「缺乏個性化的
文化是『貧窮的文化』。」(《聲聲斷斷》)作爲一種反抗，90 年代眞正能夠
從話語霸權中突圍出來的小說作家並不多，也就是說，小說眞正回到自我
本體的覺悟者還不是很多，即便有，也還沒有進入「無意後注意」的理性
層面，只是一些皮相的性別介入姿態而已。但是，陳染在進入 90 年代的創
作中，卻以「私人生活」的姿態拆解了話語霸權的籠罩，這要比王朔們更
爲徹底而淋漓。然而，與同時期的女作家相比較，或許她那份對待「私人
生活」的眞誠，恰恰又是那一種僞飾生活、扭捏作態的女作家應該爲之羞
愧的。比起 90 年代後期的這批用「軀體寫作」的更加年輕的女作家來，「私
人生活」的泛性化，和完全拆解精神深度，陳染可能也是始料未及的，雖
然她認爲像棉棉《糖》這樣的小說「流暢而過癮」，但是她也終於從「軀體
寫作」者們身上看到了自己和她們之間的本質區別：「我的絕望來自於體
制、人群、社會，而棉棉的絕望眞實地來自於自身——對自身生命缺乏節
制和控制的後果。」(《聲聲斷斷》)在「精神深度」和「與生活和解」之間，
陳染畢竟是採用了辯證的方法和觀念：「作爲一個寫作的人，在這個人世間
倘若看哪兒哪兒都順眼，使勁與世俗體制融爲一體，等到不知不覺被同化，
徹底『與生活和解』的那一天，恐怕也就不想再寫作了，那麼，面對那樣
一種浮面的『和諧生活』，精神深處另一種喪失和痛苦又因此而生。」(《聲
聲斷斷》) 與世俗的抗爭，並不須捨棄精神的向度，也許正是在這一點上，
使我們將兩種寫作方法和觀念區分開來了。

　　我慶幸陳染不再迷戀於同性戀；我更慶幸陳染並不留連於兩性戰爭的

硝煙；我欽羨的是她那種形而上的哲理思考（不獨是女性自戀式的思考），將我們領入了對外部世界的新的詰問——人類情感世界的群化意識能否改變？個性張揚的存在價值在哪裏？倘使我們這個民族，這個時代能有更多的人患上「思想障礙症」，我們這個民族和它的文化就更有希望。我從來就不把陳染看成一個性別視角的作家，作為一個研究對象，我更加看重的是她那種超越性別意識的玄想與帶有妙趣的哲思，亦如她所言：「一個人可以沉醉在思想裏，安謐的精神像一朵雲彩由天上降下來」「當然，我以爲一個優秀的女性，特別是一個女性的作家，她不僅擁有可感、可觸的感性方式，同時她也應該具備理性的、邏輯的、貼近事物本質的能力。已就是說，她不僅用全身的皮膚寫作，而且，她也用她的腦子寫作。」「一個女性的作家，只有把男性與女性的優秀品質這兩股力量融合起來，才能毫無隔膜地把感情與思想轉達得爐火純青的完整。」（《不可言說》）我一直認爲陳染的文本的魅力就在於她那獨出心裁的語言背後的那一種直面靈魂的思想穿透力！這一本談話錄（《不可言說》），一本思想文化隨筆（《聲聲斷斷》）也同樣浸潤著玄想哲思的思想汁液。如果說這本談話錄是一種以直陳方式進行靈魂洗滌和思想的衝撞，還帶有一種限定的表演性的話，那麼，這本思想隨筆卻滲透著作者的睿智與深刻，在一篇篇長短不一徐徐流淌的精妙語言的書寫背後，我們諦聽著一個生存在當下的現代智者對生活的思辨和拆解，我以爲其中的一些篇章是可以當作哲理詩和散文來讀的，那些充滿著智性與詩性的箴言，足以誘使你在思想的叢林綠蔭中駐足漫步，吮吸著智慧的芬芳與理性的甘露。也許，我們這個時代太多的是從眾者，所以這些孤獨者的身影和話語才顯得彌足珍貴。陳染的思想隨筆正是在這個意義上獲得了它的價值體現。

陳染一再聲明自己不是一個浪漫主義作家，但是我還是固執的認爲她的骨髓裏還浸潤著浪漫的細胞，不過這與當下許多僞浪漫、僞貴族作家相比較，恐怕陳染式的真誠更加能贏得真誠的讀者：「我一直對現實主義缺乏興趣，但純粹的浪漫主義又不免失之天真。我想，如果浪漫主義在閱歷的磨刀石上磨礪一番之後，再加上現代主義的作料，便是一種出色的境界了。」（聲聲斷斷）我以爲在這個浪漫主義死去的物欲化的時代裏有那麼一丁點浪漫主義的氣質並不丟人，恰恰相反，它有助於我們從醉生夢死的物欲主義的泥潭爬出來，諦聽一下來自大自然的天籟和生活中的悲苦之聲。

二、林白：符號與原型的迷局

　　在 90 年代文壇上眾多的女作家中，「林白」的名字雖然不能算做顯赫，但它的確以其強烈的個性色彩在讀者記憶中留下深深的印痕。林白總是默默地經營一篇又一篇的小說，這種不露聲色的創作態度給她本人和她的創作都蒙上了一層神秘的色彩——這神秘成為一種誘惑，使得我們試圖撥開林白文本之上的朦朧面紗而進入那個女性的神話世界。

　　林白在作品中對女性表現出異乎尋常的偏愛，除了外貌的美麗絕倫之外，連名字都明顯流露出某種主觀意念的投射，無論是《日午》中的姚瓊，還是《往事隱現》中的邵若玉，《迴廊之椅》中的朱涼，這些女性主人公的名字使你在進人她們的經驗世界之前便隱約領略了某種咄咄逼人的個性。而且，如果不是一個粗心的讀者，你會很容易地發現，林白很喜歡用一個意象去形容她筆下的女性，那就是「月亮」這一意象，伴隨著女性形象的出現，「月亮」的意象也頻繁地出現在林白的文本之中：有著「明月般臉龐」的邵若玉老師在絕望的困境中又「一身月光地」走入河裏（《往事隱現》）；姚瓊「白色的肌膚在沙街的閣樓裏發出月亮般的微光」（《日午》）；二舅陳國力的情人給「我」留下的永恒記憶便是那雙「光潔如玉」的手，它們「修長柔軟，穿越時空發出月亮的光澤」（《晚安，舅舅》）；還有總是喜歡穿月白色綢衣的朱涼（《迴廊之椅》）和那個塵封在輝煌往昔中的女明星（《同心愛者不能分手》）。

　　「月亮」是一個迷人的符號，這一符號出現的場合往往伴有清冷、柔和、詩意的氛圍營造，林白似乎是別無選擇地選用這一意象去描寫她所珍愛的女性們，而我們則從林白的敘述話語中看到了一個個散發著神性光彩的孤傲、聖潔的靈魂。「月亮」的意義指向與女性人格的默契性告訴我們二者應該存在某種內在的聯繫。美國心理學博士 M・艾瑟・哈婷為我們提供了一種答案，她在專著《月亮神話——女性的神話》中利用榮格的「原型」理論分析了「月亮」這一符號在人們的夢和無意識當中的意義表徵，她指出，無論是當代還是古典的詩歌中，從時代不明的神話和傳說裏，月亮代表的就是女人的神性，女性的原則，就像太陽以其英雄象徵著男性原則一樣。儘管哈婷博士的原型分析結論並不能涵蓋「月亮」這一「能指」背後的一切「所指」，但她的研究提示了我們，在很多的語境之中，「月亮」與「女性」的古老象徵意蘊的確已經成為一種「集體無意識」，在現代作家的筆下繼續延伸。林白的文本無疑是一個典型的例證。

　　根據 M・艾瑟・哈婷的研究，月亮在古老的神話傳說中是「愛與豐產的女神」，它所代表的女性原則是一種威力無邊而又秘不可知的力量。中國用「陰」來表示「女性」，在今天的漢字結構與語義系統中我們仍然可以很容易地找尋出「月」與女性性別的某種聯繫，以及它所指向的幽暗、清冷而又略帶神秘的氣氛表達。在現代人的夢和無意識當中，「月亮」這一原型所代表的女性原則之所以仍在不時浮現，在哈婷博士看來正是由於現代文明所導致的女性本質的沉默與受壓抑。恒久的道德觀念修正與磨蝕著女性身上的「神性」特徵，使之成爲遠古時代的一枚化石，印證著母系社會曾經存在過的女性的輝煌；現代化工業條件下的生存與競爭需要又促進了女性的男性化發展，於是女性本質成爲一種沉默的存在，並以壓抑的生命狀態（無意識）出現。對「月亮」這一符號的迷戀在某種意義上正表明了對那種溫柔而又狂鷔的神秘女性原則的嚮往與追尋。

　　無論林白是否意識到自己對「月亮」原型的運用，但用「月」的意象去強化藝術世界中那些女性的「神性」氣質卻是林白作品的明確目的。因此，就總體而言，林白的小說是在爲那個古老的「女神時代」唱著一曲哀婉的懷戀之歌。

　　從林白的個體生命經歷中找尋原因幾乎是不可能的，我們所知道的也只是這個生在北流長在沙街的亞熱帶南國女子卻到了遙遠的北京做了一名記者，這種由南到北跨越了大半個中國的生活經歷多少帶有一些曲折和滄桑。而她在一篇「職業談」中偶然提到的自己的婚姻又顯示了她富有個性的情感態度——她有一個比她的年齡要大得多的丈夫。

　　從林白不太平凡的經歷中我們至少可以感覺到她的個性，我們無法斷言林白的生活觸發了她對「女性神話」的重塑，但選擇一條純粹屬於自己的創作道路，構築屬於自己的藝術世界對林白這樣極富個性的女作家是很容易理解的。新時期寫女性的女作家何其多，她們塑造女性的共同目的歸根結底是還女性以「人」的本來面目。即便不同「女權」去規範，這一類的創作仍然是對幾千年「模範」女性形象的一次極大的反叛。女性由賢良、高尚、無私的「聖母」形象迅速滑向有血有肉、有缺點、有苦悶、有欲望、有要求的「夏娃」形象，正像耶和華不可抗拒的預言一樣，「你本是塵土，仍要歸於塵土」，女性形象渾身散發著塵俗的氣息出現在文學作品之中，於是，大批的「眞實的女人」誕生了。荊華、柳泉、梁倩們的無奈（張潔《方舟》），女導演的情

感困惑（張辛欣《在同一地平線上》），司猗紋的生存鑽營（鐵凝《玫瑰門》），李曉琴的生命衝動（王安憶《崗上的世紀》）……這些無疑都是血肉豐滿的女性形象的傑出代表。但是林白卻在這血肉豐滿的「真實」之外走了一條「反真實」的道路，她穿越幾千年被文明充塞的歷史時空，回返到了原始的女神時代，於是，遠古時期那個立於天地之間的高大美麗、光芒四射的女媧氏之神復活在現代的林白的小說中。她們擁有「光滑明淨的額頭」，「綢緞般光滑的聲音」，渾身散發著月亮般的高貴光澤。林白撇開現代文明之下的女性世俗化形貌的描寫，把我們帶入古典味十足的虛幻境界，呈現於我們眼前的是一幅幅超凡脫俗的女性剪影：「獨自倚欄，一襲長裙，一雙素手，一杯上好的普洱茶，一本中式線裝書，一雙秋水滿盈的眸子，目光裏似怨似嗔，若虛若實」，林白以這種遺世獨立的形象構築不加掩飾地宣告著她對女性氣質的一種迷戀與欣賞。於是，「月亮」這一「遠古之夜的朦朧意象」（哈婷語）在林白筆下的女性身上「蘇醒」與重現，在故事之中，這些散發著月亮光澤的女性們個性孤高，行為乖僻，生存在她們周圍的人很少能夠進入她的生活，而在故事之外，在閱讀者的心目中，她們的神秘誘惑你去探索那個遙遠的未知世界卻又往往不得其門而入。

而且，勢所必然地，與這些光彩照人的女性相比，林白小說中的男性形象變得萎縮不堪，亦或只剩下一個淡淡的模糊的影像，他們永遠徘徊在女性的經驗之外，無力進入那個神秘的世界，或者雖然進入了女性的生活，卻無力承擔任何責任，最終仍被放逐出女性的神性光圈。那位在林白的小說中甚至沒有名字只有一個姓氏標示著自身存在的小孫的確曾擁有邵若玉的愛情，但當「文化大革命」到來，邵若玉因執著於自己的愛情而成為批鬥的對象，在烈日之下忍受著精神與肉體的雙重痛苦，把救贖的希望全部寄託在未婚夫小孫的身上時，小孫卻再也不見蹤影，永遠地「缺席」了，於是死亡成了邵若玉必然的也是唯一的選擇（《往事隱現》）；《迴廊之椅》中除了懦弱的章希達，卑瑣的陳農之外，還有一個凜然正氣的章孟達，但章孟達及早地被陳農（亦或是說被林白的故事）判處了死刑，朱涼的對面成為永久的空白，在那個空洞幽深，散發著昔日貴族氣息的庭院裏沉靜無聲地存在的仍然只有光彩奪目的朱涼。

但是林白似乎並不是有意地去貶抑男性，醜化男性，以達到性別批判的目的，她似乎根本無心去做一個男性權威批判者，這也正是我在本文中不提

有關「女權」的任何字眼的原因之所在。在《日午》的結尾林白借童年的「我」
的眼睛完成了一幅畫面定格：視線正對的是姚瓊精美絕倫的裸體，牆角的偶
而一動才宣告了那個坐在小板凳上的衣衫整齊的郭大眼的存在。儘管這一「定
格」幾乎可以概括林白所有小說中的兩性形象對比，但並不足以構成責難林
白偏執亦或不公平的理由，因為林白的真正興趣仍然只是集中在對女性的欣
賞、讚歎與驚訝之中。面對男性——儘管是形象卑微而模糊的男性——她既
沒有張潔的尖刻，也沒有張辛欣的憤激與埋怨，她也許只能算是在專注於女
性神秘個性的同時疏遠、淡漠並縮小了另一性別的現實存在。

　　值得一提的還有林白的敘述選擇。「敘述」是本文的一種形式策略，對敘
述的選擇或多或少地體現了作者講述故事的某種企圖——強調某種氣氛或是
增強本文的主題表達效果。敘述的方式與策略多種多樣，當敘述特點與性別
特點聯繫起來時，就產生了女性敘述與男性敘述之分。如果我們根據作者的
性別而將本文的敘述相應地確定為男性敘述抑或女性敘述的話，那麼，本文
敘述者的「欺騙性」將會把我們置於非常尷尬的地步，因為敘述者的性別與
作者性別的不一致性在很多情況下會干擾我們對於作品的解讀。但這同時也
提示我們一個問題：作家對敘述性別的選擇有著一定的目的性。

　　所以，諶容選擇一種男性敘述去完成她的社會批判，張潔選擇男性敘述
達到她頗具反諷意味的男權批判目的。而採用女性敘述作為本文策略在形象
之外強化自己所張揚的女性氣質則是林白的巧妙選擇。同她的女性形象相呼
應，林白的「女性敘述」在「月亮女神」的光照中繼續昭示「女性原則」的
無所不在。我們可以極容易地從小說中得到有關敘述者「我」的信息：「我」
是一個三十歲的獨身女人，「我」有過一次失敗的戀愛經歷，「我」是長著大
眼睛、長睫毛、橄欖色皮膚的南國女人……這種敘述中的性別渲染與強化無
疑是為了讓本文呈現出純粹的女性話語模態，而這種極為女性化的經驗傳達
與感覺描述使本來駕空在雲端的那些神性女性形象變得實在起來。

　　80 年代中後期，有相當一批男性作家採用一種玩世不恭、任意調侃而又
不乏性別優越感的男性作為敘述者，馬原是最為典型的一個，他在不斷地宣
稱「我是那個叫做馬原的漢人」的同時講述著他在西藏的經歷。而這些經歷
中的女性形象與林白的小說形成鮮明的對照：她們在敘述者「我」的經驗中
都是匆匆過客，有著模糊的影像和模糊的結局。如果說林白小說中的男性無
法介人女性的神話世界的話，那麼馬原小說中的女性即便是進入了男性的經

驗世界也構不成任何影響力，她們就像男性生活表層的顆顆塵埃，拂之即去。在這個意義上，林白的純粹女性化的敘述不僅僅爲她的「女神」形象增添了色彩，而且將另外一種本文敘述策略推向圓熟。

　　迷戀那個遠古的神話也好，在敘述形式上做文章繼續強調那種女性氣質也好，當林白從自己所構造的月光朦朧的神秘意境中走出來的時候，她仍然不可遏制地感到一種悲哀：這些現代話語中存活的不食人間煙火的女性們究竟會有怎樣的結局？穿月白色綢衣的女演員在爲面部的傷疤再也無法重回昔日的輝煌，終日以一條叫做「吉」的狗爲伴。當那個在門前徘徊的青年男教師極迷茫地目睹了女演員的生活，又帶著無所適從的困惑離開之後，女演員終於在心靈的極度絕望中放火自焚，那是一個試圖接納塵俗而不能的女神的涅槃。生於塵世而又拒絕塵世注定了她們別無選擇的生命結果，這種悲劇的結局幾乎成了林白小說中女性們的唯一歸宿——舞蹈演員姚瓊不明原因地死去了，音樂老師邵若玉寧靜地在月光之下走下河流，孤高冷傲的朱涼在那座深深的宅院裏神秘地不知去向……林白塑造了這些來自天國的女性，又用雙手掩埋了她們，她其實在重塑女性神話的同時就已經感知了這種神話的虛幻性，但她仍然義無反顧，仍然將她夾帶著亞熱帶潮濕空氣和神秘氣息的小說文本一一放置在讀者的面前，然後，懷著宗教般的情緒，祭奠著那些活在她的生活中抑或夢幻中的孤傲的女性們，這於女性的林白是否也是一種孤傲的選擇？

三、遲子建：拒絕塵俗

　　沒有哪一個女作家像遲子建那樣如此執著於一方靈性的純淨土地的追尋與懷戀。與她早期的「北極村童話」的單純明朗相比，儘管她後來的作品意蘊要深厚得多，主題也變得飄忽迷離，但透過文本的表層敘述，在繁複的故事線索與沉鬱的語言背後，「童話」裏所昭示的至真至純境界仍是遲子建迷戀不已的東西。只是，這種意境的構建不再採取「北極村童話」的方式。如果說《北極村童話》、《沒有夏天了》是借用一個 7 歲孩子的目光將繁雜的世界變得簡單透明的話，那麼《爐火依然》、《懷想時節》、《遙渡相思》等 1990 年以後的中篇則通過一個少女的眼睛透視紛亂迷離的塵俗世態，並且這些少女因爲拒絕塵俗的心態而喜歡在「夢境」中遊走。這一切導致了遲子建後期作品中彌漫的神秘、空靈、若隱若現、時有時無的夢幻情緒。

遲子建的憂傷在於她在走出童眞心靈觀照下的明淨世界而踏入成年女子眼中的繁複塵世之時，仍然念念不忘童年時期的純情時光，那段早已逝去的生活因時間的久遠和對現實的某些拒絕心態而顯得越發一塵不染，於是回憶與懷戀那種寧靜而自足的生命境況一度成爲遲子建心靈深處的一個「情結」，使她的作品到處充溢著北國的冰雪氣息。然而世界不可能永遠在一個孩子的目光下運轉，走向成熟是遲子建創作的必然也是她筆下主人公命運的必然，當那個 7 歲的小女孩成長爲一個憂傷而持重的少女的時候，她便不得不面對與承擔孩童時期曾經躲避也可以躲避的塵世的一切心靈的苦痛。在失去（某種意義上說也是一種主動的「拋棄」）童年視角的觀照之後，遲子建偏偏又尋求了另外一條宣泄她的「情結」鬱積的藝術表現道路：即在少女的生命體驗之中靠夢幻般的敘述與意境建構重現她的理想境界，生於塵世而又拒絕塵世、面對喧囂而又試圖逃避喧囂成爲遲子建筆下少女的固執心態。

或許正是因爲這一點，遲子建小說的敘述與故事都有一種不受時空限制的空靈感與漂泊感，從題目上我們即可或多或少地捕捉到這一特點：《遙渡相思》既給我們物質意義上的時空感，又給我們精神（心靈）意義上的超越感；《懷想時節》是典型的時間意義上的歷史與現實的溝通；《爐火依然》在「狀態」表述的同時暗示了時間作用下的某種變更亦或「不變」；發在《大家》（94年 1 期）上的《回溯七俠鎭》無論如何都會引發人們時間與空間雙重意義上的聯想與追尋。

建立在這些文本的表層特點基礎上同樣不受時空約束的是遲子建筆下的人物。這些在前世、今生、來世之間可以自由穿梭的靈魂多半是十七、八歲的少女在現世而又厭倦現世的煩擾，使她們的精神開始了在懷想過去與幻想未來之間夢一般的漫遊。「冥想」賦予這些女性以一種神秘的靈性，她們不僅可以打破時空而且可以打破生死之界進行純粹的靈魂的對話，同時這也帶來了這些拒絕塵俗、遠離塵俗的女性在塵世之中的命運：她們往往被世人認爲是精神多少有些不正常的人。得豆（《遙渡相思》）在父親與母親已離她而去之後仍然在幻覺之中保持與父母的交流（尤其是父親），這在曲兒和王三奶奶眼中只是不正常的瘋話與囈語而已。不被理解與無法溝通的隔膜日趨加深，這些少女的精神孤獨及同世俗的格格不入使她們的逃離心態變得更加執著。

《懷想時節》中的胭脂的生命歷程無疑是一個少女一度幾乎介入塵俗（安於塵俗）而終又逃離的過程展示。16 歲之前的胭脂擁有「天空、大海、小巷」

等一切的美麗與詩意（這個連名字也不無古典味的女孩擁有的浪漫情懷是那個 7 歲女孩無風雨中成長後所必然擁有的古典情懷），但 16 歲的車禍及接踵而來的一個少年偶然中使她由女孩成為女人，兩種現實導致了胭脂的失憶，她的「生命之河」被一分兩段，一段留在她的成為「過去時」的古典意境裏，而另一段被置入「現在時」的世俗世界。於是胭脂不見了，代之出現的是一位不無固執也不無恍惚地尋找「河流」的 17 歲的少女。這種執著的「尋覓」緣於潛意識中對「古典情境」的渴望，儘管過去的經歷在少女的記憶中已是一片空白，但作為一段無可抹去的歷史，它的客觀存在注定了少女宿命般的追索。陪伴她漂泊 8 年去尋找「生命之河」的石青可以說是「世俗之愛」的象徵，對於沉浸在「古典情境」中的少女而言，這種近在咫尺的「陪伴」只能證明物質意義上的無距離，而在靈魂上兩個人卻相隔天涯，就像石青終於頓悟的殘酷事實：「我的愛戀將永遠無法到達。」少女終於在長久的尋找之後恢復了她 17 歲之前的記憶，「生命之河」接通了，她因此，得以完全從現世的生活中逃離出去，躲進她的「記憶」中，與她的少年情人一起開始尋找「山谷中的木房子」和木房子裏生活的共同的孩子。

「少年情人」就像出現在遲子建文本中的「月光」與「天堂」意象一般，總能為少女們的夢幻設想再添古典與浪漫氣氛，對於無塵世存在而任靈魂遊走於「懷想」與「幻想」中的女性而言，「少年」正是生命中最純粹的階段，而「情人」又正契合了天性中的浪漫與詩意追尋，因而兩者的結合成為少女心目中的完美指稱，他是少女遠離塵囂的生命尋求的一個支點，是匆匆跋涉後的心靈慰藉（《懷想時節》）；是身陷塵俗、面對塵俗之惡時的情感寄託和理想的精神避難所——有關「少年情人」的回憶總是在雪天的純潔中飄然而至，將所有塵世嘈雜關閉在心之門外（《遙渡相思》）。

同時縈繞在少女們的冥想世界中的意象是「月光」與「天堂」，對於這兩個意象的迷戀同樣出於那種拒絕塵俗的心態。正像遲子建在《原始風景》中所描述的那樣：「月光是無法消失的。既然陽光使人間的許多醜陋原形畢露，那麼誰不願意在朦朧時分的月下讓自己的心有稍許的寧靜呢？」可見月光在這些拒絕塵俗的少女們的心靈中有雙重的作用，一方面意象本身即可構成一種朦朧的詩意氛圍，使思緒很快地進入夢幻般的境地；另一方面月光可以將世間的一切（尤其是醜陋與罪惡）變得溫情脈脈，使試圖逃離現世而又無法逃離的少女們可以暫時無視醜惡的存在。但月光所到達的地方畢竟還是塵

世，況且「月亮並不能照亮每一個角落」〔註3〕，於是對「天堂」的嚮往以及重構一個類似「天堂」的靜謐所在成為少女心態發展的必然。生活在音樂與畫冊的冥想中的老婦人在半個世紀前的年少時期曾給拉威爾發出一封也許永無回音的信，信中描述了她心目中的「天堂」：那是比拉威爾少年的西班牙還要美麗的「故鄉」，她的母親已經帶著她送的一朵紅玫瑰去這個故鄉了（《音樂與畫冊裏的生活》）。「天堂是善良人居住的地方，那裏四季鮮花環繞，生活空靈而富足」，也許正是因為這個原因，每一個死者都像出家人一樣去意已定，不死的人又在祈禱中為死於夏天的音樂老師送行（《原始風景》）。「天堂」是靈魂的美妙歸宿，但也只能是生命終結之後才得以到達的「故鄉」，而在少女年輕的生命中，這個「故鄉」固然是最契合心境的所在，但畢竟顯得遙遠，於是在她們遠高塵的意境構建中，一個類似「天堂」的寧靜而自足的環境總是時遠時近地在她們的生活中閃爍，這一意境在讀者的視野中有時是明顯的幻想之境，有時卻無法分辨是少女的親歷之境還是少女精神的幻象，這也是造成遲子建一部分中篇惝恍迷離的原因，同時也是一些批評人士在走出「北極村童話」的單純勾勒之後所無法接受的遲子建的「變調」。但是如果我們理解了遲子建的「情結」鬱積及這種「情結」左右下的審美心態，她筆下的這種天國與塵世、仙界與凡界、生者與亡靈之間的神秘溝通也就可以理解了。很難辨析（其實也不必辨析）那個沒能嫁給所愛之人（禾）的少女「騎一匹白馬浪漫地旅行」究竟是出自夢境還是一次真正的旅行，她所到達的「四壁貼滿獸皮，窗外擺著許多有魚紋圖案的陶罐」的屋子與她嚮往已久的古樸淳靜不謀而合，每至傍晚時分，少女都「髮髻高挽，裙紗輕拂，頭頂陶罐依依地飄向河水，汲一罐水，然後赤足踩著紫色的沙丘款款而回。」（《爐火依然》）這幕古典味十足的頗有中世紀油畫風格的圖案是少女尋求的生命的終極歸宿，這種「尋求」從某種意義上說不僅僅為目的，還在於過程——對理想之境的尋找過程。少女們像迷戀那個遠離塵囂的幻境一樣迷戀這個過程，將它描述得詩意而浪漫，因為「尋找」行為本身就是對塵俗的狡猾的逃離。

遲子建小說中這些遠離塵囂的意境迷戀來源於一種拒絕塵俗、拒絕現實的心態，所以她在世俗之外重建了一個個浪漫的生存空間。宣稱「自然總是美的」的法國藝術大師羅丹曾經說：「世界上沒有比冥想與幻思更使我們幸

〔註3〕 遲子建：《病中札記》，《作家》，1994年6月。

福，這正是現代人最易忘卻的東西。」〔註4〕那麼，對於同樣鍾情於靈性自然的遲子建而言，其作品中充滿「冥想與幻思」大概也不無對於「現代人」（及生存空間）的一些埋怨與反感吧。

「北極村」童話般的純淨世界是遲子建心目中無法化解的「情意結」，使她對「塵俗」有一種本能的拒絕心態，並在塵俗之外津津樂道一個遠離塵囂的古典意境。如果說這些冥想中的環境正如「並不天天有」的「月光」和根本不存在的「天堂」一樣具有脫離現實的虛構與夢幻色彩的話，那麼遲子建對冰雪天地中那片「原始風景」的欣賞與懷戀則是她不得不面對塵俗、置身現實時的「情結」投注。

無論在散文還是在小說中，遲子建都不可自制地流露出對逝去的往昔和故土的哀惋之情：「10 年之前，我家還有一個美麗的庭院」，「我家的房屋是真正的房屋」，「10 年之前，我家居住的地方那空氣是真正的空氣，那天空也是真正的天空」（散文《好時光悄悄溜走》）。於是在「五光十色的大都市」，在「真正的陽光和空氣離我的生活越來越遠」的感傷中，遲子建為我們呈送上一幕幕北國的「原始風景」：壯麗的白夜，神秘而瑰麗的極光，熱鬧的漁訊、森林、大雪、金色草垛……以及這一片片「風景」中生生不息的人們。

儘管我絲毫不願意根據地理位置的相近而斷言遲子建必定受了幾十年前另一位東北女作家蕭紅的影響，但她們同樣憂傷同樣寧靜的敘述風格卻啓發我們不得不思索：在那片冰雪天地中生長後又背井離鄉的女作家是否比常人更懷戀那個記憶中的純淨的故鄉？自足而安謐是她們共同表現的雪國中人們的生命狀態的寫真。只是，與蕭紅在平靜的敘述中終於泄露了那個時代呼蘭河的閉塞、落後與蒙昧不同，遲子建卻為她筆下的人物加上許多鮮活的生命氣息：外祖父沉默而平淡的現實背後的不平淡的「風流」歷史；傻娥坐在金色草垛中絮叨的一個有關「黑衣男人」的故事（這讓我們不由自主地聯想起鐵凝講述的發生在「麥稭垛」中的故事），還有深夜的靜寂中寡婦與那個「裏挾著一身熱情」的男人的私語……這些描述讓我們感受到在蕭紅的《呼蘭河傳》裏絕對不可能感受到的生命的律動，使那個沉寂而靜止的環境顯得不那麼死寂。遲子建似乎比蕭紅更有理由留戀記憶中的那塊土地，因為相比較於「呼蘭河」處處飄蕩的腐朽沒落氣息而言，「北極村」更多一些亮色與鮮活，

〔註4〕　〔法〕羅丹：《羅丹藝術論》，人民美術出版社 1987 年版，第 126 頁。

而這股生命的活力是否是遲子建在無限的懷戀中對小鎮景象帶有褒揚色彩的又一次「虛構」？這是很值得懷疑的。

對北國小鎮的迷戀必然地指向對都市塵囂的反感，這僅僅是同一問題的不同考察角度而已。「塵囂」、「都市」、「現代化」在現代作家的心目中成了「三位一體」的概念，就現代工業社會而，都市的特點（或發展的必然）是「現代化」，而「現代化帶來的是一群漂泊的心靈（Thehomelessmind）、失落的個人。」〔註5〕於是對「城市」的本能拒絕作為一種主體情緒成為創作界、批評界古老而又常新的關注點。但是不管人們多麼反感城市、反感現代化帶來進步的同時所帶來的「喧囂」，走向城市（文明）乃是一種必然。那麼遲子建「是誰使我背負雪橇，而又遠逐我於荒原之外」（《原始風景》）的詰問只能使自己陷入尷尬的困境「背負雪橇」（「情結」鬱積）的是自己，將自己「遠逐於荒原之外」（「城市」追尋）的仍是自己。在遲子建憂傷地疑惑「沒有了故鄉，我到哪裏去？」（《好時光悄悄溜走》）之後如果我們再反問一句：「有了故鄉，你是否會安居故鄉？」那種置身城市的兩難心態便暴露無遺。

所以，遲子建一方而反感著「窗外的枯樹和被污染的河流」，一方面又在懷戀與祭奠那片「原始風景」之後疑惑重重：「我寫過了，我釋然，可那遙遠的灰色房屋和古色古香的小鎮果真為此而存在了麼？」無可否認的是對這一情感載體及其真實性的懷疑。作為精神支點的東西一旦面臨倒塌的危險，那各種心靈的苦痛可想而知。遲子建在懷疑之中常常宣泄一種幻滅情緒：「月亮」必將沉落，而「天堂」必將傾覆。當胭脂重新沉浸於17歲之前的浪漫歲月裏，與少年情人一起尋找到孩子居住的山谷時，卻被剛剛學會打獵的孩子一槍命中——正是胭脂無怨無悔地尋找的東西（精神寄託）徹底結束了她的尋找行為和因此而建構起來的美麗的夢幻（《懷想時節》）；當我們撥開籠罩在「我」與禾的故事上的層層物質外殼——那些撲朔迷離的詩意虛構，才恍然發現這個憂傷的故事不過是因為門第觀念而使有情人難成眷屬的故事，這是悲劇的第一幕；騎著白馬的少女「我」終於到達那個夢幻般的古典意境的時候，所有的「寧靜心態」都驀然離「我」而去，「嫉妒、怨憤等世俗情緒」重新統治了「我」的心靈，這注定「我」在可以擁有禾的時候卻永遠與禾相錯而過（《爐火依然》）。置身塵俗卻去追尋遠離塵囂的境界，這本身即是虛幻的；即便是終於抵達幻想中的美麗境界，「凡塵」的本性仍將使你重返世俗。遲子建就這

〔註5〕 彼得‧柏格等：《漂泊的心靈》，臺灣巨流圖書公司1978年版，第13頁。

樣在「感性」的懷戀中爲她筆下的少女虛構了一個個美妙的幻境，又在「理性」的自剖中否決了她們的「逃離」。以悲劇的結局將一個個夢幻擊得粉碎。

如果說這些作品中的「幻滅」發生在少女的心靈帶給遲子建的是無可拯救的深刻悲哀的話，那麼九四年《音樂和畫冊裏的生活》選擇一個老婦人作主人公則顯示了遲子建心靈的疲憊與滄桑。老婦人坐在世紀末的房子裏懷想過去，筆下的回憶錄仍是幻想的產物，過去的生活在虛設中誕生，美麗而又浪漫。一旦幻滅仍是必然的結局。在「20 世紀末了」的歎息中老婦人感慨著人倫的喪失，在青春幻夢的懷想中閉上了眼睛，「我的回憶結束了，月亮朝我的心底落下，我欣然接納它。」月光夢幻這種畢生迷戀的美好象徵被老婦人埋葬於心靈深處。與以往的悲哀情緒不同，這裡面更多的是正視現實的冷靜與淡然。

很少有女作家像遲子建那樣如此念念不忘一個遙遠的北國小鎮，「村路帶我回家」的詩意願望在很多女作家筆下早已被「泛詩意」的生存現實擠兌得無影無綜，對於生於城市而又有鄉村生活經驗的女作家（知青）來說，回憶只是暫時的，而「懷戀」的情緒在原有城市生活經驗的對比中則顯得更少。因爲與男作家（在作品中不可自制地懷戀鄉村的男作家）生活於城市之中是從鄉村到城市的一次性「介入」不同，女作家的城市生活不過是「被逐」之後的一次「重返」，「家園感」多少減弱了她們對鄉村的懷想，儘管面對城市的喧囂她們有時也會禁不住爲一度生活過的鄉村塗抹上一層溫和的人文色彩而後再玩味不已，但迅速地沿「村路」走回現實仍然是她們選擇的必然。

遲子建的「鄉村經驗」的來源有點兒類似於那些懷有「鄉村情感」的男作家。儘管她並非生於北極村，但「北極村」卻是她童年生活中相當重要的一部分。出生地漠河是我國的最北端這個事實使遲子建的每一次「遷居」都是一次「南下」，一次對故鄉的「遠離」，這一切牽扯著她的神經，使她對「遙遠的故土」和「那些樸素而結實的故事」鍾情不已。

但是，仍然值得一提的是遲子建作爲一個女作家對鄉村的迷戀與男作家又有所區別，這個極爲相似的表象背後是不同的心理內涵的折射。我們只要比較一下作爲一個置身城市的人，當他們回首故鄉時，目光的落腳點及情感內容、情感表現是怎樣的，這種區別就可以一目了然：

> 「我長大以後回憶生活場景的時候，有一幢房屋的影子像雪青
> 色的駿馬暴露在月光下一樣，讓我覺得驚人的美麗，那是一幢高大

的木刻楞房屋，它像我童年的宮殿一樣堅實而神秘地聳立在我的記憶中。」

「我不知道世界上還有哪種月光比我故鄉的月光更令人銷魂。那是怎樣的月光呀，美得令人傷心，寧靜得使人憂鬱。」

——遲子建：《原始風景》

「我常常有一種感覺，總會有那麼一天，城裏人把我看夠了玩夠了，就會把我趕出去。那時候我就回到鄉下去……」

「一直到在城裏住了許多年後，才逐漸體驗到那黃土泥屋的溫暖。具體說，那只是心靈上一種溫暖的感覺，住在家鄉那黃土泥屋裏永遠有一種躲在母親懷抱裏的安全和幸福，而且這感覺是住在城市的樓房裏體驗不出來的。」

——張宇：《鄉村情感》

遲子建的對於故鄉的迷戀非常明顯地出於一種純粹的審美心理，無論是「房屋」還是「月光」這些故鄉的景物首先引起她的驚訝與讚歎並在她遠離故鄉的時日讓她懷戀不已的是它們的「美麗」，當然還有那些在這「美麗」場景中生存的善良的人們及「物」與「人」構成的一種自足而寧靜的生存方式。張宇則不然，他的「鄉村情感」無可否認帶有一些「功利性」的目的，是他「被逐」（多半是精神意義上的）時爲自己尋找的心靈的歸宿，或是他疲憊的城市生活之旅中的暫時休憩點，所以故鄉的「黃土泥屋」絕對不會給他多少「美麗」的感覺與印象，給予他的只是心靈上的「安全與幸福」感。李小江在《女性審美意識探微》一書中曾經探討了男女兩性審美的性別差異。她認爲由於歷史境遇和社會現實的原因，女性往往容易執著於「一個純粹的精神世界」，所以女性會「爲美而獻身」（譬如美國女詩人艾米莉·迪更生寫下的「我爲美而死」的詩句）；男性卻不然，他們的審美摻雜進更多的功利目的〔註6〕。同是對鄉村的懷戀，遲子建的回憶更大意義上是對「美」的一次追尋，而張宇的「還鄉」不過是爲自己遭遇阻遏的心靈尋找一個歸宿或庇護所而已。

「北極村」冰雪的靈性啓示了遲子建也滲透進她的文本，活在其中的少女們以「拒絕塵俗」的倔強姿態營構著一個布滿月光的「天堂」般的理想境界。這些迷離的夢境是遲子建北國「情意結」的一種再現方式。儘管題材（及

〔註6〕 參見李小江：《女性審美意識探微》，河南人民出版社1989年版，第93。

題材所反映的思想本質）的經久不變對一個作家及其作品的生命力的長久是
一種威脅，但同遲子建不乏探索性的其他作品（譬如《舊時代的磨房》）相比
較而言，這些帶有冰雪之氣的小說仍是她的「經典」。

四、梁晴：緩慢的蛻變

　　任何一代人都不能擺脫其青春期燥動時的情感體驗，它在人的一生中往
往成為一種隱形的心理情結和價值尺度。作為一個時代的文化情感，一旦成
為穩態的「集體無意識」，它又必然要和新的時代發生隔膜與衝撞。於是，在
新舊文化情感的衝突中，一代人從中尋覓到人生「旅途的孤獨」，周而復始，
循環往復。這就是人類情感的歷史演進過程。

　　作為一個與梁晴同在一方土地上耕耘過自己青春年華的閱讀者，我很難
用一種概括情感的字眼來表達某種確切的思想。從直覺上來說，我以為梁晴
的小說情感蛻變是極其緩慢的，就目前狀況來看，它是以 90 年代為前後期和
臨界線的。整個 80 年代的小說可以說是在很大程度上依賴於「知青作家」的
勃起。尤其是 80 年代中期以後的小說觀念的蛻變都依靠「知青作家」作中堅
力量，推動文學歷史前進的車輪。而梁晴的小說幾乎不受 80 年代中期那股小
說觀念風暴的襲擊，不動聲色地依然故我。作為藝術的準備，當然得有十年
磨一劍的耐心和甘於寂寞的面壁工夫。但是，對時代缺乏文化情感轉換的把
握，這才是創作主體的悲劇根由。梁晴的小說為什麼直到 90 年代才使人刮目
相看，我以為這在很大程度上是因為作家在掙脫情感氛圍時不能自己而導致
的「情感單一」危機。

　　記得是 70 年代初，在蘇北寶應縣的一次創作工作會議上印發了一本印刷
質量低劣的詩歌散文集，其中有一篇詩歌是梁晴寫的。我還依稀記得最後的
一句為：「綠了，田野；綠了，大地。」作為一種根植在我們這一代人心底的
浪漫主義和理想主義情結，它似乎成為像梁晴這樣的知青作家無可擺脫的敘
述情感。這很能使我們想起另一個知青代表作家梁曉聲。那種強烈的時代使
命感與五六十年代「鋼鐵是怎樣煉成的」理想主義情操，使得這部分知青作
家在現實的肉體苦難中死死地尋覓著精神的崇高感，他們無畏生存的艱苦和
貧困，而自戀於做「精神的貴族」。他們往往苦於「生不逢時」而未能趕上炮
火硝煙的年代，一腔熱血無處拋灑。農村插隊的生活遠不是想像中的「廣闊
天地」，死水一般的沉寂和無聊，周圍的痛苦和呻吟，使得知青作家在回首這

段往事時，多半採用了五四以來新文學的人道主義的情感視角。

梁晴的農村題材小說情感構成是二元的。一方面流露典雅、華貴、俯視眾生的知識拯救者的慨歎和了悟；另一方面又的的確確爲農民的苦難，尤其是農村婦女的苦難而「吶喊」和悲號。這種情感從表層看是一種背反現象：前者是將自己作爲一個「局外人」來鳥瞰芸芸眾生，作者把自己妝扮成「哲人」形象來消解苦難，這成爲許多知青作家的共同視角，尤其是張賢亮的「啓示錄」更確立了這種小說的敘述方式，後者卻是從農民的視角來看外部世界，以一個眞正農民的心理體驗來反觀社會和人。如果說前者是「外視角」，而後者就是「內視角」。這兩種視角的交叉，往往會造成閱讀梁晴這類小說的障礙，引起「誤讀」。

從《從前，有一個故事》開始，梁晴小說中始終出現著兩個「我」：一個是作爲直接介入故事的主人公「我」；另一個是作爲間接議論和抒情的隱形的敘述者的「我」。無論從那個角度來看，這兩個「我」都是爲梁晴本人情感宣泄而設置的「抒情話筒」。很明顯，「我」作爲整個故事的藝術結構和敘述形式，並不與故事分離。但是，如果從情感角度去觀察，「我」又恰恰似和故事本體中間多了一道「隔離層」。《從前，有一個故事》中，「我」作爲直接介入者，其觀察的眼光當然不乏哲人俯視的目力。這個系統作爲整個故事的整合，它起著「領航員」的作用。而作爲另一個敘述系統——秀蘭母女的遭際之呈現，人物的生存意識和生存方式完全是「獨白式」的。本來是完全可以成爲「複調」意味小說的建構體系，卻被不斷介入的「我」式作家主體所切割，強大的作家使命感迫使「我」將主題的意蘊昇華。小說的最後一節這樣寫道：「我不知道小秀蘭母女究竟在何處，但她們一定不會再過那種豬狗一樣的生活了。小秀蘭今年才 28 歲，她的母親也不過才 50 出頭，長長的好日子剛剛才開始哩。」這種「全知全能」的視角的採用一直彌漫在梁晴的小說創作中，在一系列的農村題材的小說中，我們明顯地可以看出，梁晴在描摹農村婦女心理世界的過程中，其藝術力度已達到了一種「入境」的極致，無論是在整個藝術結構形式上，還是在修辭造句上都有相當高的造詣。像《忍冬》、《蕎蕎》、《沙地》、《小城》等寫得可謂韻味十足、詩意綿長。然而，作品中那個清晰的「知青話語」不斷破譯小說的語碼，將讀者領人一個明朗的哲學天地，這就無形中消解了小說本體的多層蘊含。我並不是說，在一部作品中不可以有兩個「話語」系統，問題是這兩個「話語」如果構成對抗性質，就會消解

小說的意味。我很欣賞短篇《忍冬》和中篇《八淺》中的人物描寫和風俗描寫，這決不止於它們勾起了我對那段生活的「回憶」和「懷舊」情緒。重要的是，作者那種平實而蘊藉的白描和對人物「無意識」領域的開掘，寫得玲瓏剔透，飄逸靈動。作為一個超群脫俗的農村婦女，錢素芳的塑造透露著作者對於人性和人道主義的「吶喊」，這種「吶喊」的「話語」則要比其他篇更隱蔽些。而《八淺》中的金蘭之塑造更有其性格的立體效果，我以為這篇小說比之其他小說更為成功的地方，就是作者基本上轉換了「全知全能」視角的模式，而採用了較為客觀的中性視角，因而，這個農村女人的形象就更有其「只可意會」的性格內涵，雖然這篇作品中還依稀可見那個「知青」的模糊身影，但「領航員」的失蹤，卻使得小說主題的疆域在不斷擴張。當然，我們也不能說梁晴完全擺脫了理想主義闡釋的困撓。作為一代人的代言者，不管是梁晴還是梁曉聲，他們都不可能使自己的小說進入「情感的零度」，他們的瀟灑是建立在崇高的美感之上的。從這個意義上來說，這種情感的保留是無可非議的，它並不妨害作品成為藝術的佳構。倘使作者在敘述過程中能夠有所節制和了悟，作品豈不是進入更高層次。

大約從《澄泥》、《玉鈎斜》和《三界》開始，梁晴的小說的主觀敘述色彩開始減退，「參禪」意識逐漸使其小說更有朦朧的意蘊。這種意識的介人促使作者敘述方式的改變，那種顯現或隱現的「我」逐漸消失，代之以較為冷峻的客觀敘述。在這些城市題材的作品中，梁晴開始「卸妝」，她拿下了「知青」的臉譜，同時也脫下了人道主義者的「人格面具」。我們可以清楚地看到，作家主體的消遁帶來的是小說內涵的多義層面。「知青」式的理想主義騷動情緒逐漸被超凡脫俗的但又堅實的現實人生境界所替代，她的《三界》就是作者創作母題的最清晰的闡釋，我們不能不說老莊哲學對這位女作家也有著深刻的影響，在「出世」和「入世」之間來回跳躍；在「社會人」和「自然人」之間往復滑行，這成為梁晴小說主題和人物掘進的深層目標。隨著描寫視點的下沉，梁晴將人格的雙重性寫得淋漓盡致，《玉鈎斜》、《胭脂扣》的動人之處不僅僅是那深得曹雪芹之精髓的「紅樓」風韻和敘述話語，更重要的是那種對人物內心世界二重性的解剖。這發展到《三界》中則更為鮮明，那個脫掉烏紗帽的楚，當他回到「人間」時，其狀態與為官時形成的性格反差，正是作者要求回歸自然的意願所在。然而，值得注意的是，梁晴在敘述的同步，不再刻意追求那種直接介人的議論和抒情話語，而是通過人物自身的內心輻

射來表現人物主體性。當然，有時也免不了在敘述過程中有所不自覺地向著逆方向回歸，這也許是一種敘述慣性所致吧。像《大院》這樣的作品，就有一種「隱我」在作品中徘徊，儘管這篇小說寫得極為平實而具極強的可讀性。那麼，《秋色》和《花雕》卻代表著梁晴的敘述風格的大轉變，這種轉變的意義意味著梁晴小說由「獨調」向著「複調」的過渡。小說的描寫視點由外部向內部轉移，由各個人物組合成的對外部世界的「內心獨白」成為小說構成的基本單元。如《秋色》中方菲、杜若、「蘋果」、鄉婦、小新娘等人的心理視點輻射，組成了一曲無指揮的交響樂，無疑是將主題和人物更加深化和更加主體化了。《花雕》中通過俞寄傲、程秋轡、魯羽白對人生的不同視點透視，則就使得小說有著更為深層的寓意構成。當然，我還不能預料梁晴是否是有意識注意到了這點。她今後的創作是否會在視角轉換上多下點工夫，然而，我確信，梁晴即使再去重複那個永遠不能擺脫的知青生活之夢時，亦不會重蹈舊有的敘述方式，新的敘述視角，將會給這種「古老」的故事帶來全新的閱讀快感。

只要是有心的讀者，都可在梁晴的作品中看到這樣一個事實，即作家始終是站在女性的視點上去抒寫不同婦女的悲劇命運。當然，我並不是說梁晴就是一個徹頭徹尾的女權主義作家，然而就其十年的創作而言，作者的敘述話語始終是女性的。從《從前，有一個故事》一直到《秋色》、《花雕》，雖然作者並未高舉西方女權主義的旗幟，但我們從那如泣如訴的哀怨纏綿的小說意蘊中，聽到了一個女性作家對於中國婦女命運的憤懣不平和為之呼號的心聲。或許這樣的吶喊從五四一直延展到今天，似乎並未引起以男性視閾文化為中心的社會注意，但它畢竟成為新時期女作家們共同關心的焦點。如果說梁晴 80 年代初的小說還停滯在對中國農村婦女深切同情和憐憫的境界的話，那麼，到了 90 年代初，這種同情和憐憫卻化作振聾發聵的吶喊和控訴。在《從前，有一個故事》中，作為主人公之一和敘述者、作者合一的「我」，對於秀蘭母子的居高臨下的人道主義同情，在充滿著女性話語的敘述中，奠定了梁晴前期小說的基調。那種「哀其不幸」的情感早已淹沒了「怒其不爭」的控訴。在《忍冬》中，作者雖然描寫了一個與悲劇命運抗爭的錢素芳，然而，她又不得不屈服於社會的現實存在，作品只能滑向悱惻低徊的音符。《八淺》中金蘭可謂一個頗有個性特徵的女子，但在她強作歡顏的背後，我們讀到的是作者更為痛苦的慨歎。女人，成為整個社會和時代的「犧牲」，這樣的主題

並不具有更深的意義。問題是女人作爲一種「男性文化」的「犧牲」則是習不焉察的，像《小城》中小鄧那樣的「犧牲品」在梁晴的作品中屢屢出現，這無疑是作者比他人更高一籌的境界。可以看出，梁晴 80 年代的小說，多集中描寫女人肉體的、物質上的痛苦悲劇，由此而引發閱讀者的思考。值得注意的是，到了 90 年代，作家將這種描寫轉移到了精神的痛苦悲劇上。這固然和題材的轉換以及敘述視角的轉換有著必然的聯繫，然而，我以爲，更重要的是作家對於女性話語有了更深的哲學思考。80 年代後期崛起的中國女權主義熱無疑是給梁晴的小說創作中女性意識帶來了從感性到理性的質的飛躍。倘使梁晴 80 年代小說女性意識的覺醒尚處在一個意識和無意識的中間地帶，那麼，我們從她的《秋色》和《花雕》中卻看到了一個女性作家對男性文化顫抖的吶喊和無情的控訴！《秋色》簡直就是一篇女權主義的宣言書。小說的主題並不止於對婦女在生殖過程中的肉體痛苦的鮮血淋漓描繪，而是在於作者通過不同婦女的心理視角展示了對男性文化視閾的抗衡。儘管小說中的女性人物有清醒者亦有昏庸者，但整個小說的寓意正如方菲女士那段精闢的見解一樣使人驚歎。方菲女士不再是「莎菲女士」，梁晴當然亦非丁玲，時代的發展，促動女性作家作更深人的思索，方菲站在今天的時代高度來審視一個「女人」，其深刻之處就在於她看到的是女性自身的沉淪和墮落，女人不能戰勝自己，也就最終不能取得與男性文化的平等權力。方菲所慨歎的是女人自身的不可救藥：「夫妻間的性生活既然帶上了這麼濃厚的殉道色彩，還有什麼幸福可言！現在滿街張貼著男性專利的招貼，藥房大售壯陽補藥，各社會組織紛紛呼籲解決夫妻兩地分居的問題，請問諸君，這有多少是從女性角度出發的呢？男人們把他們的性需求公開化了、社會化了，而女人們由於種種的心理壓抑和生理創痛，不得不繼續停留在麻木不仁的盡義務的做犧牲品的境地，我們還必須永遠對我們的懷孕負罪，永遠！」這番話令人瞠目結舌，但其隱含的女權主義意識是強烈的。當然，我並不是將其與作者的思維等同，但整個作品的這種女性話語的確是在這種氛圍下進行的。性，作爲西方女權主義關注的一個焦點問題，它突出標示著女性意識覺醒的程度，所以，在許多女性作家作品中都有極致的描寫和表現。梁晴小說雖然並不以此爲描寫的中心，但它所流露出的對性意識的理解，顯然是站在女性作家前列的。我以爲與方菲、杜若形成反差的幾位女人的描寫，正是作者在覺醒者和昏愚者之間選擇的

「陪襯人」，她們的意義旨在使閱讀者辨清女人悲劇的根本緣由在於不能「超越自我」。《花雕》似乎使人對梁晴刮目相看，正如梁晴所說，她是想在人生「旅途的孤獨」中「排除生命中一切非本質的東西去深掘自我的存在，自我的人格和人的價值」。有許多人認為小說的主要筆墨是寫老幹部俞寄傲回到生活和自然中來的遭際，這和《三界》的題材相似。那麼小說主要線索是寫男主人公的悲劇，女主人公程秋韆則是陪襯人物。梁晴在創作談中只提了「兩個主要人物」這個模糊性的結論。而我卻以為，這篇小說恰恰是以女性話語來敘述一個女性的心靈悲劇。不錯，從故事結構表層來看，小說是寫俞寄傲死的悲劇。但我以為俞寄傲卻是死得很幸福，因為他找到了自己靈魂的歸宿，他終於摘掉了自己的「人格面具」，走進了那間屬於自己精神領地的小屋，他應該是死而無憾、死而無悔。而作為故事結構的對應卻是一個更加寬闊的深層心理結構，這就是以程秋韆心理發展為線索的女性精神悲劇內容。從這個意義上來說，程秋韆和俞寄傲呈對應結構，前者是心理深層結構，後者卻是故事表層結構。兩者相互融合又相互排斥。俞寄傲是肉體死亡，而程秋韆是精神死亡；俞寄傲的精神獲得了喜劇性的「超渡」，而程秋韆則仍在精神的悲劇中徜徉。最終的悲劇是屬於程秋韆這個被社會和時代所遺忘和不理解的女性。從這個意義上來說，我以為小說寫的是女性內心的「悲慘世界」，從話語角度來看，它也應是以女性心理線索為主，作家描寫的力點是女性，而非男性。唯有如此，才能解讀小說更深的寓意。

梁晴作為一個女性作家，她具備了應有的生活、才氣和思想，她不缺任何優秀作家的基本素質和條件。或許她要尋覓的是一種最佳的敘述方式吧。

第三節　敘述實驗的個體選擇

讀者對於有藝術才華的作家，總有一種格外的關切，格外的厚望，甚至有時不免以特別挑剔的目光注視著他們，逼迫著他們。當他們停滯不前時，為之焦急；當他們向前發展時為之欣喜。讀者願意看到他們的藝術世界日臻完美，藝術風格不斷變化更新，藝術個性不斷走向成熟鮮明。

趙本夫是屬於這樣一類受到人們關注的作家。他在黃河故道八百里古老的土地上，已經跋涉了多年，蘊含豐厚的黃河故道孕育他的處女作《賣驢》，

以它強大深沉的內在力量，給予趙本夫藝術創新的勇氣，推動著鼓舞著這位
古黃河灘上成長起來的作者，寫出黃河故道的歷史圖畫、現實場景，勾畫出
這塊古老土地的丰釆神韻。

趙本夫的小說創作幾經蛻變，愈來愈使人費解。然而，只要把握住作者
那根始終不能剝離的對人的生命意識進行嚴肅思考的脈搏，就可以比較容易
地解讀其意象、語言和形象背後的小說意義了。

一、趙本夫小說的幾副面孔

趙本夫的小說創作大致可分爲四個階段：以《賣驢》、《「狐仙」擇偶記》
等爲代表的短篇小說，呈現出與同時期作家所不同的對人性的思考，雖然這
些小說是對五四以來人文主義主題的再次認同，但作者沒有把鏡頭的聚焦對
準那轟轟烈烈的經濟改革背景，而是把筆觸延伸到人的內心世界抒寫人性萌
動時的美麗和偉大。當作者不願駐足於人性的淺層次思考時，趙本夫的小說
則呈現出另一番景象了，以《寨堡》、《絕藥》、《絕唱》等短篇爲代表的作品
開始對人性中那種說不清的潛在集體無意識予以裸露和思索，同時對民族文
化心理的生存環境進行解剖。在這些作品當中，透過小說撲朔迷離的人物和
景物的描繪，可感受到作者在力圖表垷史深層次人性時而達不到臆想目標時
的痛苦和恍惚。大約從《那一原始的音符》開始，作者鄙夷起人性中的劣根
性，在人類與獸類的比較中，作者下意識地批判了人在文明經歷中所犯下的
罪惡，人性惡的意念成爲小說寓言的內涵，這種意念遏制著作家對人性思考
的某些偏見，因而在《刀客與女人》及《混沌世界》的創作中，作者始終都
排解不開人性惡陰影的籠罩，即便在弘揚人性美的主旋律下也浸潤著對人性
「混沌世界」的鬱憤之情。如果這一階段的創作是作者從民族意識的思考中
觸到了人類意識的邊緣的話，那麼從《涸轍》開始，作者的創作意念則完全
從族意識中擺脫出來，將小說的內涵上升到類意識（人的生命意識）之上。
像《走出藍水河》這樣的中篇小說給人的是一種形而上的感覺，它抒寫的是
生命回到原點的一個過程。作者發出的是人在文明外力擠壓下所走過的生命
道路究竟給人類提供了什麼的詰問。這種對生命哲理性的思考使趙本夫的小
說進入了一個對生命「怪圈」的反覆思考之中，我以爲，這種哲學思維的屏
障將會在很長一段時間內閾限著作者對這一命題的突破。

同樣，趙本夫的小說創作隨著哲學意念的不斷深入，其運用的形式技巧

亦隨之變化。從現實主義到神秘主義，從借鑒現代派手法到新寫實的張揚，趙本夫在多種的形式技巧的探求中，找到了自身命題表現的最佳方式。在他的作品中，既可以看到最古典的敘述方式，也可以尋覓到最現代的表現方式。當然，也可能找到一些模仿的痕跡，使人覺得有些乏味。然而，當我們進入了作品意向性思考範疇之內後，就會被一些新技巧的運用所感動。

上世紀 80 年代的中國文壇容納了整個歐洲一個世紀的文學觀念變遷。從意識流到現代派，從現代主義到後現代主義，中國的當代作家（尤其是青年作家）經歷了傳統與現代觀念、技術撞擊的抉擇。在蛻變過程中，一批作家在借鑒、分離和消化之中，逐步形成了自身的風格，也許趙本夫也算是這類作家吧。

從五四以來，中國的現代文學一直是沿著歐洲啓蒙時期的人文主義主題向前演進的，而以後的西方後工業社會思潮中的現代主義和後現代主義從對人的關注轉向對物的關注亦不斷衝擊著新時期的中國小說界，大批的「先鋒」、「實驗」、「新潮」小說作爲一種觀念的嘗試向文壇宣告自我的存在。趙本夫近期的小說創作從表面的閱讀來看，它在整個敘述過程中顯現出對人物和人物性格的忽視，那種凸現的具有立體性格特徵的「黑嫂」式的人物已不復存在，但這決非意味著作者對於物（這個後工業時代的龐然大物對人類心理的壓迫陰影）描寫的重視。相反，趙本夫始終是在對人的充分關注和解剖中完成對於民族和人類本質的思考與探索。當這種哲理性的思考外化爲具體的表現形式技巧時，趙本夫則又悄悄地移植了一些「新小說」的新質。

現實主義的小說往往是通過對人物的外形的詳盡描述和對性格深刻細緻的分析，來達到「眞實」效果的，而現代讀者已不滿足這種「栩栩如生」的人物所提供的審美空間和心理空間了，它要求讀者與人物一起在小說的創作過程中，共同探索一種「深層的眞實」。這就首先要求小說家對人物的處理打破那種虛構的痕跡，創造出一種近乎於紀實的心理形象和映象。《走出藍水河》中，作者所塑造的三個不同時間段的同一人物的歷史過程（也即心理演變的歷程）標誌著趙本夫對於三種不同人物塑造方式的認同。野孩→徐一海→老頭，這個民族心理形象演變歷程的化身和象徵，明顯地是虛構人物→虛實人物→紀實人物三個不同描述方式下的重疊人物。作爲「野孩」，那種寫意的詩化的情緒融化於其中，顯示出一個未經「文明」雕琢的自然人物形象的詩意魅力，不難看出作者對於充滿著大自然偉大和古典主義審美情趣的眷念；作爲徐一海，那種現實主義人物「情結」作爲潛在力量，左右著人物的心理機

制，這個人物在整個作品中成為一個最引人注目的最「栩栩如生」的形象而那個「紀實人物」——編籮筐的老頭是一個最不起眼的「過場」人物，然而，這個人物正是整個作品對於人的生命過程的思考結晶，亦正是作者將其哲學意念昇華抽象到「形而上」階段的一個焦點人物，這個老頭那些古怪的話語和古怪的念頭，正是作者要探討的：人在經受過「文明」的薰陶以後，雖然並未完全回到「原點」，但為什麼反而變得失卻了人的本質特扯，向非人的方向轉化呢？顯然，作為表述內容的三個人物的復疊，同時用三種不同的描述方式予以表達亦正是作者自己對於古典主義→現實主義→現代主義三種描述方式不分高下的認同。正是這三種表述方式存在於同一作品之中，便使整個作品更加撲朔迷離。也許有人認為這有點不倫不類，但我以為，這正是這一代作家思想藝術特徵的最形象的表露。眷念古典主義的詩意，擺脫不了現實主義力量的誘惑和籠罩，同時亦嚮往現代主義那種「有意味的形式」對於人類思維的獨特表現。這就是從文革走過來的一代作家獨特的創作心態。

　　「新小說」的代表人物羅布——格里耶以「物本主義」與「人本主義」相抗衡，認為「真正的人道主義不應該強調世界的一切是人」。所以他們主張小說寫人物活動的生存空間和故事本身。現代作家不可能象傳統小說作家那樣對人物的命運作出事先的全面安排，作家只能描寫時間長河中的一瞬間，生活現象是周而復始、無限循環的，生活中的現實、幻想、回憶、想像、夢境往往是混沌交錯、相互重疊的，不能截然分清。趙本夫的小說可以說一直是用人文主義的眼光看待一切的，只是在近期的小說中，這種人文主義的眼光是用一種變態的方式加以折射的。與「新小說」作家所不同的是，趙本夫的小說並沒有「以物易人」，從而否定文學的社會功能。然而，他在作品中卻採用了「新小說」那種自由處理時間和空間的方式，把人物的心理空間進行無限放大，使線性的時間概念變成具有空間意義的心理時間。這一切，並不是「新小說」把人物作為「臨時道具」的做法，而是一切圍繞著人物心靈歷程的變化而作出的技巧選擇。在趙本夫的近期小說中，我們可以看出其濃縮了的敘述性語言的增強，除了故事情節的大量捨棄外，這就是人物的語言對話呈消失狀態。傳統小說往往以「傳神」的對話來表現人物心理世界，而現代小說卻認為它是一種外部描寫，是表面的真實。內心的真實則要求人物塑造不一定面目清晰，對話不要求連貫，而是表現人對現實的一瞬間的感受，把內心世界表現作為一種運動。趙本夫小說中人物對話的「失語」現象無疑

是作者試圖廓大小說的心理空間而造成的，然而所不同的是，趙本夫並沒有表現人面對現實世界的一瞬間感受，而是把心理的時空拉長，展開一個生命的心靈歷程。如《涸轍》中的似乎只是空間意義上的人物，展現的卻是一個民族生命意識的堅韌心理演進的過程。《走出藍水河》中作者乾脆把同一人物面對即時的現實世界的心理分成三個時間段，來展現生命在外力擠壓下變形的心理過程。從中可以看出作者雖然在許多形式技巧上運用了「新小說」對於人物的處理方式，然而，就其哲學觀念的立足點來看則完全是不同的。趙本夫只是想通過這種「有意味的形式」來達到他對人物心靈歷程變遷的描述，從而闡釋自己對生命本體的哲學思考。

從 20 世紀初就開始的小說革命，在不斷破壞小說的因果關係和邏輯聯繫中取得了驚人的一致，從現代主義到後現代主義，一直將此作爲圭臬。小說的支撐物不再是人物和故事情節，而成爲敘述的形式和描寫的語言，「新小說」的代表作家克洛德‧西蒙宣稱小說已由「歷險的敘述」變成「敘述的歷險」，在他們的筆下，故事沒有開始和結局，人物甚至沒有姓名，情節前後不一，經常使用「閃回」的電影手法。也就是說，那種線型的故事敘述法中的內在因果邏輯聯繫已被完全切割，順敘、倒敘、插敘的傳統手法已被徹底拋棄，那種沒有規律的交叉、重疊、循環使人難以捉摸其確定的奧秘，時間（現在、過去、未來）可以毫無界限地同時出現，空間可以任意轉換跳躍，現實、夢境、幻覺、意識流動、想像等可以失去臨界而無節制無理性地蔓延在整個作品之中。他們認爲傳統小說中引人入勝的故事情節誘惑讀者進入作者虛構的「謊言世界」，從而取消了讀者參與創作的權力。新潮小說無疑是借鑒「新小說」的這一小說觀念的，這種時髦衝擊著舊小說觀念。面對這種兩難的選擇，趙本夫的小說也作了相應的調整。首先，從《涸轍》開始，他已完全打破了線型的敘述方式，整個小說在歷史和現在、夢幻和現實的交錯、疊印的變焦距藝術描寫中，呈現出的是一片混沌狀態的時空現象，但仔細地釐定，通過重新的拼合，基本上仍可以還原故事的基本情節和整個情節的時間鏈條。可以看出，作者有意識打破傳統小說的敘述惰性，造成一定的「閱讀障礙」，然而，這種「閱讀障礙」決非是一種敘述形式的探險，它是服從於作者的終極目的——引導讀者向更廣袤的哲學思維領域邁進。形式最終爲內容而存在。那延綿幾代人的栽樹運動成爲小說的情節線索，也成爲人物的心理線索。它成爲一種氛圍，一種固態的民族文化心理板塊，它既顯現出這個民族的劣根

性，同時又迷漫著這個民族精靈般的意志和凝聚力。作者不是象「新小說」派作家那樣要表現世界的虛無，而是要表現那扎扎實實的人的自我掙扎狀態和生存現象，那種對人性的弘揚和對獸性的鞭撻包孕著作者無可言狀的悲劇性闡釋，作者清晰表達出「使人更深刻地感受到整個生活的美好和痛苦，感受到生存的歡樂和複雜性」這樣的主題內涵。《走出藍水河》的時序性更是被打亂了，線性的結構幾乎被場景的組合和心理的描述所淹沒，但是明眼的讀者可以看出作者精心打破的時間鏈條和空間的轉換標識，只須把三個不同時間段上的人物加以重新整合，便可以理出一條清晰的時間順序和空間的轉換聯繫。趙本夫的小說實驗並非是對現代派小說本質的模仿，而是局部地運用其藝術技巧，爲更深刻地闡述自身的人文主義哲學觀念而借鑒之。這在他運用象徵、隱喻等技巧的變化上也可略見一斑。

　　讀趙本夫的《涸轍》和《走出藍水河》，總能感受到一種魔幻和神話的氛圍和意蘊，在作品中呈現出一種飄忽不定的情緒。如果說魔幻現實主義採用古代神話、傳說、幻想、幻境來製造一種既超自然而又不脫離自然的神奇氣氛，通過魔幻來折射現實，「變現實爲幻想而又不失其眞」的話，那麼，趙本夫的這兩部小說亦是通過帶有神秘魔幻色彩的象徵和隱喻性的描繪來達到「變幻想爲現實而又更加其眞」的藝術效果。在《涸轍》中，那反反覆覆迴蕩在作品中的「砰！──砰！──砰！」的劈柴聲；那螞蚱灘上神秘的霧靄和獨臂老人的古老軀體；那魚王莊枯河中的魚王；那廟裏的和尙……與其說它們是象徵、隱喻，還不如說它們是一種文化的積澱，是作者所要表現的那個黃河精靈的文化生存環境，是作者所要表現的這個現實世界中人的集體無意識。《走出藍水河》中野孩在神秘的藍水河的懷抱中成長時的童話般仙境，使你難以分清究竟是夢幻還是流逝的現實。那藍水河上的女妖充滿著夏娃式的誘惑……這一切夢境般的自然描寫正是作者對一種虛假文明的詛咒與反叛，在自然與文明的反差中，作者要闡釋的是虛假的人類文明比起未經薰陶的大自然來，後者更美，作者用這種反差來達到對現實世界的形而上闡釋：「走出藍水河」本身就是人類向文明邁進的象徵。無疑，趙本夫的這種象徵、隱喻的描寫總是要用人物的心理語言加以形而上的哲學闡釋的，這也是理解趙本夫小說的一個重要的關鍵性的指示詞──破譯小說內涵的密碼。

　　當然，對於現代小說技巧的運用如果僅僅止於模仿，而不與作品本身的內容相融合，則是可悲的。趙本夫近期小說中的許多技巧都有明顯的模仿痕

跡，但他的模仿卻完全是出於內容的需求。例如在《走出藍水河》中作者採用了在大段的描寫中取消標點符號的手法和儘量用不帶主觀感情色彩的中性詞語進行描述的手法，使小說形成了一種心理的描寫氣勢，形成了一種多重複義的藝術效果。這不能不說是一種純技巧的試驗。不管這樣試驗的實際效果如何，就其探索求變的精神來說，是應該肯定的。

趙本夫一開始寫小說就是以帶有悲劇內涵和色彩的格調來寫喜劇的，他的成名之作《賣驢》、《「狐仙」擇偶記》等都是在充滿著喜劇的氛圍中透露出淡淡的悲劇韻味，使人思考到一些作品之外的人性哲理。然而，不久之後，趙本夫開始以喜劇的格調來寫悲劇。但這和「黑色幽默」等現代派作家所不同的是，同樣是使用超現實的筆法將荒謬與醜惡加以放大、扭曲，甚至強化，「黑色幽默」作品所闡釋的是人在這個荒謬的世界裏是不存在有價值的選擇的哲學意念，而趙本夫的小說從表而形態來看，似乎酷似這樣的哲學觀念，描寫了人的愚笨、邪惡與不幸，描寫了靈魂死亡的悲劇，卻始終抹不掉對於這種社會悲劇的鬱憤之情和迫切治癒這些社會弊端的介入情結。

從《那——原始的音符》開始，作者在自己的作品中就在不斷製造著一種令人窒息的死亡悲劇氣氛。在《涸轍》中，作者把魚王莊人的性格放在這種「死水」般的悲劇氣氛中展開是有其深刻用心的，所有的人物都在這種隱形的悲劇氛圍中湧動著，進行著個體和群體的掙扎。但是整個作品的每一單元的情節和細節充滿著具有反諷意味的喜劇風格，作者試圖在這種悲喜劇的反差之中求得一種悲劇的超越。作者表述的是一種比死亡更苦痛的悲劇——那種社會外力擠壓下形成的民族自戕力才是民族和人類真正的悲劇。《走出藍水河》更是用一種充滿著嘲諷和調侃的、具有「冷面滑稽」的筆調來寫這個從野孩→徐一海→編筐老頭的悲劇心靈歷程的，如果說悲劇是將人生有價值的東西撕毀給人看，那麼這部作品的悲劇審美價值的深刻性恰恰在於它並沒有把徐一海的肉體死亡展現於我們面前，而是將他的靈魂死亡、精神死亡、文明死亡用一種幽默的筆調呈現於你的眼前。你看到的那個編筐老頭正是失去了記憶的徐一海，作為文明洗禮過的人，生長在這個時代和社會裏，只是個機械的沒有思想的「行屍走肉」，他的「古怪」正是他和文明社會，甚至與自然社會（野孩時代）格格不入的必然後果，那場「浩劫」使這個充滿了到法蘭西去深造憧憬的文明人變成了「非人」。這難道不比肉體的死亡更可悲嗎？從這裡我們可以看出趙本夫在悲劇審美意識和價值觀上的變化。雖然趙本夫也像「黑色幽默」作家那樣用滑稽的，甚

至荒誕的手法來處理內在的悲劇素材，但他決不像「黑色幽默」作家們去宣揚人類無可藥救的孤獨和痛苦，趙本夫揭示的孤獨與痛苦是充滿了「療救」之情的，最終治癒人類靈魂的創傷成為他作品主題內涵的終極。

悲劇從來都是在矛盾衝突中尋覓答案的，無論是亞里斯多德，還是黑格爾，抑或是恩格斯的著名論斷都強調這種「外力」形成的衝突線，無論它是自然的還是社會的都是人物行動和悲劇根源的「原動力」。而現代悲劇精神強調的卻是「內力」的自戕過程，注重的是人類的生命體驗，它所要得到的是一種形而上的感性與理性的生命意識體現。趙本夫的近期小說已摒棄了用「外力」的影響來催化悲劇的藝術審美效應，而是依賴靈魂的拷問，通過個體精神的毀滅來獲得一種生命體驗的快感，他並不想在悲劇的結局中尋覓恐懼和憐憫，而是依靠人物生命意識中的「內驅力」來闡釋自身對人類意識的哲學思考。這種對悲劇觀念的反叛，並非作者有意識地向尼采的哲學和悲劇觀的靠攏，而是作者表述自己人文主義哲學內容的需求，雖然在某種悲劇觀上與尼采的哲學意識有部分相交之處，但總的來說，趙本夫作品呈現的哲學主體意識仍是以人文主義和啟蒙意識為前提的。

現代小說在視角轉換中獲得了小說變革的成功，由於視角不斷的轉換，使讀者能夠與人物一同進入一個個奇妙的心理世界，這樣，小說才有了「複調小說」的意味。難怪人們把巴赫金「人物主體性」的理論作為小說變革的一個重大發現。巴氏能在陀斯妥耶夫斯基的小說創作中將它上升為現代小說的經驗總結，確實為現代小說的心理深層意識打開了淋漓盡致表現的新穎通道。當中國新時期的許多小說家紛紛倣仿之後，才真正體會到它的奧妙之處。航鷹在寫《老喜喪》這部中篇時，初稿仍是用傳統的線型結構方式，但是「在二稿動筆之前，我請了兩位文友就『民俗淹沒人物』問題作了探討，終於找到了改換敘述人稱，順著人物心理去寫事件的路子。雖然我對現代小說技法中多視角多人稱的敘述方法不太熟悉，但靠著話劇編劇出身以寫臺詞見長的看家本領。為每個主要人物的語言特點作了設計，力求符合其身份、年齡、文化教養、性格特徵。各種人物的語言反差很大，加上必要的第三人稱宏觀刻畫，讀起來雖然有些跳，卻能使藝術空間立體起來，比初稿的第三人稱作者全知全能的敘述方式強多了」〔註7〕。作為進入不惑之年的一代「知青」作家來說，他們在新時期文學的初始，往往成為藝術形式探索的先鋒，但是一俟有了名氣，探索就容易停滯，形

〔註7〕　航鷹：《啼笑皆非〈老喜喪〉》，《中篇小說選刊》1990 年第 8 期。

成一種藝術的思維定勢。當然，趙本夫的小說創作標誌著他在這方面的不懈努力，然而，我發現趙本夫儘管在很多表現方式和技巧上汲取了現代小說的精華，但在整個小說的敘述構架上卻沒有很大的變化。同許多作家一樣，這種固定的敘述視角閾限了作者的敘述視野，阻礙了自身小說向心理的深層意識開掘的通道。我常常想，倘使趙本夫的小說能夠換一下敘述的角度，用人物主體性的方式來構成他小說中人物自身內心的斑斕世界，使一個個人物「向內」時是一個獨立的主觀心理世界，「向外」時，現實世界和其他人物構成的是一個與「我」相對立而存在的客觀現實世界，這樣，小說的構成就不再是僅僅依賴外在的矛盾，而趨向於內心世界本身的衝突，以及這個心理世界與現實世界的反差所構成的具有現代小說認知方式的內在衝突。

趙本夫的小說是千方百計的要進入更深的心理層次，以表現他反覆思考的人類生命意識的母題，但由於他忽略了對於人物內心世界更有效的表現方式的探索——這就是巴赫金「複調」小說的敘述視角的轉換，將自己的小說敘述模式固定在全知全能的古典式的「敘述者＞人物」的「內視角」之中，這就使得小說中人物對於主觀心理世界不能作出即時性反映，這就不能使「主人公成為觀察他自身和他的世界的視點」，也就不能成為「自我意識的主體」〔註8〕。也正是巴赫金反覆強調的「複調小說的作者不是直接描繪客體形象，而是經由主人公的自我意識去描繪形象」〔註9〕。平心而論，趙本夫的小說在藝術技巧的更新上花了很大氣力，但是那種「獨調」小說的固定敘述視角卻妨害了他試圖進入的更深心理層次。以前我只發現趙本夫的小說的流動美感往往被作者插入的議論（無論是作者的即時議論或是以人物替代作者的議論還是以抒情寫景替代作者的議論）所切割。但是，從《涸轍》以後，我發現是這個固定視角阻礙了小說進入更深層次。如果趙本夫將「敘述的過去時態轉換為人物正在意識著、體驗著的現在時態」，如果「小說似乎是由若干個作家以他們各自的觀點寫成的」，如果整個作品「像一個沒有指揮的樂隊」〔註10〕，那麼趙本夫的小說將是一個什麼樣的面目呢？

〔註8〕　樊錦鑫：《陀思妥耶夫斯基藝術世界中的時產和空間》，《國外文學》1983年第3輯，北京大學出版社。

〔註9〕　樊錦鑫：《陀思妥耶夫斯基藝術世界中的時產和空間》，《國外文學》1983年第3輯，北京大學出版社。

〔註10〕　樊錦鑫：《陀思妥耶夫斯基藝術世界中的時產和空間》，《國外文學》1983年第3輯，北京大學出版社。

二、趙本夫的敘事突圍

綜觀趙本夫小說創作藝術追求的軌跡，主要有三個方面的變化發展。

人物的性格由單一到多側面、多層次展現。人物心理的描寫亦由單純而變爲豐富複雜。握筆之初的趙本夫，比較成功地推出兩篇作品《賣驢》、《「狐仙」擇偶記》，成功的原因在於作者敏銳地把握著並表現了新舊交替歷史時期，農村農民生活的歡愉、疑慮、追求和希望，頗得時代風氣之先。但作者畢竟還缺乏從更高的歷史層次駕馭現實的力量，因而在創作藝術上不免顯得有些單薄。這種單薄感，自然首先體現在人物性格的刻畫單一化、平面化，沒有那種主體雕塑式的厚重感。其原因是，小說雖然注意到了變革時期在農民的精神、心理內部所產生的沖激、振蕩，然而強烈的帶有戲劇性的外部動作代替了更爲深刻的心理挖掘，從而使人物的心理變化限於一種單向的線性的呈現，本來是複雜的內在的心理動作，變得過於單純而缺少歷史的縱深感和張力感了。契合著當前小說的審美趨向，發表於 85 年的《絕藥》、《寨堡》以及 84 年的《祖先的墳》，85 年的《羊脂玉》、《絕唱》，趙本夫對於人物性格的塑造以及心理世界的表現，有了明顯的變化。他已經不滿足於單一、平面的那種靠外部動作完成人物創造的方法，甚至也不滿足剖析其中主要人物現實性的心理狀態，而是致力於從多側面、多層次的角度透視，揭示人物性格、心理的多樣性、豐富性，並且把剖面擴大到古黃河地區群體社會普遍性的心理結構。《祖先的墳》中的福淳爺，是一個帶著「刻骨銘心」的痛苦進入新的歷史時期的農民幹部，他一方面爲了這個時代的到來而由衷的高興，另一方面卻無法排解精神的苦悶和失落，終於把自己連同過去的一切殉給逝去的時代。福淳爺的性格遠非僅如我們有些同志概括的那樣單一「顯示了他作爲一個共產黨員對祖國、對人民的崇高責任感」，而是相當複雜的。構成他的性格內核的基因，不僅有普通共產黨員的責任心，農民對故鄉、對家鄉父老子弟的樸素感情，而且還強烈地濃縮進了農民所固有的思想意識。他的心理世界不是那樣的單純透明，而是覆蓋著一層厚重的歷史積澱的陰影。福淳爺的痛苦，其實根源於一個強者，一個如他們「拯救族人的先人」那樣的農民英雄的精神負荷，所謂「祖先的墳」其涵義即在於此處。福淳爺是歷史鏈條上的一環，他不可能掙脫歷史的重負，而具備現代農民的意識，進而認識到改革對農村社會的深遠意義，因而他的痛苦也就無法解脫以至於吞噬了他的生命，作者是多麼眞實地刻畫了這樣一個複雜的農村幹部形象啊！較之孫三老

漢來，福淳爺的形象內涵無疑顯得豐富多了。

趙本夫在刻畫人物上的這種變化，當非只屬於一種藝術技巧的發展，根本之處在於他對黃河故道這塊古老的土地具有自覺的「深掘」意識，即努力發現並挖掘黃河故地道區的歷史文化形態，以及在這種歷史文化形態影響之下的時殊的社會文化心理。黃河是中原文化的發祥地，三省交界的豐縣一帶，雖然隨著時間的變遷，黃河改道而去，然而黃河文化的影響卻是根深蒂固的，它滲透了八百里黃河灘上的每一寸土地。趙本夫的「根」就紮在這裡。其實在 82 年與劉本夫合作的《鬥羊》中，這一追求就初見端倪，作爲當代生活背景的「鬥羊」風俗，實際上顯示了那裏的一種特定的文化形態，但由於作者更多的注重於「鬥羊」風俗的奇異性，因此對於文化形態的展現遠非是自覺的、突出的、充分的。《絕藥》和《寨堡》的發表，說明了趙本夫「深掘」意識的確立。這兩篇作品中，也描寫了民俗，但已經不再是分離的、獨立的場景，而是水乳一般的融進了作者所表現的全部生活之中，無論是《絕藥》中人們對於種種事物的尊崇和對於「正統」事物的膜拜，還是以《寨堡》中恪守和信奉封建禮教，都反映了封建社會占統治地位的儒家意識積澱下的文化行爲，它們形成了濃重的生活氛圍，包裹了那裏的人們的一切行動。而通過人們的行動——諸如對行蹤不定、舉止乖僻的崔老道的「絕藥」的堅信不移，對樹貞節牌坊的熱心等等——則坦現了封建文化薰陶之下的普遍的文化心理結構。這種文化心理是變態的、扭曲的、保守頑固而呈隋性狀態的心理，其複雜性幾乎達到「只能意會、不好言傳」的程度。自然而然，作者甚至已經不是那樣集中地刻畫一兩個主要人物了，而是致力於表現生活在黃河故道的群體形象，作品刻畫的是一副群體社會的心理圖。由此，我們不能不感覺到，趙本夫的小說創作進入到了一個新的審美層次，藝術上開始逐漸地成熟起來了。

創作風格由喜劇向悲劇發展，主動自覺地拓寬思維空間，促使作品風格趨向多元。一個作家的成熟尤其體現在他的藝術個性不斷進步上。作家要超越自己遠比超越別人困難得多，他在創作伊始初步形成的風格特色往往容易形成某種圈圈，使自己不自覺地陷身其中，創作風格便凝固化、單一化，進而窒息枯萎了自己的創作生命。若是要求得到藝術個性的長足發展，首先就必須打破作家已有的框架，變單一風格爲多元風格。考察作家的藝術才華和潛力的依據當在乎此點。趙本夫是以喜劇格調構製他的《賣驢》、《「狐仙」擇

偶記》諸作的。孫三老漢被大青驢拉到火葬場，以及他始而賣驢繼而變卦的可笑情節，使全篇小說彌滿了喜劇的氣氛，圍繞「狐仙」黑嫂和「鋼槍排」光棍漢們的「求愛」行動，甚至包括在老彎與黑嫂的愛情糾葛，也都是以喜劇的手法渲染勾勒的。喜劇風格是趙本夫初期創作的鮮明特點，融合了作者那種農民式的「幽默」的氣質。也許意識到喜劇的表現可能難以企及作者抒寫古黃河歷史生活的初衷，從而尋找更爲深沉大度的藝術能源吧，喜劇的表現在趙本夫的創作中逐漸退居次要地位，追求悲劇風格成爲趙本夫小說創作明顯的藝術傾向。82 年初發表的《古黃河灘》是作者對悲劇藝術的初試，由於這部中篇通俗小說以傳奇筆法寫成，對悲劇效果的傳達不無削弱，但貫穿於情節之中人物的種種悲歡離合伴隨著一個悲劇的時代被較好地凸現出來了。如果說趙本夫在《古黃河灘》中試圖表現的是一種生活悲劇、社會悲劇，那麼其後的《祖先的墳》和《絕唱》，則顯然把藝術的觸角深入地探進了特定的時代條件下人物的性格悲劇、心理悲劇之中。《祖先的墳》中福淳爺的悲劇，根源於他的性格、心理內部的矛盾衝突，前面已經涉及，不再多論。《絕唱》中的名藝人關十三因十年浩劫而倒了嗓，退休後與至友尙爺一起在竹園，品茶、下棋、玩百靈，悲於百靈鳥尙且能夠盡最後的生命拚叫出「十五口」，留下「絕唱」，而自己反不及百靈，悲極而死，尙爺也爲了殉朋友之志而自殺於關十三靈前。這齣悲劇的動人之處，正是那種人生追求的「絕唱」之強烈的聲響對於人們靈魂的震顫！而構成悲劇的基原，因此離不開那個特定的時代對於藝術的摧殘戕害，但這只作爲外部條件，悲劇的實質是關十三這樣一位民間藝人對藝術崇高境界的追求未能實現的絕望心理，百靈能叫出所罕聞的「十五口」，雖死，卻留下絕唱。鳥尙如此，人何以堪！對關十三這樣一位忠實於藝術、熱愛藝術的人來說，產生的精神衝擊夠強烈的了。關十三的悲劇，給人的不是憐憫，而是感喟和敬佩，富有光彩，因爲他肉體雖然毀滅，但人生價值卻在這種「自我毀滅」中得到實現，得到昇華。而在藝術表現上，由於悲劇的審美特質玩具的崇高性，大大地加強了作品的藝術感染力，這是趙本夫初期的作品所未能獲得的。

　　趙本夫小說創作的悲劇傾向，表現了他的個性化藝術思維空間的擴展拓寬，對於像他這樣的作者尤其彌足珍貴，由此我們看到了趙本夫藝術創造的潛在能量，這足以保證他的創造才華不是曇花一現，不會很快力衰枯竭。而且，趙本夫創作風格的這一變化，也使我們注意到目前小說創作某種發展動

向。文學摒棄悲劇的時代已經過去了，悲劇觀念在今天得到復蘇，當作家努力創造「史詩」小說時，他們對於悲劇藝術的選擇不再表現得猶猶疑疑，不少作家都把悲劇的表現當作向「史詩」型文學靠近的重要途徑，一批崛起的作家在這方面尤爲突出，與趙本夫同爲江蘇作家的周梅森，即以他的《歷史、土地、人》系列中篇，開始構製其宏偉的「史詩」型建築群，而創造悲劇的莊嚴，崇高則是這一建築群的堅實的支撐點。放在整個新時期文學發展潮流中考察趙本夫悲劇風格的建立，就可以更易見到他的藝術追求的意義了。

敘述形態由巧合性和偶然性的情節關係鋪設轉向大智若愚、大巧若拙的生活細節、場景、原生狀態的呈現。從趙本夫短短的創作進程來看，不難發現敘事文學傳統的情節觀念對他的影響是比較大的，明顯的因果關係的設置，是從《賣驢》、《「狐仙」擇偶記》乃至《鬥羊》、《古黃河灘》諸作的突出現象，故事性強，引人入勝本來就符合我們民族的傳統欣賞心理，作家選擇這種敘述形態，也自然無可非議。但隨著趙本夫對藝術世界豐富性的不斷探索，隨著他對藝術堂奧的不斷領悟，同時也隨著他藝術表現才力不斷提高，他在近年內一些頗具影響的作品如《絕藥》、《寨堡》、《祖先的墳》中，開始採用大智若愚、大巧若拙的筆法，雖然尚欠火候，未能達到爐火純青的境界，但已初露出特有的風韻，另有一種藝術魅力。《絕藥》堪稱代表。這是一篇沒有「故事」的故事，由幾個細節和場景呈現出近乎原始形態的生活，全篇有一種略帶神秘色彩的社會氛圍。作品中描寫的崔老道怪異詭奇，然而並非小說的主要人物，因而也沒有以主要人物爲紐結的外在的矛盾衝突。其實作者要表現的正是那種社會氛圍，崔老道如何賣藥，如何一面把玩三足烏龜，閉目養神，一面應付人們的詢問、感謝，或玩世不恭，或勃然變怒，種種情狀襯出黃河故道小鎮上的眾生世相，寫得平淡自然，看不出作者敷衍推進惜節的痕跡，當然也就談不上刻意設置明顯的因果關係了。這種對生活原始形態的摹製，是不能理解爲藝術創造上的漫不經心的，所謂大智若愚、大巧若拙，實際更能體現作家藝術上的良苦用心。作家希望用十分接近生活的敘述方式真實地、客觀地再現生活面貌，揭示生活的底蘊，既是對生活的忠誠，也是對藝術的忠誠。

敘述形態的轉向，在一定程庶上也反映了趙本夫小說觀念的改變、更新，即從敘事文學傳統的情節觀念中解放出來，打破封閉的以情節爲主體的敘事方式，求得筆法的自由通曉，更好地發揮生活本身的優勢。這樣的觀念和實踐對建立小說藝術的開放性體系無疑有著不可忽視的意義。應該加以說明的是，趙

本夫並沒有完全捨棄傳統的小說敘事方式，至少在他目前的作品中還可見到與《賣驢》、《「狐仙」擇偶記》相似的敘述形態，中篇小說《村鬼》即如是。

藝術追求是十分艱辛的，作家每邁進一步，既可能成功，也可能失敗；既可能使創作進入一個新的層次，同時也可能留下種種缺陷不足。如此種種，並不奇怪，每一個從事創造的人，都會一方面突破舊有的某種局限，同時一方面又呈現出某種新的局限。藝術是沒有止境的。在趙本夫的藝術追求中，還有一些值得注意的不足，能否衝破這些障礙，將關係到他的創作進入更高更深的藝術境界與否。

他以極大的熱情與心力尋求和表現黃河故道古老土地的「神韻」，但他對這塊土地社會屬性的描寫則缺少更為深刻的主觀觀照和內心領悟，那種原始、粗獷的、神秘的氛圍還沒有上升到一種強大的生命意識的傳達。在趙本夫的大部分作品中，我們可以看到他對黃河故道風俗人情的勾畫，其意圖當在於通過這一特殊的生活，表現那裏的歷史面貌和現實圖景，寫出時代風尚和眾生世相。然而，由於作者似乎帶有理念性概括的傾向，急於要把他自己對於生活的態度表露出來，因而缺少對複雜的社會屬性更加透切、深刻的剖析，其中隱蔽的、內在的關係被表象所掩蓋。直露的結果在一定程度上把社會屬性的表現變得單純化了。同樣，構造黃河故道「神韻」的八百里土地上的自然世界，趙本夫並沒有忽視它，《絕藥》的荒漠，《寨堡》「具有粗獷的力感和原始的美」，這些無疑都增加了作品的地方色彩和鄉土氣息，不過，它們在作品中僅在背景的位置上，作者還僅僅是把它們當作純粹的自然景觀來描寫，未都充注進生命的氣息。自然世界於藝術作品應該成為一種生命充盈的象徵實體，它以其特有的隱喻性、暗示性和寓言性與社會生活的現實性、客觀性並駕齊驅，並補充著社會生活再現過程中的不足。而這正是趙本夫做得不夠之處，所以他雖然也寫了黃河故道古老土地的原始、粗獷、神秘的自然屬性，然而卻不能使這一切在作品裏升騰起來，而蔚為涵蘊生命魅力的藝術氣象。總的看來，由於作者對黃河故道社會屬性和自然屬性表現的不足，影響了他對藝術世界創造的進程，簡言之，他尚未能夠形成那種與古老的黃河土地一致的渾融雄奇的藝術風度。

對悲劇藝術的選擇，表現了趙本夫發展自己創作個性的積極態度，但他的悲劇觀念尚處於建立的階段，他所描寫的悲劇無論是悲慘程度或者悲壯程度都不夠，悲劇的張力未能完全展開，那種為悲劇所固有的崇高感也未能達到使人靈魂振顫悸驚的程度。《祖先的墳》中福淳爺的悲劇，《絕唱》中關十三

的悲劇，都是以其生命的死亡爲結局的，從這一習見的悲劇形式中，我們可以感受到它對人心靈所產生的審美激動。可是，作者設置悲劇衝突時，悲劇主人公的主觀與客觀、心理與現實相矛盾對立的基因，激烈裂變釋放的能量，亦即悲劇衝突的進行是平緩的，缺少足夠懾人心靈的力量。同時，構成悲劇衝突的那些種種矛盾對立的基因的表現，也沒有能夠緊緊地爲歷史、現實錯綜雜糅的時代潮流所裹挾、所融合，從而產生共向振動，因而削弱了悲劇的藝術張力。所以，在這部分作品中，固然不乏一定程度的崇高性，然而那種不斷振蕩起伏的崇高美的浪潮卻沒有預期出現。我們不知道趙本夫是否也把他的藝術目標確定在創造「史詩型」小說的宏篇巨製上。有著幾千年歷史的黃河故道倒是向他提供了確定這一藝術目標的可能性，而這塊古老的土地在歷史滄桑變化之中曾經刻下了多少偉大莊嚴的悲劇，又爲作家運用悲劇藝術，創造出古黃河灘的「史詩」提供了充分的條件，關鍵就在於趙本夫向悲劇藝術的奮力掘進了！

當我們讀到了趙本夫的新作長篇小說《刀客與女人》，便爲他創作上的突破而感到欣喜。並不是說《刀客與女人》就是十全十美之作了，但在克服上述缺憾方面取得顯著的突進。首先，作者塑造了一種具有「立體交叉」型性格的人物。無論是老一輩地主母駱駝，還是新一代的「三合一」式的地主歐陽崗，無論是淪爲土匪頭目的黑虎，還是共產黨人高公儉，他們都浸透了作者強烈的當代意識。趙本夫在塑造人物上的一個重要突破，就是自覺地挖掘他們性格的深層意識結構——歷史的、地理的、時代的制約和人的本能的意識衝突下所形成的特殊性格發展史（外在和內在條件下形成的「立交型」結構）。然而，形成這樣特殊性格究竟以何爲結撰的靈魂，趙本夫找到了一個永恒的主旋律，這就是人性美的悲劇力量。這種悲劇力量就超越了趙本夫以前小說的悲劇衝突的設置，把黃河故道的社會歷史屬性和自然屬性較好地交融起來，具有一種震撼靈魂的衝擊力。因而，趙本夫可謂切入到悲劇藝術的眞諦。

其次，在小說的結構方式上，趙本夫開始改變那種單線頭、靜態的話本、評書式的傳統方式，而以主體的、動態的、立體交叉的方式去結構小說，追求一種全景式的效果。《刀客與女人》縱橫幾個歷史時期，人物眾多更頭緒複雜，作者能夠從歷史與現實、社會與自然、心理世界與客觀世界的交叉、交融點上，多層次、多側面、多角度地再現歷史生活與人物悲劇，結構形式也初具時空交錯、情緒流動的放射形態，拓開了小說的藝術空間，投射進更多的社會的、歷史的、文化的內涵，具有一種交響樂似的效果。

　　當然，不是說《刀客與女人》已經達到了很高的境界，更不是說趙本夫孜孜追求的那種立體交叉的小說美學目標已經實現，這部小說仍暴露了作家的一些不足和局限，但《刀客與女人》所表現出來的進步，說明趙本夫在繼續前進，表明這位作家擁有深厚的潛力，能夠完成宏偉的目標。他選擇的道路無疑是前景輝煌而切實可行的，但也是漫長的、艱難的、坎坷的。

附：關於《涸轍》的通信

本夫兄：

　　寄來的樣書和大箚均已收到，勿念。

　　你發在《鍾山》第四期上的中篇《涸轍》，我早已看過小樣。說實話，讀後很激動，當夜就寫了一篇文章，一直寫到拂曉方才擱筆。我以為《涸轍》是你哲學意識的一次昇華，更是你藝術轉換的一次成功嘗試。因為我不僅為它的藝術表現手法而慨歎，更為你的精靈般的良好藝術感覺而擊節。

　　因為我在另一篇文章中談到了你哲學意識的變化，所以，在此我想只就你的藝術蛻變作些並不成熟的個人闡釋。

　　讀完《涸轍》，給我的總體感覺是，你以自己目前最大的藝術張力完成了你從前一直不能如願的整體蛻變，達到了一個我們這一代知識青年作家不易達到的新的藝術境界——表現與再現藝術手法的有機完形的融合。

　　不錯，像你這樣的作家，在中國應該是承上啟下的一代。面對著光怪陸離的表現藝術手法和具有頑強生命力的再現藝術手法的撞擊，文壇困惑了，當然你也不例外，回過頭來看看你這幾年的藝術追求，可以清楚地看出，你總是在兩種藝術手法之間來回跳躍。說實話，編織曲折的故事情節、描寫動人肺腑的藝術細節，用再現的藝術手法來抒發你的生命意識，曾經使你自我陶醉過，也曾經受到過文壇的青睞。然而這過眼煙雲又使你不服氣地去追求一種新的藝術表現方法。於是，像《絕唱》這樣的作品，尤其是《那——原始的音符》追求的卻完全是那種誇張、變形的表現主義手法。然而你可能自己對這些寓言不像寓言、故事不像故事的東西產生了懷疑。又反過來去寫《枯塘紀事》那樣正統的現實主義再現藝術手法的嚴肅作品。這幾年的折騰固然使你成熟，但我總感覺到你在用傳統的再現手法時遊刃有餘，得心應手，而在借鑒新的表現手法時卻顯得生硬做作，缺少神韻。讀了《涸轍》，給我的第

一個印象就是你把時間和空間的、歷史和現實的美學意識固定在了一個穩固而結實的結構框架之中——表現與再現的交錯、融合，使之形成了一個主體世界與客觀世界互為撞擊、互為同化的有機境界。

首先，作品給予我的總體感覺不是曲折的故事情節的引力，而是那種迷朦的充滿著引誘力的釋放出多重涵義的神秘色彩的誘惑，然而這種神秘色彩與早期「神秘主義」所倡導的那種表現不明確的感情色調和表現神秘的「彼岸」世界的「秘密」是不同的，因為你給到達神秘彼岸世界規定了一個總體的意向，像玩魔方一樣，只有當你把那由細節、情節、景物描寫的色塊重新組合，發動讀者自己的創造力，順著作者所規定的總體意向前行，才能完成一次美的享受。

文學作品永遠是象徵的、隱喻的，我發現《涸轍》處處都設起了「象徵的林」。「象徵喚起靈魂的音樂」，這種象徵的描寫與象徵主義的藝術表現手法是不盡相同的，因為，象徵主義是絕對擯棄藝術中的現實主義的，它遠離社會內容，隨心所欲地拼湊對象。而《涸轍》中的象徵描寫全都輻射在一個焦點——博大深刻的社會內容上。也許，你看到的是一個個並不連貫的故事情節；也許你對那支離破碎的心理幻影和細節描寫感到眩惑；也許那莫名其妙的景物描寫使你感到感覺世界的紊亂。可是，正是由於這些散在的現實主義手法的藝術描寫（雖然它被表現主義的時空倒錯所割裂）所形成的一個個象徵的散點，才構成了整個作品的總體象徵——人的生命意識的頑強性。我敢說，你的所有的實體性描寫（指採用傳統手法進行的再現或描寫技法）都是一種本體象徵，它與時時出現在作品中的虛擬性描寫（指採用現代派手法進行的表現式描寫技法）相交融，把本體象徵與虛擬性描寫的總體象徵意向融合成一個非實非虛、似實似虛的空靈境界，把人物的塑造與虛幻的影像推進同一個框架結構內，使之形成兩種手法水乳交融的極致，讓「象徵喚起靈魂的音樂」。

我曾經不止一次地指責過你作品中那些大段的抒情議論，我以為它是切割和破壞形象與畫面的贅疣。然而，讀了《涸轍》，我的興奮點的很大一部分是由於看到了作品中的自我抒情部分的消失，取而代之的是那些神秘的、變形的、寓言式的故事情節的描寫，以及那些被誇張了的、怪誕的景物描寫，它們不是用那種慷慨激昂的直陳式抒情，來刺激著人們的美感神經，但是它所表現的廓大的深沉的內涵，足以使每個讀者從間接的跳躍中，獲得更加豐

富的想像的美感空間。你的這一改變，預示著你在克服著創作的惰性力，向著更高層次攀援的開始。

正是由於你將故事打碎，將情節分解，用時空的錯位來阻隔小說創作的有序性，使人們在你的藝術感覺中得到一種隱秘的情緒，在支離破碎的情節和細節的組合中，在歷史和現實的交錯疊印中，從殘缺的藝術描寫中獲得讀者自身的圓滿創造，這才是大家的風範。

《涸轍》在塑造人物上也正是由於你拋棄了原先的靠情節來作為人物的支撐點的創作觀念，才使得你筆下的人物具有更新鮮動人的活力。我以為，你在《涸轍》中對人物描寫的最大改變就是沒有把人物寫盡，當然，這種「空白」也是由於表現手法中「阻隔」意識的使然，然而，這種「空白」正是對完滿形象的一種反叛，它帶來的是人物表面層次的性格不完整性和不確定性。可是，正是這種不完整性和不確定性給人物平添了無限的生機。作為接受的主體，你盡可以在你自己的心理世界裏虛構出符合自我美感需求的完滿藝術形象來。不是嗎？螞蚱灘上那裸體的獨臂老人的靈魂究竟是什麼抽象物？這是生命的裸現與掙扎嗎？那魚王廟裏世代相傳的秘密玄機和斧頭這個人物的生命意識究竟有何淵源？那自以為活得瀟灑、活得從容、活得自在的風流鬼泥鰍究竟在追逐著人生的什麼？那螃蟹近乎於阿Ｑ式的戀愛悲劇難道只停滯在心理的自戕上？……你似乎在所有的人物形象的塑造上只打了個省略號，而並不像以往那樣處處以句號而告終。你的目的就在於把想像的空間留給了你的讀者。我以為當今小說的技巧之發展也許就是包含著啓迪讀者想像力這一個重要的因素吧，只有那種能夠驅動讀者想像力和創造力，用自己的靈感催化讀者的審美感受的作者，才能獲得真正的藝術自由。不知老兄以為如何？盼抽暇作覆。

丁帆
一九八七年八月廿日子夜

丁帆兄：

你好！關於《涸轍》，你說了那麼多的好話。而在你過去關於我的作品評論中，並沒有這般慷慨過。因此，我能想像到你作為朋友的真誠喜悅。

但關於《涸轍》，我至今懷著忐忑。不知這些變化能否為我過去的讀者接受。步入文壇幾年，我是以傳統的現實主義作品和讀者交流情感的。大家熟

悉我的面孔，我也熟悉那一套寫法。日子本可以這麼平靜地過下去。但我們面臨的是一派充滿生機的文壇。各種小說樣式，各種表現手法令人眼花撩亂。我沒法無動於衷。更主要的是，創作的實踐使我越來越感到，僅靠傳統的現實主義手法，有些作品的內容無法準確地傳達。《涸轍》的內容已經思考了二年多，就是苦於找不到一種合適的表達形式而不能動筆。老實說，我肚子裏不缺少人物和故事。那玩意兒多得很。如果像過去那樣一路寫去，我會毫不費力。但問題不在這裡。而在於表現形式的貧乏已經直接影響作品的力度。我不肯再這麼平行地滑翔下去。我討厭平庸。魯迅文學院的幾位「棋迷」同學，都知道我走棋的怪癖，寧肯走輸，也不肯言和。從魯迅文學院畢業了，我索性擱筆不寫了。就那麼憋著，自己給自己過不去。自己被自己憋得喘不過氣來。《涸轍》的內容在我胸中翻騰、湧動，一如大霧彌天。村莊、樹木，古河、歷史、風沙，各種人物，都在大霧中浮動，隱現。這一切我都看見了，又看得並不清晰。正是這種不清晰，使我激動無比。我想，我是搞不清也不必要搞清這些若隱若現的圖像了。我只能如實地把它描畫下來——其實還不能說「如實」。因為那些霧中的圖像在不停地變幻，帶有很大的不確定性。我只能捕捉。捕捉住什麼，就描畫什麼。

我只能這麼寫了。我想。

我繼續憋著，十個多月沒寫東西。我知道不是憋死，就是憋出一聲新音，就像《絕唱》中那隻鳥。我憋得好苦。有時沮喪得直喘粗氣，拍桌子，摔頭。那時我想，我完了。我不會寫小說了。但我下了決心，只要這一篇憋不出來，決不再寫別的。因為這一步太重要了。直至今年三月，終於肚裏咕嚕嚕一陣響，我知道透氣了。然後用十天時間，一氣寫出了《涸轍》。

正如你說，這篇作品從整體看是表現主義的，充滿了隱喻、象徵。我企圖以這種形式表現我們民族乃至人類的生命狀態和生存意識。但通篇作品都是以現實主義為骨架和靈魂的。只是，我沒有象過去那樣展現生活的全過程和細枝末節，當然也就沒有故事，更不像過去把作品寫得那麼「結實」。而是選取和捕捉了一些生活的原生態，一切都散放著，使之更貼近生活的真實。作品也顯得空靈了一些。而在這些互不相關的人物、圖像、歷史斷面之間，卻有一種內在的東西貫穿始終，那就是生命意識。

我這人保守，典型的中國人過日子的方法。買點新衣裳，舊的也捨不得扔掉，只要還能穿。學點西洋拳法，決不敢廢了少林工夫。我想尋找一條新

舊結合、中西合璧的路。因爲世界在變，生活在變，文學也在變。我不能不變。但我決不慚愧過去。其實，像《枯塘紀事》一類作品，也許我還會寫。這要由素材而定。總之，不管成功與否，對這麼蛻變，我還是高興的。我沒有憋死。總算唱出一聲新音。更多的，我不想說了。

趙本夫

一九八七、九、六豐縣五門口

第四節　輾轉的文化批判

　　當現實生活比藝術描寫的生活更嚴酷、更慘烈、甚至更血腥時，我們作家手中現實主義文化批判的筆似乎顯得十分笨拙而無力。怎樣站在一個藝術家的良知與天性的立場上來表現這個時代人性潰滅的本質特徵，恐怕是每一個具有良知的作家和知識分子所應該首先思考的問題。本節將以王大進、蘇叔陽、劉醒龍等作家的小說創作爲例探討這一問題。

一、《欲望之路》：消費時代的心靈史

　　儘管作者的描寫筆法尚不夠圓熟，儘管作品的結構藝術還有不夠精細之處，但是，我可以毫不誇張地說，《欲望之路》是近幾十年來中國批判現實主義作品的一個新突破，而其中的主人公鄧一群的形象塑造也是中國當代文學史上的一個較爲獨特的人物形象。

　　這是一個充滿著欲望的時代，金錢、美女、官爵、權力……所構成的巨大誘惑之網，籠罩著每一個行走在這個時代中的人。更爲年輕的王大進總是想在時尚的敘述方法上取得自己在文壇的「先鋒」位置，然而，皮相的方法似乎永遠與作家的生活經驗格格不入，離開了鄉土社會的參照，他的描寫都顯得蒼白無力。《欲望之路》的成功，也正是王大進重新發現了批判現實主義在描寫這個偉大而又齷齪時代時的巨大能量，亦如作者在小說題記中引用的老巴爾扎克的那段精彩的話一樣：「一部靈魂史其實就是一部社會史。」於是，剖析主人公鄧一群的靈魂運行的軌跡，也就是揭示了一代青年的人生奮鬥史；同時，它也是更具有現代性意義的一次作家靈魂的自剖。

　　讀《欲望之路》，就使我馬上聯想起法國 19 世紀傑出的批判現實主義作家司湯達的名著《紅與黑》，在革命與黑暗的資產階級大革命更迭時代，生活

在最下層的于連的個人奮鬥史，幾乎成為讀過這部名著的幾代中國青年的心靈楷模。新時期以來，描摹于連式人物的力作並不少見，其中路遙的《人生》影響最大。但是，就價值立場來看，路遙的「人生」尚局限於一種沒有參照系的傳統價值判斷之中，從本質上講，它是缺乏「現代性」衝擊力的單調性文本。作者讓高加林重新撲進了黃土高原的懷抱，本身就堵死了一個青年應有的奮鬥之路。而讓欲望自由的飛翔，讓它在個人充分的揮發中得以自我調節，這才是我們這個自由時代的個體自由。在道德倫理得到挑戰時，當真善美與假惡醜作靈魂的殊死格鬥時，我們才能在作品中與作者一起品評靈魂搏戰時的激動。從這個意義上來說，《欲望之路》中鄧一群的形象是中國當代文學藝術長廊中有著突破意義的形象塑造。

《欲望之路》將主人公鄧一群的個人奮鬥史置於共和國近二十年來的天翻地覆的政治文化背景之中，其聰明之處就在於將文化背景淡化處理，點到為止，而把筆墨集中在主人公鄧一群的心靈史的描寫上。作品基本上是按照兩條線索向前推進的：一條是官場沉浮；另一條是情場（更為準確地說應是「性場」）搏戰，而這兩者又是相輔相成的，呈現出一種互為對應的「互文」、「互喻」效果。

作為 80 年代進入社會的大學畢業生來說，鄧一群這個無依無靠的農家子弟要想進入那個夢寐以求的都市文化圈，可謂比登天還難，但是，改變命運的強烈渴望，促使他走上了一條悖離道德與人倫的靈魂不歸路。人的欲望就像潘多拉的盒子一樣，一旦開啓，就難以收復。像于連那樣，「寧可死上一千次也要飛黃騰達」，鄧一群無論如何也要進入上層社會文化圈。於是，那個退休了的省政府秘書長便成為他踏入政治文化社交圈的第一個臺階。在向上的臺階攀援的過程中，在骯髒的官場政治交易中，鄧一群不能也不可能用自己的道德和良知來獲取應有的社會地位，只有靠卑鄙的手段來達到其不可告人的目的。「卑鄙是卑鄙者的通行證／高尚是高尚者的墓誌銘」也正是這個權力與金錢的物欲時代的本質概括。和于連「發瘋般地愛上了軍人的職業」一樣，鄧一群瘋狂地愛上了官場，正是他將此視為實現自己飛黃騰達理想的角鬥場。

與年老色衰的秘書長老婆鄧阿姨的交媾，既不是情慾的需求，又不是性欲的渴望，那麼，我們只能將它視為一種政治的野心；與肖如玉的結合，完全是一椿無愛的婚姻，不是說無愛的婚姻是不道德的婚姻嗎？可是，恩格斯又明確地表示過婚姻是政治聯姻的手段的論點。肖如玉可以說是一個既無色

又無才的平庸女人，鄧一群看上的並不是她本人，而是她那個有著千絲萬縷官場關係的強大家庭背景，她的父母、兄妹……所交織成的政治關係人際網，才是鄧一群所鍾情的眞正緣由。鄧阿姨和肖如玉酷似《紅與黑》中的德·萊納夫人和瑪蒂爾德小姐，從這個意義上來說，鄧一群和于連一樣，作爲一個農民的兒子，當他向上層社會挺進的時候，當他一心想著「飛黃騰達」的時候，愛情和婚姻都讓位於政治的需要。和于連所不同的是，鄧一群眞正的愛情與性欲是屬於農村與鄉土的，只有與農村出身的女人性交，他才能獲得眞正情與欲的快感；而于連卻把與市長夫人的愛情當作「心靈的愛情」，而把與德·拉莫爾的愛情當作「頭腦的愛情」，這才是于連眞正的悲劇所在，因爲他自以爲自己已經融入了那個上層社會之中。而鄧一群卻是十分清醒的，他把這種本質上十分虛僞的愛情看透了，他只是把與她們的愛情和性事看作政治上的一種征服和一種交換，與她們的交媾完全是一種畸形的政治文化心理所支配。如果說于連在入獄以後恢復了自我，以「自然」的心態去對待他所愛的一切女人的話，那麼，鄧一群卻始終不可能用「自然」的心態去對待上層社會的女人，因爲他對那個階級保持著高度的警惕。所以，當他被戴上一頂綠帽子，在無比憤怒中卻因爲舅兄的官場許諾而化干戈爲玉帛也就不足爲奇了。我們不能說他的內心沒有痛苦，我們只能說他爲了征服這個城市、征服這個世界，而克服和拋棄了心理的障礙與道德的約束。兩次下鄉扶貧使他在政治上一步步地成熟，最終使他眞正懂得了官場的運作方式。作者用一種逼眞的生活經驗和感受，寫出了主人公人性中的深層政治文化情結，作爲一個有個性特徵的形象描寫，他的典型意義卻是可以抽象出這個特定的轉型時代一群人的思想標本的。

女人，作爲一個以男性政治文化權利爲中心統攝下的被獵取物，往往是以一個弱者形象出現在文學作品中的，就此而言，我們的許多文學作品都帶有強烈的男性壓迫色彩，儘管它們在反映文化主題時表現出了異常的深刻性。那麼，《欲望之路》也表現出了這一特徵，因爲作品是將一個個女性形象作爲一種心理的對應物來描寫的，作者讓她們穿上了華麗的愛情霓裳，而骨子裏卻使她們成爲主人公鄧一群欲望之路上的一個個性犧牲者。那個在一開始就鼠目寸光的鄉村女大學生王芳芳對他的不辭而別，只能更激發他改變自己命運的信心，使他在仕途的進取中，把獲獵一個個女人作爲一種幸福的滿足，與其說它是一種感官的刺激，還不如說它是一種男性政治文化的權利欲

望的需求。這樣的描寫就使得人物更具有人性的深度。除了上面論述的兩個上層社會的女性外，作者更多的是對那一個個爲主人公獻身的農村女性的描寫，從表面上來看，鄧一群與她們的性關係似乎是建立在平等的愛情之上，但是，就本質而言，她們是鄧一群向上爬的一種精神冀望。是那個來自小城的林湄湄第一次引領他進入了性愛的天地，林湄湄對一個大學生的主動逢迎，可以說更堅定了鄧一群做人上人的決心，主觀上的性本能的需求，而客觀上卻起著一個激發主人公政治鬥志的效果；鄧一群和來自農村的處女葛素芹的交合，看似完全是一種青春的衝動和生理的需要，但是，歸根結底卻是主人公變態心理的呈示：「他不僅喜歡她的肉體，更喜歡她的溫順。他對她要達到召之即來，揮之即去的程度。」「她已經不再是處女了，他想，她被他睡了，將來她會怎麼樣？她還繼續留在這個城市裏？不，她和他不一樣，他在這個城市裏工作，而她只是來這個城市打工。……她願意和我做愛，那麼錯不在我，鄧一群想。如果她是這個城市的女人，而且有固定的工作，那麼他是一定願意娶她的。她的肉體是那樣的好，讓他產生無窮的欲望。」將靈與肉進行分離，恐怕是這個物欲時代愛情與性欲完全拆解的特徵，鄧一群的選擇可以說是這個時代的選擇，是道德倫理演變的必然結果，是價值判斷位移的「最後的儀式」。

當鄧一群在政治的角鬥場上連遭失敗而陷入極度苦悶時，葉媛媛出現了，照理說，此時一個青春少女的愛情獻身應該是最純潔最能打動人的，但是，就是這樣一種至上的情感也被鄧一群給褻瀆了，鄧一群在她身上仍然是在性欲的快感中尋覓一種政治失意時的精神慰藉，所以在性交事畢：「鄧一群之所以能夠很快入睡，是他在遭到連續的挫折後，終於在葉媛媛身上得到了一些小小的成功。儘管情事的成功和仕途上的成功，在他看來，有著很大的不同，但是他還是有一些小小的滿足，畢竟也還是一種成功，或者說一種收穫吧。」把女人與政治緊密相連，使小說在斑斕的色彩變換之中，呈現出主題的深刻性，呈現出人物性格的全部複雜性來。

《欲望之路》是一個主客觀雜陳而呈對抗狀態的混合物。一方面是主人公所呈現出的道德淪喪，以及作者傾注的無盡的同情和憐憫；另一方面作者卻又對自己筆下的人物進行了無情的文化批判。因此，主觀與客觀之間，作者與人物之間展開了一場殊死的靈魂對話與搏戰，這種有著人性深度的哲學思考，應該說是這部作品爲這個時代所開山的一份思想的賬單。同時，這樣

的「兩種聲音」的交混與撞擊，也形成了小說本身在藝術上的「複調」意味，使我們在解讀的過程中，獲得一種審美的愉悅。但是，須得指出的是，在「兩種聲音」的對抗中，作者往往過份地將同情和原諒的天平傾向於人物的惡行，在某種程度上就削弱了作品現實主義的文化批判功能。

我們這個時代與于連所處的時代文化背景既有相似之處，又有相異之處，如果說于連在走向死亡的時候，最終是獲得了「幸福的愛情」，使這個作品縈繞在濃鬱的浪漫主義的情愫與氛圍之中，而獲得一種永恆的美感，這就是名著的魅力所在。而《欲望之路》中的鄧一群卻是一個走不回來的欲望之徒，他在這個污濁現實世界的泥淖中不能自拔，這固然是時代使然，但是，作者在文化批判的過程中，在藝術的營造過程中，也應該保有那份清醒的認識，也應該保有那份浪漫的情懷。

二、《故土》：改革大潮的寫作危機

長篇小說《故土》揭示了一個新的令人深思的主題──滾滾而來的改革大潮中，難免會泥沙俱下，魚龍混雜，倘不清醒地意識到這一潛伏的危機，我們將會又一次受到歷史無情的懲罰。客觀上，這一嚴肅主題的奠定所依靠的穩固支撐物，是作者精心塑造的藝術形象安適之，其認識作用和教育作用是不可低估的。為此，許多同志撰文都一致認為：安適之這一形象是當前改革題材小說中最豐滿、最有時代特色的人物形象；是藝術最有特色、最有深度的人物。作者自己也認為這是他最著意描繪的人物。無可否認，從創作動機來看，作者力圖寫出他性格的多重性和立體感，而不是平面地去刻畫他，使他成為一個臉譜化模式化的人物。作者沒有直接去寫他在改革競選中的種種心理狀態，而是用許多細節的組合去推進人物的性格發展，甚至大膽地去描寫他的私生活領域。然而，當讀完整個作品，再仔細地回味一番的時候，一股失真感襲上心頭，漸漸地，一個白臉的形象變成了花臉形象，因而主題的嚴肅感亦就隨之被沖淡了。造成這種失真感的根源何在呢？我以為主要原因是作者為了追求作品的戲劇性，主觀地去設想出一些非性格化的細節，離開了典型形象性格的邏輯發展，導致了典型性格的分裂。其實誰都知道：「現實主義的意思是，除細節的真實外，還要真實地再現典型環境中的典型人物。」（恩格斯：《致瑪·哈克奈斯》）現實主義最重要的因素──細節往往會被人們所忽視。我以為恩格斯對現實主義所規定的第一個前提是細節的真實，當

然，這是要求含有符合典型環境和典型人物的細節眞實。這是基本常識。如果失去這一前提，現實主義作品就會失卻它應有的光輝。誠然，《故土》中許多細節描寫是眞的動人的，是符合現實主義原則的，它起著凸現人形象，強化人物性格的藝術作用，不乏精彩之筆。尤其是有些細節描寫對表現人物性格的多層次起著出神入化的作用，頗爲耐讀。但是：在關鍵人物安適之的整個性格發展史中，作者安排了一些不恰當的細節描寫，使得人物的性格分裂而變形。這些漫畫化了的誇張描繪適足成爲作品的贅疣。

一個細節的偏差，往往會葬送一個典型的生命。安適之本來可以成爲一個比較完美的典型形象，然而，幾個細節的失眞，使他改變了自己的性格軌跡。在第三十章中，安適之在床上尋歡作樂之時，突然亮出了手術刀，逼他的嬌妻章秋麗供出不軌行爲，甚至要做出同歸於盡的姿態：此後，他帶著李順平到招待所去向何欽恐嚇示威，還毫不猶豫地用刀子在何的臀部留下了一個「紀念」！這一系列的細節描寫是多麼乾淨利落。然而讀到這裡卻令人啼笑皆非。這些細節描寫非但無補於表現人物性格的多重性，反而損害了這個人物性格的和諧完美。作爲一個即將登上新華醫院第一把手的高級知識分子，幹出這種不夠漂亮的勾當是令人難以置信的，他完全用不著自己出面親手去幹，其方法可能更體面又更毒辣，這才是安適之的本來面目。讓安適之去演出這場「鬧劇」，恐怕是作者排錯了角色。

更令人惋惜的是在小說高潮部分去肢解、分裂典型性格，把這個佔據舞臺中心的關鍵人物定格在丑角（按指京劇藝術中的臉譜化人物，而非政治概念的鑒定）的造型上，使本來可能更深邃、更含蓄，同時也更合乎時代和社會發展規律的主題變得平庸了。作品最後寫了安適之剽竊鄭柏年的學術成果，這一系列欺世盜名的細節描寫是不合情理的。第一，知道這一成果是鄭柏年多年來的心血的不止有鄭的妻子，還有袁靜雅和白天明，如果說袁靜雅揭發還不夠有力的話，鄭妻和白天明卻是毫不顧忌的。難道安適之絲毫不考慮後果，那樣愚蠢、露骨地去幹嗎？第二，他也應該有才華的，依他的能力和知識，還不至於全盤去抄襲別人的成果，甚至是一些細微末節之處。第三，他是一個有力量的人物，他有更遠的眼光和更大的野心，決不會讓自己一個斤斗栽在這眼皮底下的些微功名利祿之上的。可見這些細節是這個典型性格的外在成份，不合人物性格的邏輯發展，使他成爲自己性格的叛逆。

也許是作者爲了讓這個人物充分地進行表演吧，在尙未正式宣佈任免

時，就讓安適之跑到他的前任辦公室裏去耀武揚威地進行布置安排，而且說出了那麼許多刻薄的話，以此來譏誚林子午的無能，炫耀自己即將取得的勝利。這樣的細節描寫太一般化且不說，嚴重的是它把典型性格引入歧路。更有甚者，在白天明臨行時，安適之與之最後的一場舌戰把自己的思想靈魂赤裸裸的暴露在光天化日之下，是不可信的。表面上看起來是揭示了他陰暗的心理，而客觀的藝術效果是簡單地圖解了性格，而且與其性格本質背道而馳。要知道，像他這樣有心計的，狡詐的，懂得韜晦之計的角色，怎麼會輕易地去幹這樣的蠢事呢？小不忍則亂大謀，他之所以能取得今天的勝利，就是因爲他有這一套左右逢源、節節取勝的護身法寶，去掉這陰險的一面，安適之就不成其爲當代危險人物的安適之了。也就是在這一點上，如果能改變一下寫法，也許作品留給人們的思索將會更深遠些，同時，其藝術的底蘊將會更耐人咀嚼，讀者亦就可以盡情地填補作者留下的藝術空間。可惜，作者讓安適之說出了一番充滿了腐朽的人生哲理的話，這並非是閃光的藝術闡釋。相反，它恰是作者主觀意念的圖解，作者只不過想通過這個「傳聲筒」去破譯某種概念，形成一個對人物內涵的注釋。

　　凡此種種，不能不說這些多餘的、失眞的細節描寫是消蝕這個典型人物光澤的敗筆，既不能豐富人物的性格，而形成多層次的立體感，更不符合這個典型人物對時代、社會衝突的獨特的心理感受和反應的。

　　固然，反映近距離題材的作品，尤其是長篇小說，是很難把握人物性格的典型性的，要使得自己筆下的人物更完美地接近現實生活本身，需要作家付出更深刻的藝術思考。我們希望作家能夠思考得更周密些、完善些，尤是在每個細節描寫的思考上都要與典型性格的邏輯發展環環相扣。

三、《痛失》：「現實主義衝擊波」的新雕像

　　劉醒龍的小說具有不平衡性。被號稱爲劉醒龍「現實主義衝擊波」力作的中篇小說《分享艱難》在一定程度上消解了現實主義的文化批判功能；而《痛失》較完整地體現了作者文化批判的精神，也較準確地表達了現實主義較爲廣博的悲劇精神內容。

　　我們可以欣喜地看到，在《分享艱難》中沒有能夠解決人物的靈魂歸屬問題終於在《痛失》中有了一個明晰的答案。也就是說，作品的整個價值判斷有了一個明確的導向——一個隱在的創作主體已然將自己的知識分子良知

與道德立場表述得異常清晰了。可以這樣來理解，《痛失》是在《分享艱難》的基礎上，延續和完善了作品的情節和內容，以及人物的性格，從而也就突轉了作品的文化批判內涵——將《分享艱難》中的那種社會矛盾的和解性上升到尖銳犀利的文化批判的層面。就此而言，我以為，劉醒龍在《痛失》中不僅彌補了人物性格的缺憾和故事情節的不完整性，同時也重重地彌補了在《分享艱難》中創作主體的迷失與徬徨。

讀完全篇，我才徹悟作者為什麼定名為《痛失》，其寓意是不言而喻的。在《痛失》中，作為主人公的孔太平，其性格的發展有了一個邏輯的歸屬，有了一個隨著時代和社會氛圍而遞進演化的序列過程。本來，孔太平應該算得上是一個好人，一個勤勤懇懇為人民服務的鄉鎮幹部，一個還較為廉正的共產黨員。但是，在這樣一個政治腐敗的氛圍中，在這樣一個物欲橫流的社會環境下，在這樣一個人性惡到處漫溢的時代裏，孔太平也不是聖人，也不可能成為聖人，在政治鬥爭的漩渦中，他變得世故而圓滑；在女人與金錢面前他變得貪婪而老練；在人性與道德的天平上他變得猶疑而徬徨。在大智若愚的人格面具的掩飾下，孔太平變成了一個有著多重性格的「圓形人物」，變成了一個難以窮盡其內涵的現實官場中「共名」人物形象。是的，像他這樣主動迎接糖衣裹著的紛紛炮彈，百折不撓，樂此不疲，奮勇前進的黨的幹部是大有人在的。糖衣炮彈儼然已經打不倒久經考驗的共產黨人了，從他的人生演變中我們才真正體味到現實主義的悲劇和悲涼感，才真正體味到作品文化批判的強大震撼力。

不錯，單就《分享艱難》這一獨立的章節而言，孔太平給我們的整體印象是一個淳樸善良、老實肯幹、兢兢業業為黨為民工作的基層幹部，他的形象雖然沒有柳青《創業史》裏的梁生寶那麼偉岸高大，但也確實是一個與這個充分物欲化的時代格格不入的底層幹部「典型」形象，以至於使人難以相信他的真實性。然而，當讀過第二章《脆若梅花》以後，你就會為人物性格的「突變」而倒抽一口冷氣。這個人物終於突破了平面單一形象的設計構造，走進了這個複雜而真實的現實世界，隨著時代與社會的複雜而複雜起來，使這個人物性格「突變」的至關因素是踏進那個被稱為最後一期「黃埔生」的「青幹班」那時就注定了他的性格要在這個省城的大染缸裏迅速蛻變。也許，孔太平一開始與黨校的門衛——那個有著特殊身份和背景的神秘人物區師傅——的接觸，還是出於一種基層幹部的自然本能，還不是出於那種工於心計的政治手腕的話，那

麼，隨著謎底逐漸地被揭開，孔太平的政治野心和目的也就成了路人皆知的司馬昭之心了，我甚至覺得孔太平的大智若愚比起湯有林、段人慶之流的政治伎倆，可謂是大巫與小巫之比較了。直到最後孔太平掃清了他在這個王國裏的一切政治障礙——湯有林在孔太平有意無意的潛意識指揮下，自然而然地成為生理和政治上的「植物人」——我們才真正看到了一個屹立於中國「縣太爺」之林的有著勃勃野心的成熟的青年政治家的典型形象。

孔太平的成熟誠然是這個時代賜予他的一份厚禮，與司湯達筆下的于連相比，劉醒龍筆下的孔太平似乎更受「典型環境」的制約，而不是由所謂人物的「典型性格」主宰一切。換一句話說，現實主義隨著時代的發展，不再是由性格決定一切了，環境與性格是一種互動的關係，一種互為因果的關係，甚至在某種程度上說，「典型環境」更能夠改變人物性格的發展軌跡，因此，革命前輩和領袖們所不能預料的現實主義內涵的蛻變，也就並不奇怪的在這個物欲化的世界裏誕生了，孔太平就是一個典型的範例。

孔太平的性格「突變」，是與其「典型環境」的突變緊緊相連的，倘若這個時代沒有為他造就這麼一個向上爬的機遇，他當然是不能成功的。但是，這個偶然也包含著千千萬萬個必然性，因為這是個充滿著機遇陷阱的時代，孔太平即使不進「青幹班」，也會進這個班或那個班，政治舞臺是為政治的強者而提供的，一旦你進入了這個政治的怪圈，典型環境就決定了這個時代為你制訂的「典型性格」模式。

「青幹班」是一個大染缸，是孔太平一生思想和性格的最大轉折時期，也就是說，主人公的性格發生突變，是與這個「典型環境」分不開的——在這個班裏，孔太平才真正地從宏觀的角度認清了中國現階段的社會文化的本質，那個桀驁不馴的黨校青年教師湯炎精闢的理論分析，可謂為這個生存在民間和底層的幹部開啟了一個嶄新的哲學天地，使他茅塞頓開。從這個意義上來說，孔太平在「青幹班」上如饑似渴的學習，並非是表現自己，而是他真正認識社會、認識自我的一個思想的質的飛躍的最好契機。但是，最令人震驚和痛心的是——他痛失了一個作為基層幹部的優秀品質、痛失了一個做人的基本道德良知——惟有此，他才能在官場上立於不敗之地，恐怕這才是《痛失》的主題所在。

在捉姦一場戲中，湯有林與孫萍在反誣湯炎強姦時，需要惟一的見證人孔太平出來說出事情的真相時，孔太平居然出賣了良心出賣了人性的道德底

線，做出了僞證。這種靈魂的污染，足以看出孔太平在衡量其利弊時，首先考慮的是政治的砝碼。這與他在處理自己親舅舅以及同鄉廣大人民與政府之間的矛盾時所表現出的抉擇是一樣的，他首先考慮的是自己的仕途，是他在政治角鬥場上的利害關係，因此，他的行爲準則就是在調和一切矛盾中，以不犧牲官場利益爲宗旨。

面對官場腐敗，孔太平在理論上的理解是非常透徹的，正如湯炎在課堂上說的那樣「蘇聯眞的是被美國爲首的資本主義世界的合圍逼垮的嗎？不是！」「是因爲他們的黨政人員大面積腐敗！這些人暴斂大量公共財富後，就想公開對它的佔有，而實現這種目標的惟一捷徑就是改變國家制度。」但是，在一個基層幹部的具體工作過程中，在這麼一個具體的「典型環境」中，孔太平們是難以自我制約的。孔太平在爲縣裏搞到一百萬撥款而返還湯有林的回扣時，偷偷地截留下了十萬元，裝進了自己的腰包。此舉看似偶然，但是他包含著極大的必然性，正如孔太平所想：這個世道，做基層幹部的，如果不爲自己留一手，還有誰爲你考慮呢？從這裡，我們可以看出人的道德水準的下降和品行的墮落，以及無可避免的「典型環境」對人的制約性。

在私人生活方面，過去一直十分嚴謹的孔太平，到了「青幹班」以後，受著「典型環境」的影響，開始放縱自己無邊的欲望。當然，我們不能僅僅用一個道德的眼光去衡量一個活生生的人，但是，人的欲望之門一旦打開，就會像潘多拉的盒子那樣一發而不可收拾。當孔太平第一次不把李妙玉當作自己的下級工作對象，而當作情慾和肉欲宣泄對象時，難道我們不能原諒他們之間由情而轉爲欲的行爲嗎？但是，當李妙玉後來又投入湯有林的懷抱，孔太平道出的那句充滿著政治玄機的話語，說明了性與政治的密切聯繫時，確實令人感到十分的悲涼與震驚。

而孔太平與那個多毛並缺少女人味的安如娜之間的愛情與性欲，卻地地道道是一場政治和肉欲的交易。孔太平缺的是政治上的靠山，而安如娜的哥哥就是省委組織部長；安如娜缺少的是愛情與性（他的丈夫就是因爲她的多毛缺乏女人味而與之分居），而孔太平的刻苦聰穎與強健體魄，正是這個女人所追求和鍾愛的。因此，兩者的苟合就成爲了必然。與其說他們之間的愛情和性欲是主宰他們的全部生活，還不如說是政治是他們媾和的橋梁。這一點在湯有林和孫萍的關係上也表現的非常充分，政治、金錢和性，三者之間構成了這個時代社會文化的基本特徵。

　　似乎有兩個女性在孔太平的省城交往史上是與政治無關的，一個是縭子，
一個是春到。在孔太平與縭子的關係中，是惟一保持著純潔友誼而沒有向肉欲
發展的兩性情緣，但是這種情緣卻仍然是建立在政治依靠基礎之上的，因爲縭
子的父親是地委書記，雖然孔太平一開始救她性命時並不知道底細，然而，如
果他一直不知道縭子的身份，或者縭子不是地委書記的女兒，其事態的發展就
很難預料了。這一點就在他與普通農民家的小家碧玉，後來做了妓女的春到關
係上得到了最好的印證。當孔太平第一次見到那個純情無邪的春到時，應該說
他的情感是眞摯純潔的，其審美是少有邪念雜質的，但是，當春到被作爲一個
應召女郎出現在他的面前時，雖然一開始他還不能擺脫道德的羈絆，但是，最
後他終於衝破了舊時的審美規範和道德的束縛，把情慾和肉欲融爲一體，且讓
肉欲上升爲第一性，從他們的盡情交歡享受性的技巧和愉悅中就足以看出孔太
平的墮落──他在春到的教誨下，沉湎於各式各樣的性交體式之中不可自拔─
─從中，孔太平失掉的是情，得到的只是赤裸裸的欲。

　　在一切情慾和肉欲的交互過程中，都無疑是充滿著物質和商品化的色
彩，但是，作者卻不願放棄浪漫主義和理想主義的追求，他在主人公的身邊
埋伏了最後一個充滿著大自然野味與芬芳──隱喻著沒有被這個物欲時代所
薰染的貞潔──的女性，娥媚與孔太平的野合，是娥媚爲自己崇拜的男人獻
身的結果，因爲她天眞地認爲孔太平就是鄉民們的大救星，這種帶有原始的
獻身精神（當然也有幾分不得已的成分）實際上是被孔太平藝瀆了的，他是
不配享用這原始的自然之美的。這一點他自己也很清楚：「我這身體怎麼會傷
著你娥媚哩，我只是崇拜娥媚你的身子，嚮往娥媚你的肉體，我知道這輩子
就是你想將它送給我，我也得不到。因爲沒有這個福分，所以我才特別的想
你。你原諒我吧！讓我抱抱你，摟摟你，你是這世界上的最後一個女人，你
不能不給我機會！」雖然孔太平最終得到了娥媚的肉體，但是，作爲一種大
自然精神的象喻，孔太平最後是永遠失去了與之交融的機緣。作爲孔太平性
格的另一面，他的回歸自然的本性還是存在的，但是，恰恰又是他手中的職
權徹底的玷污了這種充滿著自然和野性的愛情與性欲。

　　如果說在這些女人身上，孔太平失去的是道德的話，那麼，他在與廣大
鄉親之間逐漸痛失的卻是一個人的良知。作爲與一方鄉民生死與共的土生土
長的基層幹部，孔太平在許許多多地方都處處爲老百姓著想，但是，從「青
幹班」出來以後，他便更是站在「全局」的立場上來考慮問題了。如果說在

《分享艱難》中，孔太平以犧牲自己表妹田毛毛的貞潔，換來洪塔山爲全鎮的經濟利益添磚加瓦的話，那麼，在鄉民們爲自己生存的土地進行野蠻械鬥需要孔太平作出最終協調時，孔太平確實是進行了一場靈魂的大搏戰，但是最後還是政治的前途戰勝了親情，大有大義滅親的壯舉。可以說，他的官爵有很大一部分是用鄉民們的血汗堆積而成的，這一點孔太平在靈魂深處也有反思，在全文結束時，孔太平在路邊的樹林裏撒了一泡尿：「孔太平有些不喜歡這種經由自己的身心而產生的異味。他想到，小時候自己跟著舅舅在這一帶玩耍，儘管遍地裏野著拉屎撒尿，卻一點也不影響輕風搖動樹林和草叢後，遍地煥發出的芳香。長大後，自己仍舊吃的是五穀雜糧，仍舊是那副腸胃與唇齒，卻活生生地變化出一種腐朽來。」的確，人的異化，尤其是在那把官場中的魔椅上的「變臉」藝術，會將一個活生生人的血肉與情感榨乾。

當然，從官場利益上來說，孔太平是一個笑到最後的勝利者。作爲在宦海中沉浮的一個年輕的基層幹部，孔太平最終是戰勝了一個個比自己強大得多的政治對手，在一次次的政治角鬥中站穩了自己的腳跟。小說最精彩的一幕就是孔太平在新老班子的政治混戰當中成爲最大的贏家，他在蕭縣長與湯有林之間遊刃有餘的進行政治周旋，將一夥政客玩弄於自己的政治手腕與股掌之中，充分表現出了他在政治角鬥場上驚人的才華和豐富的想像力。他的成熟帶著這個時代人性惡的特徵：「借刀殺人」成爲他政治生命中不可或缺的手腕，用它來成爲自己永遠立於不敗之地的制勝法寶——這不僅是孔太平使用的政治策略，同時也是宦海之中的一個通則——由此，我們看到的是一個官場上大智若愚的成熟智者的形象；而從一個大寫的人的標準來衡量，他卻是一個殘缺的形象，一個痛失了道德與良知的形象。

但是，這個人物形象的出現，又恰恰是現實主義，或者說是批判現實主義的一次偉大勝利，他給「現實主義衝擊波」帶來了一種從未有過的新質，一種脫胎換骨的更新。孔太平無疑是新世紀裏現實主義長廊中的一座新的藝術雕像。

附：關於《生命是勞動與仁慈》的通信

請兆淮捎來的長篇小說《生命是勞動與仁慈》年前就開始看了，中間夾著春節，終於在今日凌晨看完。聯想到你近來的創作，有許多話欲一吐爲快。

　　自文壇掀起了「現實主義衝擊波」後，人們對以你和談歌、何申等貼近現實題材的作家作品作出了不同的反應。前些日子《鍾山》雜誌社亦召開了一次關於現實主義小說的座談會，會上，儘管各人的意見不一，但是，有一點還是共同的，亦即這批作家作品尚缺乏一定的文化批判力度。當然，因各個作家而異，所呈現出的對現實的批判力度的匱乏也就不盡相同。我將這些問題的根源歸咎於作家主體意識中的時代悲劇感不濃，不知是否確切？

　　面對這個紛繁而無序的時代，我們應當允許作家迷惘。但對那種逃逸現實、躲避崇高、瓦解意義、奉獻虛無的「晚生代」的「後現代」寫作時尚，竊以為再繼續玩下去，未必會使中國的文學走向繁盛，在某種程度上，它們將會導致一個民族文化和文學的墮落。正是在這一點上，我以為「現實主義衝擊波」儘管尚有許多不足之處，但仍不失是一種文學的正途。

　　可是，我很坦率地說，像談歌《大廠》式的作品，固未找到對現實批判的準確切口，而顯得虛假；而你在《分享艱難》中表現出的那種在主流與邊緣來回遊移滑動的主體的曖昧性，卻倒了一些人的味口。因此，有人提出了誰和誰分享艱難的命題。

　　讀了你的《生命是勞動與仁慈》以後，我非常感歎，它使我想起平凹的《廢都》。如果說賈平凹這個作家主體面對一片文化的廢墟，只用泛性主義來自我解嘲，最終走上「文化休克」的境地，毋能分清「莊生」與「我」的臨界。那麼，你在《生命是勞動與仁慈》這部長篇中，面對這個「太大、太殘忍」的城市，發出了一個農民本位立場的最後吼聲：「腳下卻找不到一塊可供駐留的土地」！因而，巨大的孤獨感成為「城市游牧人」的精神棲居地，「默默獨處」尋找「歸家」的路，尋找幸福的精神家園，成為廣大「城市精神流浪者」的普遍情結。我以為，賈平凹在《廢都》中沒能找到的精神歸途，同樣在你的《生命是勞動與仁慈》中亦難找到。當然，作家亦不必尋找到。但你確認為你已找到了。其正確答案則是馬克思那句名言：勞動創造人！我作了一個粗略統計，在整部小說中，竟有二十處直接反覆傾訴這個主題內涵。直到小說結尾，仍在不斷強化這一哲學命題，借陳東風之口宣告：「我想著自己會不會真是在淪落時，心中升起的不是淒涼與悲哀，而是一種神聖，因為生命就是勞動與仁慈。」在這裡，我看見了一個文化的兩難命題：一方面是社會的物質進步帶來了人的墮落；另一方面是人的道德淪喪又不斷促進著社會的腐化。何以療救？賈平凹在《廢都》裏表現出了無奈，只好用「性的外

衣」、用「力比多」來消解胸中塊壘。而你卻以爲自己找到了拯救文化的「仙丹妙藥」——用勞動拯救這個墮落的社會，用勞動來拯救一顆顆墮落的靈魂。只有人們找到勞動作爲自己的「靈魂洗滌劑」，才能眞的找到自己的精神家園。於是，在你的這部長篇中，一切人物的矛盾衝突，似乎都被勞動所化解。對於城市所胎生的一個個畸形兒，你的和解方式是讓他們在「勞動」這一道德的感召下，獲得自我的解放。其實，像陳西風、徐快、文科長，乃至流氓工人湯小鐵都不可能是勞動和仁慈可以感化的；甚至從鄉村走向城市的段飛機、方豹子，乃至方月、玉兒、小英、雪花等，亦並不可能從勞動本身中悟出人生的眞諦與哲理，時代已經將他（她）們推上了文化的「斷頭臺」，他（她）們再也找不到那份屬於父輩的勞動感覺了。陳東風之所以「默默獨處」，就是因爲他的身上尙保留著這種純潔的傳統的「美德」。

我以爲，這個時代的垢病並不能用勞動作爲靈魂的洗滌劑而洗刷乾淨。你的這種矛盾的和解法，恰恰在某種程度上削弱了整部作品對於這一時代的文化批判力度。我以爲，《生命是勞動與仁慈》與談歌《大廠》的不同，也與《分享艱難》的不同，正是你站在一個純粹的民間立場來解讀這個「城市」文化社會，具有很強的文化批判鋒芒。從整個作品字裏行間湧動出來的是全然的文化抵抗情緒·作爲一個「敘述者」，你正如羅伯特·穆齊爾所言：「不是虛構人物，而是小說家本人。一個博學、憂傷、失望的人。我，我講述我的朋友烏爾利希的故事。……不是時代的小說，不是時代綜合性圖景，而是烏爾利希與自己時代的衝突。」〔註11〕作爲敘述主體，可以明顯看出，你對舊現實主義的依戀，似乎更側重於老托爾斯泰的理想現實主義，更注重用道德感化來和解矛盾衝突。但我認爲，你可能更適合老巴爾扎克式的犀利的批判現實主義。因爲，在整部作品中所充滿著的火藥味——對社會的浮華和人的墮落，你是那樣慷慨激昂。我甚至想到了斯湯達爾筆下的于連形象，我甚至想到陳東風不至於像路遙《人生》中的高加林那樣窩囊，他可能在這個「城市」裏比于連還要有力量來征服這個世界，使你的文化批判鋒芒更爲尖銳。但「勞動和仁慈」化解了一切。不錯，陳東風用他那勤勞靈巧的雙手車出了於多米湛藍的鐵屑：「枯燥單調鐵灰一片的車間忽然響了一種抒情的氣氛，彷彿這鐵屑是一根遐想的紐帶，人人眼中都有了些許憧憬。」從恩格斯所定義

〔註11〕R·穆齊爾：《沒有個性的人》，轉引自《20世紀世界小說理論經典》，華夏出版社1995年第1版。

的現實主義來說，這「細節的眞實」是絕無問題的。但是，這種勞動所創造的美，絕對改變不了人性滑動的慣性。陳東風的孤獨正體現在他與他人的不同。這個時代已經變成了「技術樂觀主義」（Fechnologlcal Optimicm）時代，貝爾在《後工業社會的到來》、托夫勒在《第三次浪潮》裏都堅決地認爲技術發展可以解決人類命運，人類借助技術可以解決現存的社會問題並最終成爲世界的主宰。顯然，這種論調非但不能解決現存的中國社會問題，同時也未能解決西方資本主義的文化問題。然而，「技術悲觀主義」（Technologieal Doctrine）者也並不能拯救文化。他們一方面承認現代技術使人類生活更舒適美滿；一方面又激烈批評技術進步給人類帶來的不良影響和消極後果。技術剝奪了人的自由、幸福和個人存在，使人喪失個性、人格和勞動的創造性。它以破壞自然爲代價。所有這些，都是整個世界物化的標誌。就此而言，你在《生命是勞動與仁慈》中已經表現得淋漓盡致了，包括你對陳東風那種羅曼諦克式的理想愛情受到重創的描述，已經對這個破壞人和自然之力的世界發出了抗議和控訴。但是，在揭示社會生活的本質方面，你雖然有著強烈的人道主義作爲創作的思想基礎，也不像《分享艱難》中那樣去寫鄉鎮領導的憂患，而是把聚焦對準了生活在底層的小人物——農民工。然而，最最不幸的是，你把這本屬於一個個「悲慘世界」悲慘結局的故事，輕輕用「勞動與仁慈」五個字給化解了，豈不是有點找錯藥方的感覺。這就是我之所以呼籲現實主義小說作家的悲劇主體精神的緣由所在。

　　我是多麼欣賞你在小說結尾中借陳東風之口所闡述的精論：「爲了純潔，也是爲了健康，哪怕這種尋走永無止境，哪怕是走錯了道又回到起點再邁步，這種寂寞裏黑暗漫長，對於生命應該更有意味。因爲尋走的那一端是精神的聖地，靈魂的歸宿。城市越來越大，城市越來越高，在越來越高大的城市裏尋走會更加困難，純潔也會困難有加。街巷縱橫，步履蹣跚，光有幸福，城市的內心會空虛的。」你筆下的城市無疑是個異化了的世界。表面的浮華掩蓋不了靈魂的空虛。所有這些，在《生命是勞動與仁慈》中均有入木三分的刻畫，然而，「社會意識的改良」僅僅是「勞動」姿態的道德感化所能完成的嗎？這顯然是一種烏托邦式的理想主義。我倒以爲「批判的馬克思主義」（「西馬」）理論中有可取之處。面對這個「異化」了的世界，他們主張對意識形態，對現代人的心理，要進行一種革命性的批判，使人自覺適應變化了的世界。他們通過對後現代的資本主義的分析，得出的結論是：新的社會危機已從經

濟領域轉移到其他如政治、文化、社會等領域，解決的辦法不是政黨階級鬥爭，而是批判「異化」世界的虛假意識和物化意識。當然，一說到「革命」和「批判」就很容易促動中國人的敏感神經，其實，這裡的「革命」和「批判」完全是純文化範疇的內涵，而非「文革」時期的政治鬥爭內涵。因此，我覺得，如果你用文化批判的現實眼光去深入剖解人物和事物的話，你就必然會產生強烈的悲劇美學願望。你就會以悲劇的結局去編織人物的每一個情節和細節。其實，你在這部長篇創作中已經注意到了這種文化批判的力量。當你在描寫肖愛橋對馬克思「勞動創造人」論點進行闡釋時；當你寫到這位高級工程師對罷工、怠工現狀精闢理論分析時，都已然對中國國營工廠的致命弊端作了主體性的概括。但是，亦可以看出，你仍然眷戀著那種單純樸素的唯物論觀點，堅持著陳東風式的勞動創造人，創造人道主義的理性認識。作為一種民間立場，你這部作品可以說是完全擺脫了主流話語的侵入。然而，作為一個知識分子的作家，完全沉入民間，而沒一個經過文化批判洗禮的知識分子啟蒙視域的觀照，恐怕很難使作品達到一個更加臻於完美的境地。

從人道主義出發的批判現實主義在中國總是短命的，而目前的創作，人們只是簡單地回到現實主義，即便是現實主義，也是變了味的，這裡面牽涉到一個視點和立場問題。從「新寫實」進入「零度情感」，到如今的立場位移，現實主義確實存在著許多可疑點。因此，我再三籲請作家們，在介入當下時，其主體精神多一些悲劇感，多一些文化憂患意識。有人或許嘲笑這種思想觀念的流向太傳統保守，甚至認為它的迂腐幼稚可笑是遠離時代的。但是，我總信奉，任何一種創作方法都沒有所謂「新」和「舊」，問題只在於作家能不能找到適合自己所長的創作方法。我就不相信，用批判現實主義的創作方法，產生不了諸如巴爾扎克、司湯達爾、托爾斯泰、契訶夫式的中國大家。關鍵在於中國作家老是在追新趨時，不去尋找契合自己時代、民族和國度實際情形的成熟創作方法，使文學脫離整個中國文化的大背景，成為一種不可消費的精神產品，就像時裝模特兒表演時穿著的時裝一樣，從本質上來說，它只能是一種展覽而已。因此，到現實的土地上來，這是中國文學十多年來走了許多彎路，重新「歸家」的好兆頭，但是我們亦不能不提醒作家們不要再走十七年的老路，使之成為某種意識的「傳聲筒」。即便不是某種意識的「簡單傳聲筒」，我也不希望「現實主義衝擊波」成為 50 年代以後意大利盛行的「玫瑰色的新現實主義」電影流派的翻版，他們對批判現實主義的解構，其要

害就在於運用「喜劇」的手法介入當下生活，消解現實的悲劇內涵。回顧這兩年來的現實主義創作，我覺得有些作品多少有一些玫瑰色彩，即便是沒有玫瑰色的作品，也是很少有沉著的苦澀的鐵灰與潑墨，很少有發人深省的悲劇意識介入。即使如你的這部長篇，本來整個情節已向悲劇延伸，但最後的「仁慈」卻把悲劇的美感送到了彼岸，那粉色的描摹，使人感到的不是深重的思索，而是輕曼的和諧，這種美感如果用於浪漫主義的創作，或許還增添一份詩意，而在這裡，卻成為現實主義深度模式的障礙。這又使我聯想起你的《鳳凰琴》,《鳳凰琴》中所貫穿著的悲劇意識，應該說是劉醒龍式的美學風格，而這種風格逐漸在近期的創作中開始隱退，記得那年看了《鳳凰琴》電影後，我還在與你的通訊中，特別指出了導演對於這種悲劇美學效應的淡化問題。現在看起來，你在創作中已有意義地走進了一種悖論中：一方面是對社會有著本質上的深刻認識，並且予以入木三分的揭示；另一方面是用近乎於宗教意識的「勞動與仁慈」來化解人和社會衝突。但我不知道這種可能性有多大？！從「黑夜守望」到「生命放牧」，其中所走過的道路，儘管能夠完成陳東風式的人物的生命與文化能量的渲泄和釋放，但從本質上來說，它遠遠不能化解社會和文化的「死症」——物化世界給人的心靈帶來的巨大創痛。

　　你以陳東風的道德自我完善來完成社會文化的自我負載問題，有許多地方寫得很動人，它使我讀後很是感動。但愈是感動，我就愈是覺得被道德外衣掩蓋著的社會文化批判力度面臨瓦解。當然，用「道德虛無主義」來抨擊封建主義的倫理觀念，如屠格涅夫的《父與子》中的文化批判內涵，是有社會進步意義的，但是法蘭克福學派代表人物馬爾庫塞在《愛欲與文明》中所宣揚的道德虛無主義內容：「幸福的實質就是自由的實質」（他將弗洛依德的學說來補充馬克思主義學說所欠缺的社會心理部分）也就是說「幸福的原則」是建立在「絕對自由」基礎之上的，它是排斥一切「道德原則」的。由此看來，馬爾庫塞的理論雖然有其合理性，但是，他的理論原則在中國完全不適用。正是許多作家，尤其是「晚生代」作家，遵循了這條「愛欲與文明」的原則，便徹底拋棄了「道德原則」，殊不知，人類社會尚未進入那種「絕對自由」的時代，除去國家機器的制約手段外，人之所以能夠維持社會和諧，主要是靠「道德原則」來律己的。我十分欣賞你作品中的那些近乎於托爾斯泰宗教意識的道德感。但是，你若拿文學作武器去感化一切人事矛盾，就好像堂·詰珂德與風車作戰一樣難堪尷尬。我

以爲《生命是勞動與仁慈》的最後，你讓湯小鐵在防洪搶險中得到靈魂的淨化，讓他（僅僅是他）悲壯地死去，非但不能增強作品的悲劇美學效應，反而相應削弱了整個作品在刻畫這個人物——政治體制下造就的一個時代畸形產兒一時的文化批判力度。同樣，你讓那些已經完形的時代畸形兒們（諸如陳西風、徐快、文科長、徐富、段飛機、方豹子等）都在這場壯麗的人生「勞動」中得到「仁慈」的心靈陶冶，無形中就將本來業已完成的人物形象塑造墜入了一個距離現實很爲遙遠的深淵，這種「和解」，從某種意義上來說，不但是削弱了批判力量，同時也拉開了與現實主義的距離。我是多麼希望你把那種「黑夜守望」的感覺傳達給讀者：「滿地裏去找什麼呢？我要尋找的是比幸福更重要的父輩純潔，因此我才會孤獨地看不見滿街的人。」這種孤獨感是一個作家特有的靈感。經過了五六七十代的文化洗禮，儘管有時是殘酷黑暗的文化壓迫，我們可以詛咒那些文化法西斯行爲，但那個時代給人留下的一種隱形的文化基因：那種以人道人性爲基本內容的道德秩序，那種勤勞樸實的思想觀念，的確成爲人們精神歸家時深刻眷戀。我們並非要提倡「犬儒主義」，但是，反自然反人性反文化終究不是人類的最後歸宿，從這個意義上來說，陳東風作爲我們這個時代的「這一個」文化抵抗正義者，他的存在意義是不可小視的，儘管「他感到自己的內心和靈魂上長滿了鬍鬚」。但我讀了這個人物，卻倍增了生活的勇氣，原因就在於從他身上我看到了這個喧囂浮華世界中的那股清新的散溢著青春活力的「人」的力量。他將給世紀末的文化顛狂社會注入了一劑鎮靜劑，試圖使它安詳地度過這個文化轉型的時代。

我再次可惜你沒將這一主題延伸下去，再次可惜那一個個本可更活靈活現的、能夠揭示這個時代本質的人物塑像被「和解」意識所籠罩，而不能展示其本眞的面目。

拉拉雜雜寫了這些，還有些問題尚未涉及，如城——鄉文化對立狀態下的人的「異化」問題等，你在這部長篇小說中已經描寫得很充分了，限於篇幅，不再展開。

寫到這裡，忽然翻到今年的《上海文學》第 1 期，其中有你的一篇筆談《現實主義與「現時主義」》，讀了頗有感觸。你把現實主義比作長江：「無論是從天上看還是在地上看，不管是旱季還是雨季，總改不了它的博大、深沉、浩蕩和向前奔騰。」你把「現時主義」比作情緒：「一方面是個可愛的尤物。

另一方面也是可悲的產物。」顯然，你是把那一時譁眾取寵的、貌似新潮的時尚情緒作為不能在中國長久立足的一種精神加以批判的。從這個意義上來說，我同意你對現實主義的解釋。保守和守成，在某種特定的歷史環境下，它並不意味著是阻擋歷史車輪前進的絆腳石，相反，它很有可能是社會文化毒瘤的一劑苦口良藥。尤其是在如今的文化抵抗戰鬥中，我們更要借助現實主義的力量。但是，這個現實主義必須具備文化批判精神。因此，當你在談及魯迅先生的文化批判時，認為先生「立文立意的根本」是「對故土的深愛與深情」，這固然是不錯的。但你將此歸屬於對中國文化優根性的褒揚之命題，我卻不能同意，因為魯迅精神（也即五四精神）的核心內容正是文化批判精神，唯有此，才能顯出博大、精深、浩蕩、沉雄。這似乎不是一個「劣根性」和「優根性」問題所能包容的。魯迅對中華民族精神的熱愛是無可辯駁的，正因為愛得深，才能恨得切，才能有著大度自覺的文化批判意識。當然這和你所指的那些拾人牙慧的「時尚」作家所表述的哲學內涵是完全不同的。因此，弘揚優根性和抨擊劣根性是相輔相存的，是對立統一的，倘使這部長篇小說用陳東風的優根與形形色色人物的劣根描寫形成更為極大的對應、落差和反差，不更有其現實主義的生命力嗎？！

　　我始終忘不了 92 年在華中師大招待所同住一室聊到天亮的那個夜晚，如今當你走出《村支書》的創作模式後，我們還能再有那樣的神聊月夜嗎？四月份到武漢參加一個國際學術討論會，可望再見面。

　　對你的創作，我不想再錦上添花了，多用挑剔的眼光，可能予你的創作更有利，不知你以為如何？

　　專等你的回信，作一回書面切磋，最好是一次「反擊」和「申訴」，乃至「控訴」。

丁帆

一九九七年元月一十四於紫金山下

第五節　沉潛的再造與創新

　　隨著「後學」對中國作家思維方式的不斷滲透和愈加深刻的薰染，也隨著上世紀 80 年代「先鋒敘事」的逐漸沉澱和累積，解構、拼貼、戲仿、作者的隱退等寫作思維和技巧慢慢從「時髦」變成中國當代作家慣用的手法，成

爲一種艾略特所說的新傳統。更由於「重述神話」等國際寫作項目對中國的關注，中國當代作家開始了視野更開闊、同時也更爲沉潛的再造與創新。

一、《碧奴》：浪漫主義的「重述」

蘇童上世紀 80 年代的創作一直被批評家和當代文學史家視爲「先鋒派」的力作，又普遍認爲他 90 年代以後的創作是「新歷史主義」的代表和「新現實主義」的表率。直到《碧奴》的出版，我才豁然頓悟，清晰了一個始終朦朧的理念——浪漫主義的格調才是蘇童創作骨子裏最基本的風格，而其他的敘述形態只是一種外在的載體。無論用怎樣的敘述形態，其浪漫的氣息總是彌漫其中，而支撐浪漫生成的卻是他有別於和超越於中國其他作家的豐富想像力。

蘇童說：「人的生理有本能衝動，寫作也一樣，寫什麼多半是源於敏感和衝動，怎麼寫卻是有潛意識的，我的潛意識其實就是繞過別人，最好還要能繞過自己。我確實很努力，這是我惟一可以表揚自己的地方。《碧奴》的寫作就是這樣。所以，我堅信，這是我迄今爲止最好的長篇小說。」〔註12〕但是，讀者不一定都買賬，《碧奴》是自《秦腔》《兄弟》以後又一部毀譽參半、意見截然相反的長篇。無疑，它在告訴這個時代，中國的長篇小說創作的內容和形式的發展已經到了一個重要的關口，研究各種各樣的創作「活標本」是評論界刻不容緩的責任。

這次對蘇童《碧奴》就長篇小說敘述形態變異的分歧，其實就是新世紀長篇小說觀念變異的表徵，和其他作家的自主性創作不同，因爲蘇童這次是戴著一副沉重的鐐銬跳舞，要破壞一個原有的故事原型構架，要重塑另一個女性形象讓讀者接納，其難度是可想而知的。參與國際性的「重述神話」活動本身就失去了一部分創作的自主性，但這還不是根本的問題，根本的問題就在於「孟姜女哭長城」的故事在中國流傳了兩千多年，已經成爲每一個中國人從孩童時代的必然聆聽的「兒童神話」。作爲民間傳說，它淒美蒼涼的悲劇因子成爲植入中國人悲劇審美心理的重要元素。同時，它的悲劇性也已經成爲一種民間反抗統治階級的重要宣泄，成爲階級論的民間集體無意識。要改變這樣的一種審美格局，顯然是要冒巨大的風險的。我曾經和蘇童聊過關

〔註12〕蘇童，張學昕：《〈碧奴〉：控制和解放的平衡》，《文藝報》2006 年 10 月 14 日 8 版。

於《碧奴》的故事結構問題，他說他的整個故事原型和結局是沒有越出民間傳說的，因為這個結局也是他所喜歡和鍾情的，這就又違反了一部分人的「期待視野」，他們希望看到的是蘇童筆下另外重塑的一個從大悲劇結局中突圍出來的嶄新的孟姜女形象，在這一點上他們失望了。

　　然而，《碧奴》的創新究竟在哪裏呢？不必說小說仍然保持著蘇童語言的華麗鋪張的風格，也不必說那在敘述節奏上的一貫舒緩風格。就創新而言，我以為想像和浪漫是支撐《碧奴》走向「重述神話」高端的兩個重要元素。首先，我們可以清晰地看到以往那種靈動飛翔的想像仍然彌漫在《碧奴》的字裏行間，蘇童依然是以他最奇詭最瑰麗的想像來構建每一個細節和情節，把孟姜女重塑成了一個具有浪漫氣質的碧奴形象。但是，需要說明的是，這種想像區別於蘇童以往創作的是它摻入了更多浪漫的神話色彩，這也許就是作者本人最自賞的元素。其次，《碧奴》的成功還在於作者在「重述神話」時改變了人們在孟姜女悲劇閱讀中的審美習慣，注入了過多的誇張浪漫元素，雖然它是悲情的，但是，充分的浪漫化使得小說在人物塑造、故事情節，乃至於審美走向上都發生了根本的變化。如果說作為「孟姜女哭倒長城」的悲劇故事原型已經在結局上充分浪漫化了，但是，蘇童能夠把「碧奴」（孟姜女的別名）的淚水寫得如此酣暢淋漓、貫穿始終，將想像和浪漫主義的元素放大到了驚人的極致是超越了他從前的創作的。同時，在中國，能夠把一個民間反抗的悲劇寫得故此浪漫的作家，可能只能是蘇童了，而且作品呈現出的敘述主體超越了故事原型固定的愛情敘述框架和反封建敘述框架的束縛，這顯然是一次冒險的「重述」！我認為《碧奴》即使隱含了這兩個敘述框架中的部分內涵，也不是作者刻意追求的主旨，蘇童是在著力塑造一個具有堅韌之美的女性，這個女性想像所釋放出的審美內容的全部意義就是人生心靈浪漫之旅過程中的眞善美的終極表達。

　　我以為解讀《碧奴》的關鍵就是要充分理解蘇童在這個故事的「重述」過程中所做出的「再創造」的努力，他是怎樣在剝離故事的同時進行飛翔地想像和浪漫地重塑人物，才是閱讀《碧奴》的關鍵所在。

　　倘若我們把「神話原型」與歷代孟姜女故事的改編，再到蘇童小說的重新鋪陳進行一次歷時性的對比，或許就可以從中得到另一種審美變異的啓迪。下文是從《中國大百科詞典》中摘錄出來的有關詞條，可見一斑。

　　孟姜，中國春秋時期齊國大夫杞梁之妻。姜姓，字孟。周靈王二十二年

（前 550），杞梁隨齊莊公襲莒，被俘而死。莒請和，齊師返國。孟姜迎喪於齊郊而痛哭。莊公使人至齊郊弔祭，她以爲不合於禮制。莊公即親往她家中弔唁。相傳孟姜迎喪時向城而哭，城牆爲之崩毀。後世又進一步推演出秦始皇時孟姜女哭倒長城的故事。〔註13〕

毫無疑問，孟姜女故事的起源是出自於《〈左傳〉襄公二十三年傳》，作爲正史的敘述是不帶感情色彩的，不具有文學性，只有到了二百年後的《檀弓》中才有所改變，說是改變，其實就是多了關鍵的三個字「哭之哀」，正如顧頡剛在《孟姜女故事的轉變》一文中所說：「《左傳》上說的是禮法，這書上就塗上感情的色彩了。這是很重要的一變，古今無數孟姜女的故事都是在『哭之哀』的三個字上轉出來的。」〔註14〕無疑，蘇童沒有改變「哭」的事實，但是改變了「哀」的內涵，也就是說，「哀」的本義在浪漫的「歌哭」中已經昇華爲一種新的審美內涵——轉變成具有「樂感文化」特徵的悲喜劇。顧頡剛用大量的材料來證明「齊人善唱哭調」；「善哭而變國俗」；從而把「悲哭作爲歌吟」。〔註15〕從中，我們可以看出，從正史轉變成文學的重要因素就是情感在起作用，而正是在這一點上，蘇童把「個人情感」的體驗放在了一個重要的位置，讓孟姜女的化身碧奴在「哭之樂」中進入另外一個文學審美的通道，使其更具有浪漫主義的特質。正是在這一點上，蘇童找準了整個小說的基調。

當然，小說創作可以在無限的想像空間中尋找作家自己喜愛的表現內容和方式，但是，作爲神話的重述，更重要的是你怎樣的去再造一個「神話」！而神話的最重要的元素就是浪漫的想像。那麼，孟姜女故事的第一次神話的創造是在西漢後期，劉向在《說苑》裏說：「杞梁華舟進鬥，殺二十七人而死。其妻聞之而哭，城之爲阤而隅爲之崩」（《立節篇》）「崩城」說由此而生，這種浪漫的文學誇張，恰恰正是賦予了孟姜女故事神話生命之所在。從「悲歌」而至「崩城」的轉換，也就是充分地打開了浪漫神話的想像空間。因此，它在民間傳說過程中才能插上想像的翅膀，不斷放大杞梁妻「哭」的功能和意義。難怪顧頡剛在看到李白《東海有勇婦》起語中「梁山感杞妻，慟哭爲之傾。金石忽暫開，都由激深情。」之句時驚呼：「這幾句詩頓使我感到一種說

〔註13〕《中國大百科全書》中國大百科出版社 1999 版，第 5 卷，第 3720 頁。
〔註14〕顧頡剛等：《孟姜女故事論文集》，中國民間文藝出版社 1983 年 9 月第 1 版。
〔註15〕顧頡剛等：《孟姜女故事論文集》，中國民間文藝出版社 1983 年 9 月第 1 版。

不出的快意和驚駭，彷彿探到了一個新世界似的。杞梁妻的哭崩杞城和長城已經十分浪漫，如何又哭崩了梁山呢？因爲這事太出奇，幾使我不敢相信。但一轉念間，以爲裏面或有一段因緣，未必李白的一時筆誤，只以一時無暇去考，也就擱著。」現在「我們可以就此推知，齊人歌唱的杞梁妻故事是哭崩杞城，秦人歌唱的杞梁故事是哭崩梁山，因爲這都是他們的本地風光。」〔註16〕無論怎麼哭，無論是哭倒長城還是哭倒梁山，其誇張的成分才是文學作品必須的構成要素。那麼，蘇童在《碧奴》的創作過程中卻不是把重點放在故事的結局上，而是將主人公碧奴在尋夫過程中的苦難經歷進行了重新地構思，其情節、細節和人物的設計都是全新的，都打上了蘇童式的浪漫印記。

《孟姜女變文》是中國唐代敦煌變文作品，作者不可考。存寫本殘卷。題爲整理者所加。故事據《左傳》齊將杞梁妻哭夫的一段記載，經歷代民間流傳，逐漸敷衍而成。在漢代，這一故事已由杞梁妻反對齊侯弔郊發展爲哭倒城牆（或山陵），城爲之崩，妻負屍歸，投水而死。至北齊屢征徭役築長城，天下多征夫怨女，民不堪命，遂假託秦代築長城大興苦役，把故事中的戰將杞梁變成打殺的民夫。杞梁妻最晚從唐代被叫做孟姜女，成爲尋夫認骨、哭倒長城傳說中的著名悲劇型婦女形象。本篇故事情節完整，悽惻感人，是民間文學成熟的標誌。明清以來，故事在民間繼續發展演變，更增添許多情節，後世戲曲、曲藝作品也多取爲題材。

孟姜女傳說見於《同賢記》。古籍有一些片斷記載。傳說曾產生許多異文，孟姜女本名孟仲姿，異文中說她係葫蘆所生，葫蘆旁連相鄰的孟姜兩家，故名孟姜女。傳說秦始皇爲築萬里長城，廣征民役。燕人杞良逃役，誤入孟家後花園，窺見正在池中洗浴的孟家女仲姿，二人遂結爲夫妻。後杞梁返回長城役地，被主典打殺身亡，棄屍築於長城城牆內。孟姜女送寒衣千里尋夫，到達長城時驚悉夫死噩耗，在城下痛哭，城牆爲之崩裂，露出乃夫屍骨，孟姜女帶回安葬。秦始皇見孟姜女貌美，企圖納爲妃子。孟姜女提出披麻戴孝，手執喪杖和爲杞良出喪三個條件後，投海而死。孟姜女傳說至今兩千多年，情節有所變異，但哭長城仍爲核心情節。〔註17〕

從中，我們可以清理出這樣一種邏輯線索：孟姜女哭倒長城的故事原型其實恰恰正是來自官方的正史。它的第一次變異大約是在漢代，故事的總體

〔註16〕顧頡剛等：《孟姜女故事論文集》，中國民間文藝出版社1983年9月第1版。
〔註17〕《中國大百科全書》中國大百科出版社1999版，第5卷，第3720頁。

構架並沒有大的變化，其中想像的延伸只局限於「妻負屍歸，投水而死」，把節婦的悲劇形象提升到一個新的高度，深化了它的悲劇性，也爲儒家婦女節烈思想在變文中的體現給出了定型。但它並沒有擺脫正史的樊籬，文學的想像沒有真正展開。到了北齊「天下多征夫怨女，民不堪命，遂假託秦代築長城大興苦役，把故事中的戰將杞梁變成打殺的民夫。」正是這一次「假託」，把故事真正落到了民間視角上，把悲劇成因的指向對準了最高統治階層；也正是把本是統治階級的「戰將杞梁變成打殺的民夫」才真正打開了故事可無限擴展的文學想像的空間。而把這個故事演繹成完型民間作品的時間是在唐代，杞梁妻變成了孟姜女，「成爲尋夫認骨、哭倒長城傳說中的著名悲劇型婦女形象。本篇故事情節完整，淒惻感人，是民間文學成熟的標誌。」至此，一個中國民間文學中熠熠生輝的悲劇節婦的形象誕生了，她成爲口口相傳、代代相傳於民間的「聖女賢婦」原型，植入了民族記憶的遺傳基因中。這種固定了的完型形象，一旦有所大的更改是極其不易的。因此，明清以降的「增補」與「改寫」也只能局限在有限的細節擴展上。出自《同賢記》的《孟姜女傳說》就是在孟姜女哭倒長城的核心故事情節上，在細節描寫上爲主人公抹上了更多的文學色彩，加上了「秦始皇見孟姜女貌美，企圖納爲妃子。孟姜女提出披麻戴孝，手執喪杖和爲杞良出喪三個條件後，投海而死」的賦予民間立場、更具悲劇意味的故事結局。

鑒於故事變異過程中沒有留下任何創作者的痕跡，我們無從考證在這其中有無文人的參與，但是，可以看出，其中文學性的強化才是它能夠廣泛流傳的真正動因。從這個意義上來說，對這個神話的改寫是十分困難的，不是因爲它尚不夠豐富的文學性不能拓展，而是它那個不可撼動的悲劇內容中的深刻文化底蘊已經成爲民族記憶的集體無意識。

面臨如此困難，蘇童對孟姜女哭長城這一民族記憶中的文化文本進行了怎樣的改寫呢？也就是說此次再創造的「變文」究竟有那些特徵和長處呢？我們首先從文學性的角度來考察《碧奴》，就可以充分感受到其作爲載體的孟姜女原型已經不完全是反抗專制的底層婦女的形象的內涵了。

蘇童說：「民間從來都隱藏著最豐富的文學想像力，瑰麗的東西在民間一閃而過，因爲從民間到民間，沒有人有閒工夫去發揚光大那種瑰麗的閃光，我做的事情就是捉住那瑰麗的東西，打破沙鍋問到底。我對一個女子用眼淚哭倒長城的傳說感興趣，是對一種對比感興趣，對一種奇特的東西感興趣。

更主要是對一種現實感興趣，人們大多對孟姜女的故事很熟悉，熟悉了也就無心琢磨，無心回味，這傳說是越琢磨越有味道的。人人都能理解這傳說的起因，也都知道這傳說的結局，但是這其中潛藏的民間哲學，是需要用熱情慢慢梳理的，它對生與死，對社會與個人，都有奇特而熱烈的表達方式。我無心通過小說去驗證這個傳說的深刻性，這個的神話傳說和西方的一樣，神話傳說裏的世界是簡化的，其實神話裏到處都是現實世界，只是記錄者容易感情衝動，幻想著用『傳說』解決問題，情感往往被用來覆蓋這個世界複雜的脈絡和紋理。我所要做的，就是冷靜下來，踩在傳說的肩膀上，把神話後面隱藏的一個『艱難時世』，更耐心地挖掘一次。」〔註18〕

如何從這個簡化了的神話世界裏重新塑造一個孟姜女，重要的問題不是改變故事的悲劇結局，而是在描述人物和故事的過程中，能否將在主人公身上發生的故事更富於文學化，更具有悲劇美學的新質。

作為一次對民間文本的梳理和再造，蘇童感興趣的是用豐富的文學想像來鋪陳浪漫的「瑰麗」故事，尋找到那些有著「奇特而熱烈的表達方式」的神話元素來重塑一個新的孟姜女。閱讀《碧奴》給我最大的也是最直接的感受就是它的浪漫元素的最大釋放。同樣是悲劇性的描寫，蘇童筆下的孟姜女——「碧奴」是淹沒在眼淚之中的，現實生活中女人的哭法各有不同，但是蘇童的碧奴的哭法就具有了豐富的文學想像力，就具有了神話的色彩，就具有了浪漫的美學特徵：你見過用頭髮來哭泣嗎？你見過用耳朵哭泣嗎？你見過用嘴唇哭泣嗎？也許你更想像不到的是用乳房來哭泣的奇跡吧？關於碧奴用乳房哭泣，從而來表達人物情感的章節很多，這些都構成了全書浪漫神話的一個重要的元素。在「青雲關」一節中，當關兵握住碧奴的乳房的時候，「剎那間他們聽見了什麼東西爆裂的聲音，碧奴身上的淚泉這時候噴湧而出，噴湧而出了，所有關兵的臉都被打濕了。他們驚訝地看著碧奴，看著自己的手，手過處，一片片溫熱的水珠從那女子身上飛濺起來，濺起來打在關兵們的頭盔上、鎧甲上，發出清脆的聲音。關兵們搜身無數，從來沒有遇見這麼柔弱的身體，這麼柔弱的身體儲藏了這麼多的淚水。那淚水噴泉一樣地噴出來，濺在他們的手上，有點像火，有點像冰。他們紛紛跳下牛車，滿臉惶惑地甩著手上的淚，有的向車夫無掌喊起來，你過來看呀，你帶的什麼女子？她不

〔註18〕蘇童，張學昕：《〈碧奴〉：控制和解放的平衡》，《文藝報》2006 年 10 月 14 日 8 版。

是一個女子，是一口噴泉。」你看過這樣的如泉噴湧的乳房嗎？你見過這樣聲情並茂的乳泉嗎？你看過會飛翔的淚水嗎？正是從這些細節當中，蘇童用他那奇異的想像構築了一個浪漫的情感城堡。以柔克剛，當一個柔弱的女子用這樣的方式來宣泄自己的苦難的時候，人物的意義就超越了悲劇，超越了既定的悲劇美學內涵，解構了孟姜女式的民間記憶的集體無意識——悲情的浪漫在這裡成為碧奴生命過程中的一種執著堅韌的具有樂感文化意味的新神話，一個帶有西西弗神話美學意義的故事原型。和蘇童以往趨於整體現實主義中的局部浪漫主義敘述所不同的是，《碧奴》基本是完形了趨於整體浪漫主義敘述的轉換，把民間創作的孟姜女哭倒長城的浪漫故事原型鋪衍到每一個再創造的情節和細節當中去，使其浪漫主義的敘述成為作品的主體元素。

浪漫神話的另一個重要的元素還體現在作者試圖用一些擬人化的動物描寫和意象，以及擬動物的人的描寫，來建構一個具有童話色彩的浪漫神話世界。那個一開始就陪伴碧奴走上漫漫征途的「青蛙」，就使小說一下子就具有了神秘的象徵主義格調，它驟然使我想起了早期象徵主義的代表作家梅特林克的《青鳥》。那個不用語言而在關鍵時刻出現的「青蛙」，正是整個小說浪漫悲情走向童話和神話的最絕妙的美學表達。而「鹿人」和「馬人」的描寫，不僅僅是一種歷史現實表達的需要，更重要的是「他們」可以將人的世界的話語轉換成另一種「動物語言」，從一個超越人類的高度來表達和審判人類的行為。

蘇童說「神話是飛翔的現實」〔註 19〕。也就是說，當現實的世界無法用正常的敘述方式來表達時，作家才採用變形的敘述方式來表達不可言傳的內心現實。從這個意義上來說，《碧奴》的創作對於蘇童的意義是不可小視的，神話是浪漫的，浪漫又成為蘇童表現不可抵達現實世界彼岸的最佳敘述的切入口。蘇童很明智，他認為：「人類所有的狂想都是遵循其情感方式的，自由、平等和公正，在生活之中，也在生活之外，神話教會我們一種特別的思維：在生活之中，盡情地跳到生活之外，我們的生存因此便也獲得了一種奇異的理由。在神話的創造者那裏，世界呈現出一種簡潔的溫暖的線條，人的生死來去有率性而粗陋的答案，因此所有嚴酷冷峻的現實問題都可以得到快捷的解決。」〔註 20〕在此次「重述神話」的過程中，蘇童找到了他所需要表達現

〔註 19〕 蘇童：《碧奴‧自序》，重慶出版集團重慶出版社 2006 年 9 月第 1 版。
〔註 20〕 蘇童：《碧奴‧自序》，重慶出版集團重慶出版社 2006 年 9 月第 1 版。

實的敘述方式，這就是他從民間哲學中汲取的營養。我們不能說在孟姜女哭
倒長城故事的漫長創作過程中沒有浪漫的創作天才出現，而是在民間創作的
過程中，不知被哪位作者又還原到載道的位置上，雖然是強化了故事的民間
意願，但是，其故事本身的浪漫成分無形中就遭到了減弱，而《碧奴》卻是
反其道而行之，是站在許多創作者的肩膀上，選擇了另一條充滿誘惑而艱難
的浪漫之旅——在這以前的各種各樣的變文話本中沒有被充分放大和誇張的
區域都被蘇童用充分的想像空間給填補了。這才是《碧奴》的真正貢獻所在。

　　最後，我還是要強調一下的是，《碧奴》在美學上的轉換就在於蘇童把一
個苦難的悲劇變成了一個有樂感的悲劇，雖然悲劇的結局是相同的，但是，
作者要表述的人生哲學是不一樣的：「在『孟姜女哭長城』的故事裏一個女子
的眼淚最後哭倒了長城，與其說這是一個悲傷的故事，不如說是一個樂觀的
故事；與其說是一個女子以眼淚結束了她漫長的尋夫之旅，不如說她用眼淚
解決了一個巨大的人的困境。」〔註 21〕那就是當人把苦難當做一種生存方式
和生命過程的時候，就很有可能充滿這樂感。當然，它與阿 Q 精神是有本質
區別的。所以蘇童才有這樣的感慨：「我試圖遞給那女子一根繩子，讓那繩子
穿越兩千年時空，讓那女子牽著我走，我和她一樣，我也要到長城去！」〔註22〕

二、《黃泥小屋》：作者的隱蔽與退藏

　　當作品進入無序狀態，完全由人物自我意識所控制，甚至像盧卡契所說
的「每一個真正的人越出了這個限制，即使他在越軌時遭到了毀滅」，作品卻
為鮮明的「複調」式的小說結構了。巴赫金在描述文學形態時曾認為傳統的
「獨調」小說只是作者意識的客體，它只能塑造出一個穩定的形象；而「複
調」小說中的主人公不只是作家意識的客體，更重要的是他（她）也是自我
意識的主體。陀思妥耶夫斯基的偉大之處就是在於他創造了這種「複調」式
的小說。張承志的中篇小說《黃泥小屋》也就是在這一基調下使作品的藝術
技巧又更新了一層審美涵義的。回顧張承志的藝術道路，我們似乎可以看到
這樣一個發展軌跡：即現實主義傳統技巧→局部象徵技巧的滲透→整體象徵的
涵蓋→整體象徵與人物主體性的交融滲合。這是一個日臻完美的藝術道路。

　　在《黃泥小屋》的創作中，作者力圖讓自己筆下的人物超越自己，獲得

〔註 21〕蘇童：《碧奴・自序》，重慶出版集團重慶出版社 2006 年 9 月第 1 版。
〔註 22〕蘇童：《碧奴・自序》，重慶出版集團重慶出版社 2006 年 9 月第 1 版。

充分的自由。由過去作者處於主動狀態反變為由人物自我意識來統攝自己，使作者本人退隱到被動狀態之中。可以清晰地看到，作家的描寫視點完全是按照各個人物的自我意識為中心、為主體內容的。每一個人物都構成了自身獨立的內心世界，成為一個個有機的單元。蘇尕三、她（尕妹子）、丁拐子、賊娃子、韓二個、阿訇，每一個人物都在自己豐富的「內心獨白」中展現出自己的歷史、現實和未來，從而完成自身的性格歷史。這就突破了作者單一的總體意識的統攝，成為一個個獨立的主體世界。

同時，我們也可以清楚地看到，作者沒有採用巨大跳躍式的筆法來切割整部作品之間內在聯繫的各個銜接部分，而是在各個人物單元世界之間和人物自身與作者之間架起了一座橋梁——交叉地帶的客觀描寫。亦就是說，作品在人物內心自我意識世界描述之前，先以第三人稱的方式從外部世界來描述人物，這一部分的描寫，作者的客觀意識較強，基本上是採用傳統的現實主義手法。這些描寫起著把現實與歷史相勾連、把各個人物之間的內心衝突相撞擊的作用。於是，讀者便很容易通過這座橋梁從人物的外部世界走向內心世界；很容易把各個人物內心世界的隱密與外部世界形成的衝突上升到歷史學的、社會學的、倫理學的、美學的高度去認識。這種主客觀描述的有機融合很自然地把讀者從客體引向主體，從一個旁觀者的視角走進人物的自我意識世界之中。從而產生視角的變異——透過各個人物內心世界的自我意識來觀察世界的視角點。這種視角點的不斷變幻就產生了另一種奇妙的現象——讀者內心世界的人物對峙的矛盾衝突。這種不可解脫的困惑和苦惱則又使讀者陷入深深的思考之中。這樣，作品的多功能的審美作用就在這種奇妙的融合中完成了。而作者的客體意識對人物主體意識的侵入，我們亦不難從中窺見一斑，雖然作者本人並未直接闡發。

張承志作品對象徵主義的借鑒在《北方的河》中已得到了充分的表現，而《黃泥小屋》的總體象徵意蘊亦是不可忽略的，問題是在於作者把這種總體象徵隱蔽埋藏得更深沉、更含蓄了。整部作品，我們似乎看不出時代的大背景，看不到階級的對立面，似乎這平淡的故事是發生在遙遠的過去，又像是現實世界中亦可能發生的事情。然而，它又恰恰折射出階級鬥爭的殘酷性和歷史意識積澱的無限延續性。在各個人物主體意識當中，我們看到除相互間的衝突外，只有那種最黑暗的無形巨力——「從來沒見過面的東家」、代表「主」的「火獄」、那毀了賊娃子，糟辱了尕妹子的「黑糊糊的大山」才是統

治一切的主宰，這壓迫著世世代代中國農民身上的「大山」，如其說它是實實在在存在著的物質力量，還不如說它是一種最令人心悸的歷史的沉重精神負載，它雖看不見摸不著，但這種「統治思想」的壓迫感使得人們的思想變異成畸形。作者又是在這種總體象徵的意蘊中為我們提供了極大的藝術思維的空間，使人們去追溯歷史，正視現實和未來，使你感到深刻的巨大。

第四章 文學的多元共生：玄覽與反思

　　多元時代的作家作品也呈現出多樣的精神面貌。他們一面回望歷史長河中的個人與家族，拷問知識分子心靈世界的常與變，反思人性和民族的劣根所在；一面細緻體察日常生活裏的變化，感悟改革對普通人的影響，以個體的方式擔負起天道之重。

第一節　回望之眼

　　上世紀 80 年代中期，「改革文學」大潮與「拉美爆炸後文學」風靡中國文壇之時，「先鋒文學」「實驗小說」如颱風過境，引領著小說創作的潮頭，隨之湧動的「新寫實」大潮也是「山雨欲來風滿樓」，在這樣的創作語境當中，有多少人能夠靜下心來沉入歷史題材的長篇小說磨礪打造呢？而龐瑞垠、劉仁前等卻甘做幾年冷板凳，奉獻出各自的「三部曲」。新世紀之後，又有更為年輕的新一代作者如呂效平、溫方伊等以話劇的方式回望歷史。

一、龐瑞垠：故都悲情

　　我最早閱讀龐瑞垠的文學創作是從他的長篇「故都三部曲」(《危城》《寒星》《落日》) 開始的。當 1986 年三部曲的第一部《危城》面世的時候，人們所關注的是這部作品的「現實主義精神和現實主義的再現方法」，而沒有看到作品骨子裏的那種至深的悲情浪漫主義精神，我甚至認為，這也正是貫穿作者一生創作過程中的那種無形的悲劇創作力量，它已經成為龐瑞垠創作的一種「個體無意識」，悲劇情結終究被融化為一種浪漫悲情的氣質而注入小說創

作的情節、細節和人物的營造之中。從當時的文學潮流來即時性地審視「故都三部曲」的話，這種老套的文學觀念和方法顯然是不合時宜的，但是，文學的創作方法和技巧並非是越時髦就越好，它需要經過歷史的篩選和沉澱才能確定，尤其是長篇小說的創作更是如此。名著之所以成爲名著，那是作者滲透於作品中的人性情懷和與之相匹配的創作方法以及技術是可以經得起歷史考驗的，從這個意義上來說，「故都三部曲」是有其生命力的，其生命力的表現就在於它的人性價值立場和浪漫主義的悲情抒寫。儘管作者其時受主流思想觀念的制約，還不經意地稍稍隱現出些許時代思想的痕跡，但是，就整個作品而言，它更爲突出的優點就是從舊現實主義中解放出來，從滿城風雨的「先鋒派」的創作潮流中突圍出來，回到被人遺忘的浪漫主義的氛圍中去，這才是「故都三部曲」真正的歷史意義所在。

隨著「故都三部曲」的第二部和第三部的出版，人們從《寒星》與《落日》描寫中更加清晰地看到了這部長卷宏闊的視野，以及充滿著革命和悲情浪漫氣息的抒寫氣質，尤其是最後一部《落日》的描寫中所呈現出來的歷史觀博得了許多評論家的好評。作者沒有沿襲以往長篇歷史題材小說的老路，用臉譜化的手法去描寫歷史人物，尤其是反面歷史人物，而是爲這批蔣家王朝的名人的「落日圖」抹上了濃墨重彩的悲劇心理圖式。所以，我認爲，《落日》是人生悲歌的交響詩，是人在歷史面前的舞蹈。就此而言，我以爲「故都三部曲」最大的歷史貢獻不在於它在描寫上恪守了所謂開放現實主義的創作方法，即融悲劇浪漫主義於歷史題材小說的現實主義創作方法之中，而是以悲劇浪漫主義的方法來勾畫一代歷史名流，寫出了一個時代政治人物與文化名流的真實心理世界，首先打破了以往這類題材描寫的條條框框，爲以後的此類題材的長篇小說創作提供了一個較爲新鮮的經驗模式。

長篇小說《逐鹿金陵》作爲歷史題材作品出現在上世紀90年代中期，寫法上仍然是「故都三部曲」的延續。無疑，在龐瑞垠用10年時間沉湎於長篇歷史題材的小說創作中時，是一直試圖採取以刻畫歷史名人豐富的內心世界爲創作內核，以此來打破幾十年來對歷史名人的描寫禁區。他的這種努力無疑是具有文學史意義的。但是，長篇小說創作不僅僅是歷史畫面和歷史人物在紀實與虛構之間的合理選擇，更重要的是它的藝術描寫有無創造性，它的人物類型有無多樣性，它情節結構有無張弛空間與節奏感，它的美學定位有無可行性。

　　長篇歷史小說《秦淮世家》三部曲（上、中、下卷）的問世標誌著龐瑞垠的創作進入了巔峰時期。我以爲，《秦淮世家》在藝術上的成熟就在於它的風俗畫描寫達到了一個新的境界。地域文化中的文學描寫的成功與否，在很大程度上是有賴於風俗畫的描寫力度的，從這個意義上來說，《秦淮世家》凸顯的就是它無盡的秦淮風俗文化內涵，這在上個世紀末來說，應該是一個有創新意識的創作思路，儘管在這之前還有葉兆言、孫華炳這樣的中青年作家抒寫過秦淮風俗文化，但是，如此浩大規模的描寫秦淮文化的長篇巨製還是第一次。所以，將它稱之爲開江蘇現代長篇風俗畫小說先河的扛鼎之作，似乎並不爲過。

　　我以爲，長篇小說的人物描寫的多樣性也是決定它成敗的關鍵因素之一。我這裡所說的人物多樣性不僅僅是指長篇小說的人物數量之多，而是更注重不同人物類型和典型的塑造，《秦淮世家》描寫的人物眾多，涉及到三教九流的人物總有 260 人之多，在這樣一個「清明上河圖」式的長卷中，怎樣去表現幾種不同類型的人物，是作者煞費苦心的描寫焦點。作品在這一方面做出了諸多的努力，在這個五代同堂的知識分子的大家族中，作者塑造了幾種不同類型的知識分子，他們因時代的變遷和環境的變化，乃至生活經歷的不同，而呈現出各自的類別。但是，在某一類型中，每一個人又因爲各自的性情迥異而成爲「典型環境中的典型性格」。龐瑞垠在開掘不同類型人物上是花了氣力的，更重要的是他在塑造典型人物的性格時，一改以往順應人物性格邏輯線路發展的寫作慣例，讓人物從既定的構思中突圍出來，使人們在人物性格的變異中驚喜地看到了人物性格辯證的邏輯發展規律。如秦淮世家中的第三代知識分子的典型人物嘉怡本可以成爲一個抗日英雄式的人物，但作者卻筆鋒一轉，讓他突然出家當了和尚，而且，在他的後半生埋伏下了種種不可測的、違反常態的事件和情節，始終不按人們意想中的性格邏輯線路走，甚至還給這個人物配上了怪異的典型環境──在他死前的氛圍渲染亦正是突出這個典型人物的典型性格與眾不同。凡此種種，我們可以看出作者的良苦用心。這種藝術觀念的變化，顯然爲這部作品帶來了不同凡響的藝術收穫。

　　長篇小說是十分考究小說的藝術節奏感的。就這一點來說，《秦淮世家》在情節結構的安排上是考慮到了張弛有度的。在整個三部曲中，除了最後一部的後半部稍嫌倉促外，其節奏感始終保持著較良好的張弛力度，給小說的可讀性效果增添了藝術涵量。

　　我始終認爲龐瑞垠創作的美學定位應該是悲劇性質的，而且是屬於那種在現實主義基礎之上營造悲情浪漫主義的文本寫作，當然，這種審美選擇是與作家的生活經歷以及人文素養分不開的，但是，這種悲劇性格一旦進入了對作品的打造過程之中，就必須遵循藝術的法則——將人生有價值的東西撕毀給人看！《秦淮世家》就是試圖在這一層面取得藝術審美的進展，從某種意義上來說，三部曲在努力發掘悲劇美感時，有意識地書寫了歷史的滄桑感和蒼涼感所引發的悲劇美學效應。

二、「香河三部曲」：地方性與家族史

　　在我所瞭解到的中國百年文學史中，能夠用長篇小說來描寫蘇北里下河風土人情和時代變遷者，劉仁前算是第一人。汪曾祺的短篇傑作《受戒》《大淖記事》、胡石言革命浪漫主義的《柳堡的故事》《秋雪湖之戀》、畢飛宇飛揚靈動的中長篇《地球上的王家莊》《平原》，都曾爲這個地域的文學增添光彩。而今，劉仁前用長篇小說來描摹里下河半個多世紀人事變遷的作品，可被視作這一地域文學發展的新動向。

　　「香河三部曲」是作者10年寫作的集結，包括《香河》《浮城》《殘月》3部長篇小說，描摹了上世紀六七十年代至今生存在里下河地區柳家四代人的命運變遷。《香河》《浮城》寫出了中國農村、鄉鎮、小城市半個世紀的發展簡史，呈現出里下河地區從農業文明進入現代文明的社會轉型。第三部《殘月》則表現了現代商業文明、消費文明對一個小城鎮的滲透侵蝕，凸顯農耕文明的沒落，摹寫中國農村60年變遷的滄海桑田。

　　鄉土文學在藝術風格上有三個比較重要的元素，也就是所謂的「三畫」：風俗畫、風情畫和風景畫。以上這三個要素，「香河三部曲」全部具備。其中，第一部《香河》對「風景畫」的描寫最爲突出，這也是對30年來中國鄉土小說風景描寫消失殆盡的一次補救。

　　從整體的文學藝術品質來說，《香河》也是「三部曲」中最好的一部。它既有大量的風俗風景描寫，又有一種浪漫主義浸潤在靜態美的農耕文明中的豐滿氣象。《浮城》則是現實主義和浪漫主義交叉構思的表現手法。《浮城》描摹了鄉鎮與城市、官場與商場，其現實主義手法出現在直敘中，浪漫主義手法則都體現在插敘和回憶中且貫穿全書始終。我一直認爲，越是傳統的文明形態越適合浪漫主義表現手法，越適合文學性的描寫與鋪陳。《浮城》對風

景畫等方面的描寫就具有審美的穿透力和衝擊力。「三部曲」中的《殘月》寫的是商業飛速發展的城市變遷，探討的是人在社會變遷中的種種心理變化。

　　就藝術表現手法來說，《香河》是「標準」的鄉土文學寫法，場面比較宏闊，描寫沁入肌理，開篇濃墨重彩的風景描寫立刻將讀者帶入一種傳統的美學意境之中。作者把豐富的故事情節與散文化的敘事方式相融，使小說的內部節奏形成了有機的張弛。需要說明的是，迄今爲止，在所有反映里下河地區的文學作品中，採用蘇北方言進行寫作者，劉仁前是第一個。

　　從「香河三部曲」整體來看，其不足之處也很明顯。比如，它表現出了許多當代作家在創作長篇小說時都容易出現的問題：虎頭蛇尾，作家把握大篇章的後勁不足。再比如「三部曲」最後一部《殘月》在反映新一代人的心理變遷時，如果能夠表現人物心理變遷背後強大的社會力量，則會給讀者預留出更廣闊的想像空間，其文本的文學藝術性也會更強。此外，「三部曲」對人物的描寫應放在同一層面，即都以表現柳家四代人的情感歷史爲主，但第三部卻多有旁枝逸出。

三、《蔣公的面子》：士子與知識分子

　　早在 20 世紀 70 年代末，我在南京大學中文系做進修教師之際，整天泡在教研室和資料室裏，就常常聽老一輩的教師談及民國時期中央大學教授們的趣聞軼事，其中最典型的幾則，除了蔣公請客事件之外，其他還有：蔣公1945 年抗戰勝利還都後做了中央大學的校長，到學校來視察，一干大員走進一個理科的實驗室，只見一位教授正埋頭做實驗，連眼皮都沒抬一下，其中一位大員實在忍不住便加以訓斥，而這位教授卻不疾不徐、慢條斯理道，校長是來看我工作的，又不是以總統身份來召見我；1949 年前後一幫教授抨擊政府腐敗無能，劍指最高領袖；中文系一幫教授常與國民黨宣傳部長張道藩之流吃酒品肴、坐而論道，甚至拍案詈罵，他們常聚會的飯店就是原矗立於鼓樓的馬祥興菜館，其菜館的許多肴名就是這幫教授的傑作，諸如「美人肝」、「胡先生豆腐」等，有文爲證，黃裳於 40 年代遊金陵時就專門寫過一篇《「美人肝」》的散文；崑曲大師帶一幫弟子去夫子廟吃酒飲茶，還逛青樓，有些論文還是住在青樓幾日寫成的，都民國了，還戲仿侯朝宗、錢謙益、吳梅村、冒辟疆之流放浪形骸的行狀……凡此種種，凸顯出來的是一個個新舊知識分子和文人士子富有獨立人格的那種精神。

　　當然，我還親眼見過許多名教授在 1949 年以後從歷次運動到「文革」期間的自我檢討書和揭發他人的材料，更使我吃驚的是，在「反右」和「文革」期間，有些赫赫有名的教授竟然也打起了小報告，誰也不相信許多使人無法理解的卑劣行徑居然會是他們所爲。我常常半眞半假地與曾經在 90 年代擔任過中文系黨總支書記的呂效平說，我想把這些材料拿走，以作日後寫散文隨筆之用。

　　因爲在我震驚之餘，反詰的問題卻是——爲什麼在同一物理空間之中，就因爲時間的不同，這些知識分子就判若兩人了呢？如果僅僅皆因社會政治生態環境之惡劣，就丟失了所謂「獨立之精神，自由之意志」，那還能算得上一個現代知識分子嗎？常常論及此題，我們就歸咎於客觀的生態環境，卻沒有從主觀上去尋找緣由，而呂效平在判斷這一現象的時候卻常常情緒激動，用一句十分粗俗的方言俚語加以詬病：「一群沒有卵子的東西！」我想，這可能就是他導演《蔣公的面子》的思想初衷吧。他整天鼓搗導戲、演戲，被一幫搞學問的教授們視爲不務正業，因爲像北大、南大這樣的學校，歷來是只重理論，而看輕舞臺實踐和社會實踐的，所謂中文系不是培養作家的地方，成爲名牌大學學術清高的牌坊，雖然，上一世紀的 1979 年身爲南京大學校長的匡亞明引進了著名劇作家陳白塵先生，並委以系主任，也培養了一批國內著名的劇作家，如走進北京人藝的李雲龍和前線話劇團的姚遠等，但是南大自己成立實驗劇場自編自演的夙願從陳白塵開始，歷經幾代學人，沒有想到卻在呂效平手裏得以實現了。在文學院，至今對影視專業的方向究竟是重理論還是重實踐性的編、導、演，仍然存在著分歧。我個人的意見歷來就是「兩條腿走路」，任何一條腿都不可偏廢，否則就是「小兒麻痺症」。道理很簡單，我們大學的文學教育決不能跟著現行的教育體制的指揮棒轉。我們應該爲南大文學院培養出像溫方伊這樣的有思想的劇作者而自豪！因爲她承傳著南大知識分子獨立人格那一脈的血統。《蔣公的面子》之所以能夠轟動文壇和社會，靠的不是媚俗的大眾趣味，也沒有依靠奢華的舞美燈光的視覺衝擊力取勝，而支撐它的只有一點：那就是在這個精神壓抑、物欲橫流的時代裏，人們穿越歷史的暗陬，看到的是一抹精神的微曦與猶存的風骨，雖然是泛黃的舊影，卻能夠震撼許多人的心靈，這就足以證明無聲的中國尚存光明的未來，知識分子的自我救贖的大幕被我們拉開了。

　　我歷來認爲，五四新文化運動之所以很快就潰滅了，其主要原因就是知

識分子的自我啓蒙還遠遠沒有完成，其價值理念尚在一片混沌之中，就急於以救世主的姿態去救贖大眾，難免不迅速遁入自我幻滅的情境之中。同樣，人們懷念的所謂 80 年代「新啓蒙」也是如此，依靠一批吮吸「工農兵文學」乳汁長大的作家去啓蒙大眾，能夠會有什麼樣的好結果呢。

其實在中國，至今爲止，什麼是知識分子？始終還是一個難解的哲學命題。你可以不給獨裁總統兼中央大學校長蔣公的面子，但是，換了一個歷史時間，你又不得不給其他人的面子。直至今天，我們還能看到一個全國著名的理科泰斗級的院士，見到一個廳處級的官員來視察其實驗室，那張老臉上綻放出的阿諛奉迎的媚笑，也許這令人作惡的一幕不足掛齒，然而，仔細推敲其脊椎骨是如何斷裂的，才是我們需要追問的眞問題，而「錢學森之問」只是叩問了一個表象。如果說理科教授缺乏人文意識，不能與民國時期的理科教授相比，尚存人文修養與風骨的話，那麼，文科教授徹底喪失一個知識分子的人文價值底線，已然成爲當今中國熟視無睹的普遍現象。誰敢說自己是眞正的知識分子呢？

用以賽亞・伯林對知識分子的闡釋（參見〔伊朗〕《伯林談話錄》，拉明・賈漢貝格魯著，楊禎欽譯，譯林出版社 2002 年 4 月第 1 版，第 166 頁）來看，知識分子和知識階層是分屬兩個不同的概念：「知識分子是指那些只對觀念感興趣的人，他們希望盡可能有趣些，正如唯美主義者是指那些希望事物盡可能完美的人。」也就是說，作爲單個的「知識分子」，他追求眞理的方式是用自己獲得的知識體系去觀察世界，闡釋和發出自己的觀點與個人的聲音，從而對他人與社會產生對話和影響。但是，作爲個人，他的思想觀念永遠是孤立的，不能形成一種巨大的合力，去推動一個思想運動的形成。正如伯林說英國的知識分子「沒有團結奮鬥，沒有結成隊伍」那樣，知識分子如果僅僅是憑著個人的興趣與好惡去積累知識和思考問題，而沒有形成一個價值觀念統一的群體的話，那麼，他們就不能構成一個有著共同歷史認知和知識譜系，並有一個共同價值與倫理道德底線的「知識階層」群體。只有形成一個「知識階層」的共同體，才能構成一個推動歷史進程的強大「合力」。那麼，什麼才是「知識階層」呢？伯林的回答是：「知識階層在歷史上是指圍繞某些社會觀念而聯合起來的人。他們追求進步，追求理智，反對墨守傳統，相信科學方法，相信自由批判相信個人自由，簡單地說，他們反對反動，反對蒙昧主義，反對基督教會和獨裁主義的政體，他們視彼此是爲共同事業（首先是爲

人權和正當的社會秩序）而奮鬥的戰友。他們中的一位在 19 世紀 60 年代就說過，他們這些人類似騎士階層，爲共同的誓約，爲不惜獻出生命也要取勝的信念而團結在一起。」伯林進而將 18 世紀聚集在巴黎的貴族知識分子狄德羅、達朗貝爾、霍爾巴赫、愛爾維修、孔多塞這樣的一批思想家指稱爲「知識階層」，其衡量的標準仍然是：「他們互相瞭解，他們討論相同的觀點，有共同的立場，他們遭到共同敵人的迫害，而敵人就是教會，就是獨裁主義的政府（那些扼殺眞理的不光彩的東西），他們覺得他們自己是爲光明而戰的鬥士。知識階層產生的前提是啓蒙運動的信念，這種信念鼓舞人們起來跟反動勢力作鬥爭。這也說明，知識階層作爲一個有明確意識的群體爲什麼容易產生在有強大的反教會（比如，羅馬天主教或東正教）的地方。因此，法國、意大利、西班牙和俄國都出現了眞正的知識階層，而挪威和英國則沒有眞正的知識階層。新教教會還不至於讓人覺得它對自由和進步的觀念構成嚴重的威脅。」顯然，以批判的精神和姿態介入社會革命或改革，從而以此推動人類思想的進步。如果用這樣的定義和概念去回眸並衡量中國 20 世紀的中國知識分子與中國知識分子的群體的話，的的確確，我們不可能看到一個如俄羅斯那樣從「黃金時代」到「白銀時代」再到「蘇聯時代」那樣一個有著社會良知的知識分子文化傳統的「知識階層」的優秀作家群體。

　　五四新文化運動的興起也確實聚集了一批知識分子在反封建、反專制、反傳統的旗幟下，爲建立一種民主、自由、平等、博愛的理想社會而發出了自己的思想見解，其批判的火力不謂不猛烈，但是，爲什麼這場所謂的啓蒙運動很快就在各自吵吵嚷嚷的理論主張中迅速瓦解了呢？究其原因，中國的知識分子除了知識儲備欠缺外，更重要的是，他們缺乏「相同的觀點」和「共同的立場」——這也許就是一個「知識階層」群體能否結盟的底線！從這裡，我們才能領悟和尋覓到魯迅爲什麼會寫出「兩間餘一卒，荷戟獨徬徨」的悲涼詩句的準確答案來。雖然他們在資產階級革命的啓蒙運動中找到了追求眞理的目標，但是由於傳統士大夫的文人傳統的根深蒂固，使得他們一個個都想獨立門派，創造自身的學說成爲單體知識分子個人的學術目標，而沒有爲「相同的觀點」和「共同的立場」而不惜犧牲自身利益的獻身精神，這一點連古代的門閥和學派中的士子都不如，表面上，它是尊重了個人的自由，本質上卻是渙散了隊伍。在選擇思想道路時，各執一詞，這一點恰恰是被俄國式的民粹主義革命烏托邦所誘惑——它不僅有描繪得絢麗多彩的未來美好世

界的藍圖，而且還有綱領性的專政制度和嚴密的組織和紀律。所以它才像磁鐵一樣吸引著一批知識分子向左轉。這和伯林所說的別爾嘉耶夫那樣的「向左轉」是相同的，但不同的卻是別爾嘉耶夫們最後覺醒了，而五四知識分子們卻一直在托洛斯基的「左翼聯盟」陰影下徘徊，這不能不說是「五四新文化運動」從資產階級知識分子單體的「思想革命」轉至爲整體的專政「革命思想」的一個清晰的思想軌跡。

　　編導之所以將兩個富有歷史意味的特殊時段擱置在同一舞臺空間中，其戲眼的內涵就一目了然了。從《蔣公的面子》中，我看到了新舊兩種知識分子的行狀，無論作者是站在什麼樣的價值立場上去貶褒臧否劇中的那一種類型人物，都會陷入一種兩難的怪圈和悖論之中，如果作者能夠站在一個歷史與哲學的制高點上來俯瞰把握這些知識分子的性格和命運，也許舞臺上的幾個人物就會更加鮮活靈動！因爲，一切大師級的文學家必然具備一個哲學家的頭腦，否則，他只能做平庸的作家。當然，在整個 20 世紀以降的中國作家當中，除魯迅等幾個寥若晨星的幾人外，尚有幾個作家具備這樣的素質呢？在劇作家當中，老舍似乎是個特例，即便這個特例，你能舉出他的幾部作品可以流芳百世的呢？將來的文學史是要淘汰絕大部分作家作品的，尤其是當代的作家作品。即使像《茶館》這樣表現歷史長鏡頭的「大劇作」，也難逃厄運，因爲，我們看不到真正的知識分子的價值立場——一個永遠站在體制對立面來推動歷史發展和前行的正義立場。從這個意義上來說，我以爲，呂效平、溫方伊者流，還需更加清醒地認識到，解決人類以及中國人的精神困惑的切入點，還是要依靠哲學思想的補給，一切戲劇的深刻就在於它能否征服觀眾的精神世界，能否觸動到人們那根最敏感的心靈神經末梢。因爲，我在大量的好評之中，看到了一些專業的或是非專業的評論者都把目光的聚焦放在了知識分子的「風骨」和使命上。這個纏繞在中國知識分子頭頂上的難題已經一個多世紀了，就像哥德巴赫猜想那樣艱難，因爲在他們的頭頂上重壓著的是層層霧霾，什麼時候才能出現燦爛的星空呢？

　　我以爲，話劇姓話，它就是在對話、獨白、旁白中獲得思想與心靈的交鋒和溝通，這不僅僅是臺上人物在藝術表現中所要達到的目的，更是編導和歷史與現實的交流，也是編導與觀眾的對話。運用語言的爆破力與膨脹力來獲得思想的深刻呈現，無疑是另一種劇本取勝的法寶。觀眾會心大笑和熱烈鼓掌之時，往往就是語言的爆破力和膨脹力呈現之時。《蔣公的面子》中這樣

的潛臺詞不是多了，而是少了，其受阻的原因是不言而喻的。所以，《蔣公的面子》在某種意義上來說，它在後兩點上做的就要比一個世紀以來的話劇都要略勝一籌。

　　無疑，話劇取勝的路徑無非有三：一是靠強烈的故事曲折和緊張感；二是靠人物的性格衝突；三是靠演員精湛的表演藝術。《雷雨》等劇作是通過強烈的故事與人物性格衝突來完成藝術構造的，且模仿西方戲劇的痕跡太重；《原野》是靠人物的性格衝突來勾引觀眾的；《茶館》的戲份是通過演員精湛的表演藝術來征服觀眾的。而《蔣公的面子》既沒有強烈的西方戲劇「三一律」規訓；雖有性格衝突，但是並不強烈；其演員的藝術水準也非一流，如果是人藝的演員來演，可能效果會更好。但是，這些並不是戲劇的最終標高，藝術和技術層面的東西雖然重要，然而更重要的是劇作家通過這些要表達的是自己的人文思想和價值觀念，莎士比亞劇本的全部豐富性就在於通過語言的生動性，最終表達的是那個時代的動蕩和社會的災難，以及作家在人生的慨歎中對文藝復興的反思和人類命運前途的關注。恰恰是這些最重要的戲劇元素被我們的新文學話劇史丟失了。《蔣公的面子》最大的成功之處莫過於它撿拾到了這塊思想的金子！它能否成為新世紀話劇創作的一個新的衡量標準呢？

　　我們把希望寄託在一批既具有創作才能，又有大量人文知識儲備的有思想和膽識的新人身上，在這一點上，我以為溫方伊做得還遠遠不夠，也許只有形成一批具備了正義的價值立場的知識分子，為了共同的真理追求目標，我們才有可能合成那個可望而不可即的「知識階層」的啟蒙力量。

　　呂效平、溫方伊能夠成為托爾斯泰所說的那種用「戲劇的語言」去宣佈真理的「某人」嗎？如果不是，那和許多知識分子一樣，都是「等待者」而已。

第二節　世俗之心

　　這個時代充滿眩惑。動蕩不寧、五光十色的生活方式有可能改變著人們的一切，既預示著新的生命體的誕生，又可能導致成長過程中審美理想的潰滅。達理、葉彌、沈喬生等人的作品正代表著這多方面的見證和思考。

一、《眩惑》：改革者的自審

　　倘使眩惑是這一時代人的精神面貌的主要特徵的話，那麼，作為對中國前途自覺負有重大使命感的知識分子們，是很難擺脫這種憂患意識的痛苦磨

難際遇的。於是，他們便最先亦最深地陷入這種心理眩惑之中。因此，改革
時代大起大落的動盪局勢給他們心理世界所造成的巨大壓迫很可能會成爲中
國知識分子心理衝突的又一高峰期。

五四時期，我們的上輩知識分子在對傳統文化進行鬥爭時所產生的心理
眩惑，一方面成爲導致封建文化傳統崩潰解體的原動力；另一方面卻又成爲
重新建構新的文化心理結構體系的滯阻力，從而使那場本來應該獲得較大成
功的革命顯示出了充分的不徹底性，幾乎造成一種新文化（按：指包括政治
內容在內的大文化範疇）的斷裂。這種遺留，給第二次根除手術帶來了更大
的困難。儘管人們將重新建構文化意識形態的願望作爲一種保留的潛意識貯
藏起來，然而，幾千年來中國知識分子把以儒學爲主體的封建意識積澱爲一
種冥頑不化、強大無比的本能願望的集體無意識，足以抵毀千百次自身革命
的要求。今天，時代爲中國知識分子又一次提供了重建文化意識形態的契機，
於是，心理眩惑必然成爲一種不可缺少的過程。在這一過程中，中國知識分
子須克服自己惰性的集體無意識——那種儒學風雅的中庸之道對於一種批判
精神的抵拒，在自審的過程中完成對民族意識的自審，從而完成對整個民族
文化的心理的重新建構。

達理的《眩惑》毫無保留地揭開了這一複雜絢爛的心理世界。這部作品
所揭示出的一代知識分子在改革大潮中的沉浮正是目前中國有志的知識分子
所面臨的兩難境地。他們的心理衝突的特徵表現爲：一方面想打破舊的思維
模式，試圖用他們的知識和智慧去開創一個嶄新的理想世界。但它須得有個
政治保護的外殼，一旦殼破便全體風化；另一方面，處在巨大的浪潮漩渦中
心，千百年來的儒學風度又使他們不敢越出舊的思維模式雷池一步，去動搖
那種不合理的政法條文，惟恐與政治剝離後尋覓不到新的殼，這便嚴重地窒
息著自身思維創造力，亦就根本無從剷除封建文化意識的擴張。雖然他們之
中有大智大勇者，在改革的浪潮中不乏過人的聰穎和驚人的膽魄。然而在某
種勢力的壓抑下，他們的思維閾限便顯得如此狹小、僵化、滯阻。傳統的儒
學風度使歷代承受痛苦磨難的中國知識分子在時代的大潮中眩惑；充分表現
出他們性格的惰性——那種瞻前顧後，忍辱負重，缺乏個性的可卑可憐的性
格特徵。不是嗎？顧少康在營救戈群的過程中，一開始表現的那種信誓旦旦、
大智大勇確實感人肺腑。而一旦遇到嚴奉農（法權的象徵人物）冷峻剖析，
其強大的拯救欲便迅速破滅，整個意志防線便被全面摧毀。和普通老百姓一

樣，那種希望出現救世主的欲望相應產生。儘管他清醒地意識到某種法的不合理，然而他的屈從足以說明一個大智大勇者在失卻保護下的惶惑與恐懼，致使那種改革的雄心迅速潰敗，甚至向封建意識妥協。這種心理眩惑難道僅僅歸咎於個人性格的儒弱嗎？當然不是。作者顯然是把它與改革的政治命運聯結在一起的。或許有人會認為這正是這部作品的深邃之處。但是我以為作者恰在最後一筆（描寫心理眩惑的最後歸宿）將作品拉入了一個較為淺薄的層次。當然，不啻是因為中國的前途和命運不再完全和某個領袖人物連接在一起了，那個神話的時代已經過去。而是作者並沒有把犀利的批判眼光轉向對於中國知識分子性格的歷史積澱——把自己的思維緊緊框在儒學風範的體系中去觀瞻新的歷史大潮——的自審自責上。這種企圖在個人身上尋找出路的思維方式絕不會給改革帶來根本改觀，它勢必仍將新的革命運動導入舊的模式中，窒息血亡。只有突出這個圓，打破舊的思維模式，從根本上去否定儒學思想對於改革的戕害，才能真正體會到以魯迅為首的上一代知識分子為什麼要舉起「打倒孔家店」大旗的深刻涵義。這並非是矯枉過正，真正想改革，不首先打破這幾年盤桓在中國知識分子（當然亦包括廣大的國民）大腦潛意識層次中的「集體無意識」，中國是沒有希望的。不徹底摧毀舊的封建意識（首先是自身的），改革必然成為改革者的悲劇。

誠然，達理並沒有對改革者的眩惑作一種封閉保守的估計，他們試圖從心裏眩惑的樊籬中解脫出來。顧少康、嚴奉農們從電視屏幕上，從某個政策條文的縫隙中看到和嗅到了某種跡象的表徵，就似乎預感到某種光明的到來。「這會不會又是一種心理眩惑呢？顧少康也說不清。儘管上一次眩惑使他痛苦，而這一次的眩惑使他快活！」然而作者最後仍然誤斷了心理眩惑的指向：「但無論怎樣，他相信，眩惑之後，必將是更堅實的清醒！」顯然，這種所謂「清醒」是建築在政治的沉浮中，缺乏個性的思考。如果不是把改革的前途維繫在某個人物身上（那種企望「救世主」的新的心理眩惑，並非新的覺醒），而是拋開這陳舊的封建意識，並予以尖銳的批判，渴求一種新的文化心態。那麼，這部作品的巨大輻射力是否會穿透每一個中國智識者的心靈而產生出巨大的能量，從再造民族文化心理結構的角度來有力地推動歷史車輪的前行呢？我們似乎不應該在肯定的前提下去進行局部否定傳統的文化心理結構；而是應該在否定的前提下去局部肯定一些應該屬於保留的文化心理因素。這樣的思維方式似乎更有助於我們時代文化的進展。

　　毫無疑問，《眩惑》呈現在我們面前的是一幅知識分子心靈苦難歷程的圖畫。對於這種大規模近距離地表現改革時代的主要社會動力（幾乎每一個改革時代均由知識分子中的大智大勇者作為時代潮流的先鋒人物）在自身運動過程中迷惘困惑的作品來說，確實給作者帶來了巨大的難度。一場革命運動，往往在它的運動過程中是很難把握住其脈絡的。只有在它的過程完結以後，才能真正看清它的面目。《眩惑》的作者憑藉著自己特有的敏銳洞察力和深沉的民族責任感去描寫過程中的心理世界，用藝術感覺去對它作一次價值判斷，這是難能可貴的，並非是每一個中國知識分子都具有這種自覺的憂患與自審意識的。然而，這就難免給作品帶來這樣或那樣的不足。而其中最令人可惜的是整個作品還缺乏一種具有價值意義的悲劇意識。

　　那種屈原式的悲愴形象歷來是被奉為中國知識分子心目中高貴的偶像來崇拜的。然而。這種自我道德完善的犧牲精神並沒有拯救那個時代民族的危亡，當然亦更不能改變今日中國的現狀。我們這個時代確是絕對需要具有犧牲精神的悲劇意識，你看哪個改革時代不出幾個悲劇人物呢？然而，這種悲劇意識絕不是建立在屈原式的自我道德完善上。衡量它的必須是社會價值判斷，而非道德價值判斷。只要是推動歷史前行的，即使它帶著血腥味，也應得到承認。從這個意義上來說，倘使僅僅沉溺在某種道德的價值判斷上，我們似乎不能看出人物有什麼新意，亦就看不出作者充分的當代意識。只有跳出這個僅僅是道德價值判斷的陷井，從另一個角度去統攝觀照筆下的人物，才共有更新鮮活潑的時代意義和文學的價值，才能進入更深的社會意識層次。既然文學要對社會和時代負責，它就必須向當代意識的縱深開掘。

　　正如顧少康所言，眩惑之後必然是清醒。而清醒者是要以血的代價來換取社會進步的。「我以我血薦軒轅」的氣度才是改革時代智識者所須的悲劇意識。從這個意義上來說，整部《眩惑》的悲劇意識尚不強烈，或者說，作者只是把個人的悲劇與現行的政治起伏變化暗合，而並未看到作為一種力量的象徵，人物與時代統治思想撞擊下所產生的悲劇效果。當然，也許作者會在另一部作品中強化這種悲劇意識，但就《眩惑》來說，作者沒有將本來可能深化的悲劇內容用較完美的悲劇形式予以藝術地表現。我總以為，這個改革時代中的大智大勇者的形象應是悲劇性質的，不是悲愴型的，而是悲壯型的。作者和人物的當代意識的交融深化往往是通過這種悲壯的外化形式而出現的，這樣才有崇高的悲劇價值。《眩惑》中的人物本應成為更為崇高的悲劇形象，然而作者忽視了悲

劇人物自身的逆向思維的挖掘，讓人物在傳統道德的壓抑下顯示出微弱的悲劇意識，從而降低了當代悲劇性的價值。因爲「悲劇性的人物是越出個人生存範圍的某種力量的體現者，是權力、原則、性格、某種反叛精神的體現者。」〔註1〕作爲我們時代某種力量的體現者，戈群、顧少康們的活動完全是推動歷史進程合理行動，而僅僅是因爲某種權力和原則的不合理才導致了戈群幾乎成爲某種政治的殉葬品。然而，作者將他的奮鬥闖限在知識分子個人英雄主義的範圍內；便給這場悲劇的價值意義貶值了。無疑，這是一代知識分子的悲劇，然而更重要的是，它是這個改革時代的悲劇，作者沒有把戈群、顧少康們作爲具有「反叛精神」（這個「反叛」是指逆向思維力法的飛躍）的悲劇形象來塑造，這樣的悲劇形象沒有超出屈原式的封建士大夫的形象塑造，缺乏一種鮮明的當代意識，作者似乎想把悲壯性格傾注於顧少康的血液之中，使之成爲半個悲劇形象。「然而，悲劇性主人公的性格並非偶然的境遇所能改變的，而是由歷史進程的本身；歷史的規律來改變。」〔註2〕很可惜，這個時代動力體現者的悲劇性格未能得到正常發育，在歷史的進程中他始終受著某種並不合理的政治左右，表現了儒學風度知識分子極大的也是極可卑的忍耐性。作者的視點沒有從傳統的思維框架上挪開，於是落入了與改革人物似乎一定要與政治保持平衡狀態的窠臼。殊不知，只有在逆平衡狀態下去塑造那些騷動不寧的悲劇性格，悲劇才擁有當代悲劇的審美價值。

整個《眩惑》悲劇性最強的人物是周雲峰，而作者恰恰又在他的身上塗抹了一層灰暗的色彩，明顯地看出了作者勸善懲惡的用意。當然，作爲反面人物，他只能死於車禍。我並不是說作者把這個人物概念化了，而是以爲作者把這個本來可以成爲悲劇人物的形象給扭曲了。在這個人物的刻畫上，明顯地看出，人物的悲劇只歸咎於個人道德品質低下，則與整個時代的衝突似乎無多大關係。「悲是形體上已經毀滅或者形體和道德上蒙受災難的人和現象的價值的確證。」〔註3〕我以爲，在周雲峰這個人物身上，由於傳統道德的價值判斷的失誤，造成他不能成爲一個正面的悲劇形象。如用當代意識來衡量

〔註1〕　〔蘇〕鮑列夫：《美學》，喬修業、常謝楓譯，中國文聯出版公司1986年2月第1版。

〔註2〕　〔蘇〕鮑列夫：《美學》，喬修業、常謝楓譯，中國文聯出版公司1986年2月第1版。

〔註3〕　〔蘇〕列·斯托洛維奇：《審美價值的本質》，中國社會科學出版社1984年7月第1版。

他，儘管在他身上保存著非人道的基因，但你必須承認，他的行爲活動在某種程度上是推動歷史前進的，是順應歷史進程的。完美的道德不一定能推動歷史的車輪；而推動歷史車輪的又不一定是完美的道德，在這個動蕩的改革時代，人的道德價值標準也在不斷改變著，也許一向是被作爲惡的象徵的東西，其背後往往會產生著推動時代變革的動力。因而，我們的衡量標尺不能再以舊衡器時代的準則爲準則了。

有人認爲：「《眩惑》避開了別人已經著筆甚多的改革時代的詩情的一面，以一種沖淡的惆悵和鬱悶，觀照著改革時代實際經濟發展進程中平淡的散文的一面。」〔註4〕我以爲這位論家看得是準確的，但這「沖淡的惆悵和鬱悶」，並非是藝術風格問題。關鍵在於作者的悲觀念沒有更新，才導致了藝術觀點的迥異。缺乏悲劇意識，大概是目前近距離反映改革題材作品的通病。當然這不能不牽涉到許許多多難以言表的苦衷。然而，光有膽識還不行，關鍵還在於觀念的變革，從舊的思維模式中跳出來，以一種全新的當代意識去觀照藝術描寫，恐怕是改革題材作品的關鍵環節。

我們這個時代太缺乏悲壯的犧牲意識了！我們的作家應擔負起呼喚它的責任和道義。

從整個藝術結構來看，《眩惑》具有十分精微的心理現實主義的描寫特徵，毋庸置疑，它以獨特的描寫手法表現出異常繁複的心理世界的那怕是一個細小的蛛絲馬蹟的變化。尤其值得稱道的是有些章節，作者在採用了把自身主體與人物主體性交融滲合的方法，造成了一種特殊的心理氛圍，使作品的表面結構的性格層次進化到深層結構的性格內部。如作品在改變人稱寫法（採用第二人稱的回憶）上頗有一番「靈魂對話」的神韻，將作者的主觀意念有機地與人物的主觀意念溶化膠合在一起，增強了整個作品的強力，亦擴展了其內蘊的涵蓋面。

當今小說的觀念須超越它自身情節的確定範疇，而顯示出一種內涵疆界的不確定性，使小說意念的覆蓋面無限擴張。從整體上來看，這部作品還缺乏這種不確定性。關鍵就在於作者試圖把現代讀者拉入自身的思維定勢之中去，或者是指定具體的意向範圍，這便大大限制了現代讀者再創造的機能和欲望。展現在我們眼前的是一些眞化、善化、美化了的活動變形人物。要使作品具有更高的審美價值，看來只有改變小說觀念。

〔註4〕　曾鎭南：《文藝報》1986 年 10 月 11 日第 2 版。

二、《成長如蛻》：一代青年的精神潰退

　　《鍾山》發表了葉彌的中篇小說《成長如蛻》，這部作品並非某些人所期望的那種具有先鋒性的「技術活」，但它卻以冷峻客觀的筆觸寫出了青年一代成長過程中審美理想的潰滅，以及這個物欲時代吞噬精神的心靈震顫歷程。無論作者是有意或無意，文本所提供的全部文化內涵都聚焦重疊在人的精神被物化的具象和意象的創造中，它所提出的靈魂叩問，正是每一個知識分子所應關注的文化批判命題。

　　眾多的「晚生代」作品也在很大程度上揭示了這個物欲時代的某些特徵，但以一種文化反抗姿態出現的「文本和作者」並不多，他（它）們更多地是臣服於、沉湎於物質的壓迫和引誘，心甘情願地為物欲世界高唱讚歌。價值觀念的極度傾斜，造成了「隱含的讀者」無可名狀的價值尺度和標準的失衡。這些弱點在葉彌所著《成長如蛻》中得到了遏制，儘管對許多人生困境問題作者自身也難以給予圓滿的回答，但作者作出了回答的努力。

　　毋庸置疑，在這個農業時代向工業文明過渡的資本積累時代裏，傳統／現代，理想／現實，構成了中國人生存困境中最基本的精神問題。而成長在這個社會轉型時代的青年一代，在兩種世界觀和兩種生存方式的選擇中，進行著生命的垂死掙扎。小說中的主人公「我弟弟」就是在資本的原始積累過程中不願向物質皈依而被撞得頭破血流的「畸零人」、「孤獨者」形象。作為本世紀最後一個精神烏托邦，作者對「我弟弟」文化掙扎的書寫，無疑是給這個時代留下了一幅最後的精神肖像以及一個長長的詰問號和一個驚歎號。

　　身為一個生長在物欲時代的青年，也許「我弟弟」與其他青年在本質上的不同，就在於他鄙視金錢和物質，憧憬審美理想，對精神烏托邦有一種鍥而不捨的追求。因此，在這個物欲泛濫、拜金主義盛行的時代，在滿眼的人格面具中，他是注定要被社會愚弄和拋棄的，等待他的只有眾叛親離。他之所以和青年一代格格不入，和這個社會貌合神離，我以為這是和他的「童年記憶」緊緊相聯的。當然，我們現在可以毫不費力地詛咒那個以貧困為榮的六七十年代和那種「重農輕商」、「重義輕利」的迂腐價值標準。但是誰也無法否定傳統文化那種審美理想的人格魅力。在「我弟弟」和全家一起下放到蘇北大柳莊的歲月裏，「我弟弟」從心靈深處接受了傳統文化給他注入的精神成長基因，使他的文化歷史積澱的基因從一開始就著床於一片豐饒肥沃的土壤中。「弟弟在大柳莊感受到的氣氛肯定影響了他今後的審美取向。我弟弟若

千年後錦衣玉食，耳聞目睹的卻是醜陋的爾虞我詐時，回憶起來，那也許就是理想中的完美的人際關係。他把大柳莊作爲他心中的聖地而竭力維護。」他渴求一種人與人平等的關係，厭惡父親那種居高臨下式的物質施捨和精神饋贈，他甚至遠離塵囂獨身前往西藏去尋覓人與自然，人與人之間的和諧，爲的卻是逃避這個物欲時代經濟槓杆和鎖鏈對他審美精神的禁錮。

　　爲美，他可以自殺；爲愛情，他可以割腕；爲了少年時期的一段眞摯的友情，他沉湎在舊日如歌如訴的悲憫詩情中而不能自拔（他對十五歲死於腦瘤的少年阿福的懷念幾乎到了使人難以理解的程度，甚至令人懷疑起這種羅曼詩情的眞實性來）。「弟弟對美好的事物確實有著刻骨銘心的嗜好。」這種嗜好使他成爲一個游離於這個時代文化中心的邊緣人，沒有人能夠理解並認可這種行爲舉止的合理性，最多不過將他視爲阿 Q 式的文化弱智者。「我覺得我弟弟像一件過時而無用的物品似的，有著過去年代所具有的結實、雋永，雖然舊了，但從積攢了很久的時間裏煥發出光澤；雖然無用，但能勾起擁有者對時光的回憶。可惜現在的人們不需要這樣的物品了。現在的人們需要的是短暫的停留、不斷的更新，人人都像被大風刮著跑的灰塵，身不由己地向前進，未來就是一個大黑洞。」這個時代的絕大多數人不願再用烏托邦式的理想來填補精神的空洞，於是「我弟弟」的徒勞反抗，就變得那樣滑稽可笑，那樣不合時宜。他像堂·吉訶德那樣受到了人們的嘲弄，甚至受到了那個本來就具有商業天賦的父親的致命侵蝕和傷害。但是，最爲致命的打擊，也是使他向世俗徹底投降的導火索，乃是作爲美的化身和象喻的愛情在這個時代被完完全全地「異化」了。作爲他心中至高無上的美的精神領地，愛情是不可褻瀆的，況且他和鍾千媚青梅竹馬的愛情被他塗上了一種羅曼諦克的朦朧色彩而極爲珍視，同時，他對鍾千媚的愛情也是對鍾老師（鍾千媚之父）完美人格精神的一種崇拜的移情。像所有的具有詩人氣質的小知識分子那樣，「我弟弟」的「故事中具有了這些東西：高尚、信義、蒙難的憂鬱，最後解套的美麗。」他用舊的人倫道德標準來衡量一切人和事，是必定要出問題的。鍾千媚最終嫁給了臺灣的富商，根本原因也許不完全是因爲經濟槓杆在起作用（因爲「我弟弟」的父親也爲他掙下了一個多億的資產），作爲新興資產階級的繼承人，他的身上散發著的不是更多的銅臭，他身上具有更多的與時代格格不入的傳統道德人格的迂腐和陳舊觀念，精神的游離是他們分手的眞實緣由。

　　抗拒父親、反抗世俗，「這原因在於他對社會和人生有著頑固的理想化審美傾向。」「商界在他心目中幾乎是醜陋的代名詞。弟弟一方面把誤差的美好概念存入內心；一方面把無法誤差的事物作爲禁錮自己的理由。我想這就是弟弟落後於社會的原因。」

　　無疑，弟弟的反抗不僅是無效的，而且也遭到了最無情的嘲弄和諷刺，給我們的主人公帶來了無比巨大的精神空洞。這種空洞在無法排遣、無法彌補之時，眞正的人生悲劇的帷幕便徐徐拉開了！「我弟弟」沒有用生命作最後的賭注，與這個物欲時代作最後鬥爭，而是在生命體驗的過程中「頓悟」到了這個物欲時代的人生本質特徵——「精神貴族」已爲時代不齒，物欲滿足成爲人的價值體現目標。於是，只有放棄精神的反抗，才有可能完成 20 世紀末人生的「自我」皈依。緣此邏輯，「我弟弟」開始了揮金如土的生活跋涉；開始了「無限」的性欲旅程；開始坐上新興資產階級給他留下的那把金交椅；開始戴上人格面具與一切卑下的人進行人生的交易……從「我弟弟」思想、行爲的改變中，我們看到的不僅僅是一個肉體軀殼的墮落，而且看到了一種精神投降後靈魂的可怕銹蝕。誠然，「我弟弟」順應了時代，順應了這一時代的社會文化氛圍，順應了隨著時代文化潮流而動的世俗生活。這一切，是以他放棄美，放棄理想，放棄精神追求，放棄人生眞諦爲代價的。他終於回到了父親爲他勾畫的人生道路，回到了人們所期望的「正常的」生活軌跡。精神的流浪和青春的放逐，終於換回了適應時代的人生經驗。在飽經滄桑後，「我弟弟」必將成爲一個更加合格的新興資本家，甚至成爲這個階級最爲忠實的代言人。嗚呼哀哉！200 多年來，老牌資本主義的文化矛盾切切實實地告訴我們：資本主義在其貪婪的經濟剝削活動中往往喪失了理性和人性，它們在刪除了人的精神理想追求時，把人變成了機器和物質。而成熟的資本主義早已開始了修復人性、修復精神和重建人性之美的工作。那麼，我們有什麼理由一定要往這個人類有著前車之鑒的陷阱中跳呢？有什麼理由爲我們的下一代設置這樣一個個可怕的文化陷阱呢？不錯，「我弟弟」是「還原」了，「這樣一個把商界看作醜惡的人，與美好概念相對立的人，最後在商界努力耕耘了。這就是弟弟的耐人尋味之處。弟弟的生活在後來是很圓滿的，年輕有爲，事業有成，他的身邊，朋友和美女熙熙攘攘，眞是要風得風要雨得雨。」「我弟弟」成了他昔日精神追求的叛徒，一切都復歸平靜和諧。這幕人生的悲劇變成了生活的喜劇，這正是我們這個時代和民族最大的精神悲劇，爲了這個時代「秩序的圓滿」，它需要我們付出人性、付出道義、付

出理想情操、付出美的生活……，這一切成為了文化趨於潰滅的徵兆，難道還不能引起人們的警覺嗎？我以為，《成長如蛻》的作者在這個文化困惑的時代，沒能抓住最後結尾的契機，甩出文化鞭撻的「豹尾」，給世人以警省，哪怕是經強烈的反諷語境來作出人生的價值判斷，也能給人以痛快淋漓的感受，可惜作者沒能做到，或是做得不夠，其根本原因是作者在文化價值判斷中陷入了兩難境地而不能自拔。

「是的，結局很圓滿了。弟弟在最後終於顯示了他的聰明，選擇了他如今的選擇，他成長了，令人信服，你將看見資本在我弟弟的手中得到進一步的積累。弟弟在艱難的成長過程中明白了什麼是需要的，什麼是不需要的。他知道人生是從山巔上朝下滑落的過程，他沒有粉身碎骨已是萬幸。有阿福的照片為證，他的內心還是保持著對美好人性的追求，有些無奈，但決不脆弱。他還知道，人生有些事是不得不做的，於不得不做中勉強去做，是毀滅；於不得不做中做得很好，是勇敢。」無疑，這一結尾是多了些人生的滄桑感，有劫後餘生的大徹大悟。但在這人生的參悟中，我們更多的是體味到文化投降妥協韻味的苦澀和辛酸，感到一種調和的悲哀和蒼涼。

不錯，我們應該消滅農業時代的愚昧和貧窮，但這並不意味著要拋棄農業文明中的傳統美德，尤其是對人的美好情感和高尚操守的追求，仍然是人類精神活動的重要準則。在任何時代，人類文化活動中一旦失去了這些看似虛幻的美的追求，它的人性內涵就必定要走向潰滅之途。就此而言，《成長如蛻》為我們描繪的這幅精神潰退的圖畫，足以令人震驚，也足以引起我們對當下文化的深刻反思。

知識分子不反思，將愧對子子孫孫，上帝看了同樣會發笑。

三、《白樓夢》：生活方式改變一切

在西方文學中，表現近兩個世紀以來資本主義過程中人的異化的主題的文學已是汗牛充棟了，在形形色色的形象畫廊中，我們看到的是資本主義在推動歷史進程中帶來的文化上的潰敗，以及人的靈魂的醜惡。這種文學的警示，作為一種道德判斷，它的精神向度似乎體現了「靈魂工程師」們主體性的高昂。然而僅僅這一點顯然是不夠的，歷史和道德往往形成了一種二律背反，在這一悖論中，誰是真理的主宰呢？這恐怕是困擾 20 世紀現代作家的一個二難命題。

新時期文學不乏書寫知識分子的傑作，然而，能夠將知識分子置於當下文化困境之中，將其寫成靈魂出竅者尚不多。而沈喬生的新作《白樓夢》卻開始了這種艱難的嘗試。我並不認爲《白樓夢》的藝術結構已經達到了臻於成熟的地步，甚至，我還以爲它在某些地方露出了模仿「紅樓」的痕跡。但是，愈是讀到後半部，就愈是激起了我難以平抑的情緒。我真真切切地看到了一幅中國知識分子的精神潰敗圖，在這幅構圖中，作家不僅給出了實用主義與利己主義的物質性潰敗，同時，也描繪出了理想主義與浪漫主義的精神性潰敗。

我們當下的社會面臨的是多元結構，然而生活在其中的每一個中國人都面臨著物欲的挑戰，尤其是那些從精神故鄉走來的知識分子們，更是面臨著靈魂的搏戰。《白樓夢》的一個重要敘述線索就是號稱「精神王者」的沐仲與號稱「物質霸主」的拔射的一場生死格殺。我不知道作者在有意安排「兩敗俱傷」的背後隱藏著什麼樣的深刻寓意，但就我的閱讀經驗來看，這正是歷史與道德的二律背反命題中的必然結局。

作爲「精神王者」的沐仲，原本是一個桀驁不馴、專事學術的古典知識分子，作爲一個處在邊緣地位的知識分子，他試圖以一種文化批判的姿態來介入當下社會，永葆士子的批判張力，他所構想的文化批判綱領欲體現在「批評世俗，追慕精神」的論著《都市神話》中。然而，就是這個「笑傲江湖」的智者，在目迷五色、燈紅酒綠、聲色犬馬的「生活方式」面前，拱手交出了自己的精神與靈魂。「物質霸主」拔射以其無可抗拒的誘惑力將沐仲拉進了他所預設的陷阱，作爲一種充滿著理性的「實驗」，拔射不惜用他最心愛的女色作爲誘餌，不惜代價設計一道道人工培育起來的「都市風景線」和「都市風情線」。在肉欲的享筵中，在物質的誘惑下，中產階級的劣根性在知識分子的心靈中爆發和膨脹，副廳級的待遇、三室一廳的住房、紅旗轎車就足以收買這個「軟體動物」了。一旦進入了「御用語境」，像沐仲這樣的知識分子還能有什麼獨立之思想，自由之意志呢？正如紫氣東指著鼻子罵他那樣：「我看你整個地墮落，自稱什麼精神王者，不怕天下嗤笑，王者似你這樣？一頂官帽，一套房子，就教你脫胎換骨，裏外變樣？」作爲一個「實驗品」，這個曾經「傲得要命」的知識分子幾乎和妓女一樣去出賣自己，亦如曹鵬裏和拔射所說：「我知道你想搞一個小實驗，挺有意思。給我也提供了東西。我們做政府工作的，對知識分子走上領導崗位，會起什麼變化，產生哪些新的問題，心裏沒有底，現在有感性的認識了，這應該

感激你。」可以說，新興的資產階級對中產階級意識很強的知識分子的改造是卓有成效的，在沐仲身上，我們看到了許許多多知識分子的面影。也許，他們沒有被嚴酷的政治鬥爭所壓垮，但是，在「欲望的旗幟」下，他們徹底臣服了。你看，當他拿著仙宮的金卡去消受享樂時，因為享受的等級低於資產階級的金融寡頭桑一鳴，心理就大為不平衡，活現出一副中產階級向上爬的醜態。也許，「精神王者」的自我詮釋是最有力的：「一個精神王者為了獲得起碼的生存條件，需要多大程度上同世俗妥協？一個物質霸主為了得到心理平衡，需要多大程度上閹割精神王者？」這似乎就是本書的總綱，由此看來，作者為我們提供的這一鮮活的知識分子標本，是足以令人發悚的，他的全部意義就在於指出了資本主義一體化過程中不可或缺的環鏈──知識分子人文批判精神的萎縮。正如丹尼爾・貝爾在《資本主義文化矛盾》一書 1978 年再版前言中所說：「對於先進的社會群體來說──首先是知識界和受教育階層，其次是中產階級本身──關鍵的問題是：社會行為的核准權已經從宗教那裏移交到現代主義文化手中。與之相應，人們對『品格』〔character〕──此乃道德準則和嚴肅目的的合成物──的重視，也轉移到對『個性』〔personality〕上來──後者標榜與眾不同和自我提升。一言以蔽之，現代人滿足的源泉和社會理想行為的標準不再是工作勞動本身，而是他們的『生活方式』。」應該說，正是這種資產階級文化的「生活方式」徹底改變了沐仲們的生活軌跡，即使他們交出了文化批判的武器和臣服於「文化霸權」的投降書。知識分子一旦失卻了獨立之思想和自由之意志，他頭頂上的光圈也就自然消失了。正如皇英所想：「當時沐仲吸引她的是什麼，無疑是他的燦爛精神，是他以王者自詡的自信。可是當她真的來到他的身邊的時候，她發現那種精神原來是冰冷的，冷得她打寒戰，它發出的是冷光，而遠距離看去誤以為是火焰，是熱光。」失去思想和意志的知識分子，與俗眾是無異的。

作為「物質霸主」的拔射，他是知識分子的另一種變體，我以為，當下中國新崛起的一批資產者，應在文化上擁有一定的資本，否則，像拔射這樣的資產階級是難以俘獲一代學術驕子的。拔射作為無產階級的後代，尤其是執政黨的後代，他有優厚的文化生存底蘊，他下過鄉，在遙遠的大西北闖蕩過，有天然的「領袖欲」，又是新時期的第一代大學生，他之所以選擇商界作為人生的戰場，可能意識到這是「生逢其時」一展才華的最好機緣，時代造就了這批資產階級的英雄和浪子，他們在商界如魚得水，但作為中國歷史航

程的設計者，他們又不得不考慮到文化的前途，這就是新一代資本者在文化上的優勢，不管他們是有意無意的，就他對沐仲式的知識分子的贖買實驗，就足以說明他們的遠見卓識。物質與精神的搏戰在人類社會中已歷經了幾千年，而進入現代以來，這種「影響的焦慮」已經滲透於人類的每一個生活細節之中了。拔射在沐仲身上的實驗卻再次體現了兩種文化的「生活方式」在當下的可行性和非可行性。我以為，拔射用另一種「生活方式」擊潰了沐仲，這並不意味著他的勝利，因為，拔射打敗沐仲，也就是打敗了自己，拔射與沐仲原是站在同一精神起跑線上的，其價值立場是知識分子本位的，而其位移的本身，就預示著他的精神滑坡，只不過作為一種個人的性格悲劇，他要再拉一個墊背的。他在商場上的失敗，是作者安排的偶發因素，但我以為他和皇英回到「生活方式」的原點——大西北，不應是小說宿命的安排，而應是他精神向度復歸的表徵，這樣的話，這部作品的深刻寓意才能突顯出來。

《白樓夢》描寫了一大片知識分子的潰逃景象，可謂色彩紛呈，觸目驚心。

那個從荒原裏走來的放浪不羈的紫氣東，似乎是一個天生的文化叛逆者，但他終於背叛了自己的意志和信仰：「這麼一個極端分子，一頭荒原狼，口口聲聲中國知識分子靈魂不可拯救，要戰鬥到底的，卻跑到西方去，投奔自由的法蘭西女郎，這對他，對我們大家是幸還是不幸呢？」這神來一筆，勾畫出了這位現代派深入到骨髓裏的虛無和虛偽嘴臉。

《白樓夢》無疑是將「沈老師」和作者之「我」相重疊，這種藝術上的嘗試未嘗不可，但在整個作品的情節結構中，他的形象有點令人懷疑，似乎他是這個文化陷阱中的惟一「出逃者」，成為一個文化的旁觀者，而未真正地進入其文化角色之中。也是敘述結構的需要，似乎只有「我」，才能最後了結白樓前那張照片，將文化的「底片」撕碎、拋棄。我以為，「沈老師」也是難以逃出這場文化悲劇的命運主宰的。要問我《白樓夢》中最精彩的一筆是什麼？我以為就是女主人公皇英從頭到尾的「尋父」描寫，前後呼應，正寓示出我們這個文化失範時代的本質特徵：這是一個沒有「父親」的時代，權威消失後的虛空，造成了人們的一種「尋父」情結。然而，多元無序的文化狀態，正把中國帶進一個新的世紀，歷史的前行證明無須「父親」的存在，而道德的規範又需求「父親」的出現，文化便陷入了兩難的悖論之中不可自拔，而文學正是要揭示出這種歷史和道德的悖反現象，而引起人們的警覺。

　　喬小草作為一個純潔女學生與沈老師那段富有浪漫主義氣息的戀情，也同樣被銅臭所腐蝕，這一代青年的「自投羅網」足以令人警醒。

　　而真正與資本文化相抗衡，甚至以生命和鮮血去保衛自身純潔的人物，在《白樓夢》中只有一個，那就是西琦，這個自焚於「火中的精靈」，正是文化中真善美的一次「涅槃」，我們能指望這位「火鳳凰」的再生嗎？在這個時代，這幾乎成為一種烏托邦式的理想。

　　那兩個在「童話宮殿」裏享受過浪漫主義愛情薰染，同時亦沉浸在爾虞我詐的爭權奪利氛圍中的修謨和尹咪，終於沒能在大陸找到他倆的「愛情的位置」和權力的位置，雙雙遠渡重洋去西方世界尋找流浪知識分子的「新大陸」去了。這同樣是一個悖論——幸與不幸哉？

　　《白樓夢》為我們敘述了一個知識分子的夢魘，它在藝術技法上也有創新，如「人物主體性」（複調小說）敘述的插入：如借鑒「紅樓」十二釵的宿命預示的敘寫方式，都為小說的可讀性增添了色彩。但是，我仍然看重的是小說敘述背後的文化涵量——「生活方式」改變了中國文化的一切！

第五章 共和國文學批評

　　隨著新時期的到來，共和國文學批評也煥發出勃勃生機。本章是所謂「批評之批評」，首先從宏觀上考察了共和國文學批評的概貌、優勢和缺憾；其次也通過一些個案，如王彬彬、李建軍等批評家的作品，《粵海風》等文學批評媒體的編輯，「在場主義散文獎」等文學獎項的設置，來一探共和國文學批評的利與弊，從而為未來的文學批評工作形成可資借鑒的經驗和教訓。

第一節　批評觀念與方法考釋及中國當代文藝批評生態

　　文學批評和藝術批評的形式中國古來有之，然而我們今天所依賴的系統理論模式卻是從西方引進的，它的內涵與外延歷經幾千年的磨洗，至今在中國文學與藝術的百年運動中已經發生了本質性的漂移和改變，尤其是這半個多世紀以來，雖然我們跨越了從封建到現代，再到後現代的文化語境過程，但是，我們的文學藝術批評始終都沒有走出「頌歌」與「戰歌」〔註1〕模式的怪圈，即便是當下充滿著銅臭味的商業文學藝術批評，也正是利用了「頌歌」的批評模式，肆意將交易的利潤無限擴大化，導致了全社會對文學藝術批評的不屑與踐踏。

　　查閱了幾本英文工具書，發現「批評」和「評論」的詞根是在同一個詞條下的，我選擇了三種，其表述是：critic 批評者，吹毛求疵者（文學、藝術或音

〔註1〕 丁帆、王世城：《十七年文學：「人」與「自我」的失落》，河南大學出版社 1999
　　　年 2 月第 1 版。

樂作品等的批評家、評論家）。critical①吹毛求疵的，批評的，評論性的；②善於評論的，從事評論工作的；③附有異文校勘材料的；④危機的、危急的，決定性的、關鍵的；⑤達到臨界狀態的。criticism①批評、指責、非難，批評意見，指責的話；②（某評論家的）作品評論，評論文章。綜上，可以看出所謂批評是涵蓋一切評論的，換句話說，評論也是包含著批評的職責的。而我們的批評與評論不知從什麼時候開始就將這個概念的內涵與外延偷換掉了。

「Criticism 已經變成一個難解的字，因為雖然其普遍通用的意涵是『挑剔』（fault-finding），然而它有一個潛在『判斷』的意涵，以及一個與文學、藝術有關且非常令人困惑的特別意涵……這個英文字在十七世紀初期形成，是從十六世紀中葉的 critic（批評家、批評者）與 critical（批評的）衍生而來。……Criticism 這個字早期普遍通用的意涵就是『挑剔』:『處在批評的焦點（marks of criticism）……眾矢之的』Criticism 這個字也被用作對文學的評論，尤其是從十七世紀末期以來，被用來當成『評斷』文學或文章。最有趣的是，這個普遍意涵——亦即『挑剔』，或者至少是『負面的評論』——持續沿用，終成主流。」〔註2〕或許，我們從中可以看見馬克思主義由此而來的文化批評的批判精神的濫觴。如果這樣的溯源還不足以說明批評的本義的話，我們就只能追溯到它的源頭——古羅馬文藝批評：「古羅馬文藝批評是從公元前 2 世紀中期後隨著文學發展的高漲而興起的。」〔註3〕它的緣起是圍繞著羅馬文化是否吸收希臘文化的意識形態鬥爭而展開的：「這時的文藝批評關心的主要是與吸收希臘文學成就和在此基礎上發展民族文學相關的一些實際問題，如關於希臘文學作品的利用、文體概念、寫作手法和技巧、詩歌文體、文學語言問題等。這時的文藝批評主要散見於詩人、作家的各種類型的著作中，因此我們可以說第一批羅馬詩人、作家同時也是第一批文藝批評家。」〔註4〕這裡至少給我們三點啟示：首先，其文藝批評討論問題是爭論性質的，甚至「尖刻的諷刺」，而非吹捧式的評論，它區別於鑒賞性質的歌功頌德；其次，它涉及到大的意識形態的文化領域，也就是說，包括政治文化領域的問題是允許爭論的，猶似我們的諸子百家時期的「百家爭鳴」；最後，也是中國當代評論落後的一個

〔註2〕 〔英〕雷蒙・威廉士：《關鍵詞：文化與社會的詞彙》，劉建基譯，臺灣巨流圖書有限公司 2004 年 2 月初版，第 75 頁。

〔註3〕 王煥生：《古羅馬文藝批評史綱》，譯林出版社 1998 年 11 月第 1 版，第 24 頁。

〔註4〕 王煥生：《古羅馬文藝批評史綱》，譯林出版社 1998 年 11 月第 1 版，第 25 頁。

根本問題，這就是西方（包括俄羅斯）的許多批評家都是作家，他們在親身創作的實踐之中取得了優先發言權，才有資格參加論戰。檢視這 66 年來主宰文化與文藝批評的「家」們，有幾個是雙料兩栖的文學藝術家呢？

　　當然，我們是不能忽略還有一個「羅馬文法批評的興起」時期，「古代存在過三個不同的批評術語，這就是語文家（philologos）、批評家（critikos）和文法家（grtammatikos）。……關於批評家，亞里斯多德曾在《論動物的結構》中說：『我們認爲，只有受過全面教育的人才有能力批評各種事物。』後來『批評家』用來指對文藝作品進行分析的學者。在附於柏拉圖名下的一篇佚名作者的對話錄《阿克西奧科斯》（公元前 4 世紀末）中，『批評家』係指學校裏的高級文學教師，與低級文學教師 grammatikos（文法家）相對。塞克斯圖斯‧恩皮里庫斯（公元 3 世紀後期）曾經根據克拉特斯的看法，對批評家和文法家做過如下界定：『批評家應該精通於各門屬於精神起源的科學，而文法家則僅僅需要知道詞語解釋、音韻理論等。』」〔註 5〕我之所以引用這段話，是與我下文分析中國當代這種批評家狀況有關，而這裡我得強調的是以下幾點：首先，應該清楚西方文藝批評史自古以來就將「批評家」和「文法家」區別開來的，至於亞里斯多德將他們分爲高級與低級的等級，可以見仁見智，但是，兩者的區分度和分工卻是清楚的，無疑，對「批評家」的要求是非常高的，『精通於各門屬於精神起源的科學』，也就是說文史哲必須打通，人文學科的知識積累必須廣博。這一點也恰恰是中國當代批評家所無法企及的一個標準，而我們幾十年來的所謂「評論」恐怕也就屬於這種「文法家」的層次；其次，把所謂的「批評家」和「文法家」統統歸於「學院派」，恐怕就是源於此種理論，以我的理解，「學院派」的「批評家」所擔當的職責應該是對文學藝術，乃至政治文化批評與審判功能，而「文法家」擔當的職責則是停留在鑒賞層面的「評論」，這就劃清了「批評」與「評論」的界限，兩者所承擔的對文學藝術闡釋的職責功能是不盡相同的。而我們恰恰是混淆了這兩者的區別，所以，才把「頌歌」與「戰歌」統一在一種意識形態的需求框架之下，而渾渾噩噩地做起了當代文學批評之學問，這就難怪出現那種光怪陸離評論現象了。

　　我們不能忽略的問題是一個批評家素養的昇華，即從一個一般性的諷刺

〔註 5〕　王煥生：《古羅馬文藝批評史綱》，譯林出版社 1998 年 11 月第 1 版，第 81～82 頁。

指謬「批評家」上升到一個有自覺批判意識的文學藝術「批評家」，是需要大量的人文知識儲備，以及一種歷史哲學的識見和批判的勇氣，這種勇氣不僅僅是不畏強權，更難的是不顧親情與友情。所以，公元 165 年前後那個偉大的批評家琉善（約公元 125～180 前後）卻是被世人忽略和低估了的一個哲思批評家：「琉善雖然是一個修辭學家，並且在其早年受到第二期詭辯派的影響，但他終於能以批判的態度克服詭辯派的各種弊端，成為當時一位最傑出的諷刺作家。他的諷刺矛頭指向正在瓦解的古代希臘羅馬社會的各種思想意識形態，包括哲學、宗教、修辭學和文學等。正像他嚴屬批評他生活時代的各種哲學流派和宗教迷信一樣，他也嚴屬批評他生活時代的歷史著述和文學創作，在這些批評中表現出他的文藝觀點。……他反對虛假的、美化真實的寫作，肯定真實的、非虛偽的文學，號召作家（包括歷史學家和其他方面的作家）深入地觀察生活。他認為：『作家最好寫他親自見到的、觀察過的東西。』他認為作家的思想應該有如鏡子，真實地反映出所接受的東西，不歪曲、不美化、不改變原貌。……他認為，作為一個歷史學家，首先要能夠獨立思考，不趨炎附勢，對任何人都無所畏懼，這樣才能勝任歷史著述的首要任務——如實地敘述事件。……史家作史應該能千古流傳，而不要追求同時代人的一時激賞；不應用一些傳說取悅於人們，而應給後代留下對事件的真實敘述。他認為這就是歷史學家應遵循的原則。與這種原則相適應，歷史的敘述風格應該平易流暢，文筆簡潔，不雕飾，不浮誇。」〔註6〕這裡需要說明的是，在琉善所生活的年代，文體的分類還不是很嚴格的，以我的理解，他所說的「歷史」就是包括對一切敘述和議論文體的寫作。也許，有許多文學理論家會質疑這種古老而過時的文藝學陋見，自以為時髦的現代理論早已將這古老的理論淘汰了，但是，也正是這個原始而樸實的文藝學理論在檢驗幾千年來的世界文學史，尤其是中國文學史，則煥發出了強大的生命力！當我們一直都信奉文學藝術創作比生活更高、更集中、更偉大的條律時，我們卻悖離了生活的本質，我們離真實的生活更加遙遠了。我一直以為任何作家的創作只有對歷史真實摹寫的職責和義務，絕對沒有篡改和美化歷史的權力！作家的創作若是按照時代的主流意識形態去重構歷史，而批評家也為之搖唇鼓舌的話，那我們就有理由懷疑他的評論動機不純，像《大秦帝國》這樣為封建帝王歌

〔註6〕 王煥生：《古羅馬文藝批評史綱》，譯林出版社 1998 年 11 月第 1 版，第 313 ～314 頁。

功頌德的作品，非但在文法技巧層面毫無藝術可言，同時也對馬克思主義歷史觀肆意踐踏和褻瀆，卻得到了許多「評論家」的高度評價，這不僅僅是那些評論家的水平問題，更可悲的恐怕是中國當代的許多批評家們尚不知批評的最高階段是既有藝術感悟的靈性，又兼備哲思的批判。

　　「Censure（責備、嚴厲批評）。當 criticismd 的最普遍的意涵朝向 censure 解釋時，其專門特別的意涵卻是指向 Taste（品味、鑒賞力），Cultivation（教化）、Culture（文化）與 Discriminatin（識別力）是一個意義分歧的字，它具有正面的『良好的或有見識的判斷』之意涵」。「問題的癥結不僅是在於『批評』（criticism）與『挑剔』（fault-finding）兩者之間的關係，而且是在於『批評』與『權威式的』（authoritative）評論兩者之間存在著更基本的相關性：二者皆被視爲普遍的、自然的過程。作爲表示社會的或專業的普遍化過程的一個詞彙，criticism 是帶有意識形態的，……將 criticism 提升到『判斷』的意涵，……在複雜而活躍的關係與整個情境、脈絡裏，這種反應——不管它是正面或負面的——是一個明確的實踐（practice）。」〔註7〕也就是說，當「批評」上升到「判斷」（即「批判」）層面的時候，它的意涵就發生了一種從形下到形上的哲學變化過程。

　　上個世紀 20～50 年代隨著「法蘭克福學派」的興起，「批判理論」就成爲現代批評的重要武器，其領袖人物阿多諾、霍克海姆、本雅明等在馬克思主義理論和布萊希特理論的基礎上建立了「政治美學」：「在阿多諾最具挑戰性的論點裏，他針對當代社會的矛盾，提出了縝密的論證分析，雖然就此而言受惠於馬克思主義，但他關注的不是有組織之勞工階級傳統的能動性，而是現代文學與音樂（貝克特〔Beckett〕、荀白克〔Schoenberg〕）裏強烈的形式困難和自主性，以尋求反對資本主義的對抗性感受（sensibility）他和學派裏的其他成員認爲，尤其是文化工業會破壞政治意識，並且威脅要吸納最不妥協的『眞正』藝術以外的一切事物。」這種絕決的「批判」意識和姿態幾乎成爲西方批評最重要的理論武器，尤其是阿多諾和霍克海姆在 40 年代出版的《啓蒙的辯證》成爲「批判理論」標誌性著作。「批判理論」通過批判社會來提升美學的自我覺醒，對霸權意識形態和媒體操控進行嚴厲的批判。這種文化研究在 80 年代以後登陸中國，逐漸

〔註7〕　〔英〕雷蒙・威廉士：《關鍵詞：文化與社會的詞彙》，劉建基譯，臺灣巨流圖書有限公司 2004 年 2 月初版，第 75～77 頁。

被學界所推崇運用。到了 90 年代，「伊格頓（Terry Eagleton）指出，批判與批評不同。後者指涉的是位於文本或事件之外的中立有利立場，批判則是在研究對象內部採取位置，試圖引出矛盾傾向，並突顯其有效特質。」如果伊格爾頓解釋的尚不夠清晰的話，那麼，約翰遜（Richard Johnson）表述得就更加明確了：「我所說的批判是最全面的意思：不只是批評，甚至也不是爭論，而是一種程序，藉此可以同時理解其他傳統的可能性和禁制。批判牽涉了竊取比較有用的成分，拋棄其餘部分。從這個觀點來看，文化研究是個過程，是生產有用知識的煉金術。」〔註8〕從中我們就不難看出自80 年代末以後中國大陸「學院派」學者紛紛由文學批評轉向於文化批評的緣由了。但是，根據中國社會的國情，這種理論的盛行往往又成為一把批評的雙刃劍，利弊都十分明顯，這一點下文論述。

追根溯源，現代「文化批評」又與「文化評論」是緊緊相連的：「文化評論是 18 世紀資本主義、都市生活的產物，也是印刷文化（print culture）興盛時期的產物。由於市場原則與專業傾向，文化批評家在地位上開始具備獨立自主性，而且在媒體、公共輿論的批評與理性論述空間裏，拓展對話、辯論及多元思考的餘地，將當下的文化生態及其現象當做批評的對象，讓讀者或聽眾一起感知或瞭解切身的文化問題，進而設想其對策或解決之道。從 18 世紀起，小說就對內在價值、家庭生活、情感倫理、虛擬人物及其共同背景的理解等現代文化現象的向度，以具體寫實的語言與再現的方式提出種種形塑組構（configuration）與重新解讀（refiguration）的可能性。……雖然 18 世紀以來，大眾媒體如何操作新聞事件、藝術展覽、影像再現，以及『自然』如何日漸蕩然無存而成為『工業革命』祭壇上的獻祭，都是批評家重點批評的對象，現代主義的『文化批評』，仍有另一個層面，力圖採取救贖式的美學政治，以詩去取代已在後資本主義社會中銷聲匿跡的宗教──以這種角度進行的『文化批評』，由浪漫主義到新批評，都是某種形式的現代主義『文化批評』。」〔註9〕

肇始於一戰時期的「新批評」是西方形式主義文學理論的重要一支，以美國批評家約翰·克婁·蘭塞姆於 1941 年出版的《新批評》為標誌，定義出了「現代批評」、「本體論批評」、「反諷批評」、「張力詩學」、「結構批評」、「分

〔註8〕 〔英〕彼得·布魯克（Peter Brooker）：《文化理論詞彙》，王志泓、李根芳譯，臺灣巨流圖書有限公司 2004 年 4 月初版。第 77～78 頁。

〔註9〕 廖炳惠編：《關鍵詞200──文學與批評研究的通用詞彙編》，江蘇教育出版社2006 年 8 月第 1 版，第 49～51 頁。

析批評」、「語境批評」、「本文批評」、「客觀主義理論」、「詩歌語義學評論」
等一系列的批評模式，大大豐富了批評的內涵與外延。「二次大戰後，新批評
派在美國進入了極盛期，幾乎在所有大學文學系佔了統治地位，大批文論家、
美學家都歸附到新批評的旗幟下。此時新批評派的一大批理論家成爲『第三
代』新批評論者。這些人當中最出色的首推威廉・K・維姆薩特（William k.
Wimsatt 1907～1975）和勒內・韋勒克（Rene Wellek 1903～），二者都是新批
評後期中心『耶魯集團』的核心人物。」〔註10〕

　　無疑，韋勒克在中國學術界的影響遠遠大於西方任何一個文學理論家，
他的那本與奧斯汀・沃倫合著的《文學理論》（亦有譯本爲《文學原理》）幾
乎成爲文學系師生人手一本的中國文學理論的教科書。「該書十分強調以新批
評爲代表的藝術形式分析的美學意義和價值，通過對文學性質、功用、文學
理論、文學批評、文學史及總體文學、比較文學、民族文學等各方面的定義
和研究，力圖廓清文學方法存在的問題。通過大量的資料準備，作者討論了
文學與諸多相鄰學科，如傳記學、心理學、社會學、哲學的關係，最後建構
起自己的一套理論。」〔註11〕爲什麼韋勒克的文學理論會在中國文學界有著
如此大的反響，尤其是此書中的第四章「文學理論、文學批評和文學史」就
像一座燈塔一樣指引著中國現當代的治學方法的航道，因爲他的觀點和方法
不僅適合於歐美文學界，似乎更加適合當代中國的治學語境。

　　　　「文學理論不包括文學批評或文學史，文學批評中沒有文學理
　　論和文學史，或者文學史裏欠缺文學理論與文學批評，這些都是難
　　以想像的。」〔註12〕

　　　　「不過，作家的『創作意圖』就是文學史的主要課題這樣一種
　　觀念，看來是十分錯誤的。一件藝術作品的意義決不僅僅止於、也
　　不等同於其創作意圖；作爲體現種種價值的系統，一件藝術品有它
　　獨特的生命。一件藝術品的全部意義，是不能僅僅以其作者和作者
　　的同時代人的看法來界定的。它是一個積累過程的結果，亦即歷代

〔註10〕　王治河主編：《後現代主義辭典》，中央編譯出版社 2004 年 1 月第 1 版，第 666
　　　　～667 頁。
〔註11〕　王治河主編：《後現代主義辭典》，中央編譯出版社 2004 年 1 月第 1 版，第 666
　　　　～667 頁。
〔註12〕　〔美〕勒內・韋勒克，奧斯汀・沃倫著；劉象愚，邢培明，陳聖生，李哲明
　　　　譯《文學理論》（修訂版）2005 年 8 月第 1 版，第 33～39 頁。

的無數讀者對此作品批評過程的結果。」〔註13〕

「歷史派的學者不會滿足於僅用我們這個時代的觀點去評判一件藝術品，但是這種評判卻是一般文學批評家的特權；一般的文學批評家都要根據今天的文學風格或文學運動的要求，來重新評估過去的作品。對歷史派的學者來說，如果能從第三時代的觀點——既不是他的時代的，也不是原作者的時代觀點——去看待一件藝術品，或去縱觀歷來對這一作品的解釋和批評，以此作為探求他的全部意義的途徑，將是十分有益的。」〔註14〕

「我們要研究某一藝術作品，就必須能夠指出該作品在它自己那個時代的和以後歷代的價值。一件藝術品即是『永恒的』（即永久保有某種特質），又是『歷史的』（即經過有跡可循的發展過程）。相對主義把文學史降為一系列散亂的、不連續的殘篇斷簡，而大部分的絕對主義論調，不是不僅僅為了趨奉即將消逝的當代風尚，就是設定一些抽象的、非文學的理想（如新人文主義〔newhumanism〕、馬克思主義和新托馬斯主義等批評流派的標準，不適合於歷史有關文學的許多變化的觀念）。『透視主義』的意思就是把詩，把其他類型的文學，看作一個整體，這個整體在不同時代都在發展著、變化著，可以互相比較，而且充滿著各種可能性。文學不是一系列獨特的、沒有相通性的作品，也不是被某個時期（如浪漫主義時期和古典主義時期，蒲柏的時代和華茲華斯的時代）的觀念所完全束縛的一長串作品。文學當然也不是一個均勻劃一的、一成不變的『封閉體系』——這是早期古典主義的理想體系。絕對主義和相對主義二者都是錯誤的；但是，今天最大的慰藉，至少是在英美如此，是相對主義的流行，這種相對主義造成了價值的混亂，放棄了文學批評的職責。實際上，任何文學史都不會沒有自己的選擇原則，都要做某種分析和評價的工作。文學史家否認批評的重要性，而他們本身就是不自覺的批評家，並且往往是引證性的批評家，只接受傳統的標準和評價。今天一般來說都是落伍的浪漫主義信徒，拒斥其他性

〔註13〕 〔美〕勒內·韋勒克，奧斯汀·沃倫著；劉象愚，邢培明，陳聖生，李哲明譯《文學理論》（修訂版）2005年8月第1版，第33～39頁。
〔註14〕 〔美〕勒內·韋勒克，奧斯汀·沃倫著；劉象愚，邢培明，陳聖生，李哲明譯《文學理論》（修訂版）2005年8月第1版，第33～39頁。

質的藝術，尤其是拒斥現代文學。」〔註15〕

「現代文學之所以被排斥於嚴肅的研究範圍之外，就是那種『學者』態度的極壞的結果。『現代』文學一語被學院派學者做了如此廣泛的解釋」，當然也有例外，「在學院派之中，也有少數堅毅的學者捍衛並研究當代文學。」〔註16〕

「反對研究現存作家的人只有一個理由，即研究者無法預示現存作家畢生的著作，因為他的創作生涯尚未結束，而且他以後的著作可能為他早期的著作提出解釋。可是，這一不利的因素，只限於尚在發展前進的現在作家；但是我們能夠認識現存作家的環境、時代，有機會結識並討論，或者至少可以與他們通訊，這些優越性大大壓倒那一不利的元素。如果過去許多二流的、甚至十流的作家值得我們研究，那麼與我們同時代的一流和二流的作家自然也值得研究。學院派人士不願評估當代作家，通常是因為他們缺乏洞察力或膽怯的緣故。他們宣稱要等待『時間的評判』，殊不知時間的評判不過也是其他批評家和讀者——包括其他教授　　的評判而已。」〔註17〕

「反過來說。文學史對於文學批評也是極其重要的，因為文學批評必須超越單憑個人好惡的最主觀的判斷。一個批評家倘若滿足於無視所有文學史上的關係，便會常常發生判斷的錯誤。他將會搞不清楚哪些作品是創新的，哪些是師承前人的；而且由於不瞭解歷史上的情況，他將常常誤解許多具體的文學藝術作品。批評家缺乏或全然不懂文學史知識，便很可能馬馬虎虎，瞎蒙亂猜，或者沾沾自喜於描述自己『在名著中的歷險記』；一般說來，這種批評家會避免討論較遠古的作品，而心安理得地把他們交給考古學家和『語文學家』去研究。」〔註18〕

〔註15〕　〔美〕勒內・韋勒克，奧斯汀・沃倫著；劉象愚，邢培明，陳聖生，李哲明譯《文學理論》（修訂版）2005 年 8 月第 1 版，第 33～39 頁。

〔註16〕　〔美〕勒內・韋勒克，奧斯汀・沃倫著；劉象愚，邢培明，陳聖生，李哲明譯《文學理論》（修訂版）2005 年 8 月第 1 版，第 33～39 頁。

〔註17〕　〔美〕勒內・韋勒克，奧斯汀・沃倫著；劉象愚，邢培明，陳聖生，李哲明譯《文學理論》（修訂版）2005 年 8 月第 1 版，第 33～39 頁。

〔註18〕　〔美〕勒內・韋勒克，奧斯汀・沃倫著；劉象愚，邢培明，陳聖生，李哲明譯《文學理論》（修訂版）2005 年 8 月第 1 版，第 33～39 頁。

當然，文藝批評能否讚頌也是一個毫無疑義的命題，生於公元前 106 年古羅馬時期的馬爾庫斯·圖利烏斯·西塞羅就聲稱「文學稱贊是對德行的最高獎賞。」他認為：「對一個傑出人物的頌揚實際上也是對一個民族的頌揚，對一個民族的頌揚可以激勵人們為榮譽而奮鬥。因此，國家應該尊重詩人，重視文學。西塞羅的上述看法反映了當時羅馬社會文學觀念的變化，文學的社會功能的認識，從上面的舉例可以看出，羅馬上層社會人士也正極力利用文學的這種功能，為自己樹碑立傳，以求揚名後世。」〔註19〕我們不反對對國家民族的歌功頌德，也不反對給英雄唱讚歌，60 多年來，我們給作家的待遇讓全世界羨慕和矚目，它在體制上，甚至在法律層面就規約了作家和藝術家享有的至高的榮譽和權力，放眼世界，作家協會和文藝界聯合會的組織形式恐怕沒有幾個國家再有了，它的創始國蘇聯在其解體後就付之東流了。問題的關鍵則是，在中國，這些榮譽和特權基本上是授予「歌德派」的，在幾十年的訓導下，我們不得不承認，只有「歌德派」才能在這個體制中獲取更大利益，反躬自問，包括我在內的絕大多數的所謂作家和藝術家，沒有誰一直敢於直面慘淡的人生和面對鮮血淋漓的現實發出良知的吶喊，因為幾十年來的由文學這個政治風雲的晴雨錶記錄下來的痛苦經歷，已然將奴性植入了作家和藝術家的血脈之中了，我們沒有蘇聯時期「白銀時代」留下的文學傳統，所以我們不能產生像索爾仁尼琴那樣站在一個作家良知的立場上去抨擊斯大林時代的殘暴行為，同時也不為美國的意識形態所左右。亦如奧威爾對我最激賞的美國鄉土小說作家的評價那樣：「馬克·吐溫並不是有意識地為自由唱讚歌。」「跟馬克·吐溫相比，那位法國人（按指阿納托爾·法朗士）不僅更博學、更文明、更有審美趣味，而且也更有勇氣。他敢於攻擊自己所不相信的事物；他從沒像馬克·吐溫那樣，總是躲在『公眾人物』那可親的面具後面，甘心做一個特許的弄臣。他不懼怕得罪教會，在重大的爭議中——比如，在德雷福斯案中——敢於站在少數人一邊。反觀馬克·吐溫，著從來沒有攻擊過社會確定的信仰，生怕惹上麻煩（《什麼是人》這個短篇也許是個例外）。他也一直未能擺脫『成功與美德是一回事』這一典型的美國式觀念。」〔註20〕「我所提到的這些書，都是所謂的『逃避』文學。它們在人們的記憶中形成了愉快的區域和安詳的角落，都跟現實生活委實沒有多大

〔註19〕 王煥生：《古羅馬文藝批評史綱》，譯林出版社 1998 年 11 月第 1 版，第 93 頁。
〔註20〕 〔英〕喬治·奧威爾：《政治與文學》，李存捧譯，譯林出版社 2011 年 5 月第 1 版，第 199～200 頁。

關係。」〔註21〕

奧威爾有許多論斷是十分精闢而獨到的，比如他也認爲衡量作品的品質是「文學的維生素」所決定的，也就是審美技巧至上主義的翻版，但是他所舉的例子卻成爲一個表面上是「二律背反」，骨子裏卻又是充滿著反諷意味的典範性批評橋段：「也許，『好的壞書』的極品是《湯姆叔叔的小屋》。它是一本無意的滑稽作品，充滿了荒謬而聳人聽聞的事件；但它同時也極爲感人，本質上也是眞實的；我們很難說其中哪一種品質更多些。可是，《湯姆叔叔的小屋》畢竟是想更嚴肅地描寫世界的。可是那些逃避主義的小說家、那些『輕鬆的』幽默和懸疑故事的供應又是如何呢？……我所能說的是，只要文明還是這個樣子，人們還需要放鬆，那麼『輕鬆』的文學作品就有它確定的地位；純粹的技巧或者天生的優雅等等，遠比博學多聞或者智力超群更有存在的價值。……而且，我擔保《湯姆叔叔的小屋》將比弗吉尼亞・伍爾夫或者喬治・莫爾的全部作品流傳得更久遠，儘管我不知道，從嚴格的文學標準判斷，《湯姆叔叔的小屋》到底好在哪裏。」〔註22〕無疑，我們不難埋解奧威爾一貫秉持的對逃避現實作品的批判價值立場，他的結論是告訴我們：你的技巧再好，再時尚與先鋒，你的作品也不會走得更遠，也不會在文學史上留下深深的痕跡。這種既有文學史意識，又有獨到的價值批判立場的批評家在中國是稀有的。

我們曾經把近60多年的中國批評和評論分爲「戰歌」與「頌歌」兩種模式，今天我們的批評是否還是這樣的觀念與模式呢？

反觀「十七年」的文學藝術界興盛起來的「戰歌」批評模式，其理論基礎是「以階級鬥爭爲綱」的政治規訓，這樣的批評模式一旦蔓延開來，那就不僅僅是文學藝術的一場災難，則更是一場文化的劫難。可以看出，幾十年來經因由文學而引發的政治運動層出不窮，最大的一次就是「文革」，所以這就形成了學術界的一個潛規則，變「批評」的內涵爲：凡是上綱上線的問題，凡是涉及到政治問題和思想問題，凡是牽扯到意識形態的問題，統統歸於這個詞條之下。「批評」已非文學藝術評論活動的專有名詞，它一定是有背景的，有來頭的意識形態問題，成爲文學藝術的一種禁忌，所以作家和藝術家們一看到這個詞的出現就會膽戰心驚。這樣的「批評」在一度時期成爲某些所謂

〔註21〕〔英〕喬治・奧威爾：《政治與文學》，李存捧譯，譯林出版社2011年5月第1版，第262頁。

〔註22〕〔英〕喬治・奧威爾：《政治與文學》，李存捧譯，譯林出版社2011年5月第1版，第264～265頁。

批評家撈取政治資本向上爬的階梯，成為「棍棒」的代名詞，批評界至今仍然躲避著這個詞語，雖然改革開放年代以來不斷對「批評」進行正名，似乎將「批評」從政治的壓迫中剝離出來了，但是，我們應該警惕的是，一俟政治文化生態氣候有所變化，這樣的「批評」立馬就會死灰復燃，許多靠此發達的「批評家」無須變臉就可以鑼鼓開張、粉墨登場了。

是的，我們需要的是正常的批評，指陳文學藝術作品中林林總總的思想缺陷和藝術失誤，只要不是人身攻擊，亮出你的批評利劍，大刀闊斧地馳騁在文學藝術的殿堂上，用學術和學理的手術刀來摘除文學藝術體內的毒瘤。保持一個「吹毛求疵」批評者的本色。當然，批評需要激情，但前提卻是需要堅決杜絕那種極左的「大批判」的批評文風，使批評回到正確的學術與學理的軌道上來。

從另一個角度來講，在中國的文學藝術領域裏，我們看到的是一個更加溫和的批評術語「評論」的頻繁出現，毋庸置疑，幾十年來，尤其是這30年來，「評論」已經基本替代了「批評」，亦正是對共和國前30年「批評」的政治恐懼心理反抗的表徵，人們開始規避和逃離嚴肅的批評，於是，文學藝術界就充斥著對一切作品的褒揚，亦如「十七年」與「文革」時期流行的對領袖形象和「三突出」英雄人物的「頌歌」模式，當然也有一個小小的改變，那就是在一片頌揚聲後，添上一筆揮灰拂塵似的「批評」，指出作品中的一個幾乎無關痛癢的小瑕疵，就算是功德圓滿的「批評」了。這種風氣一俟遇到適合的生存環境，便會產生巨大的能量，嚴重危害著文學批評的聲譽。不可否認的事實是，上個世紀90年代以降，阿諛奉承的「評論」開始大行其道，竭盡了吹捧之能事，捧殺了作家，捧殺了作品，最終捧殺了中國的文學藝術。皆因許多評論家聞到了「評論」的銅臭味，尤其是藝術評論的吹捧更是令人咂舌，其背後以藝術的名義進行的金錢的交易是不言而喻的，看一看藝術品市場的乖離現象，假的說成真的，醜的說成美的，黑白顛倒，指鹿為馬……，凡此種種，難道沒有評論家的一份功勞？文學評論家們可以不看原作，只讀內容簡介，就可以洋洋灑灑地寫出一大篇評論文章，已不足為怪了。詩歌「評論」更是屢屢突破思想和藝術評價的底線，這種道德的淪喪，已然使評論蒙羞。「評論」失去了「批評」的鋒芒，跪倒在消費文化拜金主義的裙下。沒有非難、沒有指責、沒有吹毛求疵，文學藝術就沒有危機感，沒有危機感的文學藝術是失重的文學藝術。當文學藝術批評成為作家作品的吹鼓手，成為金

錢的奴僕，死亡的不僅僅是批評本身，它連同文學藝術一起走進墳墓。

　　我們倡導正常的文學藝術批評，敢於「直面慘淡的人生」，但是，最難的還不是面對文學藝術的強權與墮落敢於說「不」的勇氣，如果能夠面對自己的朋友和親人的創作也可以戳痛他的痛處，那才算得上是「真的猛士」！猶如別林斯基臨死前對自己培養起來的作家果戈理的嚴屬批判才是批評的最偉大的範例，當這位諷刺作家在 1847 年發表了一本欲求恢復農奴制和沙皇統治的小冊子《與友人通訊選粹》時，引起了別林斯基巨大的憤怒和反彈，他在病入膏肓的最後日子裏奮筆疾書，痛擊果戈理「背叛真理、出賣光明！」他在 1847 年 7 月 15 日撰寫的《致果戈理的公開信》中義正詞嚴地宣稱：「以宗教作掩護，皮鞭為倚恃，虛偽與悖德被當成真理與美德來宣揚的此時，我不能緘默。」別林斯基為何如此激動、如此憤慨？就是因為一個批評家的批評良知和職責讓他不得不對自己昔日批評的「優秀成果」發出最後的吼聲，他不能在人民的痛苦和思想的真理面前閉上自己的眼睛。但是我們卻不能以此標準來要求中國的批評家，於是，我才為中國的批評悲哀：滿眼的「評論」覆蓋了大地，卻不見「批評」的蹤影。

　　由此我聯想到的則是，如今中國的批評恐怕更缺乏的是那種對自己同黨、同派、同宗、同門、同志、同仁的批評，「黨同伐異」易，「撻伐同黨」難！從某種意義上來說，當下的「圈子」（以往的「流派」）文藝也是阻礙正常的文藝批評的重要因素之一，殊不知，文學藝術批評的本質與精魂就在於它永遠忠實於對思想和藝術的獨特闡釋，它的天平永遠傾斜在藝術的真理一端，而不受任何親情和友情的干擾。

　　我們已經失魂了幾十年，如果再不恢覆文學藝術批評的批判功能，我們就不能再行批評之實。當然，我們既不要「狼嚎」式的「戰歌」批評，也不要「鶯啼」式的「頌歌」批評，我們需要的是那種科學知識體系的批評和評論，不做規訓在政治指揮棒下的吠者，亦不為帶有宗教色彩、放棄懷疑批判精神的批評張目，應該是每一個批評者遵循的批評法則。

　　自上個世紀 90 年代以降，批評家們紛紛抹去了觀念的棱角和思想的鋒芒，自覺或不自覺地完成了「華麗的轉身」——或成為某種意識形態的「傳聲筒」；或成為消費文化的謀利「掮客」，唯獨失去的是「獨立之精神、自由之意志」的批評風骨與風格。其實，凡是批評者都知曉一個普通的常識：如果沒有懷疑與批判的精神做導向，沒有犀利和獨到新穎的觀點做基礎，文化

與文學的批評則是毫無意義的。無疑，當上個世紀 90 年代人們都在高聲呼籲「人文精神」的時候，我們恰恰丟失了人文學科的靈魂，那是一個「喪魂落魄」的時代，只有極少數的人還在苦苦尋覓著那條人文學科的「黃金通道」──在沒有批判的年代裏尋找批判的武器，在沒有武器的歲月中尋找武器的批判，「破」是手段，「立」才是根本，試圖重建一個有序的啓蒙批評話語體系，成爲這一代學人在世紀之交的批評之夢。於是，尋覓一種傾向於眞理而不屈從於話語權力的識見，成爲追求正義而不臣服於規訓的勇氣。只有具備這樣素養的人，才有可能把一個刊物辦得風生水起，讓思想的磁力吸引著一大批優秀的人文學者團結在其周圍爲追求眞理和正義而吶喊。

我們今天的批評是要爲將來的文化與文學批評留下歷史的底片的，讓將來的文化與文學批評史書寫者知道在這個歷史時段裏還有這麼一群文化人在孜孜不倦地追求著他們的文化信仰，堅守著自己的人文底線，雖然我不敢說這就是「中國的脊梁」，但是從一個個閃過的作者面影和一篇篇犀利文章的長鏡頭中，我以爲他（它）們的「風骨」和「風格」是一致的。所謂「風骨」，乃批評的之眞義也，幾十年來，我們把批評與評論混爲一談，中國有「評論家協會」，而無「批評家協會」，就充分體現了把批評泛吹捧化的普遍心理，我並不是說批評就不能進行褒揚式的評論，而將批評與吹捧的評論劃等號，就完全歪曲了批評的另一個更重要的內涵，不知從何時起，批評就失去了自身的批判鋒芒，當文化與文學批評一俟抽掉了批評的內涵，變成了一味地吹捧式的「評論」，成爲時代的吹鼓手，成爲某種文化意識形態的奴僕，就意味著這個時代的批評死了，文化也就死了！這其實就是一個簡單的常識，但是要讓人們理解這一文化與文學批評的眞義卻是一個十分艱難的事情。所謂「風格」，我在這裡不是專指文章在審美層次的那種格調，而是把布封的「風格即人」延展到這幾本書中的所有文章的一致指向上──把人性的訴求和文化的進步作爲批評的本義，批判一切阻礙人類文化進步的不合理現象，爲建構一個理想的文化體系與制度而努力。不要以爲文壇上的「評論」十分熱鬧，其實那數量巨大的評論文章背後只有一種理念支撐卻是十分危險的，殊不知，它產生的恰恰是一個時代的文化失去活力的表徵，人們看不見的是那種模式化「評論」的背後巨大的空洞，一個沒有多元批評的文壇是一個行將沒落的文化界面，所以，重拾馬克思主義的批判精神才是文化與文學批評的首要任務，要知道，一個社會的進步，應該依靠不斷洗滌其身上的文化污垢，不斷

療治其自身的文化疾病，才能獲得不斷再生的新細胞，健康地成長，如果連這個常識都不懂，我們的批評家們還能做什麼呢？

第二節　缺骨少血的中國文學批評

我認爲新世紀以來的批評界存在著三種墮落的批評傾向：一種是依附於官方勢力控制批評的話語權，頤指氣使地做穩了奴才，對文學創作進行著指鹿爲馬的所謂批評；另一種是拜倒在金錢的足下，把批評作爲商品進行交易，做了「資本家的乏走狗」；還有一種就是既要官方的話語權利，又要拜金的「雙料掮客」，他們成了「權力尋租者」。此三種類型卻唯獨沒有提及學院派的批評，後來我就專門在《新世紀文學中價值立場的退卻與亂象的形成》（《當代作家評論》2010 年第 5 期）中進行了補充。現在看來，我的許多觀點還是很淺薄的，需要進一步反省批評主體的自身問題，當然，其中更多的是對自我內心世界的認知反省。

周立民先生將當下的批評和評論分爲三種（見《中華讀書報》2012 年 7 月 4 日第 1 版）：學院派、作協派和媒體派。可見對這三派的特點業已形成共識：學院派「呆」（周說「迂」）；作協派「官」；媒體派「商」。大抵是不錯的。但是，細細分析起來，倒是別有一番說道的。

且不說媒體派的批評大多是不登大雅之堂的濫評之作，那些只爲了五斗高粱折腰的文字肯定是速朽的，我就親眼所見那些暢銷晚報的文化記者在拿了不菲的評審費以後，回去在本報的副刊上發表了一篇完全狗屁不通的評論文章，他們以文化記者的名義參加官方舉辦的各種各樣的討論會，然後胡說八道，糟蹋文學評論，這已經成爲司空見慣的濫評現象。然而，即便是那些在文壇上十分活躍的「大批評家」們也經常爲高額的報酬而生吞活剝地急就應景時評，你能當眞指望它也是眞正的文學批評嗎？在這支並非小眾的批評隊伍裏（也許，這支隊伍將會愈來愈壯大），難保看不見我們學院派和作協派「大亨」們的身影。所以，從這個意義上來說，派別的界限是很難區分的。我以前把這種印象式的批評歸爲「海派批評」寫作，絕不是特指海派文人的寫作方式，也不是專指媒體派批評家的寫作方式，而是泛指那些沾滿了銅臭味的批評家的寫作手段。雖然，從隊伍上來看，我們會把那些類似文化記者和文學記者，甚至編輯，都歸爲這類媒體派批評家，殊不知，在這個行列裏，還站著許許多多隱身的批評家呢。文壇上大量具有焦點性質的批評文章常常出自他們之手，其對文學的引導

和誘導作用卻是不言而喻的。可以毫不誇張的說，大量的平面評論都是出自這支隊伍的作者之手，由於他們採用了「快餐式」的低劣批評方式，所以往往是用平面評論的文字去評判那些大多數是平面寫作的平庸作品，於是，中國文壇被這無端的文學批評攪得一塌糊塗、慘不忍睹！

作協派的批評顯然是「近官」的，但是有人以爲我將它定爲「京派批評」是特指在京的「近官者」，這顯然是誤解，我仍然只能說我是泛指，因爲在這個隊伍中也混跡著大量的學院派和媒體派的批評家和評論家。他們往往是一些訓練有素的評論家和批評家，因爲長期的職業訓練和官場氛圍的薰陶，他們熟諳了那種批評的套路，同時，他們往往也是左右一大批試圖在中國文壇上得到官方文學大獎作家的潛在代言人，被一大批作家和一小批領導包圍著、寵愛著。於是，他們的地位就決定了其文也居高臨下、頤指氣使，不管文章寫得優劣，往往都會得到過份的尊敬。於是，擠進這個隊伍就成爲許多批評家和評論家夢寐以求的夙願。在官言官，不在官也言官！這可能是我們評論家和批評家在這個時代流行的通病。他們的批評和評論沒有批評的鋒芒，沒有文學的思想批判性，沒有現代知識分子的公共性，有時甚至失去了基本的人性立場。在他們筆下，文學批評和評論只是爲之載道的工具而已。

學院派的論著早已成爲人們詬病的一種遠離文學、遠離思想的呆（ai）板的、機械的技術主義的謀生手段。有人把學院派的「論文」當做對這個時代文學批評完全沒有感覺的「胡說八道」，這也不無道理。因爲，整個文學教育體制是培養不出真正的學院派思想家、批評家和評論家的，學院中人整天忙著「掙工分」——圍繞在 CSSCI 刊物上打轉成爲中國高校的一大奇觀，所以，那種刻板式的「學術性」和「學理性」論文才視爲寫作正途的機制，無疑要扼殺許多本來對文學有所感覺、有所真知灼見的莘莘學子。還有那些爲著飯碗而碼字的教授博導們，他們都被帶著沉重的鐐銬跳舞，怎麼可能凸顯出文學藝術與靈感呢？作爲佔據著中國文學批評界和評論界人員與論文數量近90%的高校批評隊伍，有人說他們整天是在製造文學批評和文學評論的垃圾，雖然言過其實，但也是「空穴來風、事必有因」，你不得不承認其中絕大多數「論文」是與文學創作沒有什麼本質的關係，然而，我們在每年大量的碩士和博士論文的閱讀當中，還是可以發現一些真正有思想、有見解、有藝術靈感的「論文」，雖然鳳毛麟角，卻難能可貴，因爲，這樣的論文才代表著中國文學批評與評論未來的希望！

　　周立民先生說的不錯，我們「不需要整日出現在各種名目的研討會上，當代文學的現場應當在我們的書齋中、在我們的閱讀裏，在於我們對於當代生活的體味和思考上。我也不想成為文學天氣預報員或時事評論員，哪位作家發表一篇作品就迫不及待地做出評判，我需要慢閱讀、細體味、多比較、深思考。」（《優缺點集中在「論文」上學院批評被指「太迂」》《中華讀書報》2012 年 7 月 4 日第 1 版）這就是針對三種批評做出的反抗性選擇。

　　但是，我需要指出的中國當下文學批評的問題癥結是──就中國文學創作的現狀而言，能夠值得歌頌的作品實在是乏善可陳，而一大批老中青作家的藝術感覺還尤其好，那麼一大批評論家為之搖旗吶喊、搖唇鼓舌，吹喇叭、抬轎子，更使他們昏昏然而不知天高地厚，彷彿諾貝爾文學獎都在為之傾心相邀、拱手相讓呢。而此時此刻，有一位真正的批評家或評論家站出來指出中國文學創作和批評的病竈嗎？「皇帝的新裝」堂皇暢行天下。說實話，即使有人有這樣的膽識，也未必具有那樣的人文學養和文學思想的洞察力。恕我直言，當下的中國沒有一流的文學家，也更沒有一流的批評家和評論家。二流加二流，最終還是等於二流！這一切不得不歸咎於我們的文學生態環境和人文環境培養出來的基本上都是夜郎自大的昏庸作家和固步自封的昏庸批評家了。

　　最近一直在重讀以賽亞·伯林的許多「論文」，作為一個思想家、哲學家，他不但以其洞明世事的思想穿透力征服人心，而且還以獨到的藝術見地和優美的藝術筆法評判了大量的作家作品，體現出一個思想家的藝術修養之宏闊而精細的風範。在《蘇聯的心靈》裏，在《俄羅斯思想家》裏，一個西方的哲學批評家卻對俄羅斯作家作品如數家珍，評判得體，令人驚歎！列夫·托爾斯泰、陀思妥耶夫斯基、屠格涅夫、安東·契訶夫、馬克西姆·高爾基、弗拉基米爾·柯羅連科、伊萬·布寧、亞歷山大·庫普林、維肯季·魏列薩耶夫、弗拉基米爾·索羅維約夫、康斯坦丁·巴爾蒙特、瓦列里·勃留索夫、因諾肯基·安年斯基、亞歷山大·布洛克、安德列·別雷、維亞切斯拉夫·伊萬諾夫、米哈伊爾·庫茲明、尼古拉·古米廖夫、安娜·阿赫瑪托娃、奧西普·曼德爾施塔姆、鮑里斯·帕斯捷爾納克、弗拉基米爾·馬雅可夫斯基、弗拉基米爾·霍達謝維奇、戈奧爾吉·伊萬諾夫、瑪琳娜·茨維塔耶娃、尼古拉·克柳耶夫、謝爾蓋·葉賽寧……這些長長的俄羅斯作家作品在他的「論文」中得到的是完全不同於他人那樣的評論和批評，尤其是他對「白銀時代

文學」的評論更是見解獨到，發前人所未發。讀了伯林的文章，才知道自己的膚淺，才知道什麼是真正的文學批評，才知道自己的文學素養的不足，才知道文學批評沒有哲學觀念的支持是那樣地渺小而可笑！更重要的是，他對托爾斯泰的文學批評是那樣的尖銳刻薄，但又是那樣的振聾發聵，使人驚歎之餘卻又心悅誠服，這才是獨具慧眼的文學批評。讀了這些文字，我感到羞愧，甚至不敢動筆了。反躬自問：我們這些人配稱作文學批評家或者評論家嗎？妄自菲薄嗎？是的，我們沒有素養，我們沒有素質，我們只會喊口號、貼標籤，我們只會拾人牙慧，我們只會技術層面的操作，我們唯獨缺乏的是獨立的人格和自由的思想！

沒有素養才沒有眼光，中國文學的批評家們缺的就是這個。

請讀讀以賽亞・伯林對於那些思想家兼批評家也兼作家們的評判吧。在那裏，我們或許能夠在對別林斯基的評判和分析中，學到做一個真正的文學批評家的真諦；在那裏，我們可以從對赫爾岑的批評和讚譽中，窺見到一個真正思想家宏闊的視野和敏銳的洞察力來自於他內心深處深厚的人文積累以及那偉大的人類情懷；在那裏，我們可以從他對巴枯寧的評論中，找到如何鑒別思想家素質的鑰匙；在那裏，我們可以從他對車爾尼雪夫斯基的斯拉夫主義的民粹思想批判中，發現一個知識分子的價值立場的重要性⋯⋯所有這些，構成的是一個思想者對文學藝術的洞見和理論昇華。在思想光輝的燭照下，我們看到的是自身離文學批評的差距是那樣的遙遠，甚至是遙不可及，我們還有什麼資格為我們的文學與批評驕傲？還有什麼資本向世界展示我們的所謂文學創作的業績和文學批評的才能呢？

為什麼別林斯基會受到俄羅斯作家們的擁戴，在俄羅斯「輝煌的十年」文學史中獨樹一幟，被屠格涅夫、赫爾岑、陀思妥耶夫斯基等人視為精神領袖呢？答案只有一個：「他是俄國知識階層的『良心』、是天賦靈感且大無畏的政論家；在俄國，幾乎只有他是獨具足夠性格與辯才，而能將眾人感受但無法或不願明言之事加以清晰且厲聲宣白的作家。」（《俄羅斯思想家》）從中，我們觸摸到的是一個敢於直面強權的知識分子的品格和一個作家的良知，以及那種為真理殉道的勇氣！別林斯基把自己定位成一個「文人」，而「文人」的品格是什麼呢？別林斯基如是說：「我是文人，我說這話，痛苦但自豪而快樂。俄國文學是我的命，我的血。」（《彼岸書》）讀到這裡，我們難道不感到羞赧嗎？那種對文學的忠誠品格才是支撐一個作家

為眞理而殉道的力量，擁有了這樣的力量，他對文學的一切批評都會熠熠閃光。試問我們當下的中國批評家和評論家，我們的血管裏流著為文學而痛苦與快樂的「血」嗎？！

　　讀一讀伯林對赫爾岑的評判，你會發現風骨和素養對於一個批評家的重要性。還是來聽一聽赫爾岑在《致一位老同志》中的說法吧：「我們不曾聽見天上有什麼聲音召喚我們去實現某一命運，也不曾聽見冥界有什麼聲音為我們指路。我們只聽見一個聲音、一個力量，理性與瞭解的力量。拒絕這些，我們就成為不穿法袍的科學教士、背叛文明的變節之徒。」是的，我們缺乏的就是一種力量——「理解與瞭解」，「理性」什麼？無疑是眞理！「瞭解」什麼？國家與民族的痛苦！只有具備了這種力量，不，應該是「風骨」！我們才能獲得洞察世事和判斷歷史與現實的力量以及文學的靈感，才能眞正具有一個批評家的基本素質，才能獲得具有思想家素養的批評能力和語言能力。所以，伯林才從赫爾岑那裏獲得了對未來歷史判斷的預言能力：「我們這個時代的要求十分清楚，是社會性的要求，甚至於其為經濟上的要求；社會主義者提倡的，僅屬經濟上的變革，如果沒有更深層次的變化伴隨俱來，將不足以消滅文明中的吃人習性、君主政體與宗教、法庭與政府、道德信念與習慣。私人生活的成法舊制也必須改變才行。」（《俄羅斯思想家》）於是，我們才眞正理解赫爾岑為什麼在當時能夠以一個思想家和批評家的眼光，去預言革命後新的專制必然走向其革命目標反面的正確性判斷。從這裡，我們看到了批評家抽繹生活、洞察社會與政治、俯瞰作家作品的大氣度和大手筆。

　　以此來反觀中國新世紀的文學批評。我們的批評家和評論家為什麼會在價值立場上失位，就不言自明了。我們的批評家和評論家既無「血」——對文學的忠誠；又無「骨」——對眞理的追求。同時，我們還缺乏沉下心來讀書思考的時間與空間。所有這些，才眞正是我們今天批評沉淪的根本原因！

　　但願這些聳人聽聞的文字是妖言惑眾，被文學界不屑一顧、嗤之以鼻，是又一次作為跳梁小丑的鼓譟而遺臭萬年，不會讓中國當代文學輝煌的成就如不廢江河水那樣光耀千秋。但是，歷史是無情的，它最後要剔除的卻正是那些沒有質量和沒有分量的作家作品和沒有任何意義的批評家的「論文」。

　　我們的批評家不僅需要造血，更需要補鈣！

第三節　沙漏型的文學研究

如果我們把民國元年至今的文學分成，1912～1949 的三十七年爲一段，1949～1979 的三十年爲一段，1979 至 2016 的三十七年爲一段，可以看出來：前三十多年間文學的研究文獻數量比例是 48%；中間三十年研究的文獻比例是 10%；後三十七年研究的比例是 55%。（對各個或某幾個時期均有涉及的專著和論文，分別計入各階段，所以每個階段所佔比例之和大於 100%。）這個沙漏型的研究狀態，頗值得深思。

關於民國時期文學的研究（現代文學）依然是重頭戲，上世紀 80 年代以來的文學，研究文獻數量最多，已經超越了前三十餘年文學的研究，新世紀以來文學的研究最熱門。其原因有三：一是因爲近距離的研究在資料獲取上便捷；二是作爲文學史的第一次篩選，它的學術性和學理性要求並不嚴格；三是研究的成果容易享有更高的社會知名度，得到活著的作家的認同和分享到體制（作家協會）帶來的好處。這種現象的改變，一方面需要研究者的眼光、膽識、才情，更需要新世紀文學研究遠離浮躁、功利。

民國時期的文學研究大致看來有以下趨勢。一是研究對象在擴展。比如一年間推出了多部關於民國大學與新文學關係的研究論著。在今天大學普遍衙門化、研究普遍功利化的背景下，這些研究的深意是明顯的。二是微觀文本研究在深入。這類研究主要表現爲，一種是文本的細讀和重讀，一種是邊緣現象的重識。三是角度的更新。從語言的角度考察現代文學的發生，最近重新成爲關注的重點，如《語言文學的現代建構：語言運動與中國現代文學再探索》（劉進才著，北京大學出版社 2015.8）等。四是文學史觀念、編撰和文學史學研究在推進，如《中國新文學研究史》（劉衛國著，社會科學文獻出版社 2015.11）。

八九十年代及新世紀的文學研究，首先在作家作品研究方面，主要採用跟蹤性的及時性的評論方式，但很多評論存在泡沫化、圈子化和缺乏學理性的問題。其次，已經被經典化的作家仍是研究熱點和重點。大量研究主要集中在某些作家身上。最熱門的當然是莫言。莫言獲獎是否就意味著中國文化復興？學術研究需要更加冷靜、客觀和中立。再次，八十年代以來的西部文學開始受到更多關注。僅專著就有《20 世紀 80 年代西藏漢語文學發展概論》（於宏、胡沛萍著，山東大學出版社 2015.8）、《中國西部小說敘事學》（王貴祿著，中國社會科學出版社 2015.9）等數部。如何更加準確和明晰地對西部

文學進行界定，如何更加客觀地定位西部文學在整個中國現當代文學中的地位，還是大有探討的空間。

「十七年文學」依然被邊緣化。在有限的研究中，一是有文章客觀呈現評判十七年的審美弱化的問題，並探討原因。不管研究者的觀念怎樣，「十七年文學」研究都不能完全脫離開政治與文學關係來考慮問題。如《「十七年」諷刺喜劇的官方審查和接受》（徐亞茜、陳軍著，《戲劇文學》2015.8）主要從官方審查和接受的角度考察諷刺喜劇這一獨特藝術樣式的身份、處境和命運，反思中國當代戲劇的生態環境。二是從出版接受的角度，而不是純文學審美的角度研究十七年文學，是一種重要的方式。比如《「十七年」時期長篇小說出版研究》（張文紅、劉鸞嬌著，清華大學出版社 2015.12），作為十七年長篇小說的外部研究，是比較全面和系統的一部。

「文革」期間的研究文獻顯得寥落。目前看來，研究新時期以來文學作品中「文革」敘事的著述，也遠遠多於專門直接研究「文革」時期文學現象的著述。這表明很多學者對「文革」如何研究、如何拿捏，還是頗為遊移的。首先，「文革」時期的研究體現為史料的復原和呈現。對於資料的搶救與保存的問題，應該放在我們的研究視域中。這些工作畢竟有人不斷地在做著。比如《施燕平〈人民文學〉復刊和編輯日記札記》系列論文，基於史料對「文革」末期的文學面貌和歷史風雲進行還原。其次，研究人與時代的關係問題。人與時代的關係，具體到「文革」文學研究，還是人與政治的關係。這方面的研究是當下中國現當代文學研究者的任務，也是一個考驗。

第四節　文學批評的社會良知與深邃思想

沒有哲學思想和歷史知識的積累作為批評家主體的方法，沒有「社會良知」作為批評價值觀的基礎和底線，我們的批評家只能是爬行的軟體動物，我們的文學批評也只能永遠徘徊在低水平膚淺的語言循環之中。這個盤桓在我們文學批評上空的魔咒，這個幾十年不被批評界所重視的批評「死穴」，應該得到學理性的梳理了。我們呼喚的是既有「社會良知」，又有深度哲學思想的批評家出現。唯此，我們的批評才能走向真正的繁榮。

幾十年來，我們不乏那種有「社會良知」的批評家，可惜的是，他們基本上都是知識儲備較少，缺乏深度哲學思考文學現象的寫作者。

在對待文學現象和文學作品的評價上，我們的批評家沒有「失語」，而是在反反覆覆地套用一個現成的理論框架，尤其是自以為新鮮出爐的西方新理論，來套中國的作家作品。這種可悲的現象恰恰證明的是我們缺乏原創的理論，我們不會進行獨立性的思考。

無疑，任何文學作品都是作者語言與思想的表達，如果說語言是一種具有藝術匠心的技藝，那麼，思想的釋放才是一部作品真正的內在力量，不要怪中國20世紀以來沒有像俄羅斯文學那樣有從「黃金時代」到「白銀時代」乃至「蘇聯時期」的巨匠產生，因為中國新文學缺乏像魯迅那樣的有思想的作家，我們的作家之所以越來越平庸，除了外在的「工農兵方向」制度限制，更重要的是，我們的作品，尤其是代表一個時代和一個國家最高文學藝術水平的長篇巨製，最缺少的就是從形而下到形而上的哲學提升。且不說西方著名的大作家如雨果、左拉、福樓拜那樣在反映動蕩社會時的那種高屋建瓴的哲學思考，即便是俄羅斯大作家，幾乎無一不是在深深的哲學思考中來創作自己的作品，即使像列夫·托爾斯泰那樣的充滿著宗教意味的巨著中流露出的對農奴制度的同情與寬宥，我們是不能苟同的，但是他用他的思考附著在語言的技巧之上完成了他自己的哲學命題，使其作品偉大而流芳百世。在俄羅斯作家畫廊裏（包括蘇聯時期），我們可以看到一幅幅長長排列的面影：普希金、赫爾岑、托爾斯泰、契訶夫、高爾基、柯羅連科、布寧、庫普林、索羅維約夫、巴爾蒙特、安年斯基、布洛克、伊萬諾夫、阿赫瑪托娃、曼德爾施塔姆、帕斯捷爾納克、馬雅可夫斯基、茨維塔耶娃、葉賽寧、索爾仁尼琴……他們的作品首先是以其偉大的主題思想征服了一個時代。當然，我不是強調語言與文學技巧的不重要，而是說，取得語言和技巧比較容易，而獲取思想的騰飛卻是相對比較難的，除了大量的閱讀枯燥的哲學與思想史著作外，還得面對自己的時代做出苦苦的思考，從而確定自己思想價值的座標，然後再將其融化在活色生香的人物描寫之中。所以，任何作品都不可能懸浮在社會生活之上、之外，只能是那個時代社會生活的一個投影而已。以我個人的觀點而言，當今中國，我寧願閱讀技巧二三流，思想卻是一二流的作家作品，也不願閱讀那些技巧一二流，而思想末流或全無思想的作家作品。當然，既有高超的語言技巧，又有深邃思想的作品才能算是最好的作品，在當今中國文壇，我們只能退而求其次。我們找不到「巨匠」，可以找到「匠人」，但是，我寧願去尋找比「巨匠」矮一截的文學思想者的作品。

　　別林斯基的批評從來就是將其社會的責任感和追求眞理的勇氣置於第一位的，是尋求眞理的美學，而非有些人闡釋的那樣，別林斯基是從某種純粹美學的分析角度去解析文學現象和作家作品的。倘若去概括別林斯基美學批評最大的特點，那就是將先進的思想與哲學觀念注入對俄羅斯文學的批評之中，以此來聚集一批知識分子階層，推動俄國的民主革命。其次才是他用藝術的眼光去分析具體作家作品，當然，這些分析無疑都納入其對社會思潮的解剖當中。

　　作爲19世紀俄國西方派的批評家，別林斯基無疑是俄羅斯文學「黃金時代」的締造者之一，這個只活了38歲的天才批評家，以其敏銳的眼光發現了普希金、萊蒙托夫、果戈理、屠格涅夫和陀思妥耶夫斯基那樣一大批代表性作家作品，尤其是他以十二篇評論文章奠定了普希金在俄國文學史上的地位和特殊的意義。也許像列夫‧托爾斯泰那樣的文學巨匠不太喜歡他那樣言辭激烈的批評家，也許車爾尼雪夫斯基那樣的斯拉夫民粹主義者也不喜歡別林斯基那樣的自由知識分子，可是老托爾斯泰也不得不在他的身後承認他對俄羅斯文學的貢獻。我以爲，別林斯基一生最大的亮點就在於他的批評成爲俄國第一代知識分子階層的精神支柱——那種爲了追求眞理和正義的道德力量和批判風骨。他沒有私敵，但是誰要推翻他的信仰，誰要試圖顚覆眞理和正義，就必定是他的公敵！其實，他與普希金、萊蒙托夫和陀思妥耶夫斯基在爲人的性格方面有很大的差異性，但是這並沒有影響他對他們的作品進行高度的評價。然而，如果即便是他欣賞和所熱愛的作家觸犯了文學道德的底線，他也會毫不留情地鞭撻之。作爲早期就被別林斯基從重重辱罵中豎起的《死魂靈》的文學旗幟，果戈理受到了別林斯基最大的護祐和褒揚，他們曾經是同一文學壕塹中的戰友，但是，當果戈理歌頌沙皇獨裁專制與教會時，別林斯基則痛斥其出賣靈魂的行徑，他臨死前所寫的那篇最犀利的檄文《致果戈理》，是其只認眞理而毫不顧及友情的知識分子批判意識的典範之作。「是的，我愛你，就像一個與自己國家以血相親的人，是全副熱情愛它的希望、它的光榮、它的尊嚴，以及帶領它走上意識、發展與進步之途的偉大領導者。……你，提倡皮鞭的教士、宣揚無知的叛徒、捍衛蒙昧主義和黑暗反動的鬥士、韃靼生活方式的辯護士——你在幹什麼？瞧瞧你的立足之地罷，你正站在深淵邊上。你根據正教而發你的高論，這我能理解，因爲正教向來偏愛皮鞭和牢獄、向來對專制獨裁五體投地。……俄國民族可以原諒一本劣書，但不能

原諒一本有害的書（按指果戈理的《與友人通信選粹》）。」

隨著中國大陸對文學批評的關注和熱衷，也隨著人們對文學批評的普遍的詬病和不滿，文學批評似乎成爲中國大陸風箱中的老鼠，不僅被學界指責，同時也被創作界韃伐，甚至也被主流的官方意識形態所批評。但是，文學批評仍然在以自己的生存方式頑強地活著，因爲文學批評業已成爲中國高校、中國社會科學院、中國文聯與中國作協及其各省下屬機構從事現當代文學的職業，沒有這張皮，就意味著許多人將沒有了飯碗。在這樣的體制下，所產生出來的絕大多數文學批評必然會有三種結果：

一曰學院派批評。這種批評無疑是涵蓋了所有中國大陸高校和社科院系統的文學工作者，他們在體制壓迫下的治學方法和出路無非有三：一是經院式的，用大量堆砌的史料和他人理論作爲文章的骨架，往往證明的卻是一個意義不大的小問題，此乃自慰爲所謂乾嘉學派傳統；二是西方派批評，從上一世紀 80 年代中期開始的大量引進的西方文藝理論成爲這種文學批評的唯一資源，此種批評家往往是通過譯著而借助一些關鍵詞來構建自己的創新理論體系，從而去將一頂頂編織的帽子一廂情願地套在一個個中國作家的頭上，而中國作家都是非常樂意地去接受這樣的「禮帽」，且不管這頂帽子合適與否，聊勝於無，儘管作家們有時態度矜持或曖昧；三是技術型批評，或曰工具型批評，這種批評往往沉潛在對作家作品的所謂微觀的分析和批評之中，像一個工匠那樣去拆解一個個機器零件那樣，去有條不紊、津津有味地解剖或肢解著作品而樂此不疲，他們往往在放大鏡下看作家作品，難免陷入一種機械主義的怪圈之中；四是有一批尚無多少知識積累，就急於去在體制的規約下掙「工分」、評職稱的年輕人，他們的文學批評存在著一個嚴重的問題，沒有價值理念，往往杜撰和編織一些令人難以捉摸的話語，使一些人覺得似乎是一種高深莫測的理論創新。

二曰體制派批評。此批評的發源可追溯到蘇聯時期的無產階級文化派以來的文學批評，在中國，這種批評的基礎和資源可能就要追溯到上一個世紀的 30 年代的左翼文學——爲意識形態服務，配合政治的需要而進行文學批評，這種仿蘇式的體制派批評其實在 40 年代已經定格，做專政機器的「齒輪和螺絲釘」，使他們主導著媒體和輿論的導向，往往是主流文化思潮具有權威性的代言，雖然網絡時代在無情地衝擊和動搖著他們的統治性地位，雖然人們不屑於這樣的官樣文章，就連這些批評家本人也無法自信其文學批評的合

法性和合理性，但是這種「行爲批評」仍然盛行於世，且隨著體制控制鬆緊而收放自如。

三曰工農兵式的批評。這種批評雖早已落伍，且被世人所詬病，但是它分佈在各種主流媒體的報端，仍然有著宣傳鼓動的教化作用，其標語口號式的文風雖不忍卒讀，卻是百足之蟲，死而不僵。對於這樣一種非文學的批評，我們可以置之不理，但是其蠅營狗苟之道也是不可小覷的現象。

這三種批評群體，最爲龐大的群體應該是第一和第二種類型中的一大批以此爲生的知識分子，他們將此當做謀生的飯碗，但是眞正有思想的批評家卻是少之又少，其價值觀念的混亂就更成爲了他們思考問題深刻性的阻礙。正如艾德華・薩依德所言：「處於那種專業位置，主要是服侍權勢並從中獲得獎賞，是根本無法運用批判和相當獨立的分析與判斷精神的；而這種精神在我看來卻應該是知識分子的貢獻。換言之，嚴格說來知識分子不是公務員或雇員，完全聽命於政府、集團，甚或志同道合的專業人士所組成的公會的政治目標。在這種情境下，摒棄個人的道德感、完全從專業的角度思考，或阻止懷疑而講求協同一致——這些大誘惑使人難以被信任。許多知識分子完全屈服於這些誘惑，而就某種程度而言，我們全都如此。沒有人能全然自給自足，即使最崇高偉大的自由靈魂也做不到。」〔註23〕既然這是全世界知識分子都無法擺脫的一個怪圈，那麼，儘量能夠保持「自由之思想，獨立之人格」品格，無疑是每一個知識分子應該確立的批評目標，打破薩義德的魔咒，應該是知識分子良知使然！

在這種文化語境下，我們不是想做什麼，而是能夠做什麼。由此我想到的是被稱爲「一代人的冷峻良知」的英國作家喬治・奧威爾於 1945 年寫下的一篇文章《好的壞書》中批評了那種逃避現實的文學作品，雖然，有些作家在藝術技巧上是一流的，但是，他們卻是不能長留與文學史的顯著位置的，這就是批評家獨特的眼光：「我擔保《湯姆叔叔的小屋》將比弗吉尼亞・伍爾夫或者喬治・莫爾的全部作品流傳得更久遠，儘管我不知道，從嚴格的文學標準判斷，《湯姆叔叔的小屋》到底好在哪裏。」〔註24〕作爲一個作家兼思想家的寫作者，奧威爾的這一段話既是引起中國批評家，也是引起中國作家進

〔註23〕艾德華・薩依德：《知識分子論》，單德興譯，王德威主編「麥田人文叢書」，
　　　　麥田出版社 1997 年 11 月初版。
〔註24〕喬治・奧威爾：《政治與文學》，李存捧譯，周憲主編「名家文學講壇」，譯林
　　　　出版社 2011 年 5 月第一版。

行深刻思考的箴言。

除了以上傳統的批評群體外，當下還有一股不可小視的、且在茁壯成長的批評力量——網絡派批評。這是新世紀中國大陸隨著科技文化和商業文化而崛起的批評群體，雖然其文學批評的質量良莠不齊，泥沙俱下，但是，它無疑是彌補了中國文學批評的許多缺位，甚至於是填補了文學批評的巨大空洞。它已經儼然是迥異於前三種批評的一種新的批評模式，其鮮活的形式和旺盛的生命力值得我們關注，當然我們也要警惕資本主義商品文化給文學藝術本身帶來的本質戕害。

綜上，我們文學批評的生態環境無疑是劣大於優的，其弊端的根本癥結在哪裏？從客觀上來說，體制的約束形成的弊端不是一時就可以克服的，從主觀上來說，我們的文學批評缺乏的就是勇氣、責任和正義感——沒有一個正確的價值觀作為共同的學術和學理的認知，就不可能建立起健康而富有活力的文學批評體系。

第五節　21 世紀中國文學批評前瞻

在整個 20 世紀的中國文學史長河中，文學批評在其大半的歷史進程中，是伴隨著政治的需求而透迤前行的。「文以載道」全是在載統治思想之道，唯獨沒有人的本體之道，儘管五四提出了「人的文學」的口號，但是，人的自覺僅僅是在極少數的文學理論者與實踐者（諸如周氏兄弟）那裏得到了印證，即便如此，這種「人的自覺」也是稍縱即逝的（就連周作人最後也背叛了他自己提出的「人」的理論初衷），而絕大多數知識分子卻是沉湎在人的不自覺層面中而渾渾噩噩地度日，或者說是處於一個「人的自覺」的無意識層面，即心理學中的「無注意後注意」域界。因此，這才有了魯迅「兩間餘一卒，荷戟獨傍徨」的百年慨歎！

如果我們把 20 世紀文學史切成前後兩個五十年，且不去談前五十年現代文學的批評狀況，就後五十年而言：前三十年政治給文學批評造成的災難性後果，以及文學批評給文學創作帶來的毀滅性創痛，是難以言表的，庸俗的「反映論」批評把文學送上了革命的斷頭臺；而後二十年的文學批評則是在一個「多元」而無序性的表面「繁榮」狀態之下，喪失了自身言說的功能，這種嚴重的「失語」，只能說明批評的無主體性症候狀態的顯現。

　　90 年代以後，中國大陸也逐漸進入了一個現代性與後現代性文化並置的時代〔註 25〕，在這個物質化的時代裏，文學批評的功能已經開始退化，當文學批評一旦成爲一種商業性的炒作時，批評也就徹底地死亡了。我以爲我們更多地是要考慮批評的價值與價值的批評這兩個批評界所面臨的困惑問題。

　　在談這個問題之前，我認爲有必要先談一下批評的功能究竟是什麼這個本屬於常識性的問題，因爲，歷史的經驗告訴我們，我們所犯的錯誤往往都是在重複常識性的錯誤。

　　文學批評的價值就在於批評者通過批評的言說來達到對社會和人生的文化批判，對藝術和審美的再造。也就是說，作爲文學批評，它不是捧花的使者，也不是作家作品的臣僕，更不是爲現存的政治作出僞證的闡釋。在某種意義上來說，它反而應該永遠和時代與社會保持著警惕和距離，用「獨立之意志，自由之精神」去直面慘淡的人生與鮮血淋漓的現實世界，用智慧與美的力量去爲文學創作舉起人性的火把，以此來啓迪人生，與社會達成人性的契約。惟有如此，文學批評才能有效地推動文化歷史的車輪前行。因此，在文學批評過程中，作爲批評的主體，我們究竟採用什麼樣的方法去完成主體的言說，可能就顯得極爲重要了。

　　毋庸置疑，文學批評經過了「十七年」的頌歌時代和「文革」的大批判時代，又經過了 20 世紀 80 年代中期以後的文學「向內轉」後，我們的文學批評家們接受了正反兩方面的歷史經驗教訓，似乎終於認清了當前的形勢，在御用／獨立、意義／技術、存在／虛無、歷史／現實、理想／在場……等價值的悖論中，文學批評所選擇的道路恐怕比任何時代都更具有功利性和複雜性。許多文學批評家的最後無奈選擇，就是一個猛子扎進了商業炒作的大潮中去，批評眞正成爲某種產品的「簡單的傳聲筒」了。那種尖銳犀利的文學批評文風被無端的商業吹捧所替代，甚至將人性的價值定位與並沒有死卻的無產階級鬥爭學說混爲一談。另一方面，那種匕首與投槍的批評作用儼然被毫無價值意義的空洞的純理論的「學問」所唾棄，那種搬來大量生吞活剝的西方理論，高舉所謂純學術、純學理、純技術性旗幟的「局外人」的批評在經院式的學界又大行其道，作爲一種職業化的學問式言說，它對社會文化結構的推進是少有作用的。文學批評的墮落的

〔註25〕關於這一論點，詳見筆者在《文學評論》2001 年第 3 期上發表的《「現代性」與「後現代性」同步滲透中的文學》一文。

時代已然到來，這是一個不爭的嚴酷事實，面對如此紛繁駁雜的局面，批評的價值定位就顯得尤其重要了。

批評是批評者思考的武器，批評者用它去獲得與社會人生對話的權利，用這個權利去完成對社會人生精神病竈的窺視與割除。作爲一個精神的「清道夫」，他不應該在精神上隸屬或寄生、附屬於某個團體與派別。他的批評價值取向只對社會與人生和文化未來的進步負責，而不是對當下充滿著功利目的的政治文化與商業文化獻媚。從這個意義上來說，一個眞正好的批評者，應該是一個首先有著獨立人格的個性化的批評言說者，應該首先具備的是社會的良知和人性的力量，然後才是審美的眼光與操作的技術。惟此，他才能在更有效地發揮其獨立思想時，無所顧忌地去釋放其人性與人道主義的力量，才能擁有君子坦蕩蕩的博大胸懷，才能以犀利的筆觸去撕開社會與人生的假醜惡面具，從而提升文學批評的質量，提升社會與人生的精神高度，引導文學走向健康發展的道路，引領人類向自我完善的道路前行。因此，從批評的狹義層面上來說，批評就是指陳，就是哲學意義上的批判，就是讓人難受的「罵」！

有價值的批評是建立在一個規範的價值體系之中的。而在現如今，文學批評的價值十分混亂的時候，我們須得廓清這樣一個基本概念：一切批評的守恒定律只須掌握一種法則，那就是人性與個體生命的批評視閾（包括形式主義的批評），這個眞理過去被歷史所證明，現在和未來仍然會被證明，它應該成爲批評者人文思想的底線與準則。捨此，其價值就有可能受到詰問。比如像王朔的許多「罵」式的批評，看似很有衝擊力，但是，他的價值立場更多的是站在反人性和反人道的批評視閾上，對人性中的眞善美進行無情的解構，所以，像這類的所謂批評，是應該剔除出眞正的學理批評之範疇的。對這種違反人性的常識作出無情的批判，應該是每一個正直的批評者義不容辭的職責。如對王朔們適時炮製的電視劇《渴望》、電影《陽光燦爛的日子》等作品的深刻文化批判，其價值體系就是應該建立在批判「僞平民」的人性與人道主義立場上。因此，在文學批評中，我們不難看出批評的價值選擇直接導引著批評者的批評姿態和言說規範，明眼的人，是很可以從中看出些門道來的。王朔的「殺死貴族」與「殺死平民」是一樣遵循他的批評法則，其實都是爲當時的政治文化與商業文化而獻媚，這一切與那個叫做人和生命的東西是毫無關係的。

　　20 世紀的中國文化經歷了一再啓蒙一再失敗的過程，從五四到革命話語的全面覆蓋，到 90 年代話語霸權與商品文化大潮合力的壓迫，知識分子啓蒙思想的潰滅，可能首先要歸咎於我們的批評者沒有「自我啓蒙」的意識，歸咎於我們心中缺乏一個「內在的人類」的視閾，21 世紀的文學批評如果沒有了這個視閾，我們仍然會陷入精神的無主狀態。泰勒認爲奧古斯丁與柏拉圖的理念最大的區別就在於：「更根本地是通過『精神之光』把這些標準、原則給予我們，通過這種光我們的心靈以某種方式被照亮，因此我們可以正確地判斷所有這些事物。」〔註 26〕當然，我在這裡要強調的是，我心目中的上帝就是與抽象的人等同的精神和物質。「在其構成這一隱含理解的根基上，是內在的主，照耀著每個人進入世界的光源，即上帝。在靈魂探索自身的終點，假若達到眞正的終點的話，它就發現了上帝。從另一光源得到光，從超越於我們的東西那裏獲得理性標準的存在體驗，被看作極爲內在性的體驗，上帝的存在證明已經闡明了這點。那就是說，正是在這個典型的第一人稱活動中，我努力使自己變得更加完全地在場，努力認識到全部的潛能，這潛能在於認識者和認識對象是同一存在的事實，這樣我就有效而令人信服地達到了關於上帝在我之上的意識。」〔註 27〕

　　如果說在 20 世紀，作爲文學批評者，我們心靈的「精神之光」是被一種「他者」的意志所強加的話，那麼，經過了近一個世紀的血與火的洗禮，我們心中的「主」應該確立了，他就是等同於上帝的「大寫的人」和「人性」，以及一切順應歷史發展的人道主義道德觀念。「這樣，我們就能明白，內在深度性語言對奧古斯丁的至關重要性。它表示著一種極其新穎的道德根源學說，在這兒通往高處的路是內在的。根據這種學說，激進的反省取得了新的地位，因爲它就是我們在其中遇到的上帝，我們在其中由低向下行進的『空間』。按照奧古斯丁的學說，自我在場的密切性得到推崇，事實上給西方文化帶來了巨大的意義和深遠的影響。《懺悔錄》中的呼籲動人地集中表達了奧古斯丁的虔誠：『上帝啊，我心中的光，養育我靈魂的食糧，是我的心靈與我最深處的思想力量。』」〔註 28〕當我們把人和人性化爲上帝之時，我們的文學批

〔註 26〕　轉引自《論上帝之城》第 11 卷第 27 章第 2 節。
〔註 27〕　〔加拿大〕查爾斯・泰勒：《自我的根源：現代認同的形成》，譯林出版社 2001
　　　　　年版，第 201 頁。
〔註 28〕　〔加拿大〕查爾斯・泰勒：《自我的根源：現代認同的形成》，譯林出版社 2001
　　　　　年版，第 201 頁。

評就有了價值的靈魂，我們也就能夠遊刃有餘地去把握客體的對象，對文學思潮、文學現象、文學作家、文作品作出自主而合理的批評。

毫無疑問，我們這個時代是一個缺乏思想巨人的時代，尤其是缺乏像魯迅那樣的思想批評大家，這可能不能完全歸咎於這個時代人們在物質面前的精神萎縮，我們也要反思：魯迅的文化與文學批評的思想資源在這個時代還夠不夠用了？即使魯迅先生活到今天，他還有沒有能力來解決這些現實世界中的許許多多實際問題呢？那麼，21世紀能否出現思想的巨人與批評的大師呢？誰也沒有這個預言的能力，但是，種種的迹象表明，誰都期盼著巨人與大師的出現，中國自己找不到，就到當今外國思想家與批評家中去找，找不到巨人型和大師型的，就違心地肆意拔高他們的形象，以滿足獲得巨人與大師的情結。

我不知道這位波蘭學者對知識分子的社會角色的看法是不是太有現代性的功利色彩，但是，他的分析有可能成爲21世紀製造思想與批評巨人和大師的濫觴：「眞理的發現者具有超常的洞察力和罕見的發現能力。他完全依靠理性能力，不求助超自然的力量，發現了至今人們未知的眞理，並從此爲任何能理解它的人提供了直接的證據。只有具備這種洞察力，並且能充分利用眞理爲他人謀利益的人，才能成爲一個學派的創始人。」「要想成爲眞理的發現者，思想家必須得到一群前呼後擁的追隨者，他們把他的發現當作新的學術傳統的絕對開端。眞理的發現是一個歷史性角色，它只能在後來的一代代學者手中，在進一步的發展過程中，得到充分的認識。這並不意味著，他的發現需要社會承認以便得到證實：這些發現的有效性由他們的內在理性證據得到保證，因而是絕對確定的。作爲發現者這一角色，他的確需要得到追隨者的合作，以便從他的發現中用出所有可能的必然的結論。與宗教學者熟練地詮釋聖經所發現的眞理不同，這些結論沒有被假定已包含於世俗科學家最初發現的基本眞理之中：它們必須通過複雜推理過程和理性確定的觀察從基本眞理中推導出來，因而爲學術知識增添眞實的、客觀的內容。這種由發現者開端的知識的發展需要兩類社會角色：組織者（the systematizer）和貢獻者（the contributor）。」〔註29〕

無疑，把知識分子角色分爲「發現者」和「組織者」、「貢獻者」三種類

〔註29〕 〔波蘭〕弗·茲納涅茨基：《知識人的社會角色》，譯林出版社2000年版，第84～85、137頁。

型是對的，後兩者作為「追隨者」，是為前者的知識開端昇華作鋪墊的，是服務於前者的。就此而言，在 21 世紀學術分工愈來愈細化的時代，我們可能需要根據自己的能力與知識結構，明確自己和他人所處的學術地位，經過層層篩選，試圖從中推出屬於我們這個世紀的文化與文學的思想批評的「發現者」和「貢獻者」來。不過，前提仍然是：他們必須是人的尊嚴的代表：「我們曾經聽到了學者們驕傲的聲音，他們為人類尊嚴辯護，主張微不足道的生物——人——有能力只靠自己的理性發現絕對真理。難道科學家——探索者不能驕傲地稱作那些人中的一員，他們通過共同的努力，創造出蘊藏著無限財富、走向令人讚歎的完美境界的相對真理的超人世界，而把人類引向夢想不到的智力成就的高峰嗎？也許，歷史上沒有一個時期比現在更需要維護人的內在尊嚴。」〔註30〕

　　21 世紀的中國與 19 世紀的俄國思想界一樣需要批評的大家出現，去引領我們走向思想和藝術的輝煌。也許，有人會認為隨著「反映論」在中國文學批評界的消亡，那種別、車、杜式的社會批評也就自然過時了，殊不知，在 20 世紀的中國卻從來就沒有實行過真正意義上的社會性批評，而俄國「知識階層」在世界文化與文學的範疇裏所創造出的這個產生過巨大思想影響的批評學派，似乎是更適合於我們這個時代的一種批評方式。正如英國學者以賽亞‧伯林所言：「我所指這種意思的社會批評，當然已有西方批評家先他們而行，而且做來遠更當行、遠更謹慎、遠更深刻。我此處所謂的社會批評，是實際可說由俄國大散文家別林斯基發明的一種方法——這種批評，對生活與藝術的界線故意不予過份清楚畫出；對藝術形式與人物角色、對作者的個人特質與小說內容，評者自由發抒其褒貶、愛恨、欽佩與鄙薄；以上種種態度所運用的標準，無論為有意的或含蓄的動因，都與判斷或描述日常生活裏活生生人類的標準相同。」「這當然是一種飽受批評的批評。論者斥其混淆藝術與生活，並因此混淆而斫傷藝術純粹性。這些俄國批評家是否蹈犯這項混淆，姑且不論，但他們都汲源於他們的特殊生命眼光，而引進了一個對待小說的新態度。這眼光，後來被界定為知識階層成員所特有的眼光——1838 至 1848 年間那幾位年輕激進分子，亦即安能科夫在他書中以耿耿赤忱之筆描寫的別林斯基、屠格涅夫、巴枯寧、赫爾岑，則是其真正創始者。『知識階層』（intelligentsia）為杜撰於 19 世紀的俄國字，如今已有通行世界的意義。我想，

〔註30〕〔波蘭〕弗‧茲納涅茨基：《知識人的社會角色》，譯林出版社 2000 年版，第 84～85、137 頁。

這現象本身，連同其歷史後果，以及其名副其實的革命後果，是俄國對世界上的社會變化的最大一項貢獻。」「知識階層的觀念，切勿與知識分子（intellectual）概念混淆。知識階層的成員自認使他們結合的不只是他們對觀念的興趣而已；他們以一個忠忱專志的流派自居，跡近世俗教士，獻身傳播一種特殊的人生態度，猶如散佈福音。」〔註31〕

從這個意義上來說，俄國「知識階層」的那種執著地關心社會與人類的獻身精神，是尤其值得當今中國知識分子借鑒的。只有形成這種特殊的「知識階層」，才能產生出真正的巨人與大師，從而使中國的文化與文學批評走向真正的繁榮，走近人性化的批評軌道。

儘管我們這個時代已經拋棄了理想主義和理想主義的批評，儘管伯林也在《俄國思想家》一書中部分貶低了車爾尼雪夫斯基思想體系中的一些民粹主義內容，但是，車爾尼雪夫斯基那種為批評真理而鬥爭的精神與激情，卻是今天我們每一個執批評之筆的「知識階層」所應該傚仿的：「他最深刻的抱負與情感，都傾入《怎麼辦？》（What is to be done？）。此書是社會層次的《烏托邦》，視為藝術品，荒誕不倫，對俄國人的見解卻有名副其實的劃時代影響。這部說教小說描寫自由、道德純淨、合作式的未來社會主義和世界；其動人的誠摯用心與道德熱情，使理想主義者與滿懷罪惡感的富農子弟目迷心醉。此書提供了一個理想模範，一整個時代的革命家奉此模範為圭臬而教育、堅強自己，反叛現有法律與習俗，以近乎崇高之姿，將放逐與死亡全然置之度外。」〔註32〕

而如今的中國，在經濟發展的巨大物質需求壓倒了人性追求的向度時，我們逐漸地開始「放逐諸神」，由此而「告別革命」了。正如魯迅先生一再批判的那種中國的偽革命一樣，我們從來沒有神（但是有過以皇帝代替心中「諸神」的無數歷史經歷），何來的「放逐」？！我們從來就沒有過真正的革命，又何來的「告別」？！

信仰、道德、激情是構成理想主義和浪漫主義的核心內容，在這個愈來愈物質化的時代裏，正如「丹尼爾·貝爾（1976：28）告訴我們『現代性的真問題就是信仰問題』。社會與宗教之間的鏈條已經斷開，而世俗意義體系業已證明只是給精神危機開出了一劑假想的藥方，只有宗教復興才能重新恢復

〔註31〕〔英〕以賽亞·伯林：《俄國思想家》，譯林出版社2001年版，第143～144、272、194、219頁。
〔註32〕〔英〕以賽亞·伯林：《俄國思想家》，譯林出版社2001年版，第143～144、272、194、219頁。

代際延續，才能帶來全球性秩序、謙讓與愛心，並能令人滿意地確定我們的存在境遇的意義。這個問題，與其說是需要通過有意義的道德秩序和充分的社會聯繫的生成來填補的信仰真空，即貝爾（1976：156）所說的，那不能由取得享樂主義與自我表現的生活之審美判斷來填補的空白，倒不如說要去探尋信仰的具體途徑，特別是由文化生產專家，如神職人員、知識分子與藝術家所創生的信仰，將它們注入到日常生活之中，使之產生重要作用。」但是，貝爾又認為：「然而，認為現代性需要用藝術來填補宗教的信仰真空，或用某種倫理來解釋消費文化，也是不對的，因為這無非是說，社會需要基本的信仰，或者說個人需要通過基本信仰來從事活動。」〔註33〕

　　在前蘇聯、東歐的共產主義運動解體以後，在中國大陸大踏步地向「有社會主義特色」的物質時代突飛猛進之時，信仰危機已經成為當今社會的顯著精神病竈。我們是無神論者，但是，劇毒的封建愚昧使得我們對信仰也產生了極大的厭惡與恐懼。信仰的崩潰，帶來的是道德的淪喪，同時又帶來了激情的消退；而激情的消退，又帶來了批評的蒼白。直至如今，後現代主義論者也同時否定了人的基本信仰，就足以看出這個時代與世界理論的蒼白和無奈，這也正是我們在日常生活中太缺乏理想主義和浪漫主義的信仰、道德與激情的表徵，生活如此，描寫生活的藝術又能何為呢？！

　　19世紀的俄國之所以產生別、車、杜那樣的大批評家、大思想家，就是他們執著於道德信仰，對生活與他們所面對的批評對象，都充滿了激情：「一切浪漫主義者都執持歷史主義（historicism），別林斯基因亦不免。」「求真理者可在藝術——尤其文學——中尋得真理；藝術衝動愈純粹——作品愈純屬藝術——其所啟示之真理愈清晰且深刻；他至終誠信以下浪漫義理：最好、最少摻雜的藝術必然非僅為藝術家個人表達而已，往往也必然是一個環境、文化、民族性的有意識與無意識代言人，無此功能，他瑣屑不足道、了無價值，而且也惟有在此功能格局內，他本身人格方具任何意義。」「單論這種情緒意氣的興動自發與慷慨熱烈的理想主義，已足使別林斯基有異於他那些比較講究方法的傳人。」〔註34〕

〔註33〕　〔英〕邁克‧費瑟斯通：《消費文化與後現代主義》，譯林出版社2000年版，
　　　　　第169、171頁。
〔註34〕　〔英〕以賽亞‧伯林：《俄國思想家》，譯林出版社2001年版，第143～144、
　　　　　272、194、219頁。

在理想主義、浪漫主義與現實主義、日常生活之間，似乎並沒有一條不可逾越的鴻溝，不要以爲哪一種新批評方法就具有先進性，其實，在人類思想歷史發展的長河中，那一些被歷史磨洗過，並且已經被歷史證明它們有著長久不衰生命力的批評方法，仍然是引導我們前行的精神火把。因此，21 世紀的中國批評應該正視理想主義與浪漫主義這一不可逾越的人類精神標高。

第六節　文化批評的風骨與風格

一、「與人駁難」的王彬彬

毋庸諱言，文壇上對王彬彬這樣有鋒芒的批評家是有頗多議論的，認爲是意氣用事，甚至私下裏有些好心的朋友們讓我給王彬彬提個醒，叫他不要鋒芒畢露，咄咄逼人。作爲朋友和同事，我沒有這麼做，因爲我覺得他的文化選擇是對的，他的批評姿態是大器而健康的，而且我也是心儀與欽羨的。

在高校教書與進行科研工作，我們已經習慣了體制給我們設定的學術方法和條條框框，只能機械地去「做學問」，甚至以此爲學術的最高標準和最後底線。就此而言，像王彬彬這樣的批評文章似乎就不能登學術的大雅之堂，尤其是以文化批判的「罵」的姿態出現，更使得一些自詡爲學院派精英和貴族的「學者」不自在而側目。於是，私下裏就議論紛紛，似乎王彬彬有損「學者」之形象。殊不知，正是王彬彬給死水一潭的高樓深院帶來了鮮活的思想與思維方式，給當下中國現當代文學研究帶來了一絲活氣。正如尼采在一個世紀前就批評過的「學院匠人」像「語言鐘點工」那樣平庸一樣：「事實上，我們有理由假定，除了個別人能證明自己是例外，學者們大多數既沒有趣味，也沒有思想，在審美上更是粗俗不堪。一旦加入到當代學術氣喘吁吁、神經兮兮的賽跑中去，他們還有多少人能保持一個戰鬥的文化個體的沉著、勇敢的凝視呢？」（《不合時宜的觀察》，《尼采全集》第 2 卷 1995 年英文版，第 49 頁。轉引自《尼采與文化政治》，張旭東著，《讀書》2002 年第 4 期）如果作一自我反省的話，我以爲，包括我在內的苟且「學者們」，都沒有「保持一個戰鬥的文化個體的沉著、勇敢的凝視」，失去了一個學者對當下社會生活現實應有的文化批判立場，我們不引以爲愧疚，反而還要去指責勇者的缺點，恐怕這正是中國當下文化與文學批評的悲哀！把有文化批判鋒芒的思想批評，排斥在學術和學理層面之外，這更是中國學術界的悲哀，甚至是可恥！

　　讀了王彬彬的《文壇三戶》，我以為此書是最能代表王彬彬批評特徵，也是其最具學術和學理功力的一部專著。它用犀利的投槍，呼嘯的吶喊，瞄準了近 20 年來中國文化與文學中最具特徵和神韻的三個靶心，準確地一一擊中，不由得使你慨歎作者驚人的文化思想的穿透力與敏銳的社會生活的洞察力，乃至於那博覽群書時的細膩分析能力和強有力的邏輯實證能力。

　　從學術和學理的層面上來說，作為個案研究，作者做到了對三個個體作家作品十分到位的思想分析與藝術分析，但是，這種「為學術而學術」的表面文章，遠不是作者「為思想而學術」的終極目的，其所指是，針對中國文化和文學的現狀而陳述自身鮮明的觀點和立場，這種「與人駁難」的批評姿態，絕對不是那種為泄私憤而蠅營狗苟的小人之道，而是用學術之公器來剖析中國作家文人的文化人格，以及在學理背後的那些支撐作家作品的文化思想選擇。也許，我們還不習慣這種咄咄逼人的批評方式，但是，我們又不得不折服作者那種鞭闢入裏、一鞭一血痕、切中要害的勇敢者的批評路數。

　　如果說把金庸與王朔和上個世紀初的「鴛蝴派」作品聯繫起來進行文本對照，還是作者頗有機巧、獨具慧眼的構思的話，那麼，通過這個氣韻貫通的「文眼」，我們看到的是原創作品中看不見的那些隱在的思想垃圾，也就是說，通過「批評的批評」，作者給予我們的是，對他們靈魂深處，甚至是在無意識層面中存在的劣根文化品格的解剖。王彬彬將兩個表面上看似風馬牛不相及的作家作品進行文學史的整合，最後得出的結論卻是二者骨子裏的相同與相通之處，可謂擊中了其思想的命門。同樣，在對余秋雨作品的細讀當中，作者在大量充分客觀的分析作品時，將那些對余秋雨作品批評不到位的批評進行了一一地評點，看似對余秋雨作品的曲意迴護，實際上卻是集中筆力去擊中余秋雨作品背後文化要害的軟肋之處。從中，我們看到一個批評家最為深刻、最為動人的思想閃光之處。

　　如果說王彬彬的批評在文學個案的分析上有其獨到之處的話，那麼，其最大的優點就在於他總是從微觀走向宏觀，從形而下走向形而上。這種從具象到形象，再到抽象的分析方法，奠定了王彬彬批評的邏輯推理與實證分析的穩固基礎。因此，當我們看到他的批評最後以宏闊的視野來建構自身的邏輯體系時，我們看到的是驚人的思想虹霓的出現，但往往卻又是合情不合理的深刻結論。這就打破了我們常規的思維邏輯推理方法，給我們的文化和文學批評帶來了一種清新而又並不那麼適意的感覺。比如，我們怎麼也不會想

到，這「文壇三戶」在王彬彬的分析中，竟會有如此相同的本質特徵：「際上，在我看來，金庸、王朔、余秋雨，這三人最本質的相通之處，在於他們的作品都屬於『幫』字號文學──『幫忙』或『幫閒』。麻痹人們對現實的感覺，消解人們改造現實的衝動，是他們作品共有的功能。當然，他們的『幫忙』和『閒幫』，有時是自覺的，有時是不自覺的。他們對『忙』和『閒』的『幫』，在方式和姿態上，也是各有特色的。對『幫』的殊途同歸，才是把他們視作『同類項』的最堅實的根據。」（《文壇三戶》自序）這種結論就是王彬彬批評的過人之處。

當今的中國文壇，缺乏的就是王彬彬批評的勇氣與手法，「魯迅文風」式的批評在這個拜物教的時代裏已經是廖若晨星了，批評一旦失去了激情，失去了它對現實的擁抱與關懷，失去了它的主體的人格魅力，批評的功能也就隨之消失了。所以，王彬彬的批評寧願選擇激烈與偏頗，也不願選擇溫和與平庸。正如他在《辨余秋雨之是非》一章中所言：「在正常的政治和文化背景下，平和、斯文、穩健與激烈、潑辣、尖刻，都是文章的一種風格，都有同等的存在價值。甚不能超過『嬉笑怒罵，皆成文章』，還是一種很高的境界，在正常的政治和文化背景下，不但應該有激烈、潑辣、尖刻和『嬉笑怒罵，皆成文章』的文章存在，甚至也應該讓那些眞正粗暴、野蠻、荒謬和『嬉笑怒罵，不成文章』的文章存在。對於後者，可以用批駁的方式消除其不良影響，而不必非要將其說成『文革語言』和『文革思維方式』不可。」（《文壇三戶》P271）從中，我能理解王彬彬對批評的呼喚和要求──惟有激烈和寬容，才能給死寂的中國批評界帶來活氣與活力，才能從根本上拯救中國的文化與文學批評。

「與人駁難」的王彬彬與中國僅存一小批激烈的批評家一道，爲中國世紀末和世紀初的文壇平添了一道批評的靚麗風景線，他們爲今後的文化和文學批評作出了表率。

二、超越布斯的李建軍

毋庸置言，自新時期文學「向內轉」後，二十年來歷經了西方現代與後現代文化思潮的洗禮，我們的文化與文學的審美價值取向也發生了根本的轉變。不可忽視的問題是：由於我們的學界片面地翻譯介紹了西方前衛先鋒的文化理論，也由於我們的文學界片面地選擇接受了未經消化的西方現代與後

現代的文學思潮和形式技巧，所以，在反撥文學從屬於政治的思潮的同時，我們也逐漸走進了另一種文化的怪圈：將文學從社會、政治等層面上剝離出來，試圖使其成爲封閉而自足的純美意義的體系。於是，我們就在不斷地重複一個同樣的錯誤──在文學描寫上，越是想回到人的內心世界之中，就越是遠離彼岸。其原因就在於我們犯的是常識性的錯誤──人的描寫一旦脫離了他（她）賴以生存的社會土壤，就像枯萎的花朵凋謝那樣醜陋。然而，在文學屢屢違反常識的過程中，很少有批評家能夠站出來對其怪離現象進行學理性的批判，即使有，也沒有從思想體系上進行溯源性的清理，更沒有勇氣用當下走紅的文壇大腕的文本作爲批評的範例，進行學理性的解剖。

李建軍的《小說修辭研究》是對當前盛行的後現代小說「非人格敘述」風尚的一次嚴肅的學理性批判，它的學術意義不是在於顛覆全部後現代文學思潮，而是汲取和保留其合理部分，整合傳統文學經驗和實踐的精華，建構現代小說的合理修辭體系。

無疑，《小說修辭研究》是在美國文學理論家韋恩·布斯的「小說修辭學」的理論上發展起來的。但需要強調的是，李建軍在汲取了布斯理論的主體內容的合理部分時，又對布斯理論中的不合理部分進行了重大的修正，就此而言，李氏對布斯理論改造的識見意義是遠大於其理論本身的，他爲我們如何去鑒別、吸收、改造西方文化與文學理論，爲我所用，建構新的適合本土文學情境的理論作出了榜樣。

無論布斯也好，李建軍也好，我最看重其理論的共通處就在於他們對現代主義和後現代主義過份倚重工具性的形式主義技術，而忽略了文學，尤其是小說的眞正人文內涵的批判。中國近二十年來的小說創作對西方形式技巧層面的東西亦步亦趨地傚仿，其中最關鍵的要害問題就是把「敘述的冷漠」當作小說創作的圭臬與時髦，因此，對此進行撥亂反正的工作則是很有必要的：「否定了要求小說家『客觀』、『中立』、『冷漠』和追求『純藝術』的種種理論，指出不論小說家怎樣想做到客觀、中立，他也無法不在小說中顯示自己的情感態度，純粹的展示是一個謊言，小說總是具有敘述性和評價色彩的，總是具有主觀性的，『中立』和『冷漠』是不存在的，『純粹』的藝術性也是不存在的。」（P9）作爲布斯《小說修辭學》和李建軍《小說修辭研究》的核心範疇的問題，正是我們小說創作所需解決的重大實踐問題。由於我對新時期以來林林總總的小說思潮的傾向性主流話語一直有著保留態度，有許多想

法沒有更多地付諸於文字，所以，當讀到李建軍的這些振聾發聵的論點時，就覺得有酣暢淋漓的快感，雖然李建軍是在布斯的理論基礎上力圖重構自己的理論體系，但這畢竟是一種站在前人肩膀上的創新，我爲「李氏修正定律」的確立而欣慰：「爲了更好地理解和研究小說修辭，本書試圖在整合已有定義的基礎上，尋求更爲完整、準確的界定：小說修辭是小說家爲了控制讀者的反應，『說服』讀者接受小說中的人物和主要的價值觀念，並最終形成作者與讀者的心照神交的契合性交流關係而選擇和運用相應的方法、技巧和策略的活動，它既指作爲手段和方式的技巧，也指運用這些技巧的活動。作爲實踐，它往往顯示著作者的某種意圖和效果動機，是作者希望自己所傳遞的信息能爲讀者理解並接受的自覺活動；作爲技巧，它服務於實現讓讀者接受作品、并與讀者構成同一性交流關係這一目的。」（P11～12）

爲了解決「20 世紀小說理論和小說創作的一個突出傾向就是把展示和講述對立起來，追求客觀展示效果，並要求作者退出小說，以非人格化的方式展開敘述」，李建軍提出了解決「異化關係形態」的方法：「現代小說作者只有正確地認識小說的修辭性質，充分發揮自己在小說中的修辭性介入作用，通過運用有助於讀者理解小說的修辭技巧和手段，才能克服作品與讀者之間的對立，才能最終解決作者與讀者之間的隔絕、難以溝通的異化關係形態。」（P12）於是，李建軍便從福樓拜、亨利·詹姆斯的小說觀念進行批判性的梳理，從而將現代派小說推上了學術的審判臺，由此我們看到了「詹姆斯、加繆、羅伯——格里耶、納博科夫、喬伊斯等人的小說中存在著『道德和精神問題的混亂』。」這並不是危言聳聽的理論假設，而是對現代小說的時代病進行療救開出的良方。亦如布斯所言：「非人格化敘述如此經常地帶給我們道德上的難題，以至於我們實在無法將道德問題視爲與技巧毫無關聯的問題而懸置不論。」所以，「我們一定要說，作家有義務盡其最大努力使他的道德立場明白清楚。對許多作家來講，總會發生兩種義務的衝突，一種是作家在表面上顯得冷靜、客觀的義務。另一種是他有義務使作品的道德基礎顯示得明白清楚而增加其他效果。無人能代替作家作出選擇，但是，如果藝術性的選擇總是以純粹和客觀作爲取捨的標準，則絕非明智之舉。」（P17）

仔細考量近二十年的中國小說創作，緣著李建軍的理論視線看過去，我們不難發現，從先鋒小說到新寫實小說，從女性寫做到身體寫作，從形式主義和唯美土義再到結構主義和解構主義，我們在從爲政治服務的宏大敘述泥

潭中解脫出來時，又陷入了形式主義的泥淖，「這樣，他們（指作家們。筆者注）就表現出一種反理智、反修辭的審美個人主義傾向。而布斯的小說修辭理論則反其道而行之，把藝術還原爲一種與人的社會實踐在本質上一致的理性的、自覺的交流活動，這確實有助於克服表現主義將藝術活動封閉化、神秘化、貴族化的消極傾向。」而批評家們也「往往以文本爲中心，封閉地進行具有語法化傾向的形式主義分析。所有有機的因素都被分離開來作靜態的結構分析。作者的各不相同的創作過程和具體的修辭目的，讀者的充滿個體差異性的體驗活動，往往都被忽略了。文學的道德內涵、情感色彩以及促進主體間溝通和交流的作用等重要方面，也不在這些敘事學研究者的視野之內。他們似乎相信，文本的意義單純通過各種敘述元素的公式化配置就可以獲得，而不是作者通過自覺的修辭活動與讀者相互交流的結果。」（P20～21）

我之所以將《小說修辭研究》說成是「李氏修正定律」，還在於作者對於布斯修辭學理論的局限與不足進行了清晰地邏輯批判：第一，是對布斯沒有把人物和情節這兩個小說的重要因素置於論述的中心地位提出了批評；第二，是對布斯忽視了小說的精神是與作家的思想資源以及民族性格和習慣等因素的緊密相連的關係進行了重大修正；第三，是對布斯的小說修辭理論缺乏和時代感，缺乏對制約小說修辭的語境因素進行重新梳理；第四，是對布斯的「隱含作者」的理論是對「新批評」妥協進行了嚴厲的批判。（P23～25）我基本上是讚同李建軍的理論概括與文本描述的，因爲，我在他大量古今中外著名作家經典文本的細緻分析與獨有成效的解剖中，看到了作者立足布斯的小說修辭理論以及「李氏修正定律」進行逐一對應論證，其中不乏精彩絕倫、可圈可點的論述，尤其是對陀思妥也夫斯基的《罪與罰》、托爾斯泰的《戰爭與和平》、喬伊斯的《尤利西斯》、勞倫斯的《查特萊夫人的情人》、莫言的《檀香刑》、陳忠實的《白鹿原》、賈平凹的《廢都》、阿來的《塵埃落定》等的個案分析都十分到位。儘管你可以不同意他的觀點，但是你不可不佩服他的學養的深厚，以及論述問題時精細的邏輯穿透力。

如果就我個人的觀點而言，我對「李氏修正定律」的徹底性與不妥協性表示深深的敬意！

李建軍所提出的問題（當然也是布斯意識到的問題），已經成爲擺在 21世紀小說創作與小說研究面前急待解決的重大理論問題了，這些理論需要進一步詳細的論證與實踐，更需要我們有勇氣去直面與批判時尚創作與理論中

的弊端，那將是一件非常艱巨的任務。李建軍有理論的勇氣與學術的膽識爲此項工程開了先河，儘管他的理論還有待於進一部完善，但是他所做出的具有系統性意義的工作，顯然成爲這一學術領域內的一個新的里程。

三、《粵海風》的擔當

在我從事文化與文學批評的道路上，我始終堅信的是馬克思的那種文化批評的懷疑與批判的精神，如果沒有這種批判的意識，馬克思的思想也就不可能成爲主義而發揚光大。但是就是這馬克思主義的精華，如今在我們的批評界卻很難尋覓了，這是一個時代批評的悲哀，也是幾代批評家的悲哀。誰來打撈這樣的批評精神呢？擔當《粵海風》十八年主編的徐南鐵就在執著地做著這樣的工作。

自上個世紀 90 年代以降，國內人文社科雜誌因受制於種種規約，紛紛抹去了觀念的棱角和思想的鋒芒，各個主編都自覺不自覺地完成了「華麗的轉身」——或成爲主流意識形態「傳聲筒」，或成爲謀利的文章叫賣的「批發商」，唯獨失去的是雜誌辦刊的靈魂：風骨與風格。這不能不說是幾十年來各種各樣的政治運動所造成的惡果，人們已經習慣了規訓與順從。

其實，凡是辦刊者都知曉這個普通的常識：人文雜誌如果沒有懷疑與批判的精神做導向，沒有犀利和獨到新穎的觀點做基礎，那麼，這個雜誌一定是失敗的。上世紀九十年代，當人們都在高聲呼籲「人文精神」的時候，我們恰恰丟失了人文學科的靈魂，那是一個「喪魂落魄」的時代，只有少數的人和少數的雜誌在始終堅定不移地苦苦尋覓著那條人文學科的「黃金通道」——在沒有批判的年代裏尋找批判的武器，在沒有武器的歲月中尋找武器的批判。「破」是手段，「立」才是根本，試圖重建一個有序的啓蒙話語體系，成爲這一代學人的人文之夢。在「萬馬齊喑」的局面下，倘若有一個雜誌能夠成爲發表獨特見解的平臺，那將是一種什麼樣的情形呢？大自然的造化就是如此，當《粵海風》以其綽約的風姿款款走近我們時，誰都不敢相信她能夠走得這麼遠。

無疑，一個雜誌的好壞優劣往往取決於其主編的辦刊思想與辦刊方針，但是，我認爲更重要的是取決於主編的人文知識積累而形成的價值觀，是一種傾向於眞理而不屈從於權力的膽識，是一種追求正義而不臣服於規訓的勇氣。只有具備這樣素養的人，才有可能把一個刊物辦得風生水起，讓思想的

磁力吸引著一大批優秀的人文學者團結在其周圍，爲追求眞理和正義而吶喊。我以爲《粵海風》之所以能夠十八年來在人文學科界有其穩固的地位與聲望，當然是與辦刊者的學識與膽識分不開的。

就我本人而言，當初給《粵海風》投稿完全是看中這個雜誌批判的鋒芒，與主編的交流只是投稿時簡短的書信往來，甚至直到今天我還沒有見過主編徐南鐵一面，但是我們的心走得很近，甚至比那些經常見面的同仁學者們都近，我想，那一定是他的學識和膽識感動著我，也一定是我們有著共同的價值理念。從一百期刊物的一千篇文章中遴選出四本書結集出版（此前於 2014 年已經結集出版了三本，名爲《迎面有聲》）的目的是十分清楚的，南鐵兄是要爲千年世紀之交的中國文化轉型期裏的一種思潮留下歷史的底片，讓將來的文化史書寫者知道，在這個歷史時段裏還有這麼一群文化人，在孜孜不倦地追求著他們的文化信仰，堅守著自己的人文底線。雖然我不敢說這就是「中國的脊梁」，但是從一個個閃過的作者面影和一篇篇犀利文章的長鏡頭中，我以爲他（它）們的「風骨」和「風格」是一致的。所謂「風骨」，乃批評之眞義也。幾十年來，我們把批評與評論混爲一談，中國有「評論家協會」，而無「批評家協會」，就充分體現了把批評泛吹捧化的普遍心理。我並不是說批評就不能進行褒揚式的評論，但將批評與吹捧的評論劃等號，就完全歪曲了批評的另一個更重要的內涵。不知從何時起，批評就失去了自身的批判鋒芒，文化與文學批評一俟抽掉了批評的內涵，變成了一味的吹捧式的「評論」，成爲時代的吹鼓手，成爲某種文化意識形態的奴僕，就意味著這個時代的批評死了，文化也就死了！這其實就是一個簡單的常識，但是要讓人們理解這一文化與文學批評的眞義，卻是一件十分艱難的事情。所謂「風格」，我在這裡不是專指文章在審美層次的那種格調，而是把布封的「風格即人」延展到這幾本書中的所有文章的一致指向上──把人性的訴求和文化的進步作爲批評的本義，批判一切阻礙人類文化進步的不合理現象，爲建構一個理想的文化體系與制度而努力。我想，主編這套書系的南鐵兄的初衷應該如此吧。

不要以爲文壇上的「評論」十分熱鬧，如果那數量巨大的評論文章背後只有一種理念支撐，那是十分危險的，它產生的恰恰是一個時代的文化失去活力的表徵。人們看不見的是那種模式化「評論」背後巨大的空洞，一個沒有多元批評的文壇是一個行將沒落的文化界面。所以，重拾馬克思主義的批判精神才是文化與文學批評的首要任務。要知道，一個社會的進步，應該依

靠不斷洗滌其身上的文化污垢，不斷療治其自身的文化疾病，才能獲得不斷再生的新細胞，健康地成長，如果連這個常識都不懂，我們的批評家們還能做什麼呢？！

南鐵兄試圖用自己畢生的精力去完成看似並不偉大的工程，雖然並不浩浩蕩蕩，雖然默默無聞，雖然篳路藍縷，但是它所折射出來的人文意義卻是永恒的。

四、「在場主義散文獎」的堅守

大時代下，文學創作者一定要堅守「在場」，即馬克思主義批判精神的「在場」。這不僅表明一種創作立場，更表明作家和作品的存在價值，也是在場主義散文獎多年來堅守的重要價值尺度。

在場主義散文獎的價值尺度有兩大內涵：藝術性和在場精神。前者強調的是散文的文學性，是共性的東西；後者則是它獨特的東西。在場主義散文之所以受到大家的重視，得益於兩條原則：一是堅持「民間性、獨立性、文學性和權威性」的立場；二是對在場精神的價值堅守。在場精神，就是作家以在場的姿態切進當下，堅持人性，勇於擔當。在場主義就是作家在創作時，必須堅守靈魂在場，價值觀念在場，以及思想批判性在場。無疑，我們的現實中有許多美好的東西，也有不少醜惡的東西。作家真實的在場，應當是客觀的呈現，指向真相。但我認為，對美好東西的最好珍惜，就是不要妄加打擾，讓它自然生長。而醜惡則不一樣，它是對人類有害的東西，不批判、遏制、剷除，就會造成民族精神人格的滑坡。因此，在場寫作強調把關注的重點放在國家的、民族的、人民的當下痛苦之上。這不僅是「逐惡」，而是重塑國民性的重要之舉。因此，周聞道先生去年在接受《文學報》採訪時，談到「在場的使命是批判與喚醒」。

在場主義散文獎的價值尺度，在評選中得到較好堅守。我們評委會已經一再聲明過：在場主義散文的核心宗旨，就是對當下社會現實的揭露和批判，人文價值觀念一定要明晰。當之無愧的大獎，是應該站在人類學的高度，來對其筆下的人物和事件，做出有人文情懷的價值判斷。否則，那種平面化的寫作，即使技術層面再純熟也會是過眼煙雲。

從前六屆評選結果看，雖仍有不如人意之處，但總體上這種堅守是好的，而且價值取向越來越明朗。比如獲獎的林賢治、齊邦媛、高爾泰、金雁、王

鼎鈞、許知遠等作家作品，還有許多獲獎單篇作品，都較好體現了這種價值取向。

特別是在第五屆評選中，將大獎首次授予了一位 1976 年出生的作家，許知遠的《時代的稻草人》。它的獲獎，是因爲這個時代，特別是知識分子，太缺乏批判性了，及時性對散文太重要了。我們發現，許知遠關注的對象，跟一般人關注的不一樣。他開始關注知識分子群體，從五四到現在，重新對知識分子進行批判性的反思，這是一個重要的問題。這本書在參選的散文中首次出現，馬上引起了評委的關注，所以大家都一致看好這本書。

同樣，第四屆獲獎的金雁的《倒轉「紅輪」》，呈現的也是知識分子問題，爲我們提供的則是另一種觀照。它描述的是關於蘇俄文學史方面的內容，對研究和改變我們以往許多錯誤的觀念，還原歷史眞相，是很有幫助的。雖然它的散文性可能弱了點，但它的歷史價值、更高層次的文學價值，完全可以彌補其所短。況且，那種春秋史筆的文字本身，就充滿著文學性，人們在其中所得到的閱讀快感，遠遠大於精緻的技術性的美文，足以拷問我們的靈魂！它對我們無視歷史的文學價值觀念進行了徹底的顛覆。

作家當然是知識分子，金雁和許知遠的作品獲獎說明，作爲時代靈魂的知識分子本身，也有一個是否在場、如何在場的問題。

我們的知識分子在哪裏？這樣的詰問和驚歎，是否有些聳人聽聞？事實就是如此！其實不僅在美國，即便是在中國，其答案都是驚人的一致。

作爲一個觀察家，拉塞爾・雅各比在其《最後的知識分子》前言中的第一句話，就援引了美國歷史學家哈羅德・斯特恩斯的名言：「我們的知識分子在哪裏？」這個 80 年前的詰問，一直回響在全世界知識分子活動的空間和時間的節點上。每每在世界進入到一個個重大突發事件時，我們都可以看到許許多多不同嘴臉的知識分子的複雜表現。如果說這一跨世紀的詰問，在 80 年前的中國尚毫無影響的話（因爲那時候的中國，其現代意義上的知識分子還沒有眞正誕生），那麼，在今日的中國愈來愈趨同，國際化、跨文化的影響愈來愈滲透於各個國家和民族的時候，這樣的詰問似乎更有其普遍的意義。我們提倡「在場」，而在許許多多重大的社會公共事件中，中國的知識分子是「缺席」的。鑒於此，我們不妨閱讀一下拉塞爾・雅各比的《最後的知識分子》這本書，或許它能夠給我們些許警醒和啓迪。

其實，知識分子在各國的情形都是大同小異的，只不過是其發生的時間

有所不同，對於這些美國式的知識分子在公共領域內的「缺席」，作者顯然是持極其憤懣態度的，他對資本主義消費文化的慨歎與抨擊是犀利的，究其原因：「政治現實不容忽視，但更深的思潮——社會的和經濟的——也影響著知識分子。」「媒體幾乎不可能做一個客觀中立的旁觀者；它一向趨附於金錢、權力或戲劇性事件，而對無聲的才華和創造性的工作無動於衷……它顯現出來的只有市場的力量。」針對這樣一種後現代消費社會的現實狀況，雅各比提出的核心理念是：知識分子只有進入公眾領域，保持社會良知，對於重大公共事件進行無情的文化批判，方能造就一代真正的知識分子階層。我以為，其公眾知識分子和批判知識分子應該是同義詞，因為作者在解釋知識分子一詞來源時已經說得很清楚了，而不是像有些文章中，故意將這個名詞玄虛化。

當下的中國知識分子，正處於一種「文化休克」狀態。這是中國人文知識界的現實狀況，他們在拜物教的現實世界裏閉上了自己的眼睛。

所有這些對後資本主義的批判，還不是我最關心的問題，我更加關注的問題是對西方「學院派」的反思與批判。雅各比對知識分子十分嚴厲的態度是發人深省的，從中，我們似乎也能看到中國學院派知識分子林林總總的面影：「迎合、取媚流行趣味，向商業卑躬屈膝」，「因為心浮氣躁，他們對所寫的東西並不精打細磨。學院派知識分子不珍視深入淺出或文筆優美的寫作，這倒不是因為他們對此不屑一顧，而是這幾乎算不了什麼。大多數學術文獻包含論點和成果綜述；出版發表比怎麼寫重要得多。這些迫切的要求不斷地決定著教授們如何去閱讀，如何去寫作；他們注重的是本質而不是形式。那種已變得不堪卒讀的公報式的學術論著，通過感謝同行和知名人士來加以粉飾。當然，晦澀的學術論文寫作已經不是新鮮事了；問題是它發展到了怎樣的程度。」客觀上來說，是這個體制制約了知識分子，但是，就沒有知識分子主觀上所形成的精神痼疾嗎？這也是雅各比應該反思的問題。

應該說，我對當下散文創作的總體狀況，並不是很滿意。

一個是閒適泛濫。從上世紀 90 年代開始，散文的閒適風氣蔓延，消解了散文的銳氣和擔當。周氏的「美文」主義雖然好，但是一旦泛濫，那就是散文的一場災難。一個沒有深刻思想作家出現的時代，是一個悲哀的時代；而沒有一個剖析和批判時代精神病竈的散文出現，那是我們散文作家的悲哀！如果讀圖時代會造就精神侏儒，那麼，閒適的文風同樣也會培養出一大批慢性自殺的「吸毒者」！

　　另一個是閱讀方式影響。當下的社會已經進入了讀圖時代。由於閱讀方式的改變，人們很難抽空去閱讀長篇作品，除非作品本身的震撼力（也就是「眼前一亮」的作品）感動了你和你閱讀圈子裏的朋友，大家才去傳閱，而引起反響。新也罷，銳也罷，說到底，你的作品的精神標高和正確的人文理想，才決定作品最終的價值基礎。我之所以這麼說，就是在這個基礎上，再來評比作品技巧上的優劣。否則，連這個基礎都沒有，在場主義散文評獎就失去了它根本的意義。

　　還有散文性和在場精神如何結合，如何把握的問題。對散文，現在搞學術的人，老喜歡用文體的學術框架去套住它。什麼是散文，什麼不是散文？只要是能夠觸動人的靈魂的東西，就是好文。什麼是散文，什麼是好散文——它必須告訴讀者我要表達的思想，然後才是我是怎樣表達的。

　　必須強調，文無定法，散文性與在場精神的融合，也沒有統一模式。在這方面，當下散文最不能忽視的有兩點：一是思想內涵的深刻與博大；二是蘇俄文學的影響。前者需要我們在場，去貼近，去感知，去瞭解和呈現真相；後者則需要來一個啟蒙，吸納其精華，剔除其糟粕。

　　新世紀以來許多年輕學者，對百年以來的中國現代史不瞭解，甚至連基本的常識性的史料都不瞭解。在這種境況下，我們的期許就是，從讀圖時代裏把他們拉回去讀書，去探尋真實的史料。在對真實史料的發掘當中，建立自己的價值譜系，進行深刻的文化批判，這才是一條正道。

　　近百年來，中國文學受到蘇聯文學的影響極深極大，而如今我們對這一段歷史的無知卻是驚人的！蘇俄百年歷史在中國是沒有真相的，至少有三代人都不瞭解其真實的狀況，包括現在六七十歲的中國學者，因為大量的新的史料我們沒有接觸到，處在「夜盲」狀態之中。我為什麼主張要注重蘇俄文學的歷史重讀？就是因為從「黃金時代」「白銀時代」過渡到列寧和斯大林時代的無產階級文學的歷史沒有釐清，我們所接受的知識譜系很多都是假象，這是非常可悲的事情。

　　要知道我們現在用的還是俄式、蘇式的文學思想武器，在這方面，《倒轉「紅輪」》的思想性，完全勝於精緻的形式給我們的營養。在場主義評獎可以把精緻的美文納入單篇評審之中，其實我們也執行了這個方針。宏大的歷史為什麼進入我們的視野？因為只有這樣，才可以突顯我們和其他獎項之間的區分度。區分度不明確，我們的獎項與其他的獎又有什麼本質的區別呢？又有何意義呢？

　　我們的評獎成果之所以被廣泛地認可，主要是我們的立場和獨立的價值判斷。獨立的價值判斷是引導整個文學、整個文學史走向的靈魂。所以說，我們的評選，代表了我們一批人對這種價值觀念的認可。我們堅守的東西，儘管在今天可能不被人們充分認識到，但我想，若干年後，到了文學進入一定歷史階段的時候，我們的價值堅守將被歷史證明。

　　所以，散文的思想性比精緻技術性的意義要大。在場主義的立場，是獨立的價值判斷，是引導文學走向獨立和自由的必由之路。

附：關於共和國文學批評的訪談

一、批評的「烏托邦」構想

　　丁帆：南京大學教授，王彬彬：南京大學教授，費振鐘：著名學者。

　　丁：怎樣看90年代以來批評的消解？我感到有兩點值得注意：其一是學院批評家對當下作品的疏離；其二是職業批評家紛紛轉業。隨著這兩支隊伍的退場，出現了另外一些操縱文學批評的人，這批人的批評行為，已經變成商業性的炒作。他們打著文學批評的旗號，拿著批評的指揮棒，隨心所欲地包裝作家和他們的作品。這種包裝應該說是比較惡劣的，它通常是佔據著一個有利位置，用一種文化命名作誘餌，目標是那些稍有一點名氣、或急於成名的作家，抓住他們某種迎合心理、加以包裝；而且包裝對象也不限於個人，逐向集團包裝發展。比如目前大量文學叢書的出版，其中多少是真正的文學行為呢？有一些被包裝的青年作家，也意識到了他的小說與那種文化包裝沒有什麼關係，甚至還會產生一種被「強姦」的感受，但他們與包裝者有著共同的利益點，知道自己被包裝的市場價值和經濟效益，所以也就甘心與包裝者合謀。

　　王：批評的失常，與商業化的潮流有一定的關係，批評家變成了一種操作家，正是出於當前商業化的需求。

　　費：但我們不能簡單地把批評現狀與商品經濟聯繫在一起，不能把批評的失常簡單看成是商品經濟的過錯。90年代出現了種種問題，需要從批評自身找原因，批評和批評者究竟選擇了什麼？改變和放棄了什麼？

　　丁：我對90年代以來批評的改變，是這樣歸納的：一、批評的非審美選擇。在選擇批評對象時，一些批評者眼睛首先盯在作家的可包裝性和願包裝

的程度上，他們不再以作品的審美性爲原生點，批評者也不再有審美衝動，一切都只是「操作」而已。二、批評的非詩性，這是指批評本身放棄了詩性要求，因爲批評完全站在唯利是圖的商品立場上，就必然使批評的詩性失落。我們看到不少這樣的批評，字裏行間都隱含著對利潤的貪婪，散發著銅臭。三、批評的非精神原則。這種批評不是把文學作爲精神現象和精神產品對待，它不以作品的精神向度爲依據，而量只考慮作品被包裝後的「賣相」如何，衡量作品價值的是它們的價格和碼洋。四、非思性要求。批評者在整個批評中的自我已經不見了，被金錢、市場異化了。批評者沒有也不需要自己的理想思考，文學被擱在非文化非哲學思考的層面上，只求那些形而下的感官刺激目標，可文學作品經過思性作用所產生的能量被完全稀釋和消解，五、非知識分子立場。那些批評家嘲笑過去知識分子廣場意識，作爲知識分子新的人文傳統的五四以來的批判立場，在他們的批評文字中消失殆盡。這種批評由於取消了知識分子的人文觀點，而喪失了批評真正的思想形式。

費：不過，換個角度看，我以爲一批批評家的退場，是造成 90 年代批評畸變的原因，至少它使你說的那類批評有機可乘，大行其道。回顧 80 年代的批評家，不管成熟與否，他們在批評上表現出來的銳氣以及對文學全方位的探索，在 90 年代基本上看不到了。

王：他們要麼去寫寫隨筆，要麼轉過去搞文化研究，要麼轉向歷史，比如南方的一些評論家，吳亮、李慶西等人都是這樣。

費：這也是我們這些從 80 年代過來的人的一種選擇，一種新的寫作方式。當然，80 年代批評家的退場，更有其深刻的心理原因，他們對批評幾乎都帶著失望的情緒。這失望是雙重的，一方面是面對商品文化的衝擊，感到批評的無能爲力，這些批評家的集體退場，實際上成了批判能力不足以承擔批評重任後的集體進避；另一方而則是對批評對象的失望，90 年代的文學越來越輕，批評找不到原生點，感到沒有批評對象的批評家，不願再爲那些無足輕重的作家和作品浪費智力。

丁：批評家的退場，是這個時代文學的一種最大的無奈。

王；我覺得說懷疑可能更合適。也就是懷疑今天的批評到底有什麼用，對那些讀了激不起激情、甚至激不起厭惡的作品，嚴格意義上的批評解說，有什麼意義呢？說了也是白說。

費：一批批評家缺席了，而另外一些批評家——就像丁帆剛才說的那些

文學包裝者、操作者，則堂堂登場。這類批評家因爲臉面多變而顯得相當可疑，但是他們無論是文學承包者、經紀人、掮客，還是文學發言人、活動家、策劃，其批評行爲，都只能是一種：功利性加投機性。與過去政客式的政治功利批評及投機批評相比，它只是換下政客的外衣改穿了商人外衣而已。由於他們直接導致了90年代批評的混亂和危機，審美的批評、詩性的批評、思性的批評乃至人文批評，都遭到了損壞，所以批評在90年代逐漸失去公眾的信任是不奇怪的。

王：批評的冷漠症，歸根到底在於批評離開了自己責任範圍，離開了批評許可的位置。

丁：也許有人會說，現在是一個文化批評的時代。這種說法當然有它的道理，但是我們恰恰看到「文化批評」在90年代正好被利用了，或者說被濫用了。上面談到的那類批評家，正是打著文化批評的旗號進行批評的商業投機的。

費：真正的文化批評什麼時候都需要，不過「文化批評」在今天卻衍生出了「僞批評」，卻也是事實。

丁：對。所謂文學的文化命名就是一種，對文學現象的「命名」，基本上是無邏輯性的、無差別性的，只要評論者出於自己的需要，不論是什麼樣的作家，也不論是什麼樣的作品，都可以納入「名」下，從而製造出一種「文化效應。」

王：也就是造出一頂文化帽子，可以同時給70歲的作家和20歲的作家戴。

費：我看這種文化命名的批評方式，其實是批評對象的泛化，它用先期的、虛擬的方法，把一些作家拼接在一起，沒有分析、沒有推導過程，也不需要證實，一晚就可以出一個「×××文學」來。批評對象的泛化，說實了也就是無差別的扯評，無論他是南方的作家，還是北方的作家，無論是上海的作家還是南京的作家，無論是60歲的男作家還是20歲的女作家，既沒有個性的差別，也沒有好壞優劣的差距，只要他們能夠「碼」出字來，都有一樣的「文化價值」，都是「×××文學」名下的「大師」、名家，都是「名作」、「力作」。

丁：僞批評的另外一種路數，是用西方的文化話語蒙人，它很富有欺騙性。西方的文化話語不是不能用，但要真正理解，並且要用得恰當。然而在

某些批評家那過，只是一知半解，甚至只是道聽途說，也拿來「批評」，他目的很清楚，不過是出於推銷「產品」的需要，用不著爲準確與否操心。

王：這類批評家這樣做並不感到心虛，反而比別人更加振振有詞。

丁：他們在肆意用西方文化話語的同時，就已經是對文學文本事實的肆意歪曲了。

費：我懷疑他們是否閱讀作品，或者雖然閱讀作品，但缺少起碼的感受力，於是他們在批評時就只能胡說八道，甚至僅僅看看幾篇小說題目，就可以自由發揮，寫出上萬字長文。

丁：還有一種作僞的手段，即杜撰新名詞、新術語。它的效應在於可以吸引理論界和批評界以外的新聞媒體的關注和介入，從而迅速將某種「文學」推廣開去。其實明眼人一看就知道，這些新名詞、新術語只不過玩弄了一點小聰明，把西方後現代、後殖民之類的文化話語改頭換面，然後說成自己的「新」發明。

費：與直接用西方文化話語的批評家相比，這種批評家不同之處，似乎稍稍多一點無賴和無恥。他們在解釋所謂的新名詞時，並不諱言它就是「後……」。

王：我覺得，面對「僞批評」的流行，批評還是應該回到它的基本問題和基本立場上來，即批評應該基於一種藝術的感悟，批評家與對象之間應該是一種互相選擇、互相發現、互相創造的關係。對批評對象無論是褒是貶，都應當源於批評家個人的思想衝動和藝術衝動，然後在此基礎上進行理論思考，並轉化爲有創見性的理論語言。

丁；你的意思是要求批評回到常識上，但問題是這樣良好的願望對另外一些急於要把批評權力抓到自己手中，以便謀取利益的批評家卻沒有用。他們並不打算像你那樣做，而是想通過掌握西方文化話語，以及掌握「命名」權，佔據批評制高點，搶奪批評話語霸權。

費：記得有人在否定人文批評時，其理由就是人文批評是一種話語霸權，現在看來暗中熱衷於話語霸權的，恰恰是他們自己。人文批評中知識分子爭取話語權不好，那麼爲了「炒作」，爲了獲取商業利益而搶奪話語權，就好麼？我認爲回到批評的常識，也許對這種新的話語霸權是有效的抵制。針對現在的批評狀況，回到批評的常識，必須強調這幾點：首先是藝術的批評，即回到批評對象的藝術價值判斷上，不論是面對什麼樣的作家，還是什麼樣的作

品，都要作出其藝術等級的判別．而不是把一個平庸的作家說成「大師」，把一部平庸之作說成「力作」。其次是公正的批評，即從良知出發，對批評對象一視同仁，褒或貶，尤其是歸納文學現象，要依據一定的審美標準。批評可以片面，可以偏激，但是不能帶有偏見，不能像有些批評家那樣，以他自己的旗號劃圈子，搞批評「行幫」，凡在「幫」的就大加吹棒，否則就貶低，把他刪除在外。第三是規範的批評。也就是批評要受學術規範的制約，批評者要堅持一定的學術立場。雖然批評的多元化是今天的需要，學術立場也可以修正，但這不等於說批評可以隨便越位，不等於說批評可以不講道德，不講觀點的一致性，更不等於批評可以搞新的政治暗示和構陷。總之規範的批評，實際上也是批評能公正進行的學術保證。

王：現在最不道德的批評，就是先無中生有地把你說成是一個「政治對立面」，你要是說文學要堅持精神理想，他就暗示你是「奧姆眞理教」你要批評某一篇作品藝術品格不高，他就說你剝奪了他的一點創作自由。這是不讓人說話的最厲害的一招。批評在少數人手裏變成這樣，還有多少公正可言！

丁：要讓批評回到良知，建立公正的批評，恐怕難度比較大。這裡最關鍵的是批評家的人格問題。80 年代批評家有了人格覺悟，而 90 年代人格要求即降低了。老實說，今天的批評界很難進行同一精神層面上的對話，所以老是有一種錯位的感覺，這不是批評觀念上的錯位，而是人格上的錯位。確立批評的人格，需要經歷一個很長的歷史過程。

王：這樣說來，話題就重了，人格要求是批評的高要求。只要批評家能夠有好說好有壞說壞也就行了，退一步講，即使做不到有壞說壞，但也不要不好說好，或者明明只有三分好卻要說成十分好。

費：如果從批評家的內質看，人格要求其實也就是眞誠要求，批評家只要尊重他自己的眞實感受，我想他會做得本眞一些，做得道德一些吧。

丁：但是利益的誘惑太大了，利令智昏，一些批評家已經找不到他們的眞實了。

王：我們確實看到這樣的批評家，連一點本眞的東西都已失去，他自己都不知道他說的話是眞是假。

丁：失去了眞誠，批評也就失去了它的最後一道防線。在批評潰敗之際，我想著重提一提學院派批評的失能。學院派批評，本應是整個批評界的一大力量，由於它有著較深的學術根基，因此不但能夠自成批評體系，而且能抗

衡非學術因素的干擾，改變當今批評的不良風氣，維護批評的純正性。然而學院派批評卻同樣令人失望，其原因是它的批評能力的萎縮，學派批評家的聲音越來越顯得蒼白無力。

費：總覺得學院派批評缺少一點什麼。

丁：我個人認爲，對於學院派批評家及其批評而言，應當具備三個方面的條件，一是知識體系的準備，二是精神向度的把握，三是智性與感悟力的大小。第一點似乎沒有多大問題，第二點在 90 年代顯得有點模糊，第三點問題最大，也是學院派批評致命的弱點。學院派批評在整個學術操作中，形成了一種排斥智性的傾向，他們在文學作品和創作現象面前，缺乏感悟力，因此難以進入文學內部，進行審美批評。也就是說，由於學院派批評家智性力的匱乏，因而學院派批評的欠缺，不要就是審美批評的欠缺。

費：90 年代學院派批評的轉向，它對於文學的疏離而走向文化批評，雖然原因不只一種，但是你說的智性力匱乏當是比較內在的原因，學院派批評家對審美批評的疏遠、放棄。記得前年王曉明在一篇反思批評現狀的文章中，已經注意到這個問題了。雖說其中有不得已之處，可是疏遠了審美批評，不論是對個人，還是對整個學院派批評，都會產生損失。

丁：過去我們的文學批評，都是從藝術和審美上開始的，現在似乎也感到由於傾向於文化分析，反而影響了審美判斷力，文化命題的論說代替了藝術審美的細緻觀察和鑒認，甚至在面對作品時，我們的審美閱讀也逐漸減少了。

費：學院派批評在 90 年代文學面前，失去了 80 年代的那種感召力和可信性，固然是由於敵不過商業炒作式「僞批評」的兇猛之勢，不過反過來說，不也由於學院派批評家在審美批評上的弱勢，長了「僞批評」的勢頭嗎？而它帶來的問題，其嚴重性還不在這裡。當今作家一方面被「僞批評」蠱惑，一方面又失學院派批評的嚴謹要求時，審美批評的缺席，毋寧說鼓勵了他們創作上的放縱，和對藝術不負責任的粗製濫造，以及無知和狂妄。

王：這樣的例子是很多的，有的青年作者剛剛才寫了幾天小說，語言還沒有通，就準備出文集，有的作家被別人一捧，就昏頭昏腦，自認是中國最好的小說家，等等。當批評面對對象時越來越多地疏離了審美分析和要求，對象就會越來越不講究自身審美品格的高下低劣，「大眾化」文化時代文學越來越明顯地走向粗鄙化，就是因爲與作者寧可追逐「大眾」的口味，也不肯

多花力氣在審美創造的精雕細琢上下工夫的緣故。這樣一來，批評越來越缺少可供審美分析的文學文本，反過來它也就越加不重視審美性的閱讀和發現。從而形成了文學與批評之間的不良循環。

丁：應該說，90 年代的文學良莠不分，許多冒牌作家冒牌作品能暢行無阻，並且混淆讀者視聽，就是因為沒有可靠的篩選，而審美批評就是篩選文學的第一道篩子。

費：現在成為作家太容易了，隨便在報紙副刊上發表幾篇不通的散文，就是「名家」，誰也不會表示懷疑。

丁：要說學院派批評家疏離審美批評之後，我覺得尤其突出的現象，是各種文學口號、旗號對非審美的寫作誤導，使 90 年代文學普遍失範。相當多的寫作者憑藉這些口號、旗號，為他們寫作粗鄙化、惡俗化找到了「理論」保護。比如用「個人化」寫作作為他們小說「泛性」描寫的根據，用「後殖民」寫作來掩蓋他們小說語言的混亂、藝術表現的貧乏等等，就是最近、最容易看到的例子。

王：不知你們注意到沒有，還有一個更堂皇，也更能迷惑人的口號，就是：拒絕與文學史對話。這句話前兩年就有了，直到現在仍然是「後現代」、「新××」寫作引以為重的觀點之一。拒絕與文學史對話的一個主要方面，就是拒絕由文學史形成的藝術規則和審美標準，這種拒絕表面上看似乎是不受文學傳統和經典的束縛，實際上不如說為他們藝術能力的不足、審美水準的低下，找到了一個體面的藉口。

丁：還有所謂的「反小說」也是這樣。一些敘事混亂毫無小說性的小說，正是假「反小說」之名而行。對這種「皇帝新衣」式的寫作，學院派批評不能從審美上加以揭穿，不僅是批評的悲哀，也是文學的悲哀。

王：我感到今後幾年，這樣的情形還會繼續發展。

丁：就因為對文學前景的擔憂，我們才在這裡提醒學院派批評家正視自己的責任，從對審美批評的疏離中回過來，重新建立學院派審美批評的形象。

費：這是出於你身在「學院」中的考慮吧，所以越是深感不滿，越是寄予希望。其實要回到審美批評也不一定有多大困難，關鍵只要明瞭審美批評缺失會給文學帶來多少消極後果，學院派批評家是會重新考慮自己的定位的。

王：但回到審美批評，並不是簡單地回到那種技術批評，不是回到所謂的「新批評」的路子。

費：應該說審美是一個審美上總的向度。

丁：對，一種建立在藝術感悟和內省之上的思維向度。它完全可以包含歷史性、文化性乃至社會性內容。否則就會使審美批評狹隘化，反而削弱了它的功能。

費：假如回到審美批評，能夠使學院派批評走出目前失能的困境，那麼我們是可以期望它在此基礎上進一步從審美批評走向哲學批評的。審美批評的詩意解釋，接通了哲學批評，學院派批評家最終就是這樣走向了更高的哲學批評目標。

二、中國知識分子的責任

「騰訊文化」記者（以下簡稱「記者」）：您大致介紹一下自己手頭的這些書稿。

丁帆：這幾年我一直在關注兩個領域，其中一個是文學史領域。我在 2009 年的中國現代文學研究會的年會上做了一個主題發言，意在正式在中國現代文學史領域裏提出「民國文學史」應該入史的概念，儘管早就有人掃過這個問題，但是沒有被重視，所以，我們應該趁著辛亥革命 100 週年的紀念推進這個文學史的學術問題深入下去。因為政治的問題，「民國文學史」這個概念在文學領域內一直不能提。但我認為，如果不提「民國文學史」，中國現代文學就是一個殘缺的文學史。因為按照中國傳統的文學史的斷代法，文學史大抵都是按照朝代更替來斷代的，卻偏偏到了中華民國卻劃到了 1919 年，就是因為它的邏輯依據是按照毛澤東做過三次修改後的《新民主主義論》定調劃界的。而我的叩問是：沒有民國大法在制度上的保障，何來的五四新文化運動？

記者：它是一個政治導向。

丁帆：對。文學史的古代與現代的邏輯劃分，其分水嶺是在什麼時候呢？常識告訴我們應該是在民國元年的 1912 年。而如今的現代文學史從 1912 年到 1919 年消逝了，這 7 年到哪裏去了呢？當然，也有劃在 1917 年五四前夕的，但是其本質與 1919 年是大同小異的。所以，我就寫了一篇文章，叫《新舊文學的分水嶺——尋找被中國現代文學史遺忘和遮蔽了的七年（1912—1919）》，後來《新華文摘》全文轉載了。這些年民國文學的研究在中國現代文學界基本上已經成為了一個熱點。

關於新民主主義革命，我也寫了文章。引用了毛澤東《新民主主義論》三次修改的版本過程，其原版本一開始承認五四新文化運動是資產階級和無產階級聯合發起和領導的，後來逐漸改成是無產階級單獨領導的了。所以我們所有的現代文學史教科書都將文學史的起點定在1919年，就是因爲要承認五四新文學是無產階級領導的。還有按1917年來劃分的，那也是我們把對俄國十月革命的繼承也算成是五四新文化運動的一個組成部分。我從2009年開始了對俄國歷次革命的研究，將它與法國大革命，英美革命和中國革命放在一起來考察，受益很大。我覺得很多人讀《舊制度與大革命》，根本就沒有從根子上理解它。法國大革命是盧梭出思想、羅伯斯庇爾直接導演的一場大革命，實際上是有暴力傾向的；一直到今天，法國還繼承了這樣的革命傳統。我認爲革命只能使用一次暴力，革命是一次性的革命，不能是不斷地繼續革命；因爲一次性革命以後，建立了完善的法律和制度，你才能保證不需要不斷革命，不斷發生流血事件。俄國革命恰恰繼承了法國革命的衣缽，中國革命又依葫蘆畫瓢。所以我才在2011年寫了《誰以革命的名義綁架了法律與制度，民主與自由？！》一文。

我很早就開始考察。蘇聯十月革命時，爲什麼高爾基當時寫了54篇文章集結爲《不合時宜的思想》一書，對十月革命進行了深刻的反思？我們的教科書裏收了他的《海燕》，但《海燕》不是歌頌十月革命的，而實際上歌頌的是像1917年那樣的二月革命。十月革命把二月革命顛覆以後，實際上列寧也在反思。他在反思過程中的主題詞是什麼呢？電氣化加蘇維埃：電氣化就是資本主義的先進技術的吸收；而蘇維埃是無產階級專政的代名詞，但是到了斯大林全變成後面的蘇維埃，全面無產階級專政。

中國革命從一開始就借鑒蘇俄革命。首先是陳獨秀大力倡導。爲什麼陳獨秀從開始熱烈地歌頌十月革命，到最後完全否定十月革命的暴行？俄國革命的暴行，斯大林的專制，這些都是值得中國革命反思的。所以不能否認的是，鄧小平1979年以後的道路就是汲取了列寧的電氣化加蘇維埃的發展模式，讓中國首先從經濟上強大起來了。

我一直在反思這二十年中國知識分子的思潮變化。五四啓蒙爲什麼在二三十年代就潰敗了？從80年代初，到反自由化，短短的幾年叫做二次啓蒙。二次啓蒙爲什麼也很快失敗了？我查閱了大量的史料，專門寫了一篇文章。這實際上是我這二十年來思考最深的一個問題：知識分子從一次啓蒙——新

文化運動開始，在沒有完成知識分子的自我啓蒙的情況下，就開始自上而下地去啓蒙大眾，那肯定是要失敗的。二次啓蒙仍然重蹈覆轍！所以魯迅認爲自己很孤獨：「兩間餘一卒，荷戟獨傍徨」就是最好的寫照。當然，包括魯迅也有許多可以反思的地方。

從層級分化來講，五四這麼多的文化群體、思想群體，爲什麼沒有形成一個知識階層？爲什麼俄羅斯有，而我們沒有？就是因爲俄羅斯有大量的思想家。即使在蘇聯時期，也出現了帕斯捷爾納克、阿赫瑪托娃、肖洛霍夫、索爾仁尼琴這樣的作家，得諾貝爾獎就有好幾個。爲什麼中國沒有呢？就是因爲中國沒有一個知識階層。從延安整風一直到1949年以後的歷次運動，知識分子不僅是自己內部精英的分化，從外部來看，對它的分化是造成中國知識分子疲軟、沒有獨立之思想和自由之意志的一個根本點，中國知識分子完成了自我的閹割。

中國的現代知識分子不是沒有思想、沒有思考力，而是被種種外在的規約所束縛住，帶著鐐銬來思想，很注意利害關係，這樣肯定不會很客觀了。

整個中國的知識精英階層還沒有形成，中國不可能出一流作家。我提倡學習俄羅斯作家的修養，因爲他們不僅是優秀的作家，同時也是哲學家、思想家。可是在中國有嗎？中國的作家沒有確定的價值觀，好的作家至多是在創作的技術層面搞點花樣，主要是因爲1949年以後，作家們都失去了獨立思考的能力。

20世紀90年代以後，知識分子又不斷地被商品文化侵襲了。知識分子受到的閹割主要來自意識形態和商品文化。所以，我就寫了重讀魯迅的《「京派」與「海派」》《「京派」和「海派」》的文章。正是這兩種文化的合力造成了知識分子現在是既不能產生思想，同時也失去了他眞正追求那種自我價值體系的主觀能動性。我一直想深入地探討這一些問題，但是鑒於當下中國很多的史料還沒有揭秘，此工作留待以後再做。

丁帆：我從來都不用農村題材小說這個名詞，我用的是更加學術化和學理化的名詞「中國鄉土小說」，有人會說古代文學大多數都是鄉土文學，我說對的，但是，只是農耕文明而無工業文明比照下的鄉土文學是凝固的，是沒有現代性意義的，所以我指的是20世紀20年代開始的、被魯迅定義的中國現代鄉土小說，這與1949年以後文學按照政治觀念來創作的農村題材小說是大相徑庭的，我們的教科書、文學史強調的是其政治性，而我強調的是鄉土

小說的地域色彩、審美內涵與歷史的必然性。中國鄉土小說，從 20 年代延續到現在，它被官方定為農村題材小說。我從來不用這個命名，是因為農村題材小說是一個偽命題，是有意識形態含義的。有一次，在張家港召開全國農村題材小說會議，叫我去做一個主題發言，我說我不去，我做的是鄉土小說，鄉土小說和你們說的農村題材小說完全是兩碼事。

記者：國家在驅使著農民進城，在主導社會主義新農村城鎮化建設。一旦實體意義上的農村都被高樓大廈代替以後，您覺得鄉土文學會怎樣呢？

丁帆：我在 90 年代就開始考慮這個問題。所以我寫了《城市異鄉者的夢想與現實》那篇文章，從那時就修正和糾正了我以前的觀點——鄉土文學是離不開鄉、離不開土的。而在 90 年代以後，尤其是新世紀以後，整個鄉土文學的主體——人，已經被大遷徙所裹挾，農民進城打工，成為「城市的異鄉者」，因此我把它定義為鄉土文學轉型中的一個重要的描寫研究領域，定義為「移民文學」。這個移民文學就是移居大城市裏面的這批打工者。美國、英國是由貴族自上而下的文化侵略來覆蓋鄉土的，而現在我們是倒流，大量的鄉土生存者到城市以後，把傳統的農村文化帶進都市，和城市文明進行碰撞，碰撞之後形成了他們在城市裏面異鄉者的文化圈。是值得研究的重要課題，所以我們搞了一個國家社科項目《中國鄉土小說的新世紀轉型》，進入了國家社科文庫。

丁帆：關於鄉土文學轉型問題，我專門寫了一篇文章，用閻連科的《白豬毛和黑豬毛》和鬼子的《瓦城上空的麥田》來作比較。尤其是鬼子這篇，它是一個寓言性的故事結構，用荒誕的手法寫了一個老農民進城來找他的兒女，但是出了車禍，城市就陰差陽錯把這個人做了死亡登記，但是他沒死掉，當他去找他的兒女們時，兒女們說他已經是火葬場的鬼了，認為他是冒充的父親，不予承認；於是他又回到了農村，回到農村以後，那裏也就是豎立著他一個墓碑而已。這是一個巨大的黑色幽默，這就是中國鄉土文學的現實：一個空巢的、空墳的農村鄉土社會。作為一個鄉土的人，城市不能容了他，鄉土又回不去，城市與鄉村都沒有他的安身之地，只有埋葬他的一個墳頭。這就是鄉土文化符碼的一個絕妙的注腳。

中國農村的移民是兩億多，並且這兩億多人現在已經衍生出了他們的後代，那就是新移民。我下一步想研究新移民的生活，鄉土的改變，所謂的城市裏的農村，是怎樣改造幾代人的？比如南京就有很多河南村、河北村。這些

群落、社群代表著中國傳統文化的基因，到了城市裏面和現代文明衝突下形成了什麼樣的文化變異？似乎至今尚無中國作家能站在哲學和歷史的高處聚焦、俯視這樣一群人和他們的生活，創作出有思想的巨製來。爲什麼沒有，因爲中國作家的思想太平庸了。所以我現在就是要主張作家一定要讀懂一些哲學、歷史學和社會學的入門書籍，因爲這對作家的文學視野的提升太有益處。

記者：作家本來寫作品是給大眾看的，可以說是娛樂大眾的，您現在要求作家有知識分子大腦，會不會要求太嚴？有人肯定會這麼說。

丁帆：是，你可以是娛樂大眾的。但是，中國缺少的就是那種有思想穿透力的、站在哲學思想高度來寫巨製、反映一個時代的大作家。我是搞文學史的。我覺得隨著時間的推移，再過五十年、一百年，在文學史的流水線上，現在絕大多數的作家都要被淘汰，起碼淘汰百分之七八十。我預料，有的作家，很快就會被消費化和意識形態化，失卻獨立思想。沒有思考能力的中國作家普遍存在，只能說他們在技術層面玩得非常純熟，但是沒有歷史和哲學內容的支撐，終究出不了大作品。

記者：關於蘇聯和俄國，金雁的《倒轉紅輪》有這麼一個判斷：19 世紀俄國的歷史上，產生了很多偉大的思想家，但是大部分都是作家，正經八百的偉大的知識分子倒是很少見。我隱約覺得，這是不是俄國歷史上的一個短板？

丁帆：《倒轉紅輪》這本書我是力薦它得了「在場主義散文大獎」的。它有很多新的史料，雖然文筆不是很好，但是它對歷史的穿透力使我們認識到歷史中隱藏著的巨大文學的哲學能量，這就是「大散文」的重要元素。你講的她說沒有產生知識分子，是不對的，因爲她對俄國文學史不甚瞭解。俄國文學史從 19 世紀中期的普希金開始，就是「黃金時代」；之後，十月革命前後，那是「白銀時代」。到了黑暗的斯大林時代，仍然產生了一大批世界公認的優秀作家。所以以賽亞・伯林偷偷地在 50 年代訪問這些作家的時候，寫下了仍然是堅守自己的地方，這就是《蘇聯的心靈》和《俄國思想家》所產生的背景。在中國作家裏面，不是沒有這種有風骨的人，但是他的思想力不夠，包括王實味、蕭乾等在內的作家都是如此，缺乏更深刻的哲學思考。你看從托爾斯泰一直下來，俄國思想家、評論家和作家，他們基本上都是有豐滿哲學思想的人啊。所以說，中國爲什麼不能產生大師，我覺得這就是因爲我們的作家缺少思想和哲學的底蘊。

記者：前些天索契多奧會的閉幕式上，俄國歷史、蘇聯歷史上的很多大作家都被搬上來了，比如托爾斯泰，但是沒有索爾仁尼琴。

丁帆：對，因爲索爾仁尼琴在俄國是有爭議的。

記者：他剛從美國回來的時候，普京給他的待遇是非常高的。您覺得俄國這個民族對歷史到底是怎樣的態度？

丁帆：肯定是因爲當下的領導人對他的思想與創作有保留意見。索爾仁尼琴到了美國以後，也批評美國，這應該是正常的啊，知識分子的天職就是哲學的批判和批判的哲學，正如薩義德所言，他永遠是站在一個批判的立場上推動歷史前進的。高爾基卻是另一種形態，他在十月革命時期有不合時宜的思想；但是到了 1934 年，斯大林用金錢、美女把他請回去，給他最高的待遇，讓他成立蘇聯作家協會當主席之後，思想和立場就來了一個 180°的大轉彎。所以每當要開殺戒時，斯大林就會在簽署的文件上引用高爾基的話：敵人不投降就叫他滅亡！所以高爾基是一個「雙頭海燕」。爲什麼會這樣？這也是值得中國作家和知識分子需要反思的問題。

記者：他管斯大林叫我的主人。

丁帆：高爾基是唯一能跟斯大林在一起隨意喝咖啡抽雪茄聊天的作家，這是連政治局委員都不可能給的最高禮遇，但他最後還是死於斯大林手下。斯大林把他作爲無產階級專政的工具使用，索爾仁尼琴詬病高爾基就是因爲他贊揚勞改營和集中營是蘇維埃改造人的最好的場所。

記者：陳曉明老師剛出的《中國當代文學主潮》裏有一個判斷：80 年代這批作家從國外回來，剛剛吸收了一些後現代的東西，吸收得很粗糙的時候就寫出了目前來看他們一生中最重要的作品；但是 90 年代以後，中國人對這些理論已經理解得很透，但是在文學上卻沒有多大的建樹。我覺得，20 世紀二三十年代從國外也引來了很多理論，比如說上海的一些作品，您覺得這算不算？

丁帆：20 世紀 30 年代只有資本主義文化的大本營——上海產生了「新感覺派」，是第一次現代主義的高潮，80 年代中後期的先鋒文學是第二次高潮，他的這兩個時期分得是不錯的，但是作家不一樣。30 年代的作家是喝西洋墨水發育長大的，可能他們對文學的本質認識得還比較好，我覺得遠遠超過後來的那些被一些評論家詬病爲「僞現代派」作家。因爲那時的大上海充滿著殖民文化的敘述語境。而 80 年代卻沒有形成這樣的語境，所以當時就有人說

它僞。從根本上來說，從 1942 年開始，我們的作家基本上是要求降低自己的思想標準。不要有思想，思想是由領導、由意識形態來出的。所以，工農兵化以後，造就了幾代遺傳基因矮化的作家，所以一直到今天，我們都處在思想的貧弱期裏。

80 年代的大學生接受的仍然是延安思想的體系，到今天爲止還是有一些人想超越，但是還是超越不了。也就是說，從 40 年代延安文學一直到 1949 年後的文學，其主導思想只有一個。所以，一直到今天，全世界只有中國養了這麼多文人，我只能說，這樣的文化語境還能產生獨立的思想？但問題是讀書人不能思想與太監何異。我也在時常反躬自問，作爲一個學者，你究竟能有多大的獨立思考能量呢？

記者：陳老師的那本書把當代文學史的起點定在 1942 年《講話》。這次我們搞這個文學獎，各位老師都做了提名，我梳理了一遍之後發現：五六十年代不少作家，假設一共有 200 個作家，有 20 個作家是廣爲人知的；但是到了 70 後作家，假設有四五百，但達到一般媒體知名度的可能不超過 10 個人；到了 80 後，又有一大批人。按照年代來說，我覺得 50、60、70、80 中間有斷層。80 很多人成名，體制的因素不是很多，倒是媒體給了很多東西。

丁帆：從新世紀以後中國社會眞正進入了信息爆炸的時代。然而人關心的只是自己的群體，精力有限、閱讀量有限，不可能看那麼多的作品。所以，大量的文學（每年長篇小說都有上千部），尤其是網絡文學湧上來之後，我們其實是在大量的垃圾裏面尋找食物，大多數尋找到的是垃圾食品。但是這裡面也有好的、沒被遮蔽的，當然不排除還有的是被遮蔽的，你看不到。

你們評獎的作品，老實說我最多看過一半，有的就是翻一下。所以各種各樣的評獎，他們把所有的書寄給我，我至少要瀏覽一下，才能最後下結論評判。從思想的穿透力和技術的表現來看，有時一本書你翻了不到一半甚至十分之一就能完全瞭解它的水平了。

丁帆：講到賈大山，我是深有體會的。我 1979 年在《文學評論》上發表評論，那時才二十五六歲，寫的是《論峻青短篇小說的藝術風格》。寫完以後，《文學評論》編輯部找到我，說我們現在羅列了一批中青年作家，你選一個來進行跟蹤評論。我說我是插過隊的，對農村瞭解，要搞鄉土文學。他們說這裡有二賈：賈平凹和賈大山。我當時就講，我說賈大山是不可能有文學前途的，在文學史上是不會留下任何痕跡的；賈平凹是一個鬼才，這個人將來會

有出息。1980 年我就在《文學評論》上發表了評論賈平凹的文章。賈大山無論從藝術技巧層面，還是文學語言的功力，乃至思想的穿透力上來說，都是不能與賈平凹相比的。賈大山的作品在文學史上是留不下來的，但我絲毫不懷疑他的人格是高尚的，爲人與爲文並不可以畫等號，那是另外一回事。

記者：所以我看有人將來把它包裝成現實主義，再加上其他的一些東西，或多或少都是在指向 1977～1986 年這段時間的變化。您覺得今天咱們來祭奠30 年的作家，除了政治上的要求，算不算苛求？

丁帆：當然了，作爲一個完全是被文學史淘汰的作家，因爲某種需要而包裝，我只能說這是一種政治行爲，而不是一個文學的判斷。已經被文學史的篩子篩下去的人物，怎麼可能重迴文學史？最近我又在《文學評論》寫了一篇長文章，就是關於重讀賈平凹《廢都》的體會，作爲文學史的二次篩選，這源自於我二十年前寫的一篇未刊稿被重新發現。我當時認爲《廢都》雖然藝術技巧上比較粗糙，但絕對是可以留在文學史上的一部巨著。《廢都》寫了整個中國知識分子的思想的裂變、精神的分裂，是用性的外衣來包裹著的作品。任何國家的文學的高度，都是由它的長篇小說來決定的，而長篇小說好壞就決定於它對這個時代的脈搏把握得准不准。所以說，可以留在文學史上面的和不可以留在文學史上面的作品，歷史已經做出了定論，如果重新把不可留的找出來，這在文學史上肯定是站不住的。

記者：現在新媒體發展這麼快，很多人可能就習慣了每天用手機看新聞、看網絡小說，遇到稍微有點深度的東西就來不及思考了。這可能就牽扯到一個問題：現在這種環境怎麼培養作家？怎麼給作家創造環境？將來的文學史怎麼寫？

丁帆：這是一個悖論。作爲知識分子，我的看法是：你在大量的信息篩選當中，可以發現新的史料。因爲我們的知識分子群體裏面全是讀書人，只要找到自己所需要的書籍史料進行深入地研讀，還是有所作爲的。我覺得網絡是一個大平臺，雖然我不開博客，因爲開博客肯定受到很多限制。我只在朋友圈裏面發信息，只限於學術性和學理性的討論，而不是說圍繞、反對什麼現行的體制。說老實話，作爲一個老共產黨員，我有一個基本的判斷：大多數精英還在黨內。

記者：這個倒是，大部分都跟黨脫離不了。

丁帆：問題在於，這一部分人，包括中國的政治領導人，能不能清醒地

為中國的文化、思想提供眞正的智庫？前一陣現行智庫中的人完全曲解了蘇聯的歷史，對俄羅斯和蘇聯革命的歷程不甚瞭解，造成了許多誤讀，這會給中國帶來危害。因爲政治的訴求和文化、文學的訴求很可能往往是不在一條平行線上的。

記者：您覺得，在新媒體和移動互聯網的條件下，現在對一個作家有沒有一些新的要求或者是新的判斷？

丁帆：那當然有了。現在非常重視網絡文學，包括新媒體的網絡評論，以前確實忽略這一塊。某種程度上，網絡文學和網絡評論比官方的文化與文學評論要開放得多。它的思想自由度相對來說要比現有的報刊開放得多，因爲報刊檢查制度太嚴格。網絡在一定程度上受制較小，甚至在某一個時段裏不受控制，能繞過報刊檢查制度的一些障礙，能講出一些眞話來。這很重要，但可惜的是也不可能完全放開。

記者：您對我們文學獎有什麼期待嗎？

丁帆：我還是希望文學獎能評出一些更有審美價值、文化思想價值的作品，能夠爲現代中國人提供思考途徑的大製作來。

三、互爲表裏的學術研究和隨筆寫作

（一）關於民國文學和共和國文學

施龍（以下簡稱施）：丁老師，您主持編撰的《中國新文學史》出版了。作爲編撰者之一，我知道這部文學史凝聚了您最近幾年在文學史研究方面的思考。雖然因爲一些限制，您的相關思考還無法在這部文學史中得到更爲深入、系統的展現，但民國文學、共和國文學的整體架構還是基本得到體現。在此，您能再就這兩個概念及它們在百年新文學史研究中的意義做出一些闡釋嗎？

丁帆（以下簡稱丁）：按照我的觀點，到今年，新文學恰好一百年多一點，有個零頭。我們對這段文學發展史的研究，歷經了好幾個重要階段，最近幾年，我個人有一些思考。其實，首先要追問的問題是，什麼是新文學？我以爲，新文學指的就是民國成立以來以白話爲主幹但絕不排斥其他語言形式（如文言、方言）和表現方法（如說唱）的具有現代美學意味的漢語創作。新文學史就是這一時段、這一內容的文學發展歷程。《中國新文學史》出版以後，陸續有一些批評，贊成的、商榷的意見都有，這很正常，但這畢竟是一部教

材，有它的適用性，所以我們在編撰過程中也根據需要對相關觀點做出了不少修訂，雖有削足適履之感，但總體效果還算差強人意吧。

我最近在文學史方面的思考，也是構成這部新文學史的基本框架，主要就是民國文學和共和國文學。我曾經寫有系列文章，此處不贅，簡要說來，新文學的準確表述是：1912 年～1949 年為「民國文學」的第一階段（包含大陸與臺港地區及海外華文文學）；1949 年後的新文學則因爲多方面的因素形成了三種不同的表述：大陸是「共和國文學」的表述（而非什麼「當代文學」）；臺灣仍是「民國文學」的表述；港澳就是「港澳文學」的表述（因爲它的政治文化的特殊性，所以它的文學既有中華傳統文化的元素，同時又有殖民文化的色彩。因此，我們只能用地區名稱來表述），此外，尚有海外華文文學，由於其中西雜糅的特色，所以可以一併歸入「港澳文學」。

這裡可以就 1949 年後臺灣地區文學的特殊性稍稍闡釋一下。如果說從 1912 年到 1949 年間的「民國文學」是一個以五四「人的文學」傳統爲核心內容和主潮的文學流脈的話，1949 年以後的臺灣文學仍然處於這一流脈之中，但和 1949 年之前的顯性表現不同，這是一個在不斷抗爭中發展的狀態，它是一種隱性的呈現。一些對民國文學觀念持保留態度的研究者，往往從政治正確的立場有所質疑。其實，1949 年以後部分新文學作者將五四新文學的傳統帶到臺灣，國民黨統治當局也將其對付左翼文學的一套文學制度搬到了臺灣，新文學中的民國元素——「自由、平等、博愛」的「人的文學」的理念及其反面——禁錮的、黨性的、工具的文學因素都有顯現，這不正是「民國文學」的內容和本質嗎？所以，我這裡需要進一步明確申明的是：作爲一種文學的研究，將 1949 年以後的臺灣文學指認爲「民國文學」（或其流脈）是和政治上承認「中華民國」毫不相干的事情。我只是指出臺灣文學在 1949 年以後有著一條政府背離「民國文學」精神，而知識分子精英和民間文學力量在努力抗爭的「暗線」存在，恰恰是這條「暗線」與大陸文學發展呈大體一致的走向狀態。緣此，我才採取與大陸和臺灣學者不一樣的視角來看問題，或許從中能夠窺探到一些人們習焉不察的文學癥結問題所在。我曾經提出過相關問題，這裡不妨再次重申一下，以引起更多的關注和思考：爲什麼新文學原本尋覓的非貧窮、非暴力的人性主題逐漸被轉換？爲什麼文學依附於黨派政治會成爲新文學一直延續的慣性？民國文學所確立的「人的文學」之價值觀爲什麼會被顛覆？「人的文學」是如何發展到「人民的文學」的？民國

文學元素與共和國文學元素異同性如何梳理？這些都有待深入細膩的考察。

　　當然，採用民國文學、共和國文學的表述方式，更關鍵的還和對文學本身的認識相關。我這裡簡單提兩點。第一，我們提到新文學，習慣性地把它限定在白話文學，如此一來，我們怎麼對待那些表現出現代意識而且具有審美創新意味的其他語言形式的創作？像聶紺弩，以往的文學史對他在桂林時期的雜文都有所評述，最起碼是提上一筆，但平心而論，這些雜文氣浮於心，筆觸枝蔓，文學價值並不高，完全不能和他後來的舊詩相提並論。聶紺弩的舊詩是歷經人間煉獄從而對人性、對人的存在具有深刻體悟的結晶，它如果不「新」，那麼還有多少作品可以稱之為「新」？第二，自 1935 年《中國新文學大系》將創作分為小說、詩歌、散文、戲劇這四大類型以後，我們以後關於文學的體認似乎也就局限於這四種體裁。比如散文，周作人在五四時期界定為美文，那麼怎麼對待美文之外的具有文藝趣味的散文作品呢？一個十分有趣的現象是，周作人此後很多的散文寫作並不是所謂美文，而是接近傳統的文章，所謂「名師清談」。再比如魯迅「老吏斷獄」式的雜文，大陸和海外都有相當多的人認為它不是文學，只有很少一些人明確肯定它的文學性。於是我們看到，許多文學史就採取了騎牆的態度，就是不明確表示對雜文這一文體是否文學的態度，而將之置於魯迅名下做一種概述。其實，魯迅這些師法魏晉文章的「釋憤抒情」之作究竟是不是文學創作，我們用他自己界定的兩個標準，即「表現的深切」與「格式的特別」來衡量就可以，如果兩方面的回答都是肯定的，那它就是文學，至於它在風格上接近新文學的某一體裁還是屬於傳統的文章，又有什麼關係呢？所以我們可以明白，文章載道程序化，因此不是文學，美文如果程序化，同樣不是文學。一句話，在文學的天平上，不應該厚此薄彼。從這個角度來看，傳統文章範疇內的諸多文體，比如序言、書信、墓誌銘等，只要展現出新的風采，就也是文學。而文學研究界這種差不多一面倒的情形，正說明新文學在其發展過程中建立起來的話語體系有反思的必要。採納民國文學、共和國文學作為新文學史的基本框架，在相當程度上可以有效地衝破當年所建立的文學言說的話語體系，也就在事實上轉變我們的文學觀念。

　　當然，這些設想並不是要把歷史上的邊角料統統撿到籃裏。我一貫反對那樣做。這裡只是強調關於新文學的基本觀念有修正的必要。

　　施：我們談及某一斷代的文學史，總須對其審美上的共性做出概括、判斷。比如，錢鍾書談唐代文學，認為「唐詩多以豐情神韻擅長」，就是在承認

唐詩內部豐富性的前提下，對其總體審美特徵進行了有效提煉。那麼，在您看來，民國文學、共和國文學的審美風格分別是什麼？它們在發展過程中，分別形成了哪些有價值的審美範疇？或者降低一點看，有哪些審美對象值得關注？（這兩點似乎也可以就鄉土小說這一專門領域來談）

丁：關於這個問題，我首先要強調，我們探討審美現代性的同時，一定不能忽略硬幣的另一面，那就是社會現代性。自從卡林內斯庫提出兩種現代性理論並指出二者之間的內在緊張性以來，用「美學現代性」反思「資產階級文明的現代性」的弊病即「資本主義的文化矛盾」成為影響很大的一種研究思路。有相當一部分學人受這一方法的啟發，探究中國社會發展過程中因為現代化的「偏至」而出現的若干弊端，應該說是有成效的，但是不能反過來，用這些弊病去證明和它同時出現的相關文藝現象的現代性。最荒唐的例子就是一些人關於樣板戲的觀點。其實，審美現代性與社會現代性是一種對立共生的關係，它們之間有對立，但首先是作為一個整體對立於傳統。對於中國和任何其他後發的非現代國家來說，呈現在他們眼中的西方現代性，是一個「完成」時態的現代性，它作為一個整體「對立於傳統」的那一面已經成為歷史的過去，進入不了他們的視野，因此才會有許多人看不到審美現代性和社會現代性面對「傳統」時曾經有過的協作，誤以為它們只有對立這一種絕對的關係。我認為，在灰暗傳統、幽暗意識仍然十分強大的中國大陸，審美現代性與社會現代性將如同它們歷史上的協作一樣，在相當長的時期內主要表現為一種合作關係。也就是說，它們統一於現代性之內而對立於所謂傳統。所以，談新文學的審美特質，必須老調重彈，突出其自由、民主、平等、博愛等現代思想內核。

其次，民國文學和共和國文學雖然分屬於兩種不同性質的政體，但這兩種政體追求的卻是同一個目標，即中國的現代化，因此，民國文學、共和國文學在基本精神、氣質等方面必然是相通的。這就是說，二者在一定的創作歷程中所自然形成的審美範疇差不多是一致的。此外，民國文學 1949 年後在臺灣地區得以延續，雖然政治上在相當一段時期內處於隔絕狀態，但因為處於同一時空之內，事實上是和共和國文學處於一種對立交融的狀態，因此，二者的美學共性自然比較明顯。

那麼，作為整體的漢語新文學具有什麼樣的審美風情呢？從最基本的層面講，優美、壯美、悲劇性、戲劇性、荒誕、醜等西方審美範疇在新文學中

有不同程度的表現，而中國固有的若干傳統審美範疇，如道、中和、空靈、神韻、氣韻、氣象、境界等也有所表現。比如，我以爲五四時期的文學雖然在具體技巧上簡單稚拙，但氣象嚴正宏大，所以才要主張「重回五四起跑線」；而對於莫言的《紅蝗》，我也是第一個從審美的角度肯定他的審醜。這些古今中外既有的審美範疇在新文學中有延續、繼承，也有發展和變化，當然都應該成爲我們考察的對象，但如果我們僅僅停留於此，顯然就輕視了新文學的審美創造性。我個人以爲，新文學的審美世界尚有待發掘，這裡先提一個審美對象加以討論，完整、系統的論述留待他日專文探討。

　　我這裡想談的是鄉愁，文化鄉愁。中國近現代以來處於整體的轉型之中，有一些學者借用雅斯貝爾斯的說法，認爲五四時期是春秋戰國之外的中國又一個「軸心時代」，這是很有見地的。當知識人脫離了舊有的文化母體，而又無法無間地融入現代體制之中，很自然地會產生一種文化鄉愁。它不是對傳統文化的一種簡單的依戀，而是追尋生命之根的一種寄託，擴大一點講，是體現了從傳統過渡到現代這一流程之中的國人百年以來對生命存在的探究欲望、行爲。民國時期中國大陸田園牧歌風的鄉土小說、1980年代的尋根文學，臺灣1950年代的懷鄉文學，此後的留學生文學、海外華人（華裔）的離散寫作，這樣一些文學現象在百年當中依次出現，並不是偶然的，它們都圍繞文化中國展開，表現出社會轉型期的中國人特有的焦慮。因爲中國的文化遺產過於龐大沉重，所以古今中外面臨如許情境都會產生的文化情懷在中國來得尤其特別，而這樣一種獨特的中國經驗正因爲有文學的介入，使得我們每個人都意識到了自己的生命狀態和文化責任。

　　和鄉愁相表裏的，是孤獨的存在狀況和精神狀態。余英時曾論及近現代以來知識人的邊緣化趨勢，我們看到，除去戰爭（抗日戰爭、國共內戰）、「文革」等非常狀態，民國時期知識人漂泊零落的生活和當下所謂「蟻族」的「只爭朝夕」的生存情形，都表明邊緣化成爲知識人百年以來的一種生活常態。在生存成爲最重要的生活中心的狀況下，談論情感、精神其實是一件非常奢侈的事。不過，這種生存狀況倒也催生了可以成爲審美對象的精神現象，那就是個體的孤獨感。這種孤獨感由兩方面的因素造就，一是這裡提到的社會身份的邊緣化，二就是上面提到的「不中不西，非古非今」的精神特質。我記得你的學位論文曾經提到：當我們說一個人處於「孤獨」狀態的時候，不是指他和別人在行動上不能採取合作（如果僅是不能協作行動，那是「孤

立」），而是指他在心靈體驗上與別人的經驗因爲種種原因處於隔絕狀態；正因爲如此，孤獨體驗往往導致兩種貌似相反的選擇：一是向外逃逸，「融入野地」（今天恐怕就是遊戲、購物、性等欲望之海），另一則是向內逃匿，躲入私人的一方小天地。其實，這兩種選擇何嘗相反，都不過是對自身存在狀態的一種恐懼和逃避。記錄這樣一種特別的中國經驗和這一處境中的人的精神動態，是新文學的責任，準確地講，更是一種機遇。

迄今爲止，新文學不過才一百年的歷史，其整體成就不能誇大。從審美角度看，除了幾個作家爲數不多的經典之作，大部分的品格差不多就是王國維所謂「古雅」，至於「眩惑」之作，更是所在多多。就民國文學而論，它發生發展的基本條件是中國的工商文明持續發展而帶來的人性的深度解放和多元呈現，正因爲與全球範圍內現代文明跳動的脈搏相應，所以表現在外的風貌是恢弘大氣。前一段時間有人談「民國範兒」，我想「範兒」就是這個意思。至於共和國文學，從 1949 年到 1978 年這三十年，由於自然人性遭到壓制，所以是走到了以「人的文學」爲主流的民國文學的反面。這種局面在 1980 年代有所改觀，可以說是回復到「人的文學」的故道上了，但持續時間不長，繼之而來的則是變相的市場經濟所帶來的工業文化泡沫。這最後一點，我們在《中國新文學史》中嘗試做出辨析，這裡就不多談了。

施：民國文學精神在臺灣地區及離散寫作中得到延續、拓展，共和國文學理念也處於不斷的變化之中，特別是 1990 年代、新世紀以來，面貌有了很大不同。您能就它們各自的發展前景做出一些預測嗎？

丁：1949 年無論對於臺灣還是大陸，都是一個標誌性年份，它意味著兩岸一個新時代的開始，無論是「共和國文學」，還是「臺灣文學」（抑或仍然是被國民黨政權稱之爲「民國文學」），都面臨並試圖實施清理包括文學在內的意識形態問題。兩岸政黨在 1950 年代以後都不約而同地開始了政治純化運動，文學自然也包含在其中。毫無疑問，新文學傳統此時在兩岸都逐漸被扭曲和邊緣化，甚至被討伐而消遁。對五四新文學傳統的反叛，成爲黨派統治文學藝術的自覺行爲，尤其是國民黨政權，更是視五四新文學爲「洪水猛獸」。自 1949 年至 70 年代末很長的一段時間裏，兩岸的文學格局都不約而同地進入了一個「爲政治服務」的「黨治文學」的階段。雖然兩岸的意識形態是水火不相容的，但是其思維方式卻是驚人的相似。儘管政治意識形態相異，其國家與民族的認同性卻是任何黨派與政治力量都不可改變的事實，因爲「書同文」的文學根性就決定

了一個民族文學相同的基本走向。不同的是，從 1949 年至「文革」結束，三十年的大陸文學在政治的深潭裏走向了「左」的極端；而臺灣 1950 年代的文學卻是在政治的泥淖中滑向了「右」（其實也是形「右」實「左」）的極端。

就兩岸約三十年的文學狀況來說，我以為至少可以得出一個結論，那就是文學在政治與社會的功能層面應當歸屬於國家和民族的層面，而非歸屬於一個國家內的某一個黨派或團體。最簡單的事實是，從邏輯關係上來說，民族與國家應該是至高無上的種概念，而黨派與社團則是從屬於國族之下的屬概念。我們上面說過，作為小斷代的文學史，「民國文學」在 1949 年以前的歷史是容易被人所接受的，因為，它在政治意識形態的認同，在國家、民族、黨派和文化層面上都是絕無問題的。相對而言，1949 年以後的「臺灣文學」表述就很艱難了。因為國民黨政府潰敗而遷移進入該地區，不僅政治發生了巨大的變化，文學也發生了巨大的質和量的變化，以黨派和政府來控制文化和文學的思維和政策也就成為試圖駕馭文學和思潮走向的必然。雖然，在很長一段時間裏，國民黨政府還是以「民國文學」自居，但是它在國家層面上的合法性實際已不復存在。然而，從文學自身的訴求來說，作為對「民國文學風範」和精神層面的承傳和反傳承，還是一直有著連續性的。

本時期臺灣地區與大陸明顯不同的是，武俠文學、言情文學等通俗文學樣式得到了迅速發展。通俗文學雖然在內容上還沒有完全擺脫封建主義的羈絆，但是其現代性的合理存在是不容忽視的。臺灣地區的相關作家不僅承續和繁榮了民初武俠與言情小說，而且也從內容與形式上深化了這個領域的創作，從而使得「民國文學風範」有效地得以延續。而鄉土文學脈絡更是清晰可陳，一度成為臺灣地域文學的主潮。所以，1949 年後國家意義上顯形的「民國文學」已經呈逐漸消亡的狀態，和大陸斷代後的「共和國文學」對舉的應該是「臺灣地區文學」；但是，作為文學本體的「民國文學」仍然是以一種潛在隱形的發展脈絡前行的，它在與政治文化統治的抗爭中得以延續和發展，也就在一定的時段中，在相當程度上繼承了新文學的傳統。

此後，大陸在 1980 年代迎來了一個文化、文學的復蘇期，臺灣也在「解嚴」前後逐漸活躍。這裡也要申明一下，我並不讚同許多學者將 1980 年代的大陸文學稱為文學創作的「黃金時代」，因為將之置於新文學的發展流脈中觀察，它不過是民國文學相關因素的再度閃現而已，雖然因為時代的原因，它吸收了許多新穎的意識和手法。1990 年代以來，大陸的現代物質文明發展加

速推進，於是兩岸先後進入到一個全新的時期，那就是隨著經濟的高速發展，兩岸的都市文化意識和大眾消費潮流開始興起，並影響到文學。當然，就大陸來說，情況比較複雜，我在一些論文中提過，現在的中國大陸是一個前現代、現代、後現代三種文化形態同時存在的狀況。在這樣一個背景下談兩岸文學發展趨勢，我認為還是以趨同為主。這不算預測，只是一種展望：不管以後還會出現什麼樣的社會思潮，文學都應該會繼承民國文學奠定的基本精神，以個性化的方式表現出具有特殊文化背景或歷史淵源的中國人在漸趨一體化的世界中的生存體驗，創作出真正的大寫的「人的文學」，使得中國文學如魯迅所謂「外之既不後於世界之思潮，內之仍弗失固有之血脈」。這一過程需要多久？可能是沒有答案的。

我們所能做的，是基於文學本身和中國經驗，重新描繪一幅文學版圖，儘量描摹出它的歷史地理風貌。所以，《中國新文學史》在考量每一部作品經典品質的時候，都看其是否關注了深切獨特的人性狀貌，是否有語言形式、趣味、風格的獨到之處，是否從富有意味的角度以個性化的方式表達了一種歷史、現實和未來相交織的中國經驗。這幾點標準，也許可以為當下的文學創作提供一種有益的觀照。

（二）關於鄉土文學

施：我記得當年在您給研究生開設的鄉土小說史課堂上，您曾經提出一個討論題目，那就是鄉土文學會不會消亡。許多同學，可能也包括我自己，都紛紛表示否定的意見，至少有疑慮。您是持肯定立場的。現在，您的觀點有變化嗎？

丁：沒有，我是一直認為鄉土文學不會消亡的。但自上個世紀 90 年代以來，的確陸續有許多人表達過這樣一種疑慮，那就是隨著中國城市化不斷加速的進程，鄉土文學必將成為一種消失的文體，有點皮之不存毛將焉附的意思。很多學者都認為，城鄉二元對立的社會結構形態已經開始轉變，農村、農業、農民與前相比，發生了巨大的變遷，作為其鏡像的鄉土文學前景在哪裏？簡單來說，中國自上個世紀 90 年代以來形成的農村人口向城市倒流的大移民運動，推進了中國的城市化和大都市化進程，農民像候鳥一樣的生存狀態，已然成為中國鄉土文學的新的生長點，這也是中國鄉土文學外延和內涵擴展的一個新的命題，看不到這一點，也就是造成人們誤以為鄉土文學消亡錯覺的根本原因。

　　此外需要強調的是，我並不否認中國社會結構從上個世紀 90 年代以來就在逐漸擺脫農耕文明的經濟基礎，向著工業文明和後工業文明的經濟基礎轉型，但是，我堅持認爲，由於在中國這塊特殊的經濟與文化的地理版圖上，仍然存在著三種文明形態的文化結構，即：前現代式的農耕文明社會文化結構仍然存活在中國廣袤的中西部的不發達地區，雖然刀耕火種式的農耕文明生產方式不復存在，但是日出而作日入而息的農耕文明的生活方式仍舊在延續著；現代工業文明的陽光已經普照在中國沿海地區和中原大地，以及部分中西部的腹地，它是促使中國社會文化結構發生根本轉型的動能；後工業文明的萌芽也已經在中國沿海的大都市與發達的中等城市漫漶。如果說後工業文明在技術層面上的發展是悄然而隱在地進行，不易被人察覺的話，那麼，後現代文明的消費文化特徵已經是十分鮮明了——它不僅僅是在上述地區蔓延，而且還通過主流意識形態的默許經媒體文化的傳播，大有漫漶全國之勢，更重要的是它已經波及到整個中國文化的深層結構之中。在這樣一種交錯複雜的社會文明形態當中來俯視中國鄉土文學的變化與轉型，可以得出的結論是：中國傳統農耕文明形態統攝下的鄉土文學創作依然存在，雖然它已經成爲鄉土中國農耕文明社會的「一曲無盡的輓歌」，但是它仍然成爲許多保有農耕文明社會浪漫主義文學傳統的舊派文人追捧的描寫對象；從農耕文明向工業文明轉型過程中的鄉土中國中的中國鄉土文學成爲當下文學創作的一個主流形態，雖然作家們的價值觀呈現出的是多元的格局，但是，其現代性的滲透卻是一個不可阻擋的大趨勢；後工業文明所帶來的後現代的鄉土文學的創作萌芽雖然還只是大多數停留在形式和技巧借鑒的工具性層面，但是，其表現出的一些前衛性的創作理念是不可小覷的，像鄉土文化生態文學的勃起即可窺見一斑。所以，我們爲中國鄉土文學的前景擔憂，只是一種杞人憂天，它非但沒有消亡，而且是以一種犬牙交錯的、更加複雜的形態呈現出來，它就更需要我們用更深刻的眼光去剖析它們。

　　施：說到文學發展趨勢，我想您在鄉土小說方面的判斷可能更多是實證研究。您最近在鄉土小說轉型研究方面有很多深入思考，剛剛也出版了《中國鄉土小說的世紀轉型研究》，您能談談鄉土文學在世紀之交轉型前後的差異嗎？

　　丁：這首先要從最近二十年的社會變遷談起。從上世紀 90 年代中期開始，隨著中國經濟資本市場在全球範圍內取得了巨大的份額，消費文化開始滿溢中國社會生活的各個層面之時，鄉土文學就開始了結構性的變化，它表現爲

以下三個方面：首先是隨著中國經濟改革開放的不斷深入，城市化加速，農耕土地益發減少，大量的祖祖輩輩依託土地生存的農民成爲城市的遊走者和異鄉者，這從一個側面反映出了中國農耕文明社會形態結構開始瓦解，鄉土文學的陣地空間發生了質的偏移。也就是說，鄉土文學在很大程度上是包含著大量的「移民文學」內容的，這是中國現代文學史上從未遇到過的文學潮流，它足以使中國鄉土小說的內涵發生裂變，也同時給這一創作領域帶來無限的生機；其次是消費文化開始大行其道，受西方和臺港消費文化的影響，武俠、言情和暴力題材創作出現了井噴式的流行，傳統的鄉土題材連帶著它的農耕文明價值理念和創作方法都遭受到了前所未有的衝擊與壓迫；再者就是鄉土文學作家創作在面對鄉土社會生活發生了巨變和主流意識形態指揮棒仍在舞動時，所呈現出的傳統鄉土經驗的失靈而導致的價值遊移與失語，成爲鄉土小說創作內在的巨大悖論。所以我把新世紀鄉土小說的時間上限推到上個世紀的 90 年代中期左右。

毋庸置疑，隨著農耕文明和游牧文明的逐漸衰減，也隨著中國城市的不斷擴張，農民賴以生存的土地大量流失，農民像侯鳥一樣飛翔在城市與鄉村之間，他們不再是面朝黃土背朝天、「日出而作，日落而息」的農耕者，他們成爲「城市裏的異鄉人」、「大地上的遊走者」，就像鬼子在《瓦城上空的麥田》裏所描寫的那個既被鄉村註銷了戶口，又被城市送進了骨灰盒的老農民一樣，他們賴以生存的「麥田」只能存在於虛無飄渺的城市天空之中。幾億農民已經成爲「鄉村裏的都市人」「都市裏的鄉村人」，而這種雙重身份又決定了他們在任何地方都是邊緣人，都是被排斥的客體。由於這一沒有身份認同的龐大「游牧群體」的存在，改變了中國鄉土社會的結構，同時也改變了中國城市社會的結構和生產關係。因此，在中國大陸這塊存在了幾千年的以農耕文明爲主、以游牧文明爲輔的地理版圖上，穩態的鄉土社會結構變成了一個飄忽不定、遊弋在鄉村與城市之間的「中間物」。所以，表現這些新的「農民」群體的生存現實應該成爲當前鄉土文學不可或缺的有機組成部分。

轉型後的鄉土文學一個最突出的特徵就是鄉土小說的敘事領域超越了既有的題材閾限，以「農民進城」及其作爲「他者」的「所進之城」爲敘事對象的小說都可歸入新世紀鄉土小說的範疇中，後一點其實也很自然，因爲民國文學中的鄉土文學就是以城市敘事爲副題、副線的，雖然那時的城市不可

與當今等量齊觀。就像美國的許多鄉土文學是建立在移民文學之上一樣，中國目前的鄉土文學很大一塊被這些向城市進軍的「鄉土移民」的現實生存狀況所佔據，我們沒有理由不去關注和研究反映這一龐大「候鳥群」生活的文學存在。當然，二者之間的差別也是很明顯的：如果說美國文學史中的鄉土性的「西部文學」是從發達地區向落後的荒漠地區「順流而下」的梯度性的「移民文學」的話，那麼，當今中國在進入「現代性」和「全球化」的文化語境時，卻是從鄉村向城市「逆流而上」的反梯度性的「移民文學」。也就是說，美國鄉土文學中的文化語境是城市文明衝擊鄉村文明，而當今中國鄉土文學的文化語境卻是鄉村文明衝擊城市文明。在農耕文明與工業文明、後工業文明的文化衝突中，中國鄉土小說的內涵在擴大，反映走出土地、進入城市的農民生活，已經成為作家不可忽視的創作資源。

更重要的是，新世紀鄉土敘事疆域的拓展，逐漸展露出新的「鄉土經驗」。20世紀90年代以來，尤其是進入21世紀後，離鄉背井進入城市的農民愈來愈多，隨著職業向工業技術產業的轉換，它們不僅面臨著身份的確認，更需要靈魂的安妥。對「城市異鄉者」這一龐大群體的現實生活描寫和靈魂歷程的尋覓，已經成為近幾年來許多鄉土作家關注的焦點。「城市異鄉者」的生存和精神狀態，因為表現出了不同於既往歷史的陌生的體認與感受，正得到愈益廣闊而深刻的描摹。他們進入城市，在擺脫物質貧困時，不得不吸附在城市文明這一龐大的工業機器上，而城市文明的這種優勢又迫使他們屈從於它的精神統攝，將一切帶著醜與惡的倫理強加給人們，從而逐漸消弭掉農耕文明長期積澱下來的傳統倫理美德。於是，許多作家就陷入了兩難的境地：一方面是城市文明進步的巨大誘惑；另一方面又是農耕文明美德的深刻眷戀。在這裡，作家們的思考不再是那些空靈的技巧問題，不再是那些工具層面的形式問題，因為生存的現實和悲劇的命運已經上升為創作的第一需要了。

施：我注意到，如果說您在《中國鄉土小說史》（2007）及之前的鄉土小說研究主要是審美研究，那麼最近幾年，包括《中國鄉土小說的世紀轉型研究》在內，關注點似乎轉移到了人物的遭遇方面，類似於社會學的研究，比如影響很大的「城市異鄉者」。我認為這不是研究方法的簡單轉變，而來源於您對「人」的當代境遇的觀察和思考。您能談談自己在文學研究方面為什麼會出現這樣的變化嗎？

丁：我一貫認為，文學是人學，審美研究也應以之為前提。我在此前的

鄉土文學研究中歸納出「三畫四彩」，風景畫和風情畫、風俗畫水乳交融，自然色彩、神性色彩也與流寓色彩、悲情色彩互爲表裏，一直注重審美風情與人的存在狀況的結合。而最近二十年來中國社會結構發生了重大改變，動力之一、也是對象之一的農民生存狀況、精神狀態也有重要變動，鄉土文學理所當然地應當予以關注和表現。

問題在於，新世紀中國農民從鄉村向城市的「移民運動」，是中國社會現代轉型加劇的必然結果，所呈現的是農民和鄉村被迫（或主動）逐步「城市化」的「歷史進步」圖景，但在鄉村文明與城市文明的歷史衝突中，作爲鄉村文明承載者和社會弱勢群體的農民，在還未來得及完成自身文化人格的現代性改造之前，就承受了歷史之「惡」加諸他們的全部苦難，「現代性」社會遷徙背後的深廣的精神痛苦，也就有著沉鬱的鄉土文化色彩。面臨這樣一個社會現實，社會學家只從經濟動態來分析新生代農村流動人口對城市文化的衝擊，只站在社會發展的角度來機械地分析其社會後果，而忽略了文明衝突下的精神后果。相比之下，我們的文學評論家們又過多地關注了小說形式層面的描寫，而忽略了作爲在幾種文明衝擊下的人的複雜心理狀態，同時流放了對幾種文明形態相互撞擊後果的價值評判，以及它們在歷史和人類進步中的作用的哲學批判。

我對這種研究狀況是不滿意的。我以爲，我們處於現在這種特定狀況之中，一方面應該以知識分子的擔當精神直面現實，另一方面，也要加強修養、開闊眼界、豐富心靈，以個性化的方式深入探究我們這個時期特殊的中國經驗，如此才能不辜負這個時代。中國「農民進城」的「移民文學」，毫無疑問是具有「現代性」的流寓色彩、悲情色彩的鄉土文學，不論是社會學的研究，還是文學反映，都不能偏離「人」，不能缺乏人性和人道主義價值座標。「城市異鄉者」從生存角度看，處於流寓之中；從精神狀態看，有一種悲情色彩。這二者在文學中的大致分野，一個近於「眞」，一個近於「善」，但無論是「眞」還是「善」，都可以而且應該成爲審美對象。我想，我們的作家，尤其是鄉土文學作家，應加強文史哲知識的儲備，多讀一些古今中外的學術原典，以此點燃思想的火花，方能觸發更有深度的創作靈感。

（三）關於隨筆寫作

施：我一直有個疑惑，那就是您很少涉及學術史，爲什麼這樣呢？我自己猜想，可能您更願意親近感性經驗，特別注重鮮活的文學現場感。那麼，

您是怎樣維繫學術熱情的呢？或者說，您怎樣處理學術與現實之間的關係？

　　丁：我個人當然不排斥學術史了，作爲一名學者，事實上多多少少都會和學術史發生聯繫，但的確如你所說，我在這方面著力不多。首先，可能正像你說的那樣，我是偏愛生活的感性的。至少，自己作爲芸芸眾生中的一員，感受到活著的平凡與眞實，每每有不能自已的喜悅或者哀痛，形之於筆墨，學術也好，隨筆也好，我想裏面都有一個「眞實」的「我」在。當然，這裡應該強調，「眞實」不是我個人的見聞實錄，「我」也未必就完全等同於我本人。我不憚於表達自己的價值傾向和情感傾向，但那決不是我個人世俗的喜怒哀樂。我在學術論文或者散文、隨筆中所表現的，是各種歷史的和現實的條件所造就的「我」，正如阿倫特《人的境況》一書所謂的「處境的存在者」。阿倫特指出「任何接觸到或進入人類生活穩定關係中的東西，都立刻帶有了一種作爲人類存在境況的性質」，我個人所體認的學術和現實正是這樣一種性質的存在。

　　我從 1970 年代末開始學術生涯，迄今約四十年，目睹學術界與現實社會中的若干變遷。不可否認，這期間中國在總體上是漸趨開放因而逐步融入世界現代文明發展大潮之中的，但同樣不容迴避的是，它因爲各種原因同樣存在許多弊端，這些弊端從此也構成了我們存在的具體條件、境況，而有些是當初可以避免的。在這一歷史行程中讀書治學，我個人的思想和情緒是應和著時代的脈搏跳動的，一方面，我不敢將自己的若干想法當作時代共有的觀念，那樣也太自大了，但在另一方面，我更不敢將之只簡單看作我一個人所獨有的感覺，那樣也就太妄自菲薄，太有負於一名人文知識分子的道義責任了。我以爲，雖然學術有其特殊性，但學術其實就是活生生的「現實一種」，不能把學術從生活中劃出去，正如古語所云學術乃天下之公器。所以我尊重其他人對於學術的較爲職業化的認知，同時保持那種純粹的知識上的興趣，但就我個人來說，則不想僅僅把學術看作一種職業，當成某一個圈子裏知識生產的封閉體系，而寧願維繫學術與現實之間的親和感，維持學術的開放性。

　　怎麼維持學術熱情？我個人的經驗是，保持對生活的熱情，注重涵養對新鮮感性經驗的敏感，同時不忘自身作爲社會一員的責任，特別是知識分子的道義責任。

　　施：我們許多人都覺得，不論是在現實中還是在學術上，您都保持著一種飽滿的激情。就我個人的閱讀感受而言，您的隨筆寫作也一直保有鮮活的

現場感，特別是學者作爲知識分子的臨場感、介入姿態，您能在這裡談談自己近期的隨筆寫作嗎？

丁：我的隨筆寫作是和學術研究互爲表裏的。前面說過，不管是學術還是隨筆，都是我個人與現實之間互動的一種方式。處身在當下中國，每一個人都應該對中國的前途負責，責任有大小之分，承擔責任的方式也各各不同。就學者來說，僅僅扮演知識的生產者、傳遞者恐怕是不夠的，更重要的還應具有人文知識分子的道德勇氣和人生智慧。我自己寫過多篇相關文章，也在許多不同的場合談過類似問題：人文知識分子到底應該承擔什麼責任以及如何承擔這份責任。

我認爲，營造一個使人可以詩意棲居的人文環境是我們無可推卸的責任。面對物欲滔天、精神潰退的當下現實，我們多少顯得無奈，因爲這是權力與市場雙重作用導致的後果，這裡面有人爲因素，也有客觀因素，對前者，我們有時還可以抗爭，而對後者的「無物之陣」，我們到底何去何從？捫心自問，我自己也找不到答案。但有一點可以看到，面對突破現代社會倫理底線的言行，我們究竟有幾次作爲社會良心有效發聲？知識分子缺失這樣一種道德勇氣，將來還會出現張志新、遇羅克、林昭那樣的慘烈。我曾在《白銀時代文學》一文中提到：我們缺乏大智大勇的作家，缺「智」，就是因爲我們的作家群體少有眞正知識分子型的勇者；缺「勇」，則是我們的作家群體中即便有少數的知識分子精英，他們不是被閹割了，就是隱藏在所謂「明哲保身」「獨善其身」的傳統學說盾牌下苟且偷生、鬱鬱終生。其實對於學者來說何嘗不是如此？現在社會中有一種知識人污名化風氣，個中原因很複雜，但各種類型的知識人爲權勢收編、爲利益收買而甘心「爲王前驅」也是不爭的事實。然而，在中國作家群體和知識分子群體當中，我們罕見懺悔者，即便是明明是錯了，且也在不承擔任何歷史責任的情況下，也絕不見懺悔者的身影出現——隱瞞醜行，缺乏自我反省、自我批判的精神乃是我們這個民族作家和知識分子的精神頑疾！所以知識人道德操守的敗壞事實上先於道德勇氣的匱乏出現。我這裡絕不是誇大個人品行問題的社會影響，而是強調，喪失了知識分子操守的人怎麼可能產生知識分子的道義感、責任感呢？「爲天地立心，爲生民立命，爲往聖繼絕學，爲萬世開太平」，不能只是說說而已，而是要去做，首先從自我做起。

所以我近年在許多隨筆當中呼籲一切從「人」出發，認爲人、人性和人道

主義的價值觀應當深入每一個知識分子的心靈世界。正如我讀雨果的《九三年》，從年少時的懵懂，到歷經世事，耳聞目睹有血有淚的教訓，逐步認識到「在絕對正確的革命之上有一個絕對正確的人道主義」的簡單而深刻。最近有人又用所謂的烏托邦理論頌揚《狼圖騰》的狼性精神，所以我這裡再次公開表明態度：我們就是要反對階級鬥爭和暴力革命！同樣作為從文革走過來的一代人，我與《狼圖騰》作者姜戎不同之處就是他的思想完全被革命的暴力鎖定了，而有些更年輕的學者則完全屏蔽了 20 世紀中國革命的「痛史」，將其幻化為另一種嗜血的烏托邦精神，這樣的理論更是捨棄了具體的文化背景用西方後現代的空心理論來為狼性的階級鬥爭張目！有革命的自由就沒有非革命的自由，更沒有公民的自由與羔羊的自由！這就是我讀阿倫特《論革命》後疾書《誰以革命的名義綁架了法律、制度與民主、自由》那篇文章的初衷。

我這裡要重新提一下「以俄為師」的問題。以前我們說的「以俄為師」，是在階級鬥爭、社會激進革命等方面對俄國革命及其社會建制的模仿，而現在我所主張的是以「俄羅斯的良心」聞名於世的俄國知識分子為師。面對強權和高壓，這群人始終堅守著知識分子的良知和道德底線，這是俄羅斯民族精神中最值得驕傲的地方，也是最值得我們中國知識人師法的地方。就文學來看，從新文學運動的源頭開始，我們就不缺少俄羅斯文學營養的滋養，當然，也同時不缺乏其極左文學思潮的戕害，但我們對俄羅斯文學的關注在很長時期內有一個盲區，那就是「白銀時代文學」。我認為，今天我們恰恰最應該關注的就是這一時期的文學，因為俄羅斯「白銀時代文學」為我們提供的不僅僅是那些異彩紛呈、數量巨大的文學文本，更重要的是它為我們展示了一個國家與民族文學精神強大的感召力和自覺的生命力。

以賽亞・柏林 1990 年在俄羅斯大量的作家、藝術家身上所發現的老一代知識階層的道德品質、正直思想、敏銳的想像力和極強的個人魅力的傳承，而永遠「保持著人性、內在的良知和是非感」，這就是伯林在他們所有人身上所找到的「俄羅斯的文學傳統」，它不僅適合於俄國（也當然包括蘇聯時期）作家，同樣也適用於任何時空中的作家。它應該是超階級、超國家、超民族的作家價值標準。

我希望我的這些呼籲不會落空。能夠真正影響、改變一些人，吾願足矣！

施：前面您談了近期的一些活動，最後您可否談談今後的打算？特別是學術研究方面有沒有什麼比較大的動作？

丁：隨著精力的衰退，今後可能把筆力集中在學術隨筆和散文的寫作方面，這樣可以更清晰地表達自己的學術觀點和審美趣味。今年是法國大革命220週年，我不僅重讀了托克維爾的《舊制度與大革命》和《論美國的民主》，而且還參照《法國文化史》重讀了雨果的《九三年》，給我心靈的震撼很大！40 年前讀它的時候因爲不知背景，只能看看熱鬧，後來作爲名著重讀也是囫圇吞棗，不明就裏。今日再讀，卻看出中國讀者不僅對大革命的誤讀，同時，也看到了許多人對這位偉大作家爲什麼要寫這一部作品的誤解，因爲我們的教科書在闡釋這部作品的時候，往往指出作者的局限性——對革命中暴力的抨擊！雨果一生中最後的這部巨製正是站在世紀的制高點上來反思伏爾泰和盧梭們沒有見證的這場大革命的缺陷，他要證明的恰恰就是「人性高於革命，高於一切制度」的啓蒙精神！我看的是譯林版 1998 年的精裝本，中文作序者是我尊敬的老翻譯家，但是，在那個年代對《九三年》的閱讀尚未有新的思想開拓，的確是有所遺憾的。我正在寫一篇重讀《九三年》的文章，意圖就在讓大家看到 1793 年法國大革命不爲人所知、所理解的另一面。托克維爾告訴了我們，雨果更用故事情節與生動的畫面告訴了我們：歷史的眞相往往在喧囂的表象背後折射出它的光芒。

還有就是許多文債要還，最急的是那一篇論賈平凹作品的論文，切口乃爲編輯朋友出的規定動作：從中國鄉土文學發展的軌跡視角來重讀《廢都》。一個作家在自己的寫作歷史上留下了十幾部長篇小說，究竟哪一個是最能夠在文學史上留下痕跡的傑作，可能就是我想回答的問題，也是回應許許多多的評論家在每一個作家一出新作品就會讚頌其是當代的扛鼎之作的評論風尚。

再就是有暇時練練書法，興之所至，也可能寫一點書法評論，總之做一些自己有興趣的事情。總脫離不了「讀書寫字」的活兒，直到終了。